Contents

JN242530

スター作家傑作選

あなたを思い出せなくても

シャーロット・ラム
ヴァイオレット・ウィンズピア

Published by Harlequin Japan,
a Division of K.K. HarperCollins Japan, 2024

鏡の中の女

The Devil's Arms

シャーロット・ラム

馬渕早苗 訳

シャーロット・ラム

第2次大戦中にロンドンで生まれ、結婚後はイギリス本土から100キロ離れたマン島で暮らす。大の子供好きで、5人の子供を育てた。ジャーナリストである夫の強いすすめによって執筆活動に入った。2000年秋、ファンに惜しまれつつこの世を去った。ハーレクイン・ロマンスやハーレクイン・イマージュなどで刊行された彼女の作品は100冊以上にのぼる。

主要登場人物

リン・シェリダン……………記憶喪失の女性。
ジェイク・フォレスター………画家。
ミセス・フォレスター…………ジェイクの母。
デビッド・レーン………………ジェイクの隣人。獣医師。

1

ゆるやかな引き潮のように、霧が渦巻きながらゆっくりと動いてゆく。霧は岩だらけの荒れ地に生える木々や灌木をしっとりとぬらし、草の上で横たわっている一人の娘の指先をも冷たく撫でて通り過ぎた。娘はその冷たさで気がついたようだ。目をぱちぱちとしばたたいた。とたんにうめきがのどを走った。もう一度まぶたがゆっくりと開かれ、音もなく霧に包まれた周囲を見回す。彼女は顔をしかめた。どこなんだろう？　やっとのことで身を起こす。目が回った。すぐそばの、長い年月を経て丸くなった石によりかかってめまいが治まるのを待つ。しばらくしておそるおそる目を開き、思わず身ぶるいした。こんな薄着なんだもの——ジーンズと薄手のセーター一枚じゃこんな霧雨の中では無理だ。

　わたしはここで何をしているのかしら？　ふと寒気を覚える。考えようとしても、自分の名前が思い出せない……わたしはなんなの？　こんなところでひとりっきりで、何をしているの？　何があったの？　辺りの静けさにも耐え難くなって、ついにすすり泣きを始めた。そしてやみくもに走り出した。霧を切り裂くように。この見知らぬ土地に自分を閉じこめているものの象徴のような霧をついて走れば走るほど、その何かわからないものに後ろから追われているような気がする。低い灌木やかくれた岩が次々と動物のようにとつぜん目の前に現れる。彼女はそれらを次々ととび越えて走った。ついにその一つに足をとられ、もんどり打って転んだ。彼女は絶望感で目の前の草をにぎりしめた。

　どうやったってこの恐ろしいほどの静けさを破る

ことなどできないのだ。自分の心臓の鼓動のほかには、絶えず流れてゆく霧の粒が草の葉にたまり、やがてぽとりと落ちる音しか聞こえない。

ふと何か音がした。彼女は音の方へ耳を向けて起き上がった。犬の吠える声だ。あっという間に彼女の目の前に黒い大きなラブラドール犬の顔があった。彼女と目が合うとその犬は吠えるのをぴたりとやめ、絹のような光をたたえた黒い目で、不思議そうにじっと彼女をみつめて立ち止まった。

「いい子、いい子」娘はたよりない声で、それでもふるえながらにっこりと片手を差し出してつぶやいた。なぜか当然この犬を抱いてやれそうな気がしたのだ。しかし犬は片足をいつでもとんで逃げられるように構えながら、相変わらず首を片方にかしげているばかりだ。犬は彼女のそばに進み寄るかわりに別の方角に顔を向けた。霧の中に、背の高い男の姿が浮かんだ。彼女は島流しにされた人間が何カ月ぶりかに別の人間に会ったような気持だった。「ああ、神様！」ほっとした。

「退れ、サム」男は指を鳴らした。犬はさっと命令に従って男の脇にぴたりと寄りそった。

彼女は両腕で自分の体をかかえこんでふるえた。「とても寒いんです」笑おうとしたが目前の見知らぬ男への恐れもあって顔がこわばった。

ブルージーンズにポロシャツふうの黒い薄手のセーターでふるえている娘を男は見おろして、あきれたような、軽蔑しきったような表情を見せた。

「この荒れ野を、いったいどうしてそんな軽装で歩く気になれるんだろうな。せめてコートを着る気にならなかったのか？」

「わたし……わたし……」ますます青ざめて、緑色の目はすがるように男を見上げた。「わたし、思い出せないの」

男はポケットに手をつっこみ、口もとを引きしめた。白い開襟シャツからのぞく首もとは褐色に日やけし、たくましそうだ。灰色の冷たい目をじっと娘に注いだ。「ここで何をしていたんだ？　それともきいてはいけないことかな？」

気弱に娘は首を横に振った。肩にかかる黒い髪は霧にぬれて乱れ、頬に幾筋かへばりついている。

「わたし……」言いかけてめまいのしそうな気分に襲われて口をつぐんだ。

男は大股に近づいて支えると、片手で娘の黒髪をかき上げて額をあらためた。何か口の中でつぶやいてから、今度はとがめるような目をして言った。

「事故に遭ったんだな？　額から血が出ている。どこかから落ちたのか？」それからわざと目を細めた。

「それとも誰か男に迫られてどうかなるところだったとか？」

その言い方に当惑して彼女は、ぼうっとする記憶をかき寄せようとした。「何も思い出せないんです。目が覚めたら霧の中で……何も見えないし何も聞こえなかった……おかしいとお思いでしょうけど……でも、わたし、何も覚えていないんです……」

心の底をのぞこうとするようなまなざしで男は娘をみつめた。「君は頭を打って脳震盪（のうしんとう）を起こしたんだな」しばらくして彼は言ったが、その素振りには何か解せないものがある。まるで彼女が彼に災いをもたらしたといったような、敵意のようなものが感じられる。

犬がいきなり冷たい鼻先を彼女の手のひらに押しつけてきた。ふと彼女の顔にほほ笑みが浮かんだ。

「ハロー、いい子ね」いっときの慰めを与えてくれた犬に感謝するように、娘はすべすべした頭を撫でた。

男は犬の行動がさも気に入らぬというふうに眉を寄せた。「覚えているのはどんなことだ？　誰と、どこにいた？」

どうしようもない思いで、娘は男を見上げた。

「何も覚えていないんです……。わたしの頭も霧でいっぱい……わたしが誰なのか、ここがどこなのか、まるで思い出せないの……」

「ぜんぜん？」荒々しいと言えるような声で男は問い返した。その顔はいっそうきびしくなった。

彼女は力なくだまって首を振った。男はいきなり彼女の腕を強くつかんだ。セーターを通して肉に食いこむかと思った。「ふざける気か？」

「いいえ」勢いにのまれてつぶやくように否定した。みじめな気持の中で、いくらなんでも……と気弱な怒りを覚えた。「悪夢にとらわれたみたいなときに、誰が冗談なんか言っていられます？　初めのうち眠っていたのかと思って……こんなこと信じられなくてわたし……走り回ったの……」

まだ信じられないという表情で男はさぐるように彼女をみつめた。見返す緑色の目にみるみる涙があふれ唇はふるえた。男は仕方なさそうに肩をすくめた。「とりあえず家に行こう。それから病院に連れて行くよ。きっと脳震盪だ。治療を受ければすぐによくなる。この霧だから家までかなり時間がかかるが……」

「ありがとう」男の表情から怒りが消えていることにほっとした。犬はやさしく彼女を見守りながら手をなめていた。主人のほうは厄介者を背負いこんで不機嫌だったが、せめて犬の示す親しさに一条の光明を見る思いであった。

「サム！」男はひざをたたいていらだたしげに叫んだ。犬の親切にまで反対するのかしら？

犬は詫(わ)びるような目で彼女を見てから主人の足もとに立った。

「ついて来るんだ」と言って男は振り返ったが、明らかに寒さでふるえている彼女を認めるとまた口もとを引きしめ、だまって着ていた青いキルティングのアノラックを脱いで彼女に着せた。どうひいきめに見ても親切というよりは舌打ちせんばかりの荒っぽい手つきであった。

霧雨にぬれそぼって骨まで冷えきっていた体は、すでに男の体温で温められていたアノラックにすっぽり包まれた。「ありがとう」彼女は歯を鳴らしながらやっとつぶやいた。

霧の中を歩き始めた。ひきつづき鈍痛が頭をおおっていたし、慣れない岩だらけの荒れ地によろめきながらの歩行はつらく、男からどんどんおくれた。立ち止まっては待つ男の何度目かの怒りのつぶやきに彼女は小声であやまった。

「ごめんなさい……。わたし……わたしそんなに早く歩けません」

男の目に彼女はちぢみ上がった。すると男はまるで子供を扱うように彼女を一気にかかえ上げた。片手で脇をかかえ、片手はひざの下に入れて。

「わたし、重いから……ずっとかかえてなんか……」

「だまって」確実な足どりでもう足を運びながら男はぴしゃりと言った。辺りはまだ濃い霧の中だ。

彼のあごと褐色の首もとがすぐ目の前にあった。ぴったりついた胸もとからも彼の怒りが伝わってくるように思えた。この人は他人の悩みに巻きこまれるのが嫌いなのだ。そしてこの人は弱虫が嫌いらしい。彼女に一片の同情さえ感じていない。起きたかどうかさえもわからない事故まで呪(のろ)っているみたい。

もう目を開けているだけでもつらく、いつしか目を閉じてうとうとし始めた。ただ斜面を下っているらしいこと、また頬を撫でる霧がだんだん薄れてきていることだけをぼんやり感じていた。

犬の吠える声と、すでになじみになりかけている男の声がそれに答えているのを聞いて少しずつ夢から覚めてきた。

　救い主が彼女を長椅子の上におろした。目を開くと明かりがまぶしい。そこは天井の低い落ち着いた居間だ。空しい霧の中と比べると、なんと暖かく明るく心地よい所だろう。れんが造りの暖炉で石炭がぼうぼう燃えている。真鍮（しんちゅう）の火の粉よけが炎を照り返して光っている。いくつもともっている部屋の明かりがよく磨かれたテーブルや椅子を輝かせている。居心地のよいすてきな部屋だ。

　初めて見る女の顔が見えた。娘はほほ笑みかけたが反応はない。その女は荒れ地で出会った男と同じような敵意さえたたえて娘を見ている。銀髪であるほかは男とそっくりの顔だちだ。「温かいお湯で頭を洗ったらいいわ。ずいぶん血がついているじゃないの。もしかすると傷は深いかもしれないわ」

「病院に連れて行かなきゃ」男は反論を予期して答えた。似た者同士はしばらくだまって見合っていた。

「命がけよ、わかってるでしょうけど、ジェイク」

「ほかに方法はないよ。傷は重いらしい。頭のけがは重大だからね」

「お湯を持って来るわ」女はきっぱり言って去った。

娘はじっと暖炉の火をみつめた。犬が寄って来て彼女のひざに頭をのせる。彼女はやさしく撫でてやった。犬は自分にできる方法で彼女を慰めてくれようとしている、と娘は感じた。またうとうとしかけたところに足音がひびき、女のきびしい声がした。

「サムはいつからこんな薄のろになったのかねえ」

「さあね。彼女が病気だからだろ。この犬はだいたい利口じゃないけど気はやさしいんだ」男が答えた。

「犬は主人に似るっていうわ」という女の声と同時に彼女は額に温かいお湯がかかるのを感じ、はっとして大きく目を開いた。痛い。

「これ、どう？」女は同じ灰色の目で男を見上げた。

「ひどく打ってるな。切れてる……かなり強い衝撃を受けているらしい」男ものぞきこんだ。

「そんなにひどいようにも見えないけどね。それよりこんな霧の夜にドライブするほうがよっぽど危ないのに。朝まで待てないの？」

「それじゃここで寝かせる気かい？」

「どっちでも同じことでしょうに」

「どうして同じだとわかる？　ここに置いといちゃいけない」

「ご迷惑かけてすみません」娘はかぼそい声であやまった。恥じらいのせいか少し頬に赤みがさした。

「僕は自分のできることしかしないからとくに迷惑なんて思わない」男が答えた。

涙が頬を伝った。娘はまた気弱に詫びた。「すみません……」

女は頭を洗い終え、お湯の鉢とコットンウールを片付けに出て行った。ジェイクと呼ばれた男は、肩の高さまである木製のがっしりした暖炉のわくによりかかって娘をじっと見ている。


「長時間のドライブが我慢できると思うか？　毛布でくるんで、湯たんぽを入れてあげるけど」

「わたしなら大丈夫です」

「病院に行けばじきによくなるさ。脳震盪だったら専門の医者にみてもらう必要があるからね」

「はい」娘は乾いた唇をなめた。「ありがとうございます」

できるだけのことはする、と男は言った。親切からでなく敵意をもって！　この男性は女が嫌いなのかしら。そういう人のことをなんと言うんだったっけ？　女嫌い？　頭が疲れてそれ以上考えられない。何かもっとぴったりする言葉があったはずだ。目を閉じて男の姿を思い浮かべた。年齢もあまりよくわからない。三十代かしら。わたしよりは年上だけど……わたしは何歳？　自分のことになるとまた頭の中は漠としてくる。男のことに集中しようと努めた。背は高い。自分を軽々と持ち上げた感じからは力の強い人だと思うが、見かけは細身で優雅だ。顔はあの女の人とそっくり……家族かしら？

　沈黙がつらくなって彼女からきいた。「あの方はお母様ですか？」

「ああ」短い答えだ。

「よく似ていらっしゃるわ」彼女はほほ笑もうとした。子供が大人の機嫌をとろうとするように。

「そうらしい」彼女の微笑も無視して無表情のままだ。まるで霧の中で手をつっぱっているみたい。男はいらだたしそうに長い指で髪をかき、暖炉の火に見入っている。その髪には銀色の毛が幾筋か交じっているのが彼女にも見えた。名前はジェイク……と言っていたっけ。

「ジェイク……なんておっしゃるの？」彼女はまたきいた。

　男はびっくりしたように振り向いた。「何？」

「あなたのお名前……ジェイク、とお母様は呼んでいらしたでしょ……名字のほうは？」

「フォレスター。ジェイク・フォレスター」

「農業をしていらっしゃるの？」

　男の顔に再び激しい敵愾心のようなものがよみがえった。「僕は絵描きだ」とがめるような言い方。

「画家……どんな絵をお描きになるの？」

「主に肖像画」

　母親が戻って来た。両手にいっぱいの毛布とフランネルにくるんだ湯たんぽをかかえて。「どうしても行くと言うなら好きになさい」

　男はうなずいた。娘は急に怖くなって、明るく暖かい部屋を見回した。この平和で静かな港からまた冷たい灰色の霧の中へ連れ出されるのだ。

「いいかい？」ジェイクの問いは有無をいわせない調子だ。だまって彼女はミイラのようにしっかりと毛布でくるまれ、ふわりと宙に持ち上げられ、そして明るい部屋をあとにした。

霧深い中庭にランドローバーが止めてあった。男は助手席に彼女を置き、毛布の端をていねいに首の回りに掛けてから運転席へ外から回って入った。何事か母親と話し合う低い声がしばらく聞こえたのち、車は動き出した。彼女は安全の保証を断たれる思いで黄色く浮かび上がっている窓を振り返って見守った。霧は次第に窓の明かりもかくしてしまった。

「こ、ここはどこなの？」前に向き直ると彼女はきいた。ずっと心の底でくすぶっていた問いだ。ただそれを自分で思い出すことさえできれば思い出をたぐる糸口になると思って、ずっとひとり思いつづけていたのだが、不安が先に立ち、つい口にした。

男は娘をかえりみた。「ウィンド・トア」

その名に覚えはない。「ウ、どこですって？」

男はため息をついた。「僕の家はヨークシャーの荒れ地の真ん中に立っている」

「ヨークシャー？」ヨークシャーなら知らないわけでもない。いくらかほっとした。一つ一つが糸口だ。もう、二つわかった。場所の名とこの男の名前。

車はまるで一センチずつ進んでいるみたいだ。真っ白な深い霧の中を男は前方をのぞくようにしてハンドルを操作する。その緊張が彼女にも伝わってくるようだ。窓についた霧は水滴になって流れ、海中を行くようでもある。

「まだまだかかるから、眠っていなさい」振り向きもせずに男が言った。

すなおに娘は目をつぶり、子供のようにすぐ眠りこんだ。彼女の体がしぜんに男の方へ倒れてゆく。毛布から半分出ている彼女の小さな白い顔を見ながら男は邪険に押し返した。しばらくするとまた彼女の体は男の方へ戻ってくる。今度は何かぶつぶつ言いながらも男はそっと黒髪の回りを片手で囲うようにして、彼女が楽なように姿勢を支えた。

小さな町の端にさしかかったところで彼女は目を

覚ました。街灯の明かりがまぶたを照らし、眠い目をそっと開くと、運転手にその動きが伝わったのか、男が彼女を見た。男は不承不承、娘はやさしいまなざしで、しばらく互いに見合った。

「ここはどこ？」また娘はきいた。

「もうじきだ」男は毛布にくるまった娘の体重を片身に受けたまま答えた。

娘のほうが、男によりかかっている自分に気づいて身を起こした。「ずいぶん眠ったのかしら？」

「かなりね」車は明るい町並みにさしかかり、男はスピードを上げた。ちょうどそのとき霧の中からとつぜん一台の車がホーンをひびかせながら現れ、男は急停車した。ぐるぐる巻きになっている娘はなす術もなく前部のダッシュボードに顔をぶつけた。男は彼女を席に引き戻しながら怒った。

「君、大丈夫か？　あのばかめが……この霧であんなスピード出す奴があるか！」

こめかみの上から新しい血が流れた。男はハンカチーフを出してそっと拭った。

「傷口がまた破れたようだ」

「ごめんなさい」

男の目が光った。「やめてほしいな！　君が悪いんじゃないのに……あやまってばかりだ！」

娘にとって今やこの男は自分の足もとの大地のような存在なのだ。安全の綱なのだ。娘はたよりなげに男を見上げた。「ごめんなさい」目に涙をいっぱいにためて娘はまたつぶやいた。

「まったく……」男はまた口の中で何か言ったあと、ていねいに彼女を席に落ち着かせた。「さあもう寝ないで。すぐに病院だ」

やがて霧の中から、黄色い明かりの四角い窓がたくさん並んだビルが現れた。男は車を止め、彼女をかかえ出すと足でドアを閉めた。

毛布の中で娘は身をよじって男を見上げた。「ジエイク……置いて行かないで……お願い……」

男は彼女をみつめ、頬をぴくりと動かした。灰色の目はまたたいているように見える。男は答えた。

「ああ君を置いては行かないよ」

その言葉は胸にしみた。彼女は目をつぶり、白い顔にはほっとした表情が浮かんだ。外来受付の明るい電灯の下で男は娘の顔にじっと見入った。柔らかい頬の線、しなやかな黒髪、閉じたまぶたの濃く密な長いまつげを。でも看護師が近づいて来たとき、男の顔には再び激しい怒りが浮かんでいた。

三日の後、娘は病棟のはずれの静かな病室で、よく磨きをかけた寄せ木(モザイク)の床にさしこむ日の光をながめ、シーツにくるまっていた。ドアの上に掛かっている時計が時を刻む音、廊下を通る看護師たちの、底の平たいゴム靴の音、近くの消毒室からひびく金属のぶつかり合う音、調理室から洩(も)れる女たちの笑い声。今日から彼女ひとりの部屋となったこの病室に聞こえてくるこれらの音とも、もうすっかりなじみになった。昨日までいっしょだった患者が退院してベッドは裸にされ消毒剤がぷんぷんにおう。枕もとの台に黄菊が日輪のようにカールした花びらを広げて咲きほこり、さわやかな香りを振りまいている。

ドアがぱっと開き、栗色の髪を片方の耳の後ろで束ねた見習い看護師が姿を見せた。「ご回診でーす」活気のある青い目が素早くベッドを点検する。「いい子ね。きちんとしてお行儀いいのね。じゃあ、また。お隣のベッドととのえに行かなきゃ」

たった二日だがこの見習い看護師とはすっかり仲良くなっていた。ちょっとの暇を見てはおしゃべりに立ち寄ってくれるのだが、病棟主任がうるさいので長くはいられない。

その間、ずいぶんたくさん検査をされた。その一つは分析医によるほとんど無意味な問診だったけれど、彼女は何一つ思い出すことができなかった。外傷はすぐ治り始めたが。

　医師たちは結果をいそいではいない様子だ。みんな親切でていねいで、話し方も少しも堅苦しいところがない。孤独感とかパニックといったものはすっかり忘れ去られた。

　再びドアが開き、三十代後半と思われる医師が急ぎ足で入って来た。この人はいつも遅れを気にしていそいでいるみたい。カルテをめくってから笑いかけた。「今日はどんな気分？」

　医師の後ろには侍者のように冷たい表情の主任看護師が控えている。

「経過は順調のようだね。検査の結果、内部に傷はいっさいないようだよ。ほっとしたでしょう。もういつ家に帰っても大丈夫だ」

　びっくりして娘は医師を見た。「家？」

　そのときジェイクが部屋に入って来た。彼は入院以来、毎日見舞いに来てくれる。娘にとって彼は外の世界との絆（きずな）のように思えた。

　彼は茶色のシャツにツイードのジャケットを着て、黒髪は風で乱れていたが、それはかえって力強さを感じさせる。彼は手に持っていたヒースの花束をいきなり娘の手に押しこんだ。

「あ、ありがとう」目を輝かして娘は言った。

　ジェイクは医師に軽く目礼した。医師は先刻承知といった笑いを浮かべた。「ちょうど今、もう病院にいる必要はないとお話ししていたところです。記憶喪失はごく一時的なもので、事故による軽い脳震盪にはよく伴って出る症状です。記憶の表出も近いと分析医も報告していますし、それには家族的な雰囲気がいちばん好ましいと思いますよ」

「わかりました」ジェイクはうなずいた。

　医師は娘に向かってにっこりした。「今日だっていいんですよ」そして主任看護師と共に静かに去った。

「わたし、どうすればいいの？　ここでも思い出させてくれなかったわ。警察で調べてもらおうかしら？　つまりわたしが誰で、どこの人間か……」

ジェイクはベッドの脇の椅子にかけ、じっと娘を見てあっさり言った。「君は僕のものなんだ」

開いた口がふさがらないとはこのことだ。娘はただ大きな目をますます大きく見開いた。

「君の名前はリン。リン・シェリダンという。二十二歳だ。家族はもういない。両親は数年前に亡くなって、兄弟もいない」

娘はつばをのみこんだ。「リン……」かすかに聞き覚えがあるような気もする。僕のものと言ったのはどういう意味だろう？「わかっていたのならどうしてそれを黙っていたの？」

「自分の力で思い出すのを待っていた。医者もほかの助けなしに自発的に思い出すほうがよいと言ったし。初めのうち脳障害を疑っていたけど、脳内にはいっさい異常が認められなかった。そうなると記憶喪失には別の原因が考えられるから」

娘は眉をひそめた。「どんな原因？」

ジェイクは肩をすくめた。「わかれば世話はない」

娘は半身を起こしてキルティングの白い上掛けをじっと見た。指は端糸をせっせと結び、玉を作っている。「わたしのこと教えてちょうだい……どこに住んで、どんな仕事をしていたのか……」

「君はアートギャラリーに勤めていた」ジェイクは糸端を結んだりほどいたりしている細い指をじっと見た。「僕と婚約するまでは」

「婚約？」不信の色をいっぱいにたたえて彼を見た。「まさか！　荒れ地でばったり出会ったのは全くの他人同士で……あなたがどんなにわずらわしそうだったか、わたし、はっきり覚えているわ。もしわたしたちがそんな間柄だったら、あんな態度見せるはずないもの。あなた、うそをついてる……わたしを哀れんでうそを……」娘の目から涙があふれた。両手で顔をおおってすすり上げた。「哀れんでなんかほしくないの。わたしはほんとうのことが知りたいの！」

ジェイクは両手を伸ばして彼女を引き寄せ、頭を自分の肩に押しつけた。「ほんとうのことなんだ」彼は耳もとにささやいた。

娘は相手の顔が見えるように身を離した。「どうしてあなたはうそをつくの？　わたしを知っているなら初めからそう言ってくだされぱいいのよ。わたしたちは全くの他人だわ」

「僕は荒れ地で君を見てほんとうにびっくりした。怒ってもいたんだ。僕たちは数日前に大げんかをしたから、僕はてっきり君がヨークに行ってしまったと思っていた。だから君を見たときはかっとしてまた怒りが戻ってきた。でも君がけがをしていたからだまって家に連れて行った」

「だから、どうしてわたしを知っていると言ってくださらなかったの？」

「記憶喪失のふりをしているだけだと思った」

娘は驚きと怒りを覚えた。「どうしてそんなことをする必要があって？」

「わけがあるからさ。今はその話はやめておこう。とにかく僕らはけんかしていたんだよ、リン」

娘はもう一度ジェイクをあらためて見た。わからない。もし婚約までした相手なら、何か覚えがありそうなものだが、荒れ地で会う前にこの顔を見た記憶は全くない。

「わたしたちはどこで知り合ったの？」

「君の勤めていたギャラリーを僕が訪れた。僕は君を食事に誘い、それから三週間経って僕らは婚約をした」

「そんなにすぐ？」

「誰かさんは手が早いから」

　彼女はなんとなく赤くなった。「婚約してからはどのくらい経つの？」自分がこんな気むずかしい男と恋におちたとは、どうしても考えられない。

「ひと月だ」

「ひと月？　そんな……そんな短い間じゃ……お互いに何も知らないんじゃないの……」

「君が考えている以上に僕らは互いをふかく理解し合っているよ」

　彼女の頬に一気に血がのぼった。その言葉の意味をどうとるか考えこんだ。見ると灰色の目は彼女の目を射通すように鋭く注がれている。驚いて恥じらいさえ表している緑の目からまだ何かを読みとろうとするように。

　しばらくすると彼は言った。「とにかく、今いっぺんに何もかも解決しようとするのは無理だ。僕は君の面倒はちゃんと見ると医者に約束したからね。ここを出るにはまずきちんと支払いだってすませなければならないし、君ひとりで小さなアパートへ帰すわけにもいかない。僕ととりあえずウィンド・トアに帰るしか方法はないんだよ」

2

ウィンド・トアの建物は、後方に広がる海を背景に、高地の草原のややくぼんだ辺りにぽつんと立っていた。草原のそこここに突出している多くの裸岩と同じくらい年を経ているため、その色合いは枯れている。周囲に生えている数本の木は強い海風によって同じ方向にたわみ、枝々の葉はすでに秋の色をたたえて赤や黄金色に変わった。からすが裏庭に回ってきた車の音に驚いて啼きながらとび立ち、その葉が何枚か散った。

病院で、ジェイクは何着かの服をリンに渡した。以前に彼女が滞在した折に置いて行った自分の服だという。不思議な気がした。服装には着る人の個性が出るとよく言われる。わたしはほんとうにこんな服を着ていたのかしら？　身にまとわりつく、絹のような白いズボン。体の線がくっきり出そう。それにこんなにきつくてはベルトのボタンがはまるかしら？　青銅色のシャツは大きな襟が開いているけど胸が出てしまわないかしら？　病院の鏡の前で当てて見ただけで着る気を失っていた。でももしかしたらこれがわたしの一面なのかもしれない。

着替えてジェイクの前に出ると彼は長い間じっとながめていた。リンはその細めた目にまた敵意を感じ赤くなりながら言った。「病院にいる間にわたし太ったのかしら。やっと着られたのよ」

「お世辞を言ってほしいのか？　リン。言われなくてもわかってるんだろう、魅惑的だよ」

「お世辞なんて結構よ」リンは目をそらした。

それから次々と主任をはじめ看護師たちと別れの挨拶を交わした。短い間だったが皆親切だったし、せっかく仲良くなった人たちとの別れは少々寂しかった。みんなは自分のボーイフレンドのこと、病院で評判のハンサムな若い医者のこと、映画の話などかわるがわる聞かせてくれた。彼女にとっては砂漠の中の水滴のように貴重なひとときであった。

ばら色の頬をした見習い看護師のジャネットは青い目で残念そうにリンに手を差し伸べた。「話を聞いてくれてありがとう。また検診で来院するときは、きっとここへも会いに来てね」

「ええ、来るわ」リンは約束した。ここは目覚めてからの彼女の全世界といってもよいくらいだった。人はなんてすぐ環境に順応してしまうのだろう。検温、血圧測定、回診、食事、という習慣がしぜんに思えてしまう。

ジャネットはジェイクにいたずらっぽい視線を投げた。「よくお世話をお願いしますよ、ミスター・フォレスター」病院のスタッフとはひと味違ったタイプの男性に十八歳の見習い看護師はすっかり夢中になっているようにリンには思えた。

「ああ」とジェイクはあっさりうなずいた。

少女のがっかりした顔を見て、リンは彼女の耳もとで、ジェイクに聞こえないようにささやいた。

「わたしの退院なんだから、ジェイクにうっとりするような顔ばかりしないで！」

少女は真っ赤になって笑いだしたが、リンをぶつようなまねをしたのを見てジェイクは陽気に言った。

「何か言ったんだな！」

それからみんなはいっしょに玄関を出て、ジェイクはリンを車に乗せた。走り出した車からリンは何度も振り返って手を振った。見習い看護師の少女も見えなくなるまで、ちぎれるほど手を振りつづけていた。

やがてウィンド・トアに着くと、リンは彼の母との再会を思って身ぶるいした。ジェイクは彼女をかえりみて荒っぽくきいた。「大丈夫か？」

　リンはうなずいた。しばらくは口がきけなかった。広大な草原を見ると、自分の心の中の広大な空洞をみせつけられる気がして、思わずうつむいた。ジェイクは青白い頰を、そしてばら色の唇をしばらくながめていたがやがて眉を寄せた。

「君の化粧品も持って来てあるのに……ぜんぜん使ってないね」彼は唐突に言い出した。

　リンは病院の洗面所でそれを見た。アイシャドーをちょっとためしてみたが、なぜか使う気がしなかった。

「どうしてだ？　リン、君はいったい何をたくらんでいるんだ？　新しいゲームのつもりか？」

「どういう意味？」リンは唇を嚙んだ。「ただ……色が濃すぎるみたいでいやだったの」

　ジェイクは目をみはった。「そうか。わるかった。君のドレスの色を邪魔するということか？　君のベッドルームに残してあったのを全部持って来たんだが……それしかなかったよ」

「ベッドルーム？」頰を染めて、心もとない声で問い返した。

「二週間ばかり君は我が家で過ごしたろう？　覚えてないのか？　そのとき君はいろんなものを置いて行った」

「そう」リンはため息をついた。

　二人は車を降りた。黒いラブラドール犬が吠えながらとんで来た。犬はリンを見て立ち止まるとあごを引いて低いうなり声を出した。リンは片手を伸ばしてにっこりした。「サム……ハロー、サム」

　犬は緊張してそっと前進し、冷たい鼻で差し出された手のにおいをかぐとたんに尻尾を振り始めた。

　リンはしゃがんで犬を撫でた。「ハロー、いい子」わたしの最初の友だちね。この犬が荒れ地でわたしをみつけ、最初に好意を見せてくれたのだ。

ジェイクは立ったままじっとこの様子をながめ、妙な表情を見せた。「さあ家に入ろう。ここは寒い。君はまだ半病人なんだからすぐベッドに入るんだ」

リンはすなおに立ち上がり、彼のあとについて開いたドアから家に入った。「この家は昔、農家だったの?」リンは問いかけた。

「ああ。しかし不経済でね。土地がやせていて。僕らも食用に牝鶏(めんどり)と兎(うさぎ)を飼っているけどね。母が新鮮な卵と肉を好むから」

二人はいかにも農家らしい広い台所に入った。リンが立ち止まるとサムも影のように彼女の脇(わき)に立った。壁は真っ白で、太い樫(かし)の梁(はり)が天井を通っていてそこから縄によりこまれた玉ねぎのひもが何本も、そしてスパイスの束がいくつも下がっている。中央にどっかりと据えられた大きな樫のテーブルには時が刻んだしみやつやが見える。濃いブルーのエプロンをつけたミセス・フォレスターが忙しく歩き回り、テーブルいっぱいに広げた道具を駆使して仕事に励んでいた。入って行ったときには、一列に並べたびんに、片端からどろっとした真っ赤なジャムをつめるところであった。

夫人はちらとリンを横目で見た。「すぐ寝かせたら? ベッドの用意はわたしがしておいたから」

「わたしなら大丈夫です。もうなんともありません、ほんとうです。ここにいますわ」リンは答えた。

「いいえ、寝たほうがいいんです」びんのふたを閉めながら夫人は固執した。

ジェイクはリンの肘をつかんだ。「行こう」

「でも……」すがるように彼を見上げた。

「今言ったでしょう、一日中わたしの前でうろうろしてもらいたくないの。あなたがこの娘をここに置くと言うから置いてくけど、ジェイク、わたしの目の前には出さないでちょうだい」

リンは唇を噛んで薄暗い廊下へジェイクのあとを

追った。同じように暗い階段を、リンは肩を落としてのぼって行った。踊り場で彼女はひと息ついて辺りを見回した。ジェイクが先に立って開いてくれたドアを入ると、そこは気持のよさそうな部屋だった。

しつらえは古めかしいが、木彫りのヘッドボードも緑色の絹のキルティングのカバーも、とても温かい感じがする。きれいに洗ってアイロンの当てられた更紗(サラサ)のカーテンは、地色の黄褐色に青や赤、緑などがひだのかげなど光のぐあいで現れる。幅広い大理石の洗面台にリンは目を輝かした。陶器の水受けをそっと手で撫でてみる。

歩き回るリンをジェイクはずっと目で追っていた。リンは黒髪をそよがせて振り向いてにっこりすると彼に向かって熱心に言った。「とてもすてき」

ジェイクはとくにそれには答えることもせず、硬い表情のまま言った。「クローゼットに服が入っている」

クローゼットを開けて、ずらっと掛かっている服を見てリンは目をみはった。かなり高価に見える品が何着も。でも一つとしてリンの気に入るものはない。色もデザインも派手過ぎる。

「ねまきは一枚しか置いてないね」ジェイクはばかにしたような声で言って丸みのある引き出しをぐっと引いた。そして薄手のフリルがひらひらとついたひどく短い代物をつまみ出した。彼の手に掛かったすけすけの、燃えるような赤い布きれを見てリンは赤面した。「これでも着てすぐベッドに入るんだね。三十分くらいしたら昼食を運んであげるよ」

「わたし……わたしこんなの着られないわ」どう考えてもこんなものを自分が着ていたなんて思えない。

「どうして？」ジェイクがからかうような目で見た。

リンはますます赤くなった。そしてますます目を大きく見開いてジェイクを見た。「どうしても信じられないわ。あなたとわたしが婚約していたということも。第一わたしはあなたを知らないのよ。あなたの言うことを判断する根拠もないし。こんな衣装だって……こんなものをわたしが着たとは……どうしても思えないの……下品だわ！」

「それはおかしいな、リン。いくら記憶をなくしたからってそれはないぞ。下品？　その言葉の意味がわかっているのかな」ジェイクは引き出しの奥をのぞきこんでまた何かひっぱり出した。そしてリンにそれをほうった。「たしかめたいなら……ほら……僕は下に行くから。昼食を持って来るまでにちゃんとベッドに入っていろよ」

ジェイクは出て行った。リンは手にした写真にぼんやりと目をやった。そこにある自分の顔に見入ったが、不思議なことにちっともぴんとこない。彼女は小さな白いビキニをつけて縞模様の椅子に寝そべっている。彼女の隣に我がもの顔のジェイクがいて、露出した彼女のお腹の上に手をのせてじっとみつめている。

自分の過去の面影を求めてリンはじっと写真の中の自分の顔に見入った。間違いなく自分だ。しかしセクシーなポーズも、いたずらっぽい目つきも全く他人事みたい。ほんとうに昔のわたしはこんなだったのかしら？　過去にかくされた自分の秘密におびえるようにリンはベッドにもぐりこんだ。写真をにぎりしめ、泣きながら。

リンは初めて、自分が忘却の霧の中から抜け出して真実の自分を見出したいと本気で思っているのかどうかを疑った。一見、猫科の動物を思わせるような自信たっぷりな写真の女性が自分であってほしくない……でも真実なら、逃げるわけにはゆくまい。クローゼットのドレス、ジェイクの態度、写真、知れば知るほど不愉快になるばかりだ。

涙が頬ばかりか肩までぬらし、そのせいか寒気がした。ドアが開いたのにリンは気づかなかった。いきなりその肩をつかまれて、涙をかくそうと顔をそむけるリンはジェイクの強い力に負け、顔を見上げた。ジェイクはベッドにひざをのせ、リンのぬれた顔をじっと見た。リンは目をつぶり、子供のようにしゃくり上げながら手の甲で涙をこすった。

「涙でぐしょぐしょじゃないか」彼が静かに言った。リンは思わず声をあげてしゃくり上げた。「ごめんなさい……」

ジェイクは両腕にリンをかかえこみ、リンは彼のがっしりした温かい胸に顔を埋めた。彼はなだめるようにリンの髪を撫でた。肩のふるえは次第に治まったが、涙をためたリンの息がジェイクののどもとへ、温かくかかっていた。ジェイクはリンの首の後ろに手を回し、まとわりついている黒髪をほぐして揃えた。やさしい愛撫に少しずつリンの心もほぐれ、安心感と眠気とでぐったりとジェイクに身をあずけるのだった。

彼の手の動きが突然止まった。顔のすぐそばにある彼ののどが動いて何かつぶやくと、リンをベッドに押し戻した。リンは目を半開きにしたまま、信頼をこめてにっこり彼を見上げた。

ジェイクは妙な笑いを口もとに浮かべてリンを見ている。「筋書きどおりだな、リン。全く君のお手並みはさすがだな。しかし僕だってもう同じわなにはかからないぞ。いったい君は何を望んでいるんだ？　僕の状態だってすっかり知っているくせに、何が欲しいんだ？」彼の目には怒りさえ見られた。「僕が魔手をのがれたのがいまいましいのか？　そうだろう？　ほかの間抜けどもと同じように、君に捨てられたくないばかりにひれ伏すのを見たいのか？」

つい今しがたの静かな安心感を吹きとばすには十分に効果があった。リンの目は曇った。「ジェイク……」

「やめてくれ」ぴしゃりとリンの口を封じた。「もう君のうそは聞きたくない。ゲームをつづける必要はないんだ、リン。もう忘れたまえ、片棒かつぎはかんべんしてほしい」

「わたしはゲームなんてしてないわ」リンの顔はまた青ざめていた。枕と同じくらい白い。緑の目は弱々しく心痛を示して訴えるように彼を見上げている。

「ああ、もういい。着替えてベッドに入りなさい」

「こんなもの着たくないのよ」

ジェイクはちょっと困った顔をしたがすぐ部屋を出て行き、やがて花柄のネルのねまきを手に戻って来た。「母のだ」彼はベッドの上にそれをほうり投げると音をたてて戸を閉めて出て行った。

リンはのろのろとねまきに着替えた。裾までの前開きで、袖はたっぷりふくらんで手首でしまっている。少し短めだが、着心地もまずまずなのでほっとしてベッドにもぐりこんだ。静かな部屋だ。窓の外をとび交う小鳥のさえずりばかりか羽ばたきまでよく聞こえる。そのほかには荒れ野に物音はない。自分の心臓の鼓動を強く意識した。

ジェイクをあんなふうに怒らせる理由はなんだろう？　自分とジェイクの間に何があったのだろう？　婚約しているというのに敵意丸出しだ。彼のひと言、彼の一瞥に軽蔑と疑いがこもっている。現在の記憶喪失さえうそだと思っているのではないか？　彼をわなにかける……とか言っていた。なんのわな？　なんでもいい、思い出したい……いったいわたしは彼に何をしたんだろう？

リンはねまきの花模様を指でなぞった。なんだか子供のころに帰ったみたい……子供のころ……何か心の中に呼応するものを感じた。頭の中を魚が一匹通り過ぎたような感じ……つかまえる前に行ってしまったけれど。忘却の中へ逃げこまれてしまったけれど。

ドアが開いてジェイクが入って来た。リンは赤くなった。「ノックしてから入ってほしいわ！」

ジェイクは口の端を曲げた。「記憶は失っても性格は変わらないらしいな、リン」

リンはショックに目を見開いた。どういうこと？　問いかけるまなざしを彼はとらえた。「僕にまでいつまでも芝居をするなよ。ここには君がいたいだけ、いつまでいてもいい。ただたのむからゲームはやめてくれ！」

お盆をリンのひざの上にのせ、ジェイクは足早に出て行った。ふるえながらリンはお盆の上の食べ物を見た。どのくらい……どのくらいの親しさだったのかしら？　ベッドルームへノックなしにいつでも平然と出入りするほどの仲だったのかしら？

ひとり問答を一時中断してリンは食べ始めた。あっさりした味だがとてもおいしい。白身魚を軽く焼いたものに野菜のつけ合わせ。食欲もあまりなく、半分残してお盆を戻した。記憶はいつか戻ってくるのかしら？　荒れ野の霧はまたリンの頭をおおい、いつしか眠りにおちていった。

目を覚ますとカーテンが引かれ、部屋は暗い。半身を起こして見るとお盆はもう下げられて、そこにはなかった。眠っている間に誰かが入って来たらしい。

しばらく目をならしてからリンは起き上がり、家具を見ながら部屋の中を歩いてみた。居心地のよい部屋だが、なぜか家具が少し気にかかる。もし記憶が戻らなかったらわたしは今から新しい生活をスタートさせなければならないのだ。どうやって？　どんな仕事ができるの？　自分で働いて食べなければならないのに。アートギャラリーに勤めていたということだけど、そこでどんなことをしていたのかしら？　事務仕事？　リンはあらためて自分の指を見た。青白い手は何も語ってくれない。

ノックの音にリンはとび上がった。「どうぞ」と声をかけてからいそいでベッドに戻った。あわててシーツの間にもぐりこもうとしているリンを、入って来たジェイクは無表情に見守った。

「やっと目が覚めたのか。ずいぶんよく寝たな。お腹すいたろう？　昼はあまり食べてなかったから」

「おいしかったわ。でもあまり食欲がないみたい」

「昔から小食だったな」ジェイクは肩をすくめた。

リンは心細くなってきいてみた。「ジェイク、何かわたしにできることはない？　わたし……わたしここじゃ退屈しそう。お母様のお手伝いしちゃいけない？」

ジェイクは不思議そうにリンをながめた。「母の手伝い？　何をするつもりだ？」

「お料理とか」

「君は料理なんかぜんぜんできないことを忘れたのか！」

「できない？」リンは眉をひそめた。でも一つのきっかけができたわけだ。料理ができるという確信があった。これはしぜんに出てきた考えだ。

「どっちにしても母は君がそばにいるのをいやがるから、そんなに退屈ならラジオを持って来てあげよう」

「本のほうがいいわ」

ジェイクはまた変な顔をした。「どんな本？」

「どんな本でも。おまかせするわ」

ジェイクは薄笑いを浮かべた。「ではおおせのとおりに」彼は出て行くと間もなく、ラジオとひとかかえの本を持って戻って来た。「ガウンを羽織って起きて来たまえ、バスルームを教えておく。原始的だけど便利にできていると思うよ」

小さな暗いところだがお湯も出る、と彼は言った。古くさいボイラーが壁にとりつけてある。しかしすごい音がする。火事になりそうな猛烈な音だ。彼はリンをそのままそこに残して階下へおりて行った。それでも体を洗うとさっぱりした。またベッドに戻って本をとり上げた。二冊はすでに読んだものだ。親しみを覚えて表紙をめくった。ディケンズ……最初のさし絵にも見覚えがある。ちょっと大げさで、こっけいな絵だ……何か思い出すきっかけにならないかしら？

赤い表紙は古びて光っている。活字の間にも黄色いしみがある。リンは読み始めた。読み始めのわくわくする気持にも覚えがある。ディケンズはリンも忘れていなかった。物語も文章も覚えている。でもどこで、いつ読んだものか、どうしても思い出せない。ディケンズはぽつんと、離れ小島のようにたよりなく頭の中で孤立している。幼いころかしら？ ため息が出た。どうして、どうして思い出せないの？

分析医は、いろいろ覚えていることもあるでしょう、と言った。音楽、詩、世界の出来事など。ただ個人的な記憶だけが失われているのです、と。医者は眼鏡越しに珍しくもなさそうにリンをながめて言った。〝意識下ではもちろん、あなたは自分が誰かわかっているのです……。あるテクニックを用いればそれをきき出すことも可能ですが、それでは解決にはなりません。あなたが意識下にかくしている過去を引き出すことは、あなた自身がしなければならないんですよ。わたしがかわりにするわけにはいかない。なんらかの理由であなた自身が昨日と今日の間の戸を閉ざしています。あなたはそうやって自分を守る必要があったんでしょう。その必要がなくなったとき、その戸はしぜんに開かれます〟

リンは目を閉じて大きく息をした。それから本に集中しようという努力を始め、そして次第に没頭していった。

しばらくの後、ジェイクが温かいミルクを持ってドアをノックした。そしてそろそろ消灯時間だと告げた。彼はサイドテーブルにカップを置き、本をかき集めた。リンは急に反抗心を起こした。「まだ疲れてないわ、今日はお昼寝を十分にしたから」

「君は静養のためにここにいるんだ。十分に休めば早くふつうの生活に戻れる」

「そしてあなたの家から出て行ける」

「そうだ。僕の家から、僕の人生から、僕の目の前から。そうなんだ！」

リンはむっとしてあごを上げた。「あなたはわたしが嫌いなのね、ジェイク？　あなたはわたしたちが婚約してるって言うけど……わたし指輪をしてないわ。ほんとうは婚約なんかしてないんじゃないの？」

「君は指輪をしていたよ、リン。僕はのぼせ上がっていたから豪勢なサファイアを買った……。ところが君はそれを見るとダイヤモンドじゃなきゃ、と言った。でももし僕がダイヤモンドを買ってたって満足はしなかったろうな」

「まあ……そうだとしたらわたしどうかしていたのよ。だってわたし、ダイヤモンドよりサファイアのほうが好きですもの」リンは唇を噛んだ。「でもわたしはどちらもしていないわ。わたし……わたしあなたに返したの？」

「もらってない」

「じゃあ、どこにあるの？」

「たぶん宝石屋のウィンドーだろう。君はかなりの金を手にしたはずだ」

リンはショックを受け、怒りに燃えてジェイクを見た。「わたしがそんなことするはずないでしょう！」

「ところが僕は、君がなんでも金目当てだということをよく知っているんだよ」鼻先で笑った。

嘲(あざけ)るようなその声の調子に驚いて、リンはいそいでシーツをかぶって涙をかくした。しばらくするとスイッチの音がして、〝おやすみ〟というジェイクの声と共にリンは闇(やみ)の中に残された。

リンはひと晩中、自分の心の鍵(かぎ)を開こうとしてベッドの上で輾転(てんてん)、ついに一睡もできなかった。原因はジェイクと自分の間で起こった何かなのだろうか？　自分が働いていたというヨークの美術商とやらに行ってみれば、そこにいる誰かが思い出させてくれないだろうか？　自分のものだという衣服にも化粧品にも全く見覚えがない。

外を渡る風の音を聞きながら、自分から抜け出してさまよっている自分を、なんとかしてみつけ出さなければ、と誓った。そうこうするうち、うとうとし、また目が覚めてみると辺りは真珠色の薄ぼんやりした明かりに包まれていた。また霧が出たのだ。リンは起きて窓に顔をつけ、霧のかなたに目をこらした。何も見えない。静けさが家全体をすっぽりおおっている。小鳥の声さえしない。

リンはふるえた。ふと気がつくと部屋の中はひどく寒い。ためしに引き出しを開けてみると、荒れ地でジェイクに出会った日に着ていたジーンズと黒いセーターが入っていた。ふわっとラベンダーの香りがした。ミセス・フォレスターがきっと洗ってくれたのだ。折りたたんだセーターの間に、ガーゼの袋につめたラベンダーがそっとはさんである。

同じ引き出しの中に、薄いぺらぺらの下着もひと山入っている。リンは丹念に一つずつつまみ上げて調べた。その中から自分が着ていたはずの白い木綿のパンティと、同じく木綿のシンプルな白いレースのついたブラジャーをさがす。五分ほどあとにリンはやっと自分らしい装いをして落ち着いた。クローゼットの隅から、あの日自分がはいていた底の低い黒い靴もみつけた。さらに五分かけて顔を洗い、つやが出るまで黒髪にブラシをかけ、リンはゆっくりと階下へおりて行った。

台所の戸を開けると、ミセス・フォレスターが振り向いた。そして表情を硬くした。「朝食はあと十分でできますよ。あなたがこんなに早く起きるとは思わなかったから」

リンは大きな掛け時計を見た。八時だ。「あなたのお邪魔はしたくないんですけど、お忙しそうだから自分で朝食の支度をしてはいけません？」

ミセス・フォレスターは肩をすくめた。「どうぞ。冷蔵庫にオレンジジュースの缶が入ってます」

リンはテーブルの上の大きなバスケットを見やった。「卵を一つゆでてもいいでしょうか？」

「お好きなように」ミセス・フォレスターは一心にこねていた柔らかい小麦粉のかたまりを、大きくひとひねりして焼き板にのせ、かたまりの一つ一つに清潔な白いぬれぶきんをかぶせた。リンは戸棚をいくつか開けてみて小さなソースパンをみつけ、水を入れてこんろにのせた。それから白い塩壺をみつけ、塩をひとつまみ水に落とした。水が沸騰してくると、先に時計の針をたしかめてから褐色の卵を入れた。

しばらくしてリンは尋ねた。「ジェイクのお食事はどうしましょう？」

「すみましたよ」ミセス・フォレスターは冷ややかにリンを横目で見た。「今朝はもうアトリエに行きました。だからあの人に見せようとして、そんなことをしているなら無駄ですよ」

リンは赤面した。「そんな。ただご迷惑かけないようにしようとしているだけですわ。ここにいるだけでお邪魔のようだし。これ以上お荷物になるのはつらいんです、わたし。わたし……もう大丈夫、帰れる……と思います、どこかわたしの住んでいたという所へ。どこかにアパートがあるとか……」

「ヨークですよ。ジェイクがそう言っていたから。

でも今はそこが住居じゃないんでしょ」

　リンは夫人を見た。「じゃ、わたしそこを引き払ったんですか？」

「そのようよ」恨みがましい言い方だ。

「それなら行き先のようなものを置いているはずですわ」

　ミセス・フォレスターは首を横に振った。「誰も知らないんですよ」

　卵がゆで上がった。リンは卵を黄色の小さなエッグカップにのせた。手作りのパンをひと切れとり、バターを塗ってから腰をおろした。ミセス・フォレスターが濃く出した紅茶をカップに注いでくれた。

「コーヒーはないの。よかったらミルクがあるわ」

「紅茶で結構ですわ」リンは答えた。

　リンは砂糖を入れてかき回しながらだんだんきびしい表情になった。どこにも行く所がない。思いにふけりつつもちぎったパンをかじり、卵の黄身をスプーンですくった。まず住む所をさがさなきゃ。この世界のどこかには、わたしの着るものや多少のお金、ともかくも居場所があるはずだ。だいたいお金をまったく持たずにどうやってこんな僻地に一人で来られる？　誰かが、どこかでわたしをさがしているにちがいないが、それはどこだろう？

　紅茶を口に運んだときミセス・フォレスターの視線を感じてリンは礼儀正しい微笑で見上げた。「熱くてとてもおいしいですわ」いつも自分でいれるときより少し濃いな、とは思ったけれど。

「あなたは今、お砂糖を入れたわね」と夫人は言った。

「ええ」いけなかったのかしら？「お砂糖はいけないんでした？　わたし、ダイエットにはあまり関心がありませんの。よく働けばしぜんにスリムでいられますから」

　夫人の表情が曇った。背中をしゃんと伸ばして夫人は流しに向かい、洗いものを始めた。リンは食べ終わったあとのテーブルを片付け、ミセス・フォレスターの洗い上げた皿をふきんできゅっきゅっとふき始めた。そして歩き回って同じ皿のありかをさがしてそれぞれの場所に納めた。なじみのない台所だ。でも天井からつるした玉ねぎや香草のにおいはなつかしい。

窓の外の霧のせいか、窓の内側はかえって落ち着く。台所の片付けが一段落するとリンはミセス・フォレスターをにっこり振り返った。「今度はわたしがお茶を一杯おいれしましょうか？　パン作りのあとの一杯はおいしいものですわ」

夫人は少し動揺の色を見せたがすぐにもとの無表情に戻ってテーブルについた。「それもいいわね」

リンはお茶の用意をした。手もとに夫人の視線を終始感じた。きれいなカップとソーサーを出して注ぎ、自分も腰をおろした。夫人の視線を避けてリンは時計を見た。「お茶をいただいたらちょうどパンのふくれるころあいになりますね」

「なんですって？」夫人はお茶にむせた。

「あら、熱過ぎました？」リンは自分のカップに口をつけてためしてみた。「すみません、少し熱過ぎましたね」

ミセス・フォレスターは答えず、茫然（ぼうぜん）としてお茶を飲み干した。黙りこんだ二人の耳に、規則正しく時を刻む振り子の音だけがひびいた。

リンは自分のカップを押しやるとまた時計を見た。「そろそろ焼く時間ですね」と言って立ち上がるとオーブンの戸を開けて、中をのぞきこんだ。「わたし、このタイプのオーブンを使ったことがないんですけど、これはどうやって温度を調べるんでしょう？」

「勘ですよ」ミセス・フォレスターがぶすっとして言った。リンはうなずいた。

「これでいいでしょうか？」

　夫人はリンにうなずいてみせた。リンはぬれぶきんをはがし、ふくれたパンの種をのせた天板をそっとオーブンに入れた。ミセス・フォレスターはリンをじっとみつめていた。

　リンは入れ終えると、また時計を見た。「そろそろお昼の支度のお手伝いをしましょうか？」

「今日はシチューにしようと思ってるの」と夫人。

「お肉は……冷蔵庫ですか？」

「そう」

　冷蔵庫を開けるとビニールに包まれた牛肉はすぐみつかった。リンは肉を水ですすぎ、きれいにふいて角切りにし、小麦粉をさがした。ミセス・フォレスターは長い水仕事で荒れた手をテーブルの上で組み合わせ、硬い表情を崩すまいとがんばっているように見えた。小麦粉をみつけて肉にまぶすと、リンは次に大きなフライパンをみつけ出した。玉ねぎと人参を加えて手早く肉をいためる手つきを夫人はじっと見守った。

　肉に火を通す間にリンは、次々と野菜の皮をむき、刻んでゆく。手順は無駄なく慣れたものだ。次に何をするか考える必要がないようだ。材料がぜんぶ揃い、リンが鍋にきちんと並べるとミセス・フォレスターがだまって立って来て、スープの入った大鍋を指さした。リンはスープストックを注ぎ入れた。

　使った調理具をきれいに洗い、最後にリンが手を洗ってふと見るとミセス・フォレスターがきびしい表情で自分をみつめているのに気がついた。リンは辺りを素早く見回し、頬を染めた。「すみません、何かいけないことでも……？　何か入れ忘れましたかしら？」使う野菜はまとめて置いてあったし、そばにあったブーケガルニもちゃんと入れたし。何がいけないのかしら？

「じゃがいももむくつもりでしょうね？」ミセス・

フォレスターが荒っぽく言う。

「ええ、もちろん」リンは謎に包まれながら皮をむき始めたがふと鼻をうごめかした。「あ、パン！」オーブンを開けた。厚手のクロスをみつけて天板を引き出す。こんがりとよい色にふくれて焼けている。とんとんと底をたたいて天板からパンをはがしミセス・フォレスターの差し出す金網にのせた。「すばらしいにおいですわ。わたし、焼きたての熱いパンにバターをつけていただくの大好き」

「消化不良になりますよ」夫人はぶつぶつつぶやくように言って台所を出て行こうとした。「わたしは仕事がありますから。ショーは十分楽しませていただきましたけどね、これからが事ですからね」

ドアが閉まるのをリンは茫然と見送った。ちんぷんかんぷんとはこのことだ。ショー？　じゃ夫人はお芝居で家事の手伝いをしたと思っているのかしら？　リンは気をとり直してじゃがいもの皮をむき、鍋の中身をたしかめ、天板を洗ってふいて片付けた。台所は一点の汚れもなくもとどおりになった。リンは時計を見上げた。居間の方から掃除機の音がする。

「何かすることはありませんか？」リンはドアを開けてきいた。

「ありません。もう十分してもらったわ。ほかにすることがないのなら自分のベッドを片付けることね」奇妙な笑いを口もとに浮かべて夫人は言った。

「それなら起きてすぐすませましたわ」リンはやや驚いた表情を見せた。

「おや、まあ！」

リンは窓に近づいた。「あら、霧が晴れてきましたね、お日様が見えたわ！」

薄い霧を通して太陽は赤い銅貨のようだ。そして荒れ地と畑を仕切る灰色の石垣、小さな家の壁や傾斜の強い屋根も見えてきた。

「ジェイクはこんな日にも絵を描くんですか？」リ

ンを避けてこの家を出て行ったのではないかと疑っていた。

「アトリエであの子が何をしてるかなんて知るもんですか。あの子も言わないし、わたしもきかないから」

「ジェイクは有名な画家ですか？」

ミセス・フォレスターは表情を硬くした。「それはうんとお金を稼げるかという意味？　この家を維持してわたしたちが食べられるくらいがやっとですよ」

リンの求めた答えではなかった。しかし夫人の強い拒絶反応のようなものを感じたから何も言わないことにした。しばらくしてからもう一度言ってみた。

「お願いですから何かさせていただけません？　わたし、何もしないでじっとしていられないたちなんです」

「あなたが？」不信のひびきで答えが戻ってきた。

「ええ」リンは一生けんめい説明しようとした。リンは小さな手を差し出してみせた。「この手が……手が、何か手慣れた仕事をしたがっているんです」

「やれやれ、驚きだこと。まあいいわ、あなたがいつまでもその気なら。わたしは焼きりんごを作ろうと思ってたんだけど、やってもらおうかしらね。そこにりんごがあるから」

リンはにっこりした。「作りましょう」そして台所に戻り、道具やりんごをさがし出した。いそいそと芯を抜き、デーツや干しぶどうや赤ざらめを中につめた。ちょうどリンがりんごをのせた天板をオーブンに入れるところに夫人が入って来た。温度はパンのときよりも下げてあった。リンはにっこり夫人をかえりみた。「シチューはどうしましょうか、小麦粉を練った団子入れます？」

「ジェイクは大好きよ」ミセス・フォレスターはじっとリンを注意ぶかく観察しながら言った。「あの子はダンプリングには目がないの。でも軽いのじゃなきゃだめ」

「じゃあ、それはお願いできます?」リンは自信がなくなってたのんだ。

「いいえ」夫人の目に意地悪そうな喜びが浮かんだ。「お昼はすっかりあなたにまかせたわ、いい子ちゃん。ダンプリングは大事なしめくくりですよ」

いかにも失敗を楽しんでいる口ぶりに腹が立った。リンは肩をそびやかしてダンプリングをこね、一つずつ煮えたつシチューに落とした。使った器具をまたすっかり洗い終わったところへ、サムを従えてジエイクが入って来た。彼はリンの細身でボーイッシュな全身を一瞥した。サムは尻尾を振ってうれしそうにリンに走り寄った。リンはにっこりしてサムの背をやさしく撫でてやった。ジェイクは流しで手を洗いながら母親にきいた。「昼ごはんはできた?」

「すぐですよ」母親は素っ気なく答えた。

「霧が晴れてきたよ」

「そうらしいわね」

調理台の横に腰をおろしていたリンのひざに、サムは大きな目を細めて頭をのせ、いつものように耳の後ろをさすってくれとせがんでいた。リンは笑ってたのみに応じ、サムは満足の息を吐いた。視線に気づいて見上げると、じっと見おろしているジェイクの妙な表情が目の前にあった。リンはすぐ目をそらした。「おかげさまで今日はすっかり気分がいいの。明日になればヨークに行って前の仕事に戻れるかどうか見に行きたいと思って。仕事と住む所をさがさなくちゃならないわ」

「君が記憶を回復するまでここに住まわせると僕は医者と約束した。だから君はここにいるんだ」

「ご親切に、ありがとう」とは言ったがうれしくはなかった。「わたし、働いてお返しができるかと思って」リンは夫人を見た。彼女もじっとリンを観察している。「そしたらわたし、家事のお手伝いをするわ」

「いやとは言ってませんよ」と夫人。

ジェイクはびっくりして母を見た。「この娘は家事なんて何もできませんよ、サムよりひどい」

ミセス・フォレスターは息子をばかにしたようにながめた。「あなたが思ってるよりはずっとかしこい娘ですよ。今のところなんでも上出来よ」

ジェイクは眉をひそめた。「何を言うんですか」

リンはたまたま気になって立ち上がり、鍋のふたをとった。ちょうど食べごろだ。ミセス・フォレスターは動かずリンの動きを目で追うだけだった。リンはレンジ台の上のラックで温めてあった深皿にダンプリング入りのシチューをよそった。ジェイクは口もとをきっと結んで腕を組み、母といっしょにそれを見守った。テーブルがととのうと、ジェイクはだまったまま席についた。リンもうつむいて自分のシチューを口に運んだ。

五分間ほど、ジェイクはだまって食べつづけた。そしてやおらナイフとフォークを置くと、怒りに顔を赤くして、質問とも嘆息ともつかない言葉を発した。「君がこの料理を作ったのか」

「そうですよ、全部この娘が作ったのよ、ジェイク。このダンプリングは空気のかたまりみたいに軽いでしょ、すばらしい出来じゃないこと?」と母親が訴えるように言った。

「この魔女め、君はこれだけの料理ができながらうちの母さんをてんてこ舞させていたのか!　家のことなんぞ何も知らないなんて言って!」

リンはすっかり青ざめてじっとだまったまま、わめくジェイクを見ていた。それで夫人が妙な顔をして手伝いをことわったのか……。どうしてわたしは料理ができないふりなんかをしたのかしら?

「早く食べておしまいなさいな。あなたの大好物のデザートも控えているんだから」母は息子に言った。

「食欲がないんだ」ジェイクは皿を押しやった。

「じゃ、焼きりんごを持ってらっしゃい」ミセス・フォレスターがリンに命じた。

しぶしぶリンは命令に従った。ジェイクは目の前に置かれたこんがりと焼き色のついたりんごをながめた。カラメルがかかり、つめてあった各種のドライフルーツが垂れたシロップの中へこぼれ落ちている。

ジェイクは物も言わず立ち上がると、ドアを投げつけるように閉めて出て行った。リンは身ぶるいしながら戸口を見つめていた。サムがそっと頭をリンのひざにのせた。無意識のうちにリンはサムの耳の後ろをさすっていた。涙のあふれそうなリンの顔を見てミセス・フォレスターが静かに言った。

「二人でお茶でも飲みましょうよ」

3

お茶を飲み終えるとミセス・フォレスターは無愛想に口を切った。「わたしは公平な人間ですからね。あなたがここに来たのはうちのジェイクが〝善(よ)きサマリヤ人(びと)〟の役を演じたがったからだけど、わたしもそれには反対しないわ。病気の娘を家から追い出したりするのはわたしの主義じゃありませんから。その娘が多少実際より重いふりをしていたとしてもね。あなたの記憶喪失についてはわたしには何もわからないけど、あなたがいい料理の腕をかくしていたことだけは事実だわね。あなたはここにいればいいのよ。ジェイクがそう言うんだから。ここの家の主(あるじ)はあの人ですから。あなたは手伝いをするって言ったけど、ありがたいわ——もし本気で言ったのならね」

「本気ですわ」きつい灰色の目を、リンは勇気をふるって正面から見据えた。ひざの上の、温かいサムの頭が何よりの慰めだ。

「それは結構。そうなればあなたがどんなお芝居をしようとわたしには関係ないわ。一から始めましょう。正直いってわたしひとりでもできます、でもこの家には優に二人分の仕事はあるの。あなたがせいいっぱいやってくれればわたしもそれなりの応対はしますよ、これ以上うまく言えないけどね」

「ありがとうございます」リンはうなずいた。そして少しかすれた声でつづけた。「ミセス・フォレスター、わたし、以前にどんなことがあったのか、全く覚えていないんです……。それは信じていただけませんか？ それでわたしの今言ったりしたりすることが、あなたを驚かせているとしたら、許していただきたいんです」

「その話はもうおしまいにしましょう。一から始めようと言ったらそのとおり、一から始めることです」

「ありがとうございます」

ミセス・フォレスターはため息と共に立ち上がった。「わたしはこれから鶏の餌を作らなきゃ……あなたは洗いものしてくださる？」

「はい」リンはいそいそとテーブルの片付けを始めた。

「新しいスタートね」夫人がつぶやいた。

「は？」リンは首を回して夫人を見た。

「ジェイクには通用しませんよ、わかってるでしょうけど。あなたがジェイクにしたことは洗い流して忘れられるようなことではないから」

リンはまた胸を痛めた。いったい何をしたの？

「ミセス・フォレスター、わたし……わたし、何をしたんでしょう？」

夫人はじっとリンを見た。「ジェイクは何も言わないの？」

リンはうなずいた。

「そう、それじゃあの子におききなさい、わたしの出る幕ではないわ」夫人はじゃがいもの皮に何か穀物を足した鍋を火にかけ、鶏の餌を煮始めた。リンはまたジェイクの面影にとらわれつつ、皿洗いをつづけた。片付けが終わるころ、霧はすっかり晴れた。サムが戸口をひっかいて甘えた声を出している。

「サムを散歩に連れて行ったら？」ミセス・フォレスターの声がした。

それはいい思いつきだ。リンは外に出て、日光を暖かく背に浴びた。サムはあとになり先になり、はしゃいで吠えながら跳ねた。石垣の手前でとつぜんジェイクが姿を現した。

「どこまで行くつもりだ？」

「あなたのお母様が、サムを散歩に連れて行けば、ってておっしゃったのよ」リンはとまどった。

「君はこの辺の道を知るまい。僕もいっしょに行こう」それからサムに大声をかけた。「来い！　おすわり！」犬は言われるままに座ったが、舌をだらりと垂らして失望の色を見せた。「上着をとりに行くからちょっと入って待っててくれ」

ジェイクのあとからリンはゆっくりアトリエの建物に足をふみ入れた。母家にあとからつけ足した、天井の低い同じ石造りの別棟だ。戸口に立ってリンは室内を見回す。壁は白いしっくい、床は荒けずりの板で、敷物もない野性的な造りだ。壁際にイーゼルに掛かったキャンバスが並んでいる。机の上にはクレヨンのかけら、木炭、ねじれた絵の具のチューブ、筆、ブラシ、リンシード・オイルなどの道具がいっぱいに散らばっている。イーゼルが一脚、リンに後ろを見せて立っている。今、何を描いているのかしら？　リンはふと思ったが見るのはやめた。

ジェイクはあらゆるものに、絵の具やオイルのしみだらけの布をかぶせてから流しに行って手を洗った。ひきつづき部屋の中を見回していたリンは強いショックにわなないた。思いがけない絵がある。全裸のリン自身が描かれている。ジェイクは灰色のセーターの上にジャケットを羽織りながらリンの様子をおかしそうに見守っていた。

「そうだよ。それは君だ。どう？　いいだろう？」

リンは声もなかった。「わたし……こんなポーズ……したの？」全身が信じられない、と訴えている。

「君がこのポーズを主張したんだぞ」

「まさか」あまりの恥ずかしさにリンは首を横に振りつづけた。「そんな……うそばっかり！」

彼の動きは素早かった。あっという間にジェイクはリンの肩をつかんで荒々しくゆさぶった。荒れ野の霧より冷たいまなざしがリンの目を射た。

「僕はうそつきではない。たとえ君が記憶を失ったからといって、性格までがまるっきり変わったりするものか？　君は僕ばかりか自分もだましているんだ。リン、君はここへやって来て、自分から脱いだ。僕からはたのみもしないのに。むしろ僕がたしなめたら君は古くさい考えだと鼻先で笑ったじゃないか」

耳にした言葉のあまりの思いがけなさと、真実のわからないもどかしさにリンの心はもだえた。

「そのときはまだ僕は君をよく知らなかった。僕はそれまでにヌードを描いたこともあった。しかし君は僕が結婚しようと思っていた相手だ。それとこれとは話が違う。それが今になって恥ずかしがるなんて、どういうことだ？」

直感で彼がうそを言っているのでないということはわかる。でもわたしがどうしてそんなことを？　うす紫色のアンティークの長椅子に長々と身を横たえている白い肢体をリンは横目でもう一度見た。大きな赤いりんごを手に、あらぬ方に目をやってそのりんごを今にもかじりそうに口を半ば開いている。その表情はリンがいちばん嫌いな類いのものだ。見れば見るほどわからない。その目線の先にいる人物に向かって、イブと同じ誘いをしているふうなのだ。

ジェイクは我に帰ったようにぱっと手をはなした。

「ああ、そうだった。散歩に出るなら早いほうがいい」

サムがふさふさした尻尾を振って先に立った。ジェイクが口笛を吹くと振り返って吠えて跳ねる。リンはジェイクと並んでさっきの絵を忘れようと歩き出した。草地は今は小鳥のさえずりと秋風にゆれてヒースのこすれ合う音でにぎやかだ。はりえにしだはあずき色に変わっている。わらびの枯れたにおいが鼻をくすぐる。真上の空は高く青いが、地平線近くには白くけぶった霧の層が見える。近くにまだ霧に包まれているところがあるらしい。

兎を追って時々姿を消してしまうサムを呼び返すために、しょっちゅう立ち止まって口笛を吹かなくてはならなかったが、二人はかれこれ三十分ほど歩き回った。ジェイクは何か考えこんでいる様子であまり物を言わなかったのでリンはほっとした。彼のひと言ひと言がやすりのようにリンの神経をけずる。

サムが息を切らしてごろんと寝ころがった。ジェイクはリンを見た。「戻る前にちょっと休もうか？　君の初めての外出に歩き過ぎてはいけないから」

「ありがとう」リンはおとなしく答えて草の上に腰をおろした。葉先にたたえた露が陽光を受けてきらきら光っている。大地は新鮮で清らかなにおいがする。ジェイクがすぐ脇にどっかりと腰をおろした。リンは幼い少女のように身をすくめ、きちんと足を折ってひざをかくし、草の葉をもてあそんでいた。

サムはまた別の兎をみつけて追って行く。吠える声がひびき、黒い尻尾が草の上でひらひら舞っている。リンは草を一本引きちぎり、口にくわえた。噛むと苦い汁が口に広がった。ジェイクがちらと見た。

「疲れた？」

リンは首を横に振った。黒髪がなよやかな肩先で、美しくゆれた。「わたしなら大丈夫」

「横になって休んだらいい」と言うとジェイクは彼女を押した。とっさのことでリンは仰向けに倒れ、起き上がろうとする間もなくジェイクに両腕をおさえつけられた。ジェイクはリンの顔におおいかぶさるようにして見入った。「君はまるでパズルだな。ぴったり合わせる方法はあるんだろうが、畜生、僕にはわからない」

ジェイクはリンの黒髪をひとつかみすくい上げると指の間からはらりと落とした。

「君はこれをいつもシニョンに結っていたじゃない

か。とてもシックだった。どうしてこんなふうにおろしている？　僕がいつか、長く垂らしているのが好きだと言ったからか？」

「わたしが昔どんな髪にしていたか覚えてません。わたし……わたしずっとこうでしたわ、たぶん」

「香りも違うな」ジェイクはまたひとつかみ、口もとに持っていった。「前は麝香(じゃこう)のにおいだった。これはただの石けんのにおいだ」

　リンは頬を染めた。「病院で洗ったからでしょ」

「ふうん」ジェイクはひと束の髪を自分の口の前に何度も往復させた。リンはまるで暴力をふるわれているように身を硬くした。

　ジェイクがまたリンの顔に視線を戻した。しばし二人は見つめ合った。黒いセーターの下で胸の動悸(どうき)が激しくなった。

　リンの顔にかかった髪をジェイクは指でかき落とし、柔らかい頬骨をそっと指の背でたどった。リンは身ぶるいした。指はあごにすべり、そして唇の上をかすかなタッチで往復した。リンは体の芯(しん)まで熱くなった。そのとき突然ジェイクは手をはなした。

「さあそろそろ帰らないと、僕らが道に迷ったかと母さんが心配する」そしてリンに手をかして立たせ、口笛でサムを呼んだ。顔をそむけていたが、リンの目にはジェイクの顔が紅潮しているように見えた。

　行きと同じ沈黙のまま二人は家に戻った。同じだが何か違っている、とリンは思った。草の上で横になっていたわずかの間に、何かわからないが変わったみたいだ。ジェイクが……ではなく彼女自身が。

「散歩は楽しかった？」ミセス・フォレスターはにこりともせず、鋭い声できいた。

「サムがはしゃいでね。少なくとも六羽の兎を追いかけたし、目にとまる雲雀(ひばり)にはぜんぶ吠えたてた」ジェイクが答えた。

「夕食のお手伝いをしましょう」その場の状況を見

てリンはすぐに申し出た。

「ありがとう。それじゃサラダのドレッシングを作ってもらおうかしら」

「はい」リンはもう材料のありかを大体把握していた。戸棚をたどって次々と材料をとり出した。

ジェイクは母親を妙な目でながめた。「僕は風呂を浴びて来る」

夫人は別に反対もせずうなずいた。リンと夫人は比較的仲良く仕事を分け合った。秋の日の暮れは早い。みるみる外は暗くなり台所の明かりを慕って蛾が窓に集まって羽ばたき、粉を落とす。

食事の用意があらかたととのったところへ、ジェイクはすっきりと白いシャツにジーンズの装いでおりて来た。髪も洗って櫛目が通り、顔はつやつやと光っている。彼はだまって食卓についた。リンもティーポットを中央にそっと置いてから席についた。

全員だまって自分の皿にパンとサラダとコールドハムをとり分ける。サムは主人の足もとでうたたねをしていた。間を置いて寝息にうなり声が入る。夢でも兎を追っているのだろうか。

沈黙の重圧がつらくなってリンは夫人に問いかけた。「ここではいつも朝霧が出るんですか？」

「もうしょっちゅう。とくに秋は。昼間は日が見えても夜になると霧が湧いてくるのね」

「寂しくありません？　見渡す限り家もなくて」

「いちばん近いのがレーン・ハウスだ」ジェイクがいきなり顔を上げてにらむようにリンを見た。

「それは農家ですの？」彼の視線にうろたえた。

ミセス・フォレスターはパンをもうひと切れとった。「デビッド・レーンはこの辺の獣医ですよ」夫人はおだやかに説明した。「その家はここから五百メートルくらい下ったところにあるの。木が茂っているから見えないんですよ」

「でもそれではお寂しいんじゃないかしら」リンは

そう言いながらも、どうしてジェイクがじっと自分を見つづけているのか合点がゆかない。

「もう慣れていますよ。わたしは生まれてこの方ずっとここに住んでいますから。以前はわたしの父がここで農場をしてましたけどね、この子が画家になってしまったので、夫が死んだあと、売ってしまったんですよ、お隣さんに」夫人は静かに語っていたがここで苦笑した。「土地がやせててね……。一キロ半四方くらいあるけど、買った人も羊を飼うしかないようよ。それもたいした収入にはならないみたい」

「生まれた家にずっと住めるって幸せですね。ここはとても温かい雰囲気のあるいい家ですわ」

「ええ」と答えながら夫人はちらとジェイクを見た。

　母親と目と目で何か語ったジェイクは何も言わず、つと立ち上がるとまた大きな音をたててドアを閉め、出て行った。またわたしは何かいけないことを言ったのかしら？　説明を求めるように夫人に目を移したが、彼女はただ片付けを申し出ただけだった。

　リンは慣れた手つきで手早く皿洗いにかかった。流しに並んでミセス・フォレスターはとつぜん尋ねた。「散歩の間にジェイクは何か言いました？」

「いいえ、何も」と言って急にリンは赤くなった。

「ふーん……」夫人は台所を見渡した。「そう、じゃまた別の日に言うんでしょう。あなたもそろそろベッドに入った方がいいわ、疲れたようよ。今日は朝早くからよく働いたから。早く寝てまた早く起きましょう」

「ありがとうございます、そうします」夫人の声に感謝してリンはにっこりした。「じゃ、おやすみなさい」

「湯たんぽは？　夜は冷えますよ」

「ありがとうございます」リンがやかんを火にかけようとすると夫人がさえぎった。

「わたしがするわ。すぐ持って行くから寝ていらっしゃい」

リンは手早く湯を浴びてねまきに着替え、シーツの間にもぐりこんだ。ノックの音にどうぞと答えると入って来たのはジェイクだった。戸口と床の中とで二人はしばし見合った。彼は湯たんぽをかかえていた。

「ありがとう」リンは小声で言った。

彼は歩み寄ってリンに手渡した。リンは目をそらしてふとんの間に湯たんぽを押しこんだ。ジェイクはさっとベッドに腰かけ、リンのあごを持ち上げた。

「君を見る度に、遊園地のマジックミラーの前に立たされているような気がするよ……。みんな曲がって見えるあれ……どうも君が君でないみたいだ、リン。お願いだから芝居はやめてくれないか！」

「何もしてません」すがるように見上げた。

「君は最後のけんかのとき、僕をどう思っていたかはっきり言ったじゃないか」

「わたしが……な、なんて言いました？」

「本気でそれを僕に言わせる気か？　僕がそんなことをすると思うか？　何もかもわかってるくせに」

「何もわからないのに」リンはただつぶやいた。

「もういい。君はすっきりしたんだから」

ジェイクは立ち上がった。リンはわけもわからないまま、このままではいけないような気にさせられた。「ジェイク、わるかったわ。わたしが何を言ったにしても、お願いよ、許してくださる……？」

「許す？　ああ！　知る限りの人間を片端から打ちのめしておいてか？　僕が思いどおりにならなかったもので、君の虚栄が許さないのか？」

驚きとショックで、彼がまたベッドに腰をおろしたときリンは恐怖の叫びをあげた。ジェイクは強引にリンの体を起こして引き寄せた。リンは目をいっぱいに見開いて、のがれようともがいた。

「そのために君が戻って来たのなら、僕は君を失望させるつもりはない」非情な言葉と同時にリンの腕をおさえる手に力をこめ、身動きもできないようにしてからわざとゆっくり唇めざして顔を近づけてきた。ジェイクの唇が重ねられたとき、リンは必死で首を振ってのがれようとしたがもうおそかった。ついに力が抜け、あきらめて目をつぶったリンの背に、敵意と怒りのキスは別の感動を伝えた。一瞬、身も心もふわっと浮き上がるような気がした。リンがおとなしくなると唇にかかった重みがやや軽くなった。ジェイクがおさえつけていた手をゆるめてリンの背に回し、そっと引き寄せると快い充足感さえ感じた。リンは無意識のうちに固く結んでいた唇の力も抜いた。そして彼の首に手を回した。

ジェイクが急に離れ、リンは荒い息をしながら赤面し、白いまぶたを閉じた。それからそっと薄目を開けて見上げた。しかしジェイクは怒ったように立ち上がって、まだ息を乱しているリンにひと言も言わず部屋を出て行った。

彼がリンの唇に残していった余韻と、彼の不可解な行為を思い返して、リンはまた眠りの浅い夜を過ごした。

翌朝も前日と同じように始まった――早起きし、台所におりてミセス・フォレスターの家事を手伝う。すべてはもうごく自然に運んだ。

「一つ言っておくことがあるの」夫人が口を切った。「あなたはよく働くし、なんでも知っているわ。言うことなしよ。実を言うと初めてあなたがここに来たときはびっくりしたもの。あなたは一日中ごろごろして、退屈だと言っては雑誌をめくったり、爪の手入れをしたり。落としたごみは拾いなさいとひと言言ったらヒステリー起こしてわめくしね」夫人は笑った。「今のあなたはすっかり変わってしまって。記憶喪失ってそんないい面があるのかしらね！」

リンは笑えなかった。今までの知識を集めて描く自分の像は全くひどいものだ。「もしかしたら多重人格かしら、わたし」半ば冗談、半ば恐怖も覚えてリンはつぶやいた。夫人は陽気に応じた。

「そうかもね。何もかも変わってしまって信じられないくらいですもの。あなたときたら厚化粧で……それも栗色みたいに濃いのを塗って。言ってみましょうか、あなたはまるで……」夫人は言葉を切ってウィンクした。

「わかるでしょ」

リンは部屋に置かれたひと山の化粧品を思い出してうなずいた。ひどいドレスも、濃いアイシャドーも、みんなけばけばしい大胆なものばかりだ。だからリンにはこのジーンズとセーターのほかには着られるものがない。

昼食後リンが鶏に餌をやった。餌にむらがって騒ぎたてる鶏をながめてリンは心から笑った。そのとき中庭に車が一台入って来た。

背の高い細身の青年が車から降りると、なつかしそうに挨拶(あいさつ)した。「やあ、リン！　君がここに戻って来たとは知らなかったよ！　そうと知ったらもっと早く来るんだったな。そういう服を着ていると、ずいぶんまじめそうに見えるな。家の人たちに手伝いでもさせられてるの？」

「わたしがしたかったからです」迷惑そうに答えた。

青年は笑い出した。「おやおや。そうかっこつけなくったっていいじゃないか。ジェイクはいる？」

「いいえ」

驚いたことに青年はリンの腰に手をすべらせるとぐいと引き寄せ、気やすくキスまでしようとする。リンは怒って顔をそむけた。

「やめて！　お願いですからはなしてください」リンは肘をつっぱってやっと青年の手をのがれた。青年は目を丸くしてリンをぽかんとみつめていた。

「どうしたんだい？」少しまだ子供っぽいが端整な顔が曇った。「何か僕が悪いことしたかい？」

「わたしにキスをなさる権利はないわ」

「権利！」青年はとつぜん怒りをあらわにした。「この前ここで我を忘れるほど僕を夢中にさせるキスをしたのは君のほうだぞ、わかってるだろう！」

リンは青年を見た。「わたし……わたしジェイクと婚約して……」

「そんなことなら関係ないさ」ぶっきらぼうに青年は言う。リンは真っ赤になった。

「わたし……わたしはジェイクと婚約していながら、あなたとキスしたの？」

「君は知ってやったことじゃないか。それがなんで今になっていきなりこだわるのかわからないね」

リンは恐ろしくなった。この青年が誰であるかさえ知らないのに。婚約者のある身でほかの男と……それでは、ジェイクがつらく当たるのはこのせい？


青年はいらだっている。「ああ、もういいんだよ」リンが答えないので彼は投げ捨てるように言うと、家の方へ歩いて行った。リンは鶏を見てぼんやり立ちつくしていた。

アトリエの方からジェイクが姿を現した。彼は今の騒ぎを知っているかしら？　リンは緊張した。ジェイクは洗いざらしの青いシャツとジーンズをぴったり身につけていた。腰や腿の筋肉が盛り上がって見える。灰色の目が冷たくリンに注がれた。

「デビッドはもう君のお気に入りではない、と解釈していいのかな？」皮肉たっぷりの問いだった。

「デビッド？」リンは問い返した。

「デビッド・レーン。うちの獣医だ」

「そんな人知らないわ」リンはため息をついた。

「知らない？　ところが向こうは君のことをかなりよく覚えているらしいぞ」

リンは顔をそむけた。「あなた……見たのね……」

「見て、ぜんぶ聞いた」

ジェイクがまだリンの言うことを信じていないらしいことは素振りでよくわかる。でもリンはおだやかに言った。「ジェイク、事故の前のことは何もわからないの。だから、そろそろほんとうにあったことを聞かせてくださらない？　知る必要があると思うの。第一、わたしたちは婚約しているというけれど、わたしがあなたと恋におちたということさえ信じられないのよ」

「どうしてそんなことを今さら言い出すんだ？」

「ジェイク！　お願い。聞かせて」

「デビッドが原因だ」きっぱりとジェイクは言った。

そんな気がした。しかしそうだと言われても実感はない。このジェイクよりデビッドのほうがすてきかしら？　目の前の力強く男らしい肢体に目をやるとしぜんにリンの頬に血がのぼった。この男には何か言い知れぬ魅力がある。

「というと……デビッドとわたしが？」

「ほかにも？」二人は互いに見合った。やがてリンが沈黙を破った。「な、何人くらい？」

「数は忘れた」

リンはあまりのことに血の気を失い、体がそよいだ。ジェイクはリンの腕を支えた。「アトリエに入って座って話そう。しばらくデビッドと顔を合わせないほうがいい」

ジェイクに押されるようにアトリエに入った。ジェイクはリンを、いつも絵の小道具に使っている薄紫色の長椅子にかけさせた。ジェイクは散らばっていた本をかき集めてどけ、手でごみを払った。「ひざの間に頭を埋めるようにしてしばらくすると治る。脳貧血だろう」

リンはすなおに頭を下げて我慢した。しばらくするとジェイクはリンの頭を上げさせ、ブランデーを垂らした水を飲ませようとした。リンはひと口すすってむせた。

「わたし、ブランデーは受けつけないの」咳きこみながら言った。ジェイクはしゅんとしてじっとリンをみつめた。何を考えているのかリンには読めなかった。リンはコップを置いて姿勢を正した。「もう、ほんとうのことを聞かせてほしいわ。あとどのくらいのショックを受ければすむの？　ジェイク、わたしは知りたいのよ。知っていさえすれば、起こることがすぐに理解できるわ」

ジェイクは窓に歩み寄った。外でエンジンの音が聞こえ、ジェイクは肩越しにリンを振り返った。

「デビッドが帰る。彼はサムの様子を見に時々来る」

「お願い。話してちょうだい」

ジェイクは肩をすくめた。「かんたんにいかないんだよ、リン。僕はヨークのギャラリーで君に会った。僕は展覧会を見に行った。君はプログラムを売ってくれた。にっこりしてね。僕は君を夕食に誘った。それからは毎日のように会うようになった。君は絵にとてもくわしい。君はきれいだ。そのうえ僕ともよろこんでつき合ってくれた。僕は君に結婚の申し込みをした」

リンは目を伏せた。「わたしたち愛し合ってたのね」

ジェイクは苦い笑いを洩らした。「僕は君の外観にまどわされていたんだな、リン。僕は忙しくて、ヨークで長い時間をつぶすのが惜しかった。それで君をここへ招んだ。婚約したんだし、家へ来てもらうのもいいことだと思ったからね」

リンはまつげ越しに彼を盗み見た。唇はふるえ、胸は痛んだ。彼はわたしに恋してくれたんだわ。それなのにわたしのほうから貴重なチャンスを捨ててしまったなんて……なんてばかだったんだろう！

「君が初めて来たときに僕は君の絵を描いた。君は前にモデルをしたことがあると言った。正直言って僕はちょっと驚いたが、君はすばらしい対象だからね、描かせてもらったよ。でも仕上げが残っていた。僕が忙しくて君に昼間会えない日があった。母は口が堅いから何があったかひと言も言わなかったが、君はデビッドと泳ぎに行ったりドライブしたりしていたんだ。たぶん悪気はなかったと思う。デビッドは悪い奴じゃない。ところがある日、君をさがしてここに来ると……母が君は草原に出たと言うので外に出た。そこで君とデビッドを見てしまった。お楽しみの最中だった。僕は彼にすぐ出て行けと言った。僕は彼を責める気はなかった——そのころには君の正体がわかりかけていたから。君はそのときも、いかにも自慢げに僕に見せつけたかったんだろう。しかし僕はすぐ君にも出て行ってもらうことにした。君は身の回りのものをまとめ、残りはまたとりに来ると言った。出て行ったあとで初めて母は、君がどんなに怠け者でわがままだったか話してくれた。君との婚約をやめて母は肩の荷がおりた思いだったろう」

「ほかにも、ってさっきおっしゃったわ……」

「それは言い争いの間に君のほうから言ったんだ」

ジェイクは肩をすくめた。「君が次から次へと巻き物を広げるように恋の遍歴を語るのを聞いてこっちは頭がおかしくなった。母の話では通りかかった男たちに声をかけられるとすぐいっしょに出かけ、町でもそのうわさを耳にした、と言っていた」

「それじゃ、病院であなたは婚約者だとお医者様におっしゃったけど、ほんとうはもうそうじゃなかったのね。わたし、おかしいとは思ったのよ……荒れ地で顔を合わせたときのあなたはそんな素振りじゃなかった」

「荒れ地では慎重にふるまおうとしてたのさ。最後に君は非常に下劣な捨てぜりふを投げて行ったからね。僕が君のベッドへの誘いを断固としてはねつけたことを根に持って、君は僕を男じゃないときめつけた」

「まさか！」リンは両手で顔をおおった。目を上げて聞いてはいられない。「もういいわ、ジェイク。これ以上聞くのはつらいわ。わたしにはどうしても……信じられない……そんなこと夢にもできないわ！」

「でも事実、君のしたことだ」

リンの頬は火のように熱かった。リンは立ち上がって歩き出した。ジェイクは矢のように早くドアの前に立ちふさがった。

「君とデビッドを見た日から、もう君は堕落と虚栄のシンボルでしかなくなった。だから君がいなくなったあと、僕の心の中から君の姿を追い出すこともさほど難しいことじゃなかった。キャンバスの上の君を見る度に、僕はそのときは知らなかった君の病んだ心を、布の上に写しとっていたことに自分で驚いている。描いているときの僕には真実の君が見えていたということだ。そして霧の中で君をみつけたとき、トラブル以外の何も僕の心には浮かばなかった」

「それはわかります」ため息が出た。「もうわたしとのかかわりはごめんだと思ったでしょう」

ジェイクは一歩近づいた。リンはどきどきした。無意識に一歩下がっていた。しかしジェイクもまた一歩進んだ。緊張感をたたえた一定の距離を間に置いて、原始的なダンスでもしているみたいに。リンはまた後退し、テンポを合わせてジェイクが進んだ。リンはとうとう背に壁を感じた。

ジェイクの体が傾いて、両手でリンの黒髪を壁にぴったり押さえつけた。

「ジェイク……お願い……」二人の間にあった緊張の空間が圧されてリンの胸の中に入りこみ、かたまりに押されるかのように痛んだ。

「お願い、って何をだ、リン？」ジェイクはからかうようにささやいた。「君はほんとにすごい役者だよ。自分でわかっているんだろうな？　澄んだ緑色の瞳や柔らかい唇を見る限りでは無心な子供としか思えない。君は危険だ。わかるか？　君がどんな女かこれだけわかっていながら、僕は君についうっかりまた誘いこまれてしまう」ジェイクはリンの黒髪をひとつかみ、ゆるくねじるようにしながら指を首筋に当て、そっと耳の後ろに触れてから頬の線をたどって丸いあごへとすべらせた。

リンは息をつめて身動きもならず、じっとジェイクを見つめていた。

ジェイクの灰色の目がリンの唇に止まった。「また僕のためにすっかり脱いでほしいよ、リン。もう一度ポーズをとってくれないか。君を描きたい」

無意識に彼はわたしを侮辱しているんだわ、とリンは絶望的な気分になった。「はなしてちょうだい、ジェイク。もう何も言わないで」

「でも僕ははなしたくないよ。僕は一度君を追い出した。しかし君は戻って来た。そうじゃないか？　君をまた信じろと言われても無理だろうが、君のかつての申し出を受けることには魅力を感じるね」

彼の言い方にリンは動転した。のがれようとするリンの動きに挑発されてジェイクの腕にはいっそう力がこもった。腕だけではなく全身で壁に押しつけられたリンは、彼の太腿の筋肉を下半身に感じた。容赦なく持ち上げられたリンの顔に、かがみこんだジェイクの顔がかぶさった。逃げようと振り回す首、のどからこみ上げるすすり泣きがまたジェイクの激情を誘ったらしい。ついに彼の唇がリンの口を押し開くと同時に彼女の抵抗をも打ち砕いた。リンはいつしか応じ始めている自分の唇の動きにさえ、なす術を失っていた。彼の手はセーターの裾から中へもぐりこんでくる。そしてその手は胴体の丸みをたしかめるようにさまよう。リンの胸は動悸を速め、快感のうめきが洩れた。リンの両手はつっぱろうとしたまま力なく彼の胸を押さえ、彼の胸に躍る鼓動を手のひらの肌で感じとっていた。

ジェイクもふるえている。リンは直接肌でそれを感じた。彼は唇をのどにすべらせる。リンは柔らかい肌に灼熱（しゃくねつ）のキスを受けてぐったりした。「ジェイク……」

その声にはっとしたように彼はリンをはなした。何か聞きとれない言葉をつぶやくと、ジェイクはまだぼうっとしたままのリンを置いて、足音荒くアトリエを出て行った。

4

この事件は、二人の関係に大きな変化をもたらした。ジェイクもリンもできる限り互いに相手を避けた。食事時や夕食後に顔を合わせなければならない時も、よそよそしい態度で終始した。ジェイクが近寄ると緊張するリン、よそよそしい二人を、ミセス・フォレスターはじっと見ていたが何も言わなかった。

リンは相変わらず家事を手伝い、サムと草原を散歩し、夜は音楽をきいたり本を読んだりして過ごした。ある夜ミセス・フォレスターはジグソーパズルを持ち出して、いつものこの人らしく悠揚迫らず、だまって一つずつ合わせていた。

ジェイクは夜もアトリエにこもることが多かったけれど、時には居間で過ごすこともあった。彼の目はリンを無視して本の文字に集中し、その横顔を時々盗み見てはリンは頬を染めるのだった。静かな、そして多忙な田園生活にリンは心から満足していた。沈黙の団らんも家事もそれ自体はちっとも重荷ではなかったが、ただ一つ、ジェイクの態度だけがリンの心にひっかかるものだった。母親のほうはリンが共に働き始めてからすっかり心を開き、楽しく仕事を分かち合った。二人の間には何か通じ合うものが芽生え始めていると言ってもいい。

ある午後、ミセス・フォレスターはリンにブラックベリー摘みをすすめた。たくさんとれたら明日りんごとブラックベリーのジャムを作りましょう、と。

サムを連れ、大きなかごを手にリンは家に近い茂みに出た。かき分けると葉のかげにはよく熟した実が重そうにそこにもここにもついている。とげに刺された指を時折吸いながらリンはせっせと摘みとった。とつぜんサムが吠え、振り向くとデビッド・レーンの車がすぐそこまでさしかかっている。血がのぼるのを感じた。ああ、だめ。彼のことなんか考えちゃ……ジェイクの語った言葉を思い出したとき、車から青年が出てこちらに向かって来るのを見てリンはめまいを覚えた。

サムは吠えるのをやめて、青年の顔を見ながらうなり始めた。リンの表情を敏感に見てとったのだろうか。

デビッドは立ち止まり、目を丸くした。「サムはどうなっちゃったんだ？　いつから僕はナンバーワンの敵にされちゃったんだろう。おい、サム、僕がわからないのか？」

デビッドが笑って手を出すとサムは警戒するようにぱっととび退った。そしてデビッドをにらみつけている。

デビッドは顔をしかめた。「まだおかしいのか、リン？　今日は泳ぎに行こうと思って誘いに来たんだけどな。天気はいいし、もったいないじゃないか」

「結構ですわ、わたし泳げませんから」

「泳げない？」デビッドは狐につままれたような顔をした。それから背後の気配に振り向いて困ったような表情に変わった。「やあ、こんにちは、ジェイク」デビッドは耳の後ろまで赤くなった。

ジェイクはリンの傍らに来て見おろした。おどおどとリンもその顔を見上げたけれど、相変わらずジェイクが何を考えているか顔には書かれていない。

「デビッドの言うとおりだ。今日は水泳日和じゃないか。行って来れば？」

「ああよかった」デビッドは急に元気になった。

リンは黒髪をそよがせて首を横に振った。「だめですわ。水着も持ってないし」

「白いビキニが二階にあっただろう」ジェイクはデビッドに言った。「先に行ってろよ。僕たちもあとから行く」

「わかった」デビッドは答えて去った。リンはだまってまた木の実を摘み始めた。ジェイクはその手をつかんで引いた。手首が痛い。

「いつかは正面から事実に対面しなければならないんだ。さ、早くビキニに着替えて来いよ」

「わたし……わたし、行きたくないの」

「それはわかっている。しかし勇気を出してぶつかるんだ。いつまでも過去をかくしてはおけない」最後はやさしくさえ聞こえた彼の言葉にリンは涙ぐんだ。

リンはかごを持って家に入り、残りはまた夕方までに摘むからとミセス・フォレスターにことわって部屋に上がった。白いビキニをみつけて着てみたが、リンは恥ずかしさに打ちふるえた。ウエストの細さや長い脚、高く小さな胸を、小さな布きれが強調し、リンは素っ裸でいるような気がした。リンはその上から黒いセーターとジーンズを着て下におりた。

ジェイクはバスタオルを腕にかかえて待っていた。

「行こうか？」というジェイクの目を避けてだまってリンはうなずいた。何キロか車を進めるとやがて手入れの行き届いた芝生と花壇にかこまれたモダンな建物が現れた。ジェイクについてその家の向こう側に出ると花柄のビキニを着たブロンドの美しい少女が挨拶をしたが、リンを見ると笑いをひっこめた。家の前には青い水をいっぱいにたたえた大きなプールがあり、若い人たちの何人かはリンに向かって手を振った——それがすべて男性だ、と気づいて気が滅入った。日除けの下でスカッシュなど飲んでおしゃべりに興じていた少女たちは、リンが着替えに建物の中へ入って行くといっせいに黙りこんで目で追った。

ジェイクが更衣室のボックスの一つに消えた。リンもボックスに入ってしぶしぶジーンズを脱いだ。ジェイクはなかなかいい色の濃いブルーのトランクス一つで待っていた。胸には黒い毛が盛り上がっている。

二人は黙って見合った。リンは全身で彼の視線を受けとめた。ちくちくするようなまなざし。今、ぐいとあのたくましい体に引き寄せられたら、とリンはふと思った。ああ、とため息が洩れる。ジェイクはでもわたしを憎んでいるんだわ！

いきなり彼の手が伸びた。「さあ。一日中ここにつっ立っているわけにはいかない」

プールをかこむ淡いブルーのタイルの上に立って、人々のざわめきを聞きながらリンはじっと、秋の陽光を受けて光る水面をみつめた。

「入って来たときに会った女の人は誰？」リンは静かにジェイクを見上げた。「名前も知らないとあとで恥をかくでしょう」

「ペトラ・ウィリアムズ。少し離れたところにペトラのお父さんは工場を持っている。いい家の娘だから君がデビッド・レーンをもてあそんだことをよく思っていないんじゃないかな」

リンは目を伏せた。「ペトラは彼が好きなの？」

「興味を持っていたことは事実だな。しかし君の介入で何もかも吹っとんだだろう」

「まあ」

「そうなんだ」彼は小さな声でつぶやいた。それからあらためてリンの全身に目を走らせた。「ここへ僕らは泳ぎに来たんだろう？」そしてまず彼から水にとびこんだ。

リンは急に怖くなって光る水面を見おろした。

足もとの水の中からぽっかりジェイクが顔を出すと敵意をはっきり見せた。「そうやってじっと立って、わざと皆に見られていたいのか、リン？　君は魚みたいによく泳いだろう？　早く入れよ」

リンは唇を噛んだ。「わたし……わたし泳いだことがないような気がするの。わたし、怖いわ、ジェイク」リンは訴えた。

ジェイクは眉を寄せた。「泳ぎなんて忘れるものじゃないさ。思いきってとびこんでごらん……水に入れば思い出すよ」

「だめよ！」叫んでリンはふるえた。

ジェイクはいらだって手を伸ばし、ふるえるリンの足首をつかんで水の中へ引きずりこんだ。リンは鋭い悲鳴をあげたあと、深く底へ沈んで行った。必死でもがいたが息ができずいっぱい水を飲みこんで、どうしても浮き上がれない。周りの気泡やかき回された水の流れが断片的に目に入り、自分が洗濯機の中にほうりこまれた衣類になったような気がした。何も考えられず、ぐるぐるとすべては回っていた。

とつぜん強い手につかまれて引き上げられ、プールの脇でリンは咳きこみ、しゃくり上げた。リンをタイルの上に横たえるジェイクの周りに人の輪ができた。口や鼻から水が流れ出た。肺がひどく痛いと思った。

「どうしたんだ？」誰かの声がした。

「魚のように泳いだ人がね……。失神したのかな？」別の声が言った。

ジェイクはたった今の恐怖にとらえられてすすり上げるリンをかかえると、野次馬の間を押し分けて更衣室に入って行った。リンをボックスに入れるとジェイクは冷たくきいた。「ひとりで着られるね？」

リンはうなずいた。ぬれた髪が顔の回りに張りついて、リンをいっそう小さくたよりなく幼く見せている。ジェイクは戸を閉めた。リンはショックにふるえながらのろのろとジーンズをはいた。しばらくするとジェイクが乱暴にノックした。

「大丈夫？」

リンは木のベンチに頭を垂れて座っていた。「ええ」大儀そうに答えて立ち上がるとリンは戸を開けた。

「行こう」ジェイクはリンをひっぱった。

家に向かう車の中でリンはおずおずと言った。

「ごめんなさい、あんなばかなことになって」

「もういい」彼はきっぱりと言った。

怒ったジェイクの顔を横からうかがってリンはため息をついた。「わたし……忘れることもあるみたいね……。お医者様は過去に覚えた技術は思い出すとおっしゃったけれど、泳ぎはだめだったわ」

「楽しいテクニックなら思い出すんじゃないか？」

いやみな言い方にリンは赤面した。「やめて！」

「何をやめてだ？　ほんとうのことを言うのをやめて、か？　そうしてほしいんじゃなかったのか？」

返す言葉もなくうなだれた。厳として存在する自分の過去は否定することも忘れることも許されないのだ。しかし彼女の内心はそんな過去はなかったと思いたがっている。

車は中庭に止まり、リンはふるえながら降りた。台所の窓から二人を見たミセス・フォレスターはびっくりしたようだ。「ずいぶん早かったのね」

「リンがちっとも泳がないから」ジェイクが答えた。

夫人はリンのぬれた髪を見た。「でも髪がぬれてるわ」

「それがリンは泳げないことを証明しようとして溺れてみせたんだ」ジェイクは吐き捨てるように言ってアトリエに入って行った。

数日後、検診のため二人は病院に出かけた。医者は診察のあといくつか質問をした。「全然変わってないな。これだけ経ってまだ何も思い出せないということだと、ちょっと長びく可能性がありますね」

「どのくらいかかります？」リンは唇を噛んだ。

医者は肩をすくめて背もたれによりかかった。

「それはわかりませんね。明らかにあなたには思い出したくない過去がある。あなた自身がしぜんに心を開かないとなれば力ずくで開くという手もありますが、どちらをとるかはあなた次第だ」

リンには答えられなかった。うつむいてふるえた。

「どうしました？」医者がのぞきこんでいた。

「ああ……大丈夫です」リンはつばをのみこんだ。

「いそぐ必要はないんですよ。またひと月したらいらっしゃい。そのときになってもなんの変化もなかったら……また考えましょう。決心がついたら治療の日時をあらためてきめればいいですから」

「な、何をするんですか？」

医者は大丈夫だというようににっこりした。「いろいろな方法があります。催眠療法を使ってみようとわたしは考えていますが。それでも効果がなければまた別な手段にたよらなければなりません。でも、それはあなた次第で、あなたがいやなことはしません」

帰りの車の中でジェイクはだまりこくっていた。家に着くとリンは気にして声をかけた。「いろいろお世話になったけど、今日お医者様はまだ長くかかるかもしれないとおっしゃったの。だからわたしヨークへ帰ったほうが……どこかにわたしの住んでいたところはあるにちがいないし。ギャラリーに行ってみれば何かわかるかもしれないわ。もっと早くそうすればよかったのよ」

「君が入院していたときに僕は行ってみた。君はもうやめたと言っていた。そしてヨークのアパートも引き払っていた。どちらにも転居先は知らせてない。事故のあったころ君がどこに住んでいたのかは誰も知らない。しかも誰も君の捜索願いを出していない」

「まあ」リンは沈みこんでため息をついた。「そうなの。ともかくそれじゃアパートと仕事をさがさなくちゃ。いつまでもあなたのご厚意に甘えてはいられないわ」

「アトリエにおいで。話がある」

リンは先日アトリエで起こったことを思い出してしぶった。それを見てジェイクは顔を曇らせた。

「君に指一本触れないよ」ジェイクは言った。

リンは顔を赤らめて彼のあとに従った。ジェイクは閉めたドアによりかかったまま、首をうなだれて彼の話し出すのを待っているリンをじっと見た。

「君は母の手伝いをよくするそうじゃないか？」

「ええ、まあ……うまくいっていると思うわ」

「この荒れ野は退屈か？」

「ここ？　すばらしいところだわ。静かで美しくてウィンド・トアのすべてが気にいっているわ……。そんなこと何度言わせるの、ジェイク？」

「ここにいたいか？」

リンはまた彼を見上げた。緑色の目にみるみる涙があふれた。「どうしてそんなにわたしをいじめるの？　わたしはここにはいられないじゃないの！」

「どうしてだ？」

彼の問いにリンはとまどった。「だってあなたは……わたし……」リンの耳もとからだんだん赤みが広がってきた。「わたし……ここにはいられません」

「条件によってはいられるんだ」ジェイクは言った。

「どんな条件？」気弱くリンは彼を見た。

「僕は君と結婚しようと思う。君は今でも僕と結婚できるんだ」

「そんな！」リンは目をいっぱいに見開いた。ひどく心を傷つけられて後ろを向いてしまった。ジェイクはすすり泣きにふるえる細い肩を見ていた。

「もちろん便宜上の結婚ということだけどね。君はただ今までのように母を助けて家事をしてくれればいい。それだって一つの仕事だろう。ちゃんと衣服代やなんかにあてられるように月給をあげる……。

ウィンド・トアにいたいと今君の言ったことがほんとうなら、君にそれをことわる理由はないはずだ」

　リンはくるりと振り向いた。「でもそれだけなら何も結婚する必要はないでしょう。わたしは妻としてでなく、あなたのために働くだけでもいいわけね」

「気むずかしい母を納得させるには結婚の形にするのがいちばんいい」

「そんなこと関係ないわ。それに結婚するということはハウスキーパーになるのとは意味が違うわ」

「ふつうはそうだ。でも君と僕の間には今まで以上のことは何もなくていい。ハウスキーパーと同じだ」

「それはおかしいわ。あなた、まともじゃないわ！」

「そのとおり。僕はほかの誰とも結婚する気はないんだ。君を知って以来、僕の生活に君以外の女は考えられなくなった。僕は君のすべてを知っているんだよ、リン。僕はかなり意地悪な見方で君を見ている。もういっさい僕をばかにするようなことは許さない。結婚したら僕以外の男には近づくな。さもないと生まれたことを後悔するような目に遭うと覚悟するんだな」彼の冷たい目はリンをふるえ上がらせるに十分だった。

「ジェイク、そんなにわたしを憎んでいて、どうしてわたしと結婚しようなんて思えるの？」やっとのことで問い返した。

「リン、これは罰だ。もし君が全く別の人物だとしたら、ここでの生活は君にとってうれしいはずだ。そしてもし君がなんらかの事情で僕を侮辱するために芝居をしているならこのウィンド・トアでの生活は囚（とら）われ人のようにつらいだろう。僕は君にそれを二十四時間、考えさせてあげよう」それからジェイクはイーゼルの前に立った。「僕はこれから仕事をする。君はもう行っていい」

　彼の申し出はつらくもあり、また半面うれしくもあった。心の中ではもう受ける気になっていた。まるで磁力でも持っているように〝ジェイクの妻〟という呼び名に惹(ひ)きつけられる。しかし過去の悪夢は依然として二人の間に横たわっており、それについて彼は決して許しはしないだろう。

　リンはジェイクに対してますます弱みを感じ、またそれをかくしきれない。部屋の窓から草地に目をやりながら、考えこんだ。選べと言われても、どっちの地獄をとるかというようなものだ。もし今ウィンド・トアを離れたらもうジェイクに会うことはあるまい。それは耐え難い。妻としてここに残ればそれは彼の情けに降参したことになる。ますます彼に対して無防備にならざるを得ない……。

　そうだ、わたしはジェイクを愛している、たまらなく彼を愛してしまった、と自分で認めたところで思いははたと中断した。

　彼は気がついているのかしら？　それで結婚しようなんて言い出したのかしら？　過去のリンの仕打ちに陰険な復讐(ふくしゅう)を企てているのかしら？　かつて彼に深い痛手を負わせた女が今慈悲を請うている図は彼にとって片腹痛いことだろう。それだけでも彼にとっては一つ仕返しをしたことになるかもしれない。

　その夜リンが居間にいると、ジェイクは新聞を持ったまま入って来て、彼女のかけている長椅子にどかっと腰かけた。彼は意識的にリンのひざに太腿をぴたりとつけて素知らぬ顔で新聞を読んでいる。リンの目はだんだん焦点が合わなくなってきた。ついに彼女は立ち上がった。

「わたし……わたし、そろそろ休ませていただきます」

「ああ、どうぞ。おやすみなさい」ミセス・フォレスターが答えた。

　リンは立ち上がったが、ドアの方へ行くにはどうしてもジェイクの脚とテーブルの間をすり抜けなければならない。意を決してその前を通ろうとすると、新聞のへり越しにジェイクはおかしそうにじっとリンを見守った。

　リンはまた眠れぬ夜を過ごした。翌朝リンは腫れぼったい目をして台所に立った。

　やがて台所に入って来たジェイクはリンの目をじっと見て、からかうように言った。「よく眠れなかったのか、リン？」

　むらむらと怒りがこみ上げてきた。過去にどんなひどいことをリンがしたのか知らないが、今の彼の残酷さはどうだろう。リンはジェイクについて中庭に出た。ジェイクは腰に手を当てて、口を一文字に結んで薄笑いを浮かべている。

　リンは言った。「あなたのお申し出を考えてみました」

「それで？」

「お受けします」勇気を振りしぼってリンは真正面から彼の目を見た。

「よし。では手続きをとろう」

「手、手続きって？」唖然とした。

「結婚のさ。何も待つことはないだろう？」

「ああ、でも……」リンは急に恐ろしくなった。そんなにすぐ行動に移すとは。

「でもなんだ？　待たなきゃならない理由でもあるか？　いずれにしろこれは便宜上の結婚なんだ。手続きが早いほどこの家での君の立場は楽になる」

「だって記憶喪失のまま結婚するわけにはいかないでしょう？」とっさの思いつきをのべた。

　ジェイクは下唇を嚙んだ。「ああ。しかし僕らは君が何者であるか承知の上だ。そして君は現在正気だし。いけない理由がほかにあるか？」

「た……たぶん、ないみたいね」リンは口ごもった。

ジェイクはおうようにうなずいた。「そうだろう」

それだけ言うとさっさとアトリエへ歩き出した。リンもうなだれて母屋へ戻った。

このことをリンはミセス・フォレスターに言い出しそびれていた。そして、三日後の昼食のときのことだった。

「お母さん、来週リンと結婚することにしたよ」ジェイクが言った。いちばん驚いたのは夫人かリンか、どちらとも言えなかった。

ミセス・フォレスターの立ち直りははるかに早かった。「あら、そう?」ちょっと意味ありげな目で息子をながめた。

ジェイクはちょうど口に運んだ食べ物をゆっくり嚙んでのみこんでから答えた。「めんどうくさいことはなしだよ。簡素な式だけで、パーティーもしない」

ミセス・フォレスターはじっとリンをみつめた。「あなたにはぴったりよ、ね?」

「ええ」リンはさからわず、目をそむけてつぶやいた。

「ハネムーンは?」夫人が皮肉たっぷりにきく。

「ハネムーンもなし」ジェイクは宣言した。リンは彼の視線を感じたが無視した。

ジェイクがアトリエへ去るとミセス・フォレスターはあらためてリンを見て静かに話しかけた。「あなたは今自分が何をしようとしているか、わかっているんでしょうね? あのジェイクは、この家の土台の石と同じくらい頑固で融通のきかない強引な子よ……。かんたんに人を許したり昔を忘れたりする人じゃないの。あの子といっしょになったら女には地獄よ」

リンは頰の熱くなるのを覚えた。しばらく唇を嚙んでいたが、かすれた声で答えた。「わたし……わたし、彼と結婚します。おっしゃること、わたしにはとてもよくわかりますわ、でも……」

ミセス・フォレスターはため息をついた。「そう、あなたはもう茨（いばら）の床を編んでいるのね。そこに寝るのはあなた自身なのよ」

もしもその床にジェイクもいっしょに寝るのなら永遠の苦しみもどれだけ我慢しやすいことだろう。

結婚式の前日、ジェイクはリンを車に乗せ、しぶるリンのドレスを何着か買いにヨークの町へ出た。

リンに適当に選ばせたあと、支払いをしながらジェイクは言った。「僕はもっと多額の支払いを覚悟したんだが。昔はもっと金づかいが荒かったからな」

リンはジーンズを二本新調した。一本は丈夫なブルーデニム、一本は鮮やかなグリーンのもの。黒のプリーツスカート一着とそれに合うセーター三枚。そして結婚式用に、裾（すそ）までのフレアスカート、ハイネックで長袖のピンクの凝ったドレスを選んだ。

「よく似合う」ジェイクはそれを見てひと言、言った。リンはさっと頬を染めた。そのあと、いくつか用があると言ってジェイクはリンを教会堂の前で降ろし、三十分ほどで迎えに戻ると言ってどこかへ行った。

やがて帰途についてすぐ、大きなガラス窓のあるところでジェイクは車のスピードを落とした。

「ここが君の働いていたところだ」ジェイクは言った。リンは目をこらしてながめたが、なんの覚えもない。ジェイクは横からリンの様子をしばらく見守り、やがて何も言わずにアクセルをふんだ。

二人は翌日結婚した。式が終わるとすぐにウィンド・トアの家に帰り、リンとミセス・フォレスターの二人で作ったあり合わせの料理で昼食をすませた。この日はミセス・フォレスターが片付けを引き受け、リンはサムを散歩に連れ出した。大気はすっかり冷え、残り少ない枯葉が風に舞い、冬がすぐそこまできているのが感じられる。もうブラックベリーも残りわずかだ。リンとミセス・フォレスターがりんごとブラックベリーのびんづめに励み、貯蔵室に納めたのも一日がかりの仕事だった。

ひと回りして戻ってみると家の中は空っぽでしんとしている。リンは気になってミセス・フォレスターをさがした。二階の彼女の部屋の前で呼んでも返事はない。仕方なく着替えをしようと自分の部屋に入って、新しいジーンズをはこうと引き出しを開けると空っぽだ。びっくりしてクローゼットを見るとこれもすっからかん、何もない。リンはあわてて階段の上から大声でミセス・フォレスターを呼んだ。かわりにジェイクが声を聞きつけて階段をのぼって来た。

「お義母(かあ)様をさがしてるの。わたし……わたしの衣類がすっかり消えてしまったの」

ジェイクはリンの前をすり抜けて、母の部屋になっていた主寝室のドアを開け、入れという仕草を見せた。いぶかりながらリンは彼の指示どおり部屋に入った。ジェイクは後ろ手にドアを閉めてよりかかった。

「クローゼットを見てごらん」

そこにはリンの衣類がきちんと整理されて入っていた。リンはジェイクをかえりみた。「わたしがお義母様の部屋をとり上げるわけにはいかないわ……。今までの部屋で十分よ。いくらお義母様が厚意でそう言ってくださったとしても……そんなことさせちゃいけないわ」

「君は何か忘れてやしないか？　よくもう一度考えてみるんだね」

リンはあらためてクローゼットの中を見た。とたんに真っ赤に頬を染めた。なんと、ジェイクの服もいっしょに入っているではないか。「どうして？

あなたは……結婚は便宜上のことだと……おっしゃったじゃないの。あなたと一つの部屋には……いられないわ！」

「君は僕の妻になった。母は当然二人は一つの部屋に休むもの、と思うだろう。もし別々の部屋を使っていたら、そのうちに僕たちが実際には夫婦じゃないということが他人に知れる。それはまずい」

「わたしは誰にも言わないわ。だから誰にも知れることはないでしょう」

「二人のうちのどちらかが病気になって医者が来たら？　あるいは近所の人が見舞いに来てたまたま見てしまったら？　話は十分も経たないうちに町中に広まるよ。ね、リン。だからいっしょにこの部屋を使おう」

リンは後ずさりした。「だめよ、ジェイク、そんなことはできないわ！」

「僕は君に何かしたりするつもりはないよ。この間は僕も我を忘れてしまったが、あのことで僕は肝に銘じた。もう一度あんなことをしたら僕自身が君から離れられなくなってしまう。だから誓ってもうあんなことはしない。ここで一緒に寝ても僕は君に指一本触れないよ」ジェイクはじっとリンをみつめ、ふっと苦笑を洩らした。「僕らのうちのどっちがその状態を先につらく感じ始めるか疑問だけどね」

リンは自分の胸の痛みを見破られたことを感じた。彼は初めから計画的なのだ。リンは毎夜彼と同じベッドで眠り、彼の憎しみの深さを肌で感じさせられるのだ。彼の言う罰の一つなのだろう。

「わたしが憎いのね」リンはかぼそい声でつぶやいた。

ジェイクの顔色が変わった。「ああ。いったんは僕の心からも追い払ったはずの君がまた戻って来て、妙な芝居をしてまた僕を恋のわなに陥れようとする……魔女だから……」ジェイクはリンの肩を両手でつかんでゆさぶった。「しかし僕はそのわなに落ちるほどのばかではないからな。もう少しのところで瀬戸際までいってしまったのは認めるが。もうちょっとで理性まで失うところだった。今、君が演じている行儀のよい女はほんとうの君じゃない。だからこれから君に試練を課すわけだ。当座は演じおおせるだろうが、やがて君だって演技に疲れるときがくるだろう。何日、何カ月かかるか知らないが」

リンは背を向けて涙ぐんだ。

「どうしたんだ？　リン。顔を見せてごらん」

リンは首を振り、必死で感情をかくそうとした。

ジェイクは回りこんでリンの前に立った。

「リン、怖いのか？　そうだといいが。僕は君が自分のわなにおちこんでいくのを自覚するまで、見守るぞ」彼は手荒にリンのあごを持ち上げた。まつげをふるわせてジェイクを見上げるリンの瞳を強いまなざしで見返し、口もとに残酷な笑いを浮かべた。

「かわいそうなリン！」

ぬれたリンの目は、残酷そうにゆがんだ彼の唇にかくされているおさえ難い激情を見た。リンは切なくなって顔をそむけた。そのときリンの肩をつかんだジェイクの手にぐっと力がこもり、そして乱れた息づかいが聞こえたと思うとその手はつと離れた。

ジェイクは大股に部屋を出て行った。

5

その夜早めに床についたリンは、暗がりの中を、やがて入って来るであろうジェイクの足音に聞き耳をたて、入って来る前に眠ってしまいたいと願いつつ、気がたってしまってそんなことはできない相談であることもわかっていた。窓の外の草原には激しい風が渡っている。部屋自体が今までの慣れた小部屋でないことも恐怖感を増すのだ。目はだんだん闇に慣れて、家具の形などぼんやり見分けがつき始めた。

ジェイクの足音がドアの外に近づいたときは胸がずきんと大きく鳴った。リンは目を閉じ、息を殺して彼の動きを耳でとらえていた。

いよいよベッドのそばまで彼の近づく気配に、リンは気が遠くなりそうだった。シーツをめくってリンのそばに体が入ってくる。リンは初めから彼の側に背を向けて横になっていたのだが、意識して規則的な息をし、眠っているように見せかけた。ジェイクの体がリンの方を向いたのが首にかかる息でわかると一瞬リンの息づかいは乱れた。しかしすぐに立ち直った。

「リン、おやすみ」おかしそうな声がささやいた。

リンは答えなかった。うっかり声を出すと全身のふるえが露見してしまう。ジェイクは小声で笑うとくるりと反対側に向きを変え、すぐ静かになった。リンは彼の体の温かみが伝わってくるのを感じ始めた。彼の寝息をリンは慎重にうかがっていたが、そのしぜんなリズムから、彼がほんとうに寝入ったとわかると初めて緊張が解けた。

翌朝早くリンは、ひさしに群れる小鳥の声で目を覚ました。顔にひと筋の光が窓からさしこんでいる。ゆっくりと目を開いたリンは自分の居場所にあらためて気付いてはっとし、そっとジェイクの存在をうかがった。ジェイクは体を丸めて静かな寝息をたてている。リンはその顔を見守りながらそっと寝返りをした。すると彼は薄目を開け、横目でリンを見てから手を上げて伸びをした。リンは愛しさで胸が破れそうだった。眠りは力強くたくましい顔も和らげるものらしい。高まる動悸をおさえつつしばらくリンは再び目を閉じた彼の寝顔をながめた。口がうっすら開いて顔は上気している。さわってみたい衝動にかられ、リンは、彼が頭の横に伸ばしたままの腕からわずかのところまで顔を寄せ、半ば伏せたまつげの間から眠っているジェイクをみつめた。彼の口からかすかなため息が洩れた。触発されたようにリンは思わず開いた彼の手のひらに、ふるえながら軽く唇を寄せた。

離れてそっとうかがうリンの顔にみるみる血がのぼった。また眠ったと思ったジェイクの灰色の目がじっとリンに注がれている。リンは動けなかった。

何も言わず彼はもう一度伸びをした。リンは乾いた唇をしてただただ彼の動きを見るだけだった。

「まだ早い。下へ行って僕にお茶を一杯持って来てくれないか」ぽつりと言った。

からかうような目からのがれられるチャンスにほっとして、リンはベッドを抜け出し、ここへ来て以来、彼の母親から借りていた古い濃紺のガウンをさがした。しかしいくらさがしても見つからず、そのかわりに軽いアンゴラウールのドレッシングガウンが掛かっている。色はローズピンクで、襟に同色のサテンで縁どりしてあり、共布のベルトがついている。リンは困ってジェイクを振り向いた。彼は頭の下に腕を組んで薄笑いを浮かべている。

「結婚のプレゼントだ。気に入った？」

リンはそっと手を触れた。「きれいだわ……。どうもありがとう」

「さあ、着たら？　ついでにねまきも少し買っといたよ、そっちにあるだろう」

リンが彼の指す辺りを見ると、ピンクや金色の絹のようなものがきちんとたたまれ衣装台の上に積んである。きっと昨夜、持って来てくれたのだろう。思わぬ心づかいに心打たれた。

「ありがとう」リンはもう一度消え入るような声でつぶやいてからそっとガウンを羽織った。よろこびが柔らかく全身を包んだ。「わたし……わたしは何もあなたに差し上げるものがないけど……お金もなくて」

「わかってる。お茶が欲しいんだよ、リン。のどが渇いて死にそうだ」

リンは台所におりて湯をわかした。幸せで鼻歌でもうたいたい気分だ。夜が白みかけて台所も薄明かりに包まれている。壁の時計は常と変わらず規則正しく時を刻む音をひびかせ、それはちょうどこの家の鼓動のようだ。

お茶の用意をして階段を上がって行くと時計が七時を打った。ミセス・フォレスターの部屋から衣ずれの音が聞こえたのでリンは足音をしのばせて彼女の部屋へ入って行った。ちょうどベッドの上に半身起こしたところだったミセス・フォレスターは目を丸くしてリンを見た。

「いったい、まあ。なんて早いこと！」夫人はピンクのガウンに目をやった。「きれいね……センスもいいわ、ヨークで買って来たの？」

「ジェイクのプレゼントです」リンはうれしさをこらえきれず誇らしげに言った。彼はお母さんにも見せてなかったんだわ！

ミセス・フォレスターは喜びにあふれたリンの顔をあきれたように見ていた。「まあまあ、お茶をありがとう。ベッドまで誰かにお茶を運んでもらうなんて何年ぶりかしらねえ。でもジェイクがどなりたてる前に早く持っていらっしゃいな。わたしの息子だけれども気をおつけなさい。あの子はあなたが甘いと奴隷のように扱うから」

リンが部屋に戻ると彼はすでにその状態にあった。茶碗を手渡すリンをまじまじと見て彼は言った。

「母は起きてたのか？　君の声が聞こえたけど」

「お義母(かあ)様にもお茶を差し上げてきました」

「誕生日かと思っただろうな」ジェイクはにやりとした。そしてベッドをたたいてつづけた。「ここに座って君も着替える前にお茶を飲めよ」

すなおに腰をおろし、カップを両手でかかえ、彼の視線を意識しながらお茶を飲んだ。日ざしがだんだん強くなり、鳥たちの声もにぎやかになった。リンはカップをお盆に戻し、グリーンのジーンズとそれに合うセーターをさがし出して着替えに浴室へ向かった。

「ここで着替えたらいい」ずっと見守っていたらしいジェイクが背後から声をかけた。

「やめて、ジェイク」リンは振り向いてつぶやいた。

「ここで着替えるんだ」彼はしつこくくりかえした。

リンはつばをのみこんだ。衣類をその場に置いてシャワーを浴びに浴室に入ったが、そのあとのことを考えるとふるえが止まらず、長い時間をかけて丹念に体を洗った。

プレゼントで人をよろこばせておいてすぐにこれだ。ガウンに身を包んでおそるおそる寝室に戻るとジェイクはすでに床を出てガウンのベルトをしめていて、物も言わず待ち兼ねたようにリンと入れちがいに浴室に消えた。リンの着替えを終始見守るつもりではなかったのか、とリンはほっとしたと同時に内心妙な気がした。とはいえ、目にも止まらぬ早さでジーンズに着替え、朝の仕事をしに階段をかけおりた。

ベーコンのにおいがすぐ台所にみちた。ジェイクはミセス・フォレスターより先におりて来た。ぴったりしたジーンズに白いセーター姿のジェイクは席につき、立ち働くリンを見守った。リンは彼の母親のエプロンを借りてきりりと身につけている。サムがリンの行くところ、すがるような目をしてついて歩く。リンはついにサムの首を軽くたたき、大好物のベーコンの切れ端を与えた。そしてあわててぱくつく様子をにこにこながめていた。

「君は犬を甘やかし過ぎるよ」ジェイクが言った。

「サムはいい子ですもの。ねえ?」リンは犬に問いかけた。犬はうれしそうにリンの手をなめた。

ミセス・フォレスターがそこへすまなそうな顔をして入って来た。「なんとまあ、起き抜けのお茶のおかげですっかりのんびりしてしまって。今朝は大遅刻だわ」

「お食事の用意はできてますわ」リンは夫人の前に皿を並べた。ジェイクは黙りこくって部屋を出て行った。リンは窓辺に立ってアトリエへ入って行く彼の後ろ姿を見送った。ジェイクの母はリンの熱っぽいまなざしを見てため息をのみこんで首を振った。

食事を終えてほっと息をついて、ミセス・フォレスターは言った。「客用のベッドルームがあいてしまったから、あそこをなんとかしなくちゃね」

リンは振り向いた。「えっ?」

「内装を変えなくちゃ。週末にでもジェイクがしてくれるといいけど」

「わたし、内装なら大好きですわ」リンは熱心に応じた。「ヨークに行って壁紙とペンキさえ買ってくれば今の壁紙をはがしてすっかりやり直せます」

ミセス・フォレスターは眉を寄せた。「ほんとうにあなた、やり方を知っているの? 思うほど簡単な仕事じゃありませんよ」

リンははっとした。目の奥にゆっくりと記憶がよみがえってくるようだ。まじめな顔に戻ってリンはその一端でもとらえようと気を張った。「部屋……。変ですわ、わたし……わたし、内装をずい分手がけたことがあるような気が……」どこかの海のそばだ……。自分は梯子にのぼって壁紙を貼っている。部屋のもう一方では……そこからまた記憶はだんだん霧の中へ埋もれてしまった。「ああ！」リンはつらくなってつぶやいた。目には涙がたまっていた。

ミセス・フォレスターが立ち上がってリンの肩に片手を回してリンの顔をのぞきこんでいた。「どうしたの？　リン」

「わたし……わたし、何か思い出しかけたんです。ほんの一瞬はっきりと……でもすぐ消えてしまって。もうちょっとだったのに……」

「何を思い出したの？」夫人はやさしくきいた。

リンは必死で思い出そうとした。「もうわからないんです……部屋の中に誰かいましたけど……それが誰か、わかりませんでした」

「あなたは何をしていたの？」

「内装です。それははっきり思い出せます……海に近い部屋でした……。黄色い壁紙……」

「海のそば？　それはどこかしら？」

「それがわからないんです……。ああ、もういいんです」リンは思いを振り切るように皿を洗い始めた。そしてそのあとはいつもと同じウィンド・トアの家事がいつものように二人の女を追い回した。家の中の掃除がすめば庭の手入れ、鶏の世話、洗濯、アイロン……二人はめいめいそのときの気分で自分の好きな仕事をとり、それが結構うまくかち合わずにすむのだった。

その夜、夕食後に内装変更の話をミセス・フォレスターが切り出した。

「僕は忙しいんだ。まずトーマス・ロウターの肖像

を期日までに仕上げなきゃならない」とジェイクは
きっぱり言った。
「リンが自分でするって言うんだけど、紙やペンキ
を買いにヨークへ連れて行ってもらえない？」
ジェイクは空の皿を前に目を丸くしてリンをみつ
めた。「君が？」
リンは頬を赤らめた。「やりたいんだけど」
ジェイクの口が皮肉たっぷりにゆがんだ。「そう
か。じゃ明日ヨークへ連れて行ってやる」
翌日、朝食後に二人は車でヨークに向かった。リ
ンは黒いプリーツスカートに白いセーターを着た。
隣に座ろうとするリンをジェイクはじっと見た。
「着るものといい、化粧といい、ひどく変わったも
のだな。そんな薄化粧とご清潔な服装なら中学生と
言っても通るだろう。リン、君は結構かしこいな。
僕はまだ時折君には負けそうになるよ。僕の知って
いたリンは怠け者でわがままで不道徳な雌猫だった
が、事故以来、性格はまるで変わってしまったな」
かすかにはたいた粉白粉がばら色の頬にすりガラス
をかけたような柔らかさを与え、淡いピンクの口紅
が恥じらいの心を象徴しているようだ。「君は二重
人格なのか、それとも僕のためを思って芝居をつづ
けているのか？　つまり僕の気に入るようなタイプ
の女になろうと努めているのか？」
リンは力なくジェイクを見た。「わたし……わた
し別に何も努めようとしてません……。わたしは
……わたしはわたしです」
「大変だろうなあ！」嘲るように彼がつぶやいた
とき、車は町に着いていた。
二人はいっしょに店に入り、展示された各種の壁
紙を見て歩いた。リンはヴィクトリア朝ふうの、小
さなばらの花をちりばめた柄が気に入った。ジェイ
クは肩をすくめて言った。「君がいいならそれを買
うさ」

二人はほかに白いペンキと新しいブラシなど必要な道具を買い揃(そろ)えて車に戻った。

帰り道、ジェイクは古い大きな建物の前で車を止め、昼食をここでとろうと言った。つやのある木の壁に囲まれたダイニングルームにはほかにも数組の客がいた。ローストビーフは美しい色で柔らかくおいしかった。最後にリンはチョコレートアイスクリームをたのんだが、食べる間中ジェイクがやさしい笑顔を見せていたのでリンはこのうえなく幸せだった。

車に戻る前に二人は、建物の裏手にある生け垣に囲まれた庭を散歩した。あちこちのばらの茂みにもう花はなかったが、わずかにゆれる辺りの空気にはかつて満開だったときの香りがしみついているような気がする。庭のはずれの、苔(こけ)むした石段にさしかかったところで足をすべらせ、ジェイクの厚い胸に抱きとめられると、リンの心臓は一気に速さを増して打ち始めた。足をすべらせたときの怖さだけではないため息をついてリンは頭をその胸にあずけた。

ジェイクはリンの頭を押し返して顔を見た。一瞬目と目に光が交差し、思わず持ち上げたリンのあごに彼の唇がおおいかぶさった。リンの両手はジェイクの首をかかえ、飢えた舌が互いを求めた。

彼のキスがリンにどんな影響を残すかに思いをやるゆとりはなかった。彼に触れている、という満足感で全身がふるえていた。ジェイクが両手でリンの顔をはさんで離し、弱々しい緑の瞳に見入った。

「言ってしまえよ、リン」鋭い声で彼は言った。

何を言えと言っているのかはきかなくてもわかっている。冷たい灰色の目が十分語っている。この胸のうちを全部言葉にしろと言うのだ。リンに対する自分の影響を見ただけでは満足していないらしい。

ため息と共にリンはジェイクから離れた。彼はもう引き寄せようとはせず、先に立って戻りかけたリンの背後に冷ややかな声を浴びせた。「僕はいつまでも待つ気はないんだぞ。互いにわかっていることだろう」

緊張感のみなぎる沈黙が、帰りの車の中を支配していた。めいめい相手を意識しつつ、ひとり思いにふけって。戻るとすぐリンは客用のベッドルームにとびこんで仕事にかかった。まず重い家具をうんうん言いながら片側に寄せた。次に顔を真っ赤にしてベッドを押しているところへジェイクが入って来て、手を腰に当ててながめていたが、つと寄って来るとリンを軽々とかかえ上げてあいた所におろし、ベッドも残りの家具もやすやすと一方の側に寄せた。

「ありがとう」消え入りそうな声でリンは感謝した。

ジェイクはだまって出て行った。リンは夕方までかかってもとの壁紙をすっかりはがした。外が暗くなりかかっているのに驚いたリンは手早く落ちたごみを掃除してから食前のシャワーを浴びた。夕食はことのほか静かにすんだ。ミセス・フォレスターは不思議そうに二人を見比べていたが何も言わなかった。食事が終わるとジェイクは二階へ上がって行った。間もなく階上から家具を動かす音が聞こえてきた。今日ふさがっていた部分の仕事を明日しやすいように、というつもりらしい。リンは夫人とラジオを聞きながらジグソーパズルをいっしょに楽しんでいたが、ジェイクがその脇をだまって過ぎて台所へ入って行くのを見てリンは立ち上がった。

「わたし、疲れたのでお先に休みます。おやすみなさい」

夫人はパズルをつづけながらおやすみ、とつぶやいた。リンは今日こそジェイクが入って来るまでに眠ってしまおうと寝室にいそいだ。

ジェイクも間もなく寝室に入って来たが、一日の肉体労働のおかげでリンは横になるとすぐにまぶたが重くなって、ジェイクが部屋の中を歩き回っているのは知っていたが眠りこんでしまった。

何か音がしたのではっと目を覚ましたリンは反射的にジェイクの寝ている方を見た。ベッドは空っぽだった。晩秋の朝日が部屋いっぱいにさしこんでいる。空はまぶしいほど青い。いそいでジーンズとセーターに着替えておりて行くと、ジェイクは朝食を終えてアトリエへ行くところだった。黒い髪を目にしてリンは心臓が止まりそうになった。ドアの所で二人は顔を合わせたがジェイクの目には警戒心が見え、リンはつらくなって目をそらした。

一日の過ぎるのは早い。この日リンは壁紙をはがし終え、糊(のり)やペンキの残りをきれいに洗い落とすと背中が痛くなった。天井に白い水性塗料を塗る予定なので、リンは家具の上に古いシーツをていねいにかぶせていった。そこへジェイクが入って来てぐるりと見回し、目を丸くした。「君はずい分仕事が早いな」

「壁のしっくいがところどころはがれているの。あなたに手伝っていただけるとありがたいけど」

ジェイクは歩き回ってあちこちを点検し、はげかけたしっくいを少し指にとった。「やってみよう」

「明日は天井を塗ろうと思うんですけど、梯子あります？」高い所の壁紙をはがすためには古い台所椅子を持って来て使っていたが、天井はこれでは間に合わない。

ジェイクは眉をひそめた。「それは君には無理だろう、大仕事だぞ」

「何度もやりましたから」リンは痛む背に手をやった。「わたし、お風呂に入って来ようかしら。あちこち体が痛くなってきたわ」

通り過ぎようとするリンの肩をいきなりジェイクはつかみ、怒ったような顔でリンの目をのぞきこんだ。

「そこまでする必要はないぞ、リン。君は僕の前でいろんなことをしてみせるが、あまり無理すると死んでしまうぞ」

「そんなことになりません。好きでやっているんですから」

「ほんとうに君は大ばかだ！」彼は怒って叫んだ。

リンは肩に食いこむ指の力に顔をしかめた。「ほんとうに無駄なことをするな」彼はくりかえした。

「ジェイク、わたしお風呂に入りたいの。お願い……」

ジェイクはいらだたしそうに手をはなした。「ああ、もう勝手にしろ。いつまでも自分に罰を科しつづけると墓穴を掘ることになるぞ」

三十分近くもリンは温かい湯に身を沈めていた。硬くなった筋肉は少しずつほぐれ始めた。やがて客用ベッドルームに戻ってみるとちょうどミセス・フォレスターも見に来ていた。夫人はリンを振り向いた。リンは湯上がりの体をピンクのガウンで包み、洗い髪は幼い子のように頭の上で一つに束ねていた。

夫人は賛嘆の声をあげた。

「まあ、驚いた。すばらしい手際ね。あなたは自信たっぷりだったけど、実はこれほど玄人はだしだとは思ってなかったのよ。魔法みたいだわ！」

「この壁紙は何年もそのままだったようですね。はがすのが大変でした。しっくいのかたまりがあちこちいっしょにとれてしまったり」

「ジェイクがそう言ってたわ。さあ着替えていらっしゃい。夕食には兎のローストを作りましたからね」

リンが部屋に戻ると、驚いたことにジェイクがベッドの上で長々と伸びていた。口もとに薄笑いを浮かべて、びっくりしたリンの顔をながめて言う。

「ドアを閉めたら？」

ゆっくり戸を閉めてその場にたたずんだまま、彼はずっとここに寝ていたのかしら、とリンは思った。

彼はシャツにジーンズ姿のまま寝ころんでいる。

彼は笑いだした。「驚いたぞ、リン。以前は僕のためにずい分さっぱりと脱いでくれたじゃないか。なのに今度はいったいどうしたんだ？」

リンは唇を噛んでうつむいた。みるみる顔に血がのぼる。ジェイクは跳ね起きてリンに近づき、長い指であごをつまんで上向かせた。緑色の目には静かな怒りがたたえられていた。

彼の手は頭の上に束ねた髪に伸びた。リンはそこからあらわな首筋にすべる手を感じて、電気を通されたようにびくっとした。

「こんな頭にすると君はまるで小娘だな」妙にやさしい声で言うとジェイクの手はリンの背をゆっくり下り、リンのガウンのベルトを解いた。

だまってうつむいていたリンもさすがに大声をあげた。「やめて！」

「着替えろよ、リン」ジェイクは落ち着いた足どりでさっさと部屋から出て行った。リンはほっと大きく息を吐いた。

ジェイクはまるでねずみをもてあそぶ猫のように好きなときにリンをからかうつもりだ。いつでも苦しめようと思えば意のままだという力を見せつけるように。

つづく数日の間、リンは終日、客用ベッドルームで過ごした。食事のときだけ皆と顔を合わせ、内装の進行だけをかすかな楽しみにして。ミセス・フォレスターは時間をみはからっては、お茶を運んで来てくれた。そして見事なできばえを口をきわめてほめるのだった。

「ドアのペンキ塗りくらい、お手伝いしましょうか？」リンがお茶を飲んでいるとミセス・フォレスターが刷毛を手にして尋ねた。

「まあ、ありがとうございます。おもしろそうでしょう？　刷毛がスムースにペンキを撫でつけてゆく感触、わたし大好きなんです」リンはにっこりした。

「そりゃ、三十分くらいはおもしろいでしょう」夫人は真顔で言った。「そのあとはもうつらいだけよ。あなた、疲れているみたいよ、リン」

「わたしなら大丈夫ですわ」疲れたように見えるとしたらそれは毎日の肉体労働のせいでなく、ほかの理由だわ、とリンは心の中で思っていた。

ミセス・フォレスターはふっと仕方なさそうな顔をした。「そう、まああなたの気持はあなた自身がいちばんよくわかるんだから」

仕上げにかかった日は、もう今日ですっかりおしまいにしようと意気ごんで、夕方おそくなるまで働いた。最後の壁紙を貼り終えてリンは一歩下がり、仕上がりを見渡して達成感に浸った。

するとほっとして力が抜けたせいか、めまいを感じ、部屋全体がぐるぐる回りだした。リンは倒れないようにベッドの端によりかかってめまいが治まるのを待った。そこへ入って来たジェイクはその姿を見て灰色の目を冷たく光らせた。そしてリンをかかえ上げて自分たちの寝室に運び、人形のようにベッドの上へころがした。リンはまぶたの裏でぐるぐる回る感覚に疲れ、身動きもままならない。

ジェイクは手荒にリンの衣服を脱がせ始めた。しかしリンは抵抗はおろか抗議の言葉さえ出す力がない。彼はリンに金色の絹のねまきを着せるとシーツの間に押しこんだ。明かりが消え、リンはくたくたになったぼろ布のようにいつのまにか眠りこんだ。

目が覚めると朝になっていた。頭をジェイクの胸にのせ、彼の両腕の中にいた。思いがけないことに一瞬じっと息を殺していたが、たまらず身をずらそうとするとじっと見ている灰色の目と合ってしまった。思わずまつげを伏せる。どうしてこんな寝方をしているのかしら？　もしや……とつらい気持で想像した。眠っているうちに無意識に自分から彼の腕の中にもぐりこんで行ったのかしら？　それを彼はどう思っているのかしら？

「少しは気分よくなった？」ジェイクがきいた。

リンはうなずいて、ベッドの自分の側へ少しずつ逃げ出そうと動いたが、向かい合ってリンの背をかかえこんでいる彼の腕はそれを許してくれなかった。

「そのままにしているんだ」ジェイクはおかしそうに耳もとでささやいた。「それがうれしいんじゃないか、リン？」

リンはじっとしていた。心臓の鼓動がバストにまで伝わる。ジェイクはリンの髪の毛をいじり始め、手は次第に後ろへ回って首筋の愛撫に移った。

「男は早朝にいちばん興奮しやすいっていうこと、知ってるかい？」低い声でやさしくささやく。「興味あるだろう、リン？　それとも先刻承知かい？」

彼の手は襟もとへ回ってナイトガウンのレースの肩ひもをずらし、肩をあらわにした。リンは目をつぶって身ぶるいした。

あたかも感触だけで相手を知ろうとするかのような仕草で、ジェイクは出ている白い肌をくまなく指でたどる。だんだんにリンを高揚した気分に導くように。やがて頭をもたげ、今指でたどったとおりに今度は唇でなぞり始め、リンはただふるえるばかりであった。

好奇心いっぱいの唇は首からあごへとのぼってきて、ついにリンの唇にたどり着いたが、まるで風のように唇の上を何度もかすりながら往復するばかりだった。リンはこらえきれなくなった。両手を彼の首にかけ、激しいキスを求めて力をこめた。彼の唇も急に性格を変え、炎のような熱をもって突撃してきた。リンはいっそう彼に身を寄せ、激情の中で骨もとけるかという思いに溺れこんだ。

キスはつづいた。互いの手が互いの体をさぐり合う。やがてリンは真っ赤に上気した顔を、ジェイクから離した。リンの顔を見おろす灰色の目には、奇妙なとまどいが見られた。ジェイクはだまって起き上がり、足早に部屋を出て行った。

6

十一月の上旬に強い木枯らしの日がつづいた。木々は風にもてあそばれて、黒々とした太い枝を苦痛にもだえるように大きくゆする。朝から晩まで風のうなりが窓を通して家の中にひびきわたり、その荒れた天気はリンとジェイクの暗闇（くらやみ）のかっとうを象徴しているように思えた。

日常の生活は判で押したように同じことのくりかえしで過ぎていった。めいめいの仕事に時を過ごし、食事のときだけ顔を合わせる。相変わらず一つのベッドで夜は休むが、休むというより、互いに相手の動きを心待ちにしている沈黙の戦場のようなぐあいだ。

ジェイクはリンに近づかないよう気をつけているようだった。いつか彼の腕の中でリンが目を覚ました朝のような衝動を恐れているのだろう。ジェイクはリンに必要最小限の言葉しかかけない。それも儀礼的というか形式的というか、ていねいで短い。灰色の目にはもうからかいの色は見られなくなった。

ある寒い、風も強い朝のこと、リンは中庭の薪（まき）の山のかげにうずくまっている子猫をみつけた。リンは目を輝かせてとび出して行き、かぼそい鳴き声をたてる子猫を抱きとると家の中へ連れて入った。ミセス・フォレスターはうれしそうなリンの顔を鋭く見た。

「外にいたんです――たぶん迷子ですわ。かわいそうにこんなにやせて……飼っていいかしら？」

もがいたりひっかいたりする子猫をリンが流しで洗ってやっていると様子を見にジェイクがアトリエから出て来た。水はねがひどいのでリンはビニールのエプロンで防備しながら、彼に笑いかけた。

「かわいそうに体中にのみをつけてたのよ……。ぜんぶ洗い落としてやったけど……毛が乾いたらのみ取り粉をかけてやれば完全だと思うわ」

ジェイクは無心にもがいている小さな生きものをじろりと見た。「いったいどこから迷いこんで来たんだ？」

「さあね。お義母様はあなたさえよければ、置いてやってもいいって」

ジェイクは肩をすくめた。「かまわないさ。僕は猫は好きだから。それより君が猫は嫌いだと思っていたよ」

リンは目を大きく見開いた。「わたしが？　わたしは猫が大好きよ。わたしが小さいころ、家にはいつも猫がいたわ……」リンの頬がふるえた。「お母さん……」糸のような声でつぶやくと、いきなり仰向けに気を失って倒れた。


目を開けるとリンは居間のソファに寝かされていて、ジェイクがしっかり手をにぎり、心配そうに顔をのぞきこんでいた。

リンが目を開けたのを見てミセス・フォレスターがほっと安堵の吐息をついた。「気分はどう？」

リンはぼんやり辺りを見回した。「どうかしたの？」

「君は気を失ったんだ。なんでだ、リン？」

リンは眉をひそめて思い出そうと努めた。「わたし……わからないわ……」

「いつも猫がいたとかなんとか」ジェイクが助け舟を出した。

「そっとしといてあげなさい、ジェイク」ミセス・フォレスターが静かにたしなめた。しかしジェイクはリンの白い顔を射るように見つづけている。

「思い出すんだ。猫だよ、リン……猫がどうした？」ジェイクはあおりたてるように言う。

リンも彼を穴のあくほどみつめた。

「わたし……かわいい……子猫……子猫を見つけたわ……」

「だめだ」ジェイクは冷静になって言った。「もういい。そろそろ医者に行く時期だよ、リン。思い出がよみがえり始めたのはこれが初めてじゃなかったね？　きっと少しずつ戻っているんだ」

「あなたはわたしの記憶喪失を疑っていたんじゃなくて？」リンは苦笑して言った。

ミセス・フォレスターがだまって部屋を出て行き、ドアがそっと閉まった。ジェイクは表情を硬くした。

「もう神にまかせるしかないよ。何を信じたらいいのか僕にもわからなくなった。君の勝ちだな、リン。ああ、君はいつもそのうまい口で周囲の人間を走り回らせていたな。だけど君は、なんであれ動物だけは苦手だった。これは間違いない。サムですら近づけなかった。サムのほうも自分がどう思われているか知っていて、君を見れば歯をむき出してうなっていた。だが今やサムは君の忠実な僕のつもりでいる。猫だってそうだ……。ペトラ・ウィリアムズが飼い猫を連れて入って来たときの大騒ぎ！　君は猫アレルギーだって言った。それは事実だったよ。猫にさわられた君の脚がみるみる真っ赤に腫れたのをこの目で見たからね。それがなんと流しで猫を洗っているんだ。これで僕は考えざるを得なくなったよ」ジェイクは自分の両手ではさんでいたリンの手をあちこちひっくりかえしてあらためた。「腫れてもいないし湿疹もできてない。アレルギーはない。これをどう解釈したらいいんだ？」

「わからないわ」弱々しい声でつぶやいた。そして身ぶるいするとすがるように叫んだ。「ジェイク、あの……お願い。もうお医者様のところへ連れて行かないで！」

ジェイクはリンの手を強くにぎりしめた。「どうしてだ？」

リンは乾いた唇をなめた。「行きたくないの」

「だから、どうして？」命令調できかれた。

「お願いよ、ジェイク」リンは力なくうなだれた。

ジェイクの指であごはつまみ上げられ、リンがかくそうとする感情を読みとろうとするように、灰色のまなざしが光った。「リン、どうして行きたくない？」

「わたし、思い出したくないの」

ジェイクの指はリンの頰をやさしくさする。「それはだめだよ、リン。おそかれ早かれ思い出さなければならないことだ。過去を変えたり抹殺したりすることはできない。君は立ち向かわなければいけないんだ。たとえどんなにそれがつらくても」

「だめ！」リンの目に涙があふれた。

「僕だってもうどうでもいいと言ってやりたいよ。でもそうではないんだ。リン、君は過去を捨てて新しい人生を築きつつある。でもそれは砂上に楼閣を築いているようなものだ。潮が上げてくれば……いずれ跡形もなく流れ去ってしまう。もし少しずつでも記憶が戻ってきたと思ったら、それを自分からさまたげたりしちゃいけないよ」

リンは片手の甲で涙を拭い、足を宙に泳がせてから立ち上がった。「猫を見て来るわ」

ジェイクはリンをだまって見送った。苦い思いとやりどころのない怒りに、こぶしを壁に打ちつけた。何度も何度も、こぶしの先に血がにじむまで。

リンは子猫をチブと名づけた。夜は本を読むリンのひざの上にうずくまり、やたらとあくびや伸びをし、退屈しては爪をかくした前足でリンの気をひこうとあちこちたたいたりした。毛の短いぶちで青い目は鋭く、とくにサムには興味を示した。黒のラブラドール犬のほうは寝そべって前足の上に頭をのせ、リンのひざの上でのんびり伸びている猫を妬ましげに横目で見ている。リンは子猫を抱きおろし、にっこりしながらサムの前足の間にそっと置いた。サムは興味半分うるささ半分といった短いうなり声を出した。子猫は弧を描くようにとんで逃げたが、犬のほうが別に追う気もないと見ると、そっと這(は)うようにまた近づき、のどをごろごろ鳴らして絹のような毛にすり寄ったと思うと眠り始めた。

サムはくすぐったそうに、妙な顔をして小さな新参者をながめ、ついで鼻を寄せてしばらくふんふんとかいでいたが、やがて子猫の方に顔を向けてこれも寝入ってしまった。

リンはそっと立ち上がりながらミセス・フォレスターに言った。「わたしたちが寝ている間、子猫の世話はサムがしてくれそうですわ」

リンは夜中に何かぶつかるような物音で目を覚ました。嵐(あらし)になったのかしら？　起き上がったところで、窓の外に稲妻が走った。ジェイクも起きて明かりをつけた。「どうしたんだ？　嵐に驚いたのか？」ジェイクはまだ眠そうだ。リンはうなずいた。

「大丈夫だよ、わかっているだろう？」とは言われてもまた空に稲妻が走り、つづいて雷鳴がとどろく。

「今の音は何？」リンはふるえながらきいた。

ジェイクはベッドをおりて窓から外を見た。そのときドアにノックの音がしてガウンを羽織ったミセス・フォレスターが入って来た。「今の音は何？」彼女も心配そうに尋ねる。

「おやおや。雷が松の木に落ちて垣根が少しこわれただけさ……たいしたことないよ、お母さん、もう寝て大丈夫ですよ」

「お茶でも持って来ましょう」リンもベッドを出た。

「お義母様も一杯いかがですか？」

「わたしも下へ行きますよ、わたしは嵐が嫌いでね」

「ああ、女ときたら！」ジェイクはどうしようもないといったそぶりを見せてガウンを羽織った。「いいよ、僕も行く……。嵐がおさまるまでは寝かせてもらえそうもないからね」

三十分ほど三人は台所でお茶をすすりながら、過去のひどかった嵐の話などあれこれして過ごした。やっと嵐の勢いも弱まり始めたので、後片付けをしてめいめいの寝室に引きとることにした。

リンがガウンをハンガーに掛けている間にジェイクは先にベッドに入った。振り向いて彼のまなざしに気付くとリンは赤面した。リンはいそいで自分の側からシーツの間にもぐりこんだ。金色の絹のネグリジェはレースの肩ひもで肩から背にかけては丸見えの上、間にもレースがはめこまれていて、ちょうど胸、それも先端が外から十分判別できるのだ。

ジェイクはすぐさま手を出して、リンの体を自分の方に向けた。顔を合わせると彼の唇が恋しくなってリンも両手を彼の背に回した。心臓の鼓動が速まった。

ジェイクはさっと身を引き、両手で頬骨が砕けるかと思うほど強くリンの顔をはさんだ。「僕に何をしようとした？　また僕の理性をなくさせようとするのか、リン？」

「ひどい言い方だわ、ジェイク」全身をながめる灰色の目に向かってリンは抗議した。

「君に対して〝愛〟という言葉はあてはまらない、といつか言ったろう？　僕はこれからも君を愛してるとは決して言わないよ。僕もばかじゃないからね。今まで見たところでは、君は僕好みの女になろうと無益な努力をしているようだ――意識的か無意識かは知らないが。君が記憶をとり戻したくないのは、僕に君を愛するようにさせる努力が水の泡になるとわかっているからだろう」

リンには否定してもどうにもならないことはわかっていた。「記憶喪失はお芝居じゃないわ……」

「それは信じる。初めはたしかに疑っていたが。あまりにも違い過ぎるからね。アレルギーなんて意志の力でなったり治ったりするものではない。だからといって過去を消し去れるものでもない。君のような生き方をしてきた女を僕は愛することができないんだ。いいかっこうをするつもりはないが、不誠実は僕の趣味に合わない。君に一人の、いやせめて二人くらいの恋人が以前にいたとしても僕は気にしない。君がほんとうに彼らに恋したのなら……しかしセックスのためのセックスは許せないんだ」

「わたしだって同じよ」

「今はそうだろう。でも昔は違った。それに僕への関心だって衝動的なものだった。だろう？」

リンはふるえてまつげを伏せた。

ジェイクはリンを引き寄せ、ネグリジェと白い胸の境目にそっとキスをした。「許せよ、リン。君の許しが欲しい」


「だめよ、ジェイク」内心の動揺をかくして答えた。

ジェイクの唇は縁のレースの奥へもぐった。リンはうめいた。彼の唇が胸の高みから谷間へとたどる。

「許すと言え、リン」胸もとでジェイクがささやく。

「僕からはっきり言おうか？　君が欲しい……。ああ、リン！　僕はたまらなく君が欲しい！　僕は君に触れずに君を罰しつづけられると思っていたが、今思えばまるで我が身に罰を加えているようなものだ。僕はもう我慢ができない……」

「ジェイク」リンは恐れおののいていた。「ああ、ジェイク。わたしあなたを愛してしまったわ……」

ジェイクはきっと頭をもたげ、ぞっとするようなまなざしでリンをにらんだ。「リン、それは言葉が違うだろう。君は僕が欲しい、僕の体が欲しい、そう言いたいんだろう」

「あなたを愛しているの」リンはくりかえした。

「その言葉は僕らの間にはふさわしくないんだ。ちやんと僕の聞きたい言葉で言ってくれ。さあ！」

「とんでもないわ！」リンは恐ろしい彼の目つきについにすすり泣き始めた。「悪魔みたい！」

「言うんだ」残忍にもジェイクはくりかえした。

「あなたが欲しい」リンは抗いきれずにつぶやいた。

　苦笑がジェイクの頬をかすめた。「そうか。じゃ悪魔の腕の中においで、かわいい娘」ささやいてジェイクはキスをした。リンはもう彼を満足させてやりたいという思いのほかはすべてを忘れた。

　彼の手が動いた。リンはただ横たわり、彼のそらさぬ視線におびえてふるえていた。たえず指をリンの白い肌に這わせながらジェイクの唇はリンの胸を往来した。ついにリンの感覚は頂点まで高められて、大きなうめき声を発した。

　リンもふるえる指を彼の背に回し、ジェイクにならって彼の体を愛撫し始めた。ジェイクは頬を染めて必死のリンの表情を、不思議なものでも見るような顔で見おろした。リンは見られるのを恥じて彼の胸に深く顔を埋めたが、ジェイクは邪険に黒髪をつかんで仰向かせた。

「これから君を抱く。しかし僕が君を愛してはいないことをはっきり言っておきたい……。君を抱く前にね。どうだ？」

　また涙がリンの両目にわっとばかりにあふれた。

「いやよ」身を硬くしてリンは小さな声で言った。

そんなこと言っちゃいや……ジェイク……。そんなことは許せないわ。リンはもがいてジェイクの腕からのがれようとした。しかし彼はそうはさせまいと腕に力をこめた。恥ずかしさに胸を痛めている間もなくリンは仰向けにおさえつけられ、たくましい体が上からおしつけるようにかぶさった。

「そんなの、いやよ、ジェイク」リンは絶望的な気分でたのんだ。ジェイクはリンの両腕を頭の上にぐいと押しつけた。あまりの痛みにリンは考えられないくらいの力を出してもがいた。

「いったいどうしたんだ？　これを君はしてほしかったんじゃないのか、リン？」ジェイクはもう一度唇を合わせてきた。それにはリンも弱い。べそをかきながら応じた。そして彼がそのすきに行動を起こすとリンは一瞬硬直し、彼の唇の下で長いうめき声を発した。ジェイクはリンの涙も、ぐったりした様子も無視して強引に自分の欲求にまかせていた。リンは最初の胸のときめきも消え、彼の欲望のなすまま、心ひえびえと耐えた。

　やっと彼が離れるとリンは枕にうつ伏してさめざめと泣いた。ジェイクが起き上がる気配のあと、大きな声が聞こえ、リンは肩先をつかまれ、顔を上げさせられた。ぬれた目でリンは力なく彼を見上げた。

　ジェイクの顔が蒼白だ。「どうなってるんだ……リン」

「ほっといてちょうだい。どこまでわたしを傷つければ気がすむの……？」

「リン。君の背中にあざがある。肩甲骨の下だ」

　リンは眉をひそめた。「前からあるわ」

「ああ！」ジェイクの声が力なくふるえた。リンの不審そうな目に見守られてジェイクはジーンズとセーターを着こんだ。どこへ行く気だろう？

　ジェイクはリンの衣類をみつけるとベッドの上へほうってよこした。「着るんだ」

　この真夜中に……いったいどうしたというの？　わたしを追い出そうというのかしら？

「リン、着るんだ」ジェイクは茫然としているリンの腕をひっぱってベッドからおろした。

　わけがわからぬままリンは着替えを始めた。ジェイクは顔をそむけて待っている。わたしのことをもう見たくもないと言いたいのかしら？　リンはやっと着終えて、ジェイクを見た。

「見せたいものがある」ジェイクはドアを示した。

リンは彼のあとについて階段をおり、台所を通って中庭に出て、それを横切ってアトリエに入った。ジェイクがスイッチを入れ、明るくなると彼女のヌードの絵の前に歩み寄った。リンは怒りで赤くなった。

「まあジェイク、何を言いたいの？」

「これをごらん。ああ……。これをごらん！」

「見たくもないわ。見せてまたわたしにいやな思いをさせようというの？　復讐はまだ十分でないの？」

ジェイクはリンを引きずるようにして絵の前に立たせた。手をしっかりつかんだまま。「これをごらん……」ジェイクはもう一方の手で絵の中の背中を指でそっとたどった。

背中の曲線をなぞる彼の指の動きを見てリンはぞっと身をふるわせた。彼の荒々しい欲望を受け入れていたときの彼の手の感触がよみがえったのだ。リンは絵の前で首を垂れた。「ジェイク、あなたはわたしがひざまずいて許しを請わなければ満足しないの？　こんな地獄絵の前で恥に燃えるわたしを見たいなんて、悪魔以上だわ……」

ジェイクはじれったそうにリンの肩をゆすって、そうではないと言いたげな焦りを見せた。「なんだ？　まだわからないのか？」

リンは彼を見上げた。どうも彼の怒りはリンに向けられているのではなさそうだ。「何が？」

ジェイクはリンの片手を持ち上げると、ねじ曲げるように後ろへ回した。驚いてリンは叫び声をあげた。ジェイクはそのままリンの手をセーターの下に押しこみ、例の淡い桃色のあざのあるところへ手先を当てさせた。指先に、皮膚の盛り上がりが十分感じられる。子供の指先くらいの、四角い、でこぼこした部分だ。

ジェイクはリンをじっと見た。「わかったか？」

「何が？」まだわからない。「生まれたときからあるのよ。ごめんなさい、これがあなたにとって不愉快なら。でもジェイク、わたしはこれを一生かかえているのよ」

「わかっているさ。一生な、リン……あざなんてかくすことも作り出すこともできないものだ」ジェイクはリンの手をはなすとまた絵の前に戻った。そして白い背の部分を指でたたいた。「だがこの絵を描いたとき、そこにはあざなんかなかった」

リンは真っ赤になった。「それじゃ、描いてもらうときにはわたしがあざをかくしていたというの？」

「まさか。リン、落ち着けよ」ジェイクはリンの背後に回り、肩をつかんで腕を伸ばし、間を十分にあけて話し始めた。「こうなったらはっきり言うほかないだろう。ついさっき君を僕のものにしたとき実は驚いた。自分がおかしいのかと思ったんだが、君の体から受けた印象では、君はああいうことは初めてらしい」

リンは胸が痛んだ。頬はみるみる真っ赤になった。

「その話はやめてちょうだい！　わたしはもう何もかも忘れたいの……」

「それはできないよ、リン。お願いだ、聞いてくれ。僕はあの絵の女性を描くのに一週間かかった。裏も表もよく見ている。どう考えても彼女にあざはなかった」

「そ……それはどういう意味？　わからないわ……。それはわたし……」たよりなげにリンはジェイクを見た。「それはわたしなんでしょう？」

ジェイクはゆっくり首を左右に振った。「そうとは考えられないよ、リン。君が誰だか僕にはわからない。しかしこの絵の女ではない」

ジェイクは魅力たっぷりな視線を絵の外に向けて

いる顔にじっと見入った。リンの口からはほっとしたようなため息が洩れた。「わたしじゃないの？」こんなふうじゃなく、またこんなふるまいをしたのが自分でなくて、ほんとうによかった……。ありがとう、神様……。「今まで他人の体を借りて生きているような気分だったわ。他人の過去からのがれるために死にたいくらいだったのよ」

ジェイクはそっとリンを抱き寄せた。彼の手はリンの黒髪をかき分けて往復していた。

リンはとつぜんついさっきの出来事を思い出して顔に血がのぼるのを感じた。リンは一歩下がって目を伏せた。ジェイクも腕をだらんと落とした。

リンはかすれた声でつぶやいた。「でも、もしわたしが彼女でないとすると……わたしは誰なの？」

「わからない。でもそれは調べなくてはならない。君が誰であろうと、彼女に生き写しであることはたしかだ。ということは君は彼女の姉妹か双子という以外、説明のしようはないな」

「双子？　でもあなたはわたしに……ああ、彼女には身よりはないとおっしゃらなかった？」

「彼女がそう言ったんだ。むろん彼女の日ごろの言動を考えれば必ずしもほんとうのこととは言えないかもしれないな」

「じゃあ彼女はどこにいるのかしら？」

「勘でしかないが、ヨークじゃないかな。どちらにしろヨークから始めよう。あのアートギャラリーから」

ふるえる舌で乾いた唇をしめしながら、リンはうつむいて言った。「ご……ごめんなさい、ジェイク」

「ごめんなさいだって？」

「あなたはわたしを……彼女……だと思って結婚したら、間違いだったわけでしょう」

「そのことは真実がすっかりわかってから話し合うことにしよう。今思えば僕たちの結婚は問題だったね。でも縁なんてわからないものだよ、リン」

彼の言葉はリンの体に痛みを与えた。けれどもリンはその痛みをかくし、何事もないふうをよそおって答えた。「そうね……そうかもしれないわ」

「そろそろ寝たほうがいい。僕は今夜は客用のベッドルームで寝ることにするよ」

リンはため息をついた。「そうね」

リンがドアの方に向かおうとすると背後からジェイクの声が追ってきた。「すまなかった、リン……さっきのことだけど。僕は全く猛り狂った野獣のようなふるまいをした。僕は自分を責めているよ……」

リンは答える言葉が出てこなかった。胸にまたこみ上げてくる痛みをこらえてだまってうなずいた。

「もう二度とああいうことはしない」

リンはもう一度うなずいた。涙をこらえて唇をぎゅっと噛んだ。

「お願いだ。なんとか言ってくれ、リン！　僕をどなり倒してもいい……名前を呼ぶだけでもいい……なんでもいいから、だまってつっ立っていないでくれ！」

「わたしはリンじゃないんでしょう？」リンはぼんやりときいた。「わたしは誰かほかの人なんだわ。わたしは今のところ自分の名前さえ知らない人間なのよ」

そして戸を開けて凍てつくような冬の夜の中へ一歩をふみ出した。青白い頬を伝わる涙をふこうともせず。

7

大きなベッドにひとり寝てみると、ことさらに寂しさ、そして怖さを覚えた。荒れ地での事故以来、忘れられた事故のかげにおびえながらも、リンはもう昔を思い出すのはあきらめて、新たな生活を築くことに努め始めていた。

新しい発見は皮肉にもその努力が間違いだったことをリンに教えた。全くやさしさのない、手荒なジェイクの行為は、一生忘れられないだろう。あの一件さえなければ今回の便宜上の結婚も、なんの痛みも残さず解消することができたのに。

彼の怒りも苦痛も欲望もすべて、彼女以外の誰かに向けられたものだったのだ。彼は自分がどういうことをしているか全く知らずにリンを憎しみの対象としていたのだ。彼はリンに対して愛憎共にかかわりを失ってしまった。

リンはジェイクの愛憎の対象となった見知らぬ女に嫉妬を覚えて枕に顔を埋め、さめざめと泣いた。彼に体を征服されたときの苦痛に比べて、今の虚脱感のほうがはるかにつらく耐え難い。今までその女に変わって彼の蔑視にも耐えてきたのに……今、ジェイクはどんなことを考えているだろう?

ジェイクはリンが彼を愛していることはわかっているにちがいない。リンは決してかくさなかったから。しかし彼はリンが自分のかつてのフィアンセと信じていたからこそ、その愛をいちおう受け入れたのだ。でなければ簡単に結婚までするわけがない。でも今、たった今彼はそのことについて思い悩んでいるだろう。とくに、彼を愛しているというリンの言葉を否定させて強引に征服した行為については。

夜が白みかけてきた。リンは少し眠らなくちゃ、と寝返りをうった。やがて小鳥のさえずりや牝鶏たちの騒ぎが次第に大きく耳にひびき始めた。リンは仕方なく起きて着替えた。台所におりると、明らかに眠りの足りない目をしたジェイクが食卓についている。ひげも剃らずやつれた表情でコーヒーの入ったモーニングカップをかかえていた。

「死人みたいな顔だよ」彼はリンを見て、見たとおりを言った。

リンは顔をそむけて唇を嚙んだ。「何か召し上がったの？」

「ああ。座れよ。何か作ってやる」

「自分でします」早口でことわった。

ジェイクは立ち上がりかけた腰を、またどさりと椅子の上におろしてじっとコーヒーをみつめた。

「リン……」

「もうそう呼ばないで！」傷ついたプライドが考えもなく反射的にリンにそう言わせた。

「じゃ君をなんて呼べばいいんだ？」彼は怒ったような口調で問い返した。「君がほんとうの名前を思い出すまではその名で呼ぶしかないじゃないか」

リンは吐息をついた。「ごめんなさい。わたし少し気が立っているのね」

「そりゃそうだろう！　さあ、母にはなんと言ったらいいだろうね？」

「ほんとうのことを……言ってちょうだい」

ジェイクはうなずいた。「僕が言うか？　それとも君から話すか？」

とたんにリンは頰を染めた。「それは……それはあなたから言っていただくのがいちばんいいわ」

「どうしてわかったかという細かいことは抜かしてだね」

「とんでもないわ！」

「わるかった。あのことは許されることじゃない。

僕は軽率だった。眠れなかったよ」

「わたしだって」

リンは食欲もなかったがトーストを一枚焼いた。ジェイクがいれてくれたコーヒーに砂糖を入れた。

「これから推理を始めなきゃならないね。君は全く別の女性だったが……あまりにも瓜二つだったために、僕の頭には全く疑いが浮かばなかった」

「そう……わたしはまず自分が何者かを知るために、彼女をさがさなくちゃ」

ジェイクは大きくうなずいた。「すぐには出かけられない。まず倒れた木を片付けて垣根を直さなきゃならないから。いそいで行ってすませてくるよ」

「もし手伝いがいるなら、わたしも行くわ」

「いや大丈夫だ」

リンは頑固なジェイクを見送った。「一人じゃ持てないわよ」

彼は仕方ないという顔をした。「わかったよ」

二人はいっしょに外に出て、道路をふさいでいる松の木を、ランドローバーとチェーンの助けを借りて片付け、垣根の基部の石積みを修理した。

家に戻るとミセス・フォレスターが忙しそうに台所で立ち働いていた。リンは恥じらいをこめてにっこり笑うと、そそくさと二階へ上がった。あとはジェイクにまかせて。

彼女はベッドに腰をかけ、まだ黒い嵐雲におおわれた空に憂鬱な目を向けた。やがて軽いノックの音と同時にジェイクが入って来た。

「話したよ」

「な、なんておっしゃった？」

「よろこんでいたみたいだよ。母は君が好きなんだ。たぶん母は、君がほんとうの君……だったことでほっとしてるんじゃないかな。言う意味はわかるだろう？　君を荒れ地でみつけて来て以来、君にそっくりな別な女性と思いこんだために、僕ら三人共、めいめいずいぶんつらい思いをしたもんだ。これからはずっと楽だと思うよ」と言いながらもジェイクの表情は曇っていた。

彼女はうつむいた。「霧の中で何もわからず、気がついたときは……ほんとうに怖かったわ。今もまた怖いのよ、ジェイク。またわたしの周りは霧に包まれてしまったみたい」

ジェイクはゆっくりと彼女のそばに歩み寄った。なんとなく近寄るのが怖いみたいな様子で。そして彼女のそばに腰をおろし、ぐったりと腕を彼女の肩にのせた。思わず彼の温かい胸に身をあずけたい思いにかられたが、誇り高くぐっとこらえた。

「わたしが誰かを調べなくちゃ。お願いよ、今すぐヨークに行けない？　わたしはそこから来たんでしょう？」

ジェイクは考えこんだ。「あんな寒い日にジーンズとセーター一枚で？　ヨークからここまでは遠いんだ。荒れ地でいったい君は何をしていたんだろうか？　リン、君はもしかしたらこの近くに住んでいたんじゃないか？」

リンはじっとジェイクをみつめた。「それなら今までに誰かがさがしに来たでしょう？」

「それもそうだ……でもホテルに滞在中だったら？　ホテルだったら、客が支払い前に急にいなくなったら、意識的にふみ倒して逃げたと思うだろう」彼の顔に生気が戻った。「この近くにホテルはそうたくさんはない。僕が君をみつけた日に、女性が行方不明にならなかったか、順に電話してきいてみよう」

少し興奮を覚えて彼のあとについて下へおりた。ミセス・フォレスターが台所のかげからやさしい微笑を送った。「ねえ。あなたがあんまり前と違うので、わたしはときどき自分の頭がおかしくなったんじゃないかと思っていたわ」

ジェイクはリンの背を押して台所に入り、すぐに受話器を上げて電話をかけ始めた。

ミセス・フォレスターはリンをかかえるようにして座らせた。「さあ、いっしょにお茶にしましょう。あなたは双子の姉妹だったのね……。人はよく双子は見分けがつかないって言うけど、今ならわたしも信じるわ。でも、一人の人がこうまで変われるわけがない、ってずっとわたしは言っていたのよ、でも……」夫人はそこでにっこり笑って肩をすくめてみせた。「あなたがジェイクのことをどう思っているかは、わたしにはよくわかっているわ。わたしはいつも恋は奇蹟を起こす、って信じている人間よ」

リンは頬を染めてうつむいた。

「恥ずかしがることないのよ、あなたはジェイクの妻じゃないの、あなたはあの子を愛している。初めのうちは心配していたのよ、わたしはジェイクの性質を知ってますからね……。あの子はいったんこうときめたら石より固いですから。でも今はもう、ほぼ安心してますよ」

ああ、神様、そうならいいんですけど。リンは心の中でつぶやいた。わたしは彼を愛して結婚したつもりなんだけど……彼ははっきり言ってくれない。胸が痛い。リンは夫人のいれてくれたお茶に口をつけた。ひざの上の子猫から温かみが伝わってくる。

やがて台所に入って来たジェイクを、胸をふくらませて迎えたが、表情から答えは読みとれなかった。

「何かわかりました?」

ジェイクはうなずいた。「君はバルモラル・ホテルから、ヨークにいる君の片割れに会いに出たそうだ。そして帰って来なかった。君のスーツケースはまだ保管してある。もっとも君の支払い分の金を補填するために近々競売に出すところだった。早速受けとりに行って支払いをすませよう」

リンはまじまじと彼を見た。「で、わたしの名前は……宿帳にあったでしょうね」

「あった。シェリダン。リンダ・シェリダンだ」

「リンダ！」彼女はふと顔を曇らせた。「でも……」

ジェイクは首を振った。「いや。彼女の名前じゃない。彼女はリネットという名だった。きっと君のご両親はふざけて似た名をつけたんだろう。だから君はやっぱりリンでいいよ」

「リンダのほうがすてきよ」ミセス・フォレスターがリンの顔に見入りながら言った。「わたしはこれからリンダと呼びますよ」

「君はどっちがいい？」ジェイクが尋ねた。

「リンダ。わたしの名前ですもの。リンなんかじゃないわ」急に落ち着きを見出した緑の目がじっとジェイクを正面から見据えた。「すぐ行く？　ジェイク」

　リンダは子猫をそっとサムの前足の間におろし、サムをよろしくね、というように頭を軽くたたいてから、それを見守っていたジェイクとうなずき合って中庭に出て、止めてある車に乗った。

　荒れ地のせまい道を車はたどる。暗い冬空に閉じこめられた荒れ地はいっそう物寂しさを感じさせる。吹き過ぎる強い風に木々の大枝がなびき、小枝はぶつかり合って折れんばかりだ。終わりのない陰鬱な風の足は車の窓をもたたく。ジェイクはじっと前方に目をこらし、だまって運転をつづけた。

　リンダは彼の横顔を見上げた。「もし……もしわたしがどこかの……誰かのものだったら……わたしとあなたの結婚はどうなるの？」

「言ったろう。結婚の解消は簡単だ」

「二人の間に何事もなければね」リンダは唇を噛みしめて言った。

「法律的には君は僕の妻だ」

「違うわ」彼に反論させたい気になっていた。「単なる過ちよ」

「僕たちは結婚している。そして君が戻るべき自分の生活をとり戻すまでは僕らは夫婦だ」

「もしかしたらわたし、誰かの……」言い終わらぬうちに声はかすれて消えた。

ジェイクは初めてリンダをかえりみて表情をこわばらせた。「誰かが待っているとでも？　それを僕が考えてもみなかったと思うのか？　誰であろうが、君は結婚はしていない。断言できる。あのときが君にとって初めての経験だった」

「やめて！」

「わるかった。言い方がわるかったらあやまるよ。でももし君に相手がいたとしたら、僕と過ごした夜のことはどう説明する？」

リンダは両手で顔をおおってうめいた。

ジェイクは車を道路脇の草地に寄せて止め、そっとリンダを抱き寄せようとした。彼女は怒って押しのけた。

「ほっといて！　あなたはまだ満足してないの？」

「リン……リン、そうじゃない！」

リンと呼ばれたことがいっそう彼女の怒りをつのらせた。「そういう呼び方はしないで……あなたなんか嫌いよ！」平手が勢いよく彼の頬にとんだ。二人はだまってしばらくみつめ合った。

「昨夜は嫌いとは言わなかった」とジェイク。

「あなたは……野獣よ！」恥ずかしさと怒りに顔を真っ赤にしてリンダは叫んだ。

ジェイクはいきなり彼女をシートに押し倒し、燃え上がる怒りを唇に託して押しつけてきた。手は黒髪の間をさぐり、指に毛束を巻いたりほどいたりしながらリンダの激情を呼び起こし、ついに弱々しく反応させるところまでこぎつけた。

やがてゆっくりと仕方なさそうに彼は唇を離し、上気したリンダの顔を見おろした。

「最後までやりとおせないような抵抗は初めからしないほうがいいよ、リンダ」

リンダは座り直して唇をなめた。車は再び動き出し、静けさが車内に戻った。暴力的ではあったがこの触れ合いは互いに必要だったのだ。

バルモラル・ホテルはきれいな庭と小さな駐車場を備えた気安い感じの田舎のホテルだった。この地方に産する石を積んで建てられているらしい。二人がロビーに入って行くと、ツイードの上着を着た背の低い色黒の男がリンダにじっと目を注いだ。

「こんにちは、ミス・シェリダン」男は礼儀正しく手を差し出した。「事故のことを伺いました、お気の毒なことでした。お帰りにならないので心配したんですが、妹様のところへ行くと言われたことから、しばらくご滞在とおきめになったとばかり思いまして。時々荷物をお忘れになるお客様がありますと、一定期間ご連絡をお待ちしたあと処分することになっておりますが、この度はわたしの女房がなぜかもう少し置いといてあげようと申しまして、処分がのびのびになっておりました」

「それはありがとうございました」おずおずとリンダは礼をのべた。しかし彼のほうは自分を見覚えているのに自分が彼をさっぱり知らないのが、リンダは気まずく思えた。

「お支払いはいくらでしょうか？」ジェイクが小切手帳を出した。

支配人の申し出た額面を記入してジェイクが小切手を渡すと支配人はにっこりした。「ありがとうございます、ミスター・フォレスター。実は先日のあなたの展覧会、拝見しましたよ、ヨークで。わたしも家内もたいそうあなたの絵が気に入っていまして」

「それはありがとう」

「何かお飲み物でも差し上げましょうか？」

「いや、ありがとう、でもちょっといそいでるもので。もしスーツケースを受けとれたら……」

「かしこまりました」支配人はカウンターのかげからすぐにとり出した。「いい革ですな」支配人はスーツケースの表面を愛しげにそっと撫でながら言った。「こんなところに置き去りにするには惜しい品ですからねえ。こんな値うちもののスーツケースを置き忘れるなんて、めったにないことですよ」

ジェイクはにっこりした。「終わりよければすべてよし、ですね」

「それから、スーツケースは開けておりません。手がかりのために開けることも考えましたが、そうするとこわしてしまう恐れがありましたから。何か外国製の鍵が使ってありますね。複雑な仕掛けです」

リンダはなめらかな茶色の革、金色のロック、柔らかな取っ手を飽かずながめていた。これが謎をとく鍵を秘めている、と思うとぞっとした。ジェイクと支配人が別れの挨拶を交わしているのをうわのそらで聞いていた。

車に入ると彼女は焦って言った。「ね、開けて、ジェイク」

「家に帰ってから」

「ジェイク、わたし、待てないの」

「我慢しなさい」

「我慢！　崖っぷちにぶらさがっているわたしに我慢なんて！　残酷なこと言わないで開けてよ！」

「どうやって？」ジェイクがため息をついた。「君は鍵を持っているのか？　僕らは支配人もためらったことをやらなくちゃならない。鍵を打ち砕くか、さもなければ何か方法を考えなければ」彼は車をスタートさせた。荒れ地を吹き渡る風の音がリンダの胸にふかくしみた。

家に着くと中庭にデビッド・レーンの車が止まっていた。ジェイクはそれを見て顔をしかめた。彼の神経がぴりっと張りつめたように見えた。ジェイクはまだデビッドに妬いているのだろうか……リンに、ほんとうのリンに彼が何かした、ということで。今は別人のことだと知ってもまだ彼と顔を合わせるのがいやなのだろうか、とリンダには不思議な気がした。

二人が台所に入って行くとデビッドは子猫を抱いて迎えた。リンダがだまって前を通り過ぎようとするとデビッドは少しうろたえた。そしてジェイクの目を避けるようにしてつぶやいた。「いや、その後どうしてるかと思って寄ってみた」

「みんなうまくいっているよ」ジェイクが答えた。

「かわいい猫だね。そのうち注射をしにうちへ連れておいでよ」ほっとしたようにデビッドが言った。

ジェイクは出口の戸を開けた。「そうするよ。じゃさよなら、デビッド」

デビッドが顔を赤くして出て行ったあと、けたたましい発進音を残して車は遠ざかった。ミセス・フォレスターはジェイクをにらむように見た。「そんなにいやならどうして正面から一発ひっぱたかないの？　そのほうがお互いに晴れ晴れするでしょうに」夫人はからかった。

ジェイクはまじめに答えた。「彼女のあとを追うようなら今度は一発やるさ」

「わたしはリンじゃないのよ、わかっているでしょう」

「僕は何事も忘れないんだ。君は僕の妻だ。だからデビッド・レーンが君の周りをうろつくことは許せない」

リンダは半信半疑で彼の顔をみつめていたが、気を変えて言った。「ジェイク、かばんを開けてよ、お願い！」

ジェイクはスーツケースをテーブルにのせた。ミセス・フォレスターも好奇心いっぱいにながめている。

「まあ、なんてきれいなかばんでしょう！　あなたは誰だかわからないけど、貧乏ではなさそうよ！」

　ジェイクはいったん外へ出て、のみとかなづちを持って来た。母親はびっくりした。「まあ！　あなたはいったい何をするつもりなの？」

　ジェイクは母の問いを無視した。怖い顔をしている。だまってのみをロックに当てるとかなづちを振りおろした。夫人が恐ろしそうに声をあげた。金色のロックの部分はころげ落ちた。

「そんな乱暴なことしなくてもいいじゃないの、ジェイク」夫人はおろおろして言った。

「いや。こうしなきゃだめなんだ」

　リンダはひとり納得していた。彼は暴力で発散しなければならないのだ。昨夜同じエネルギーでリンダを相手にしたように。

　ジェイクがスーツケースのふたを持ち上げると、三人はいっせいに中をのぞきこんだ。きちんとたたまれた衣類を、リンダは一つ一つつまみ上げた。みんなきれいな控えめな色合いだ。スタイルもおとなしいものばかり。黄色のジーンズと何枚かのＴシャツもある。かわいらしい下着も入っていた。ヒントになるものは何もなかったが、別の女性がこの家に残して行った衣類よりは、納得できる品ばかりであった。たぶん自分で買い求めたものであろうと思うことができる。

　ジッパーのついた中仕切りから袋が一つ出てきた。開けてみるといろんなものが入っていた。英国籍のパスポート。とり上げるのももどかしくあわてて開いてみる。自分の顔写真がぼんやりみつめている。少し太めで色黒に見える。記載事項に目を移す。年齢二十二歳。身長百六十七・六センチ。髪・黒。目・緑色。特徴・なし。

「背中のあざまでは書いてないわ」いやみを言った。

　ジェイクはパスポートの間からはらりと落ちた紙片を拾い上げた。彼は顔をこわばらせて読んでいる。

やがて指にはさんでリンダに渡した。「見知らぬ男だよ」

　リンダは頬を染めて紙を受けとり、読み始めた。読み進むうちに頬の赤みは増してきた。〝僕のかわいいリンダ、このばらは僕の心からの愛のメッセージと思ってほしい。そしてすぐにでも僕らのところに戻って来てくれるよう祈っている……〟そのあと手紙はまだ続く。彼女の英国訪問に関して何か知らないが〝悲しい出来事〟や〝家族のしきたり〟について書かれているが、それが何かをにおわせるような語句はいっさいないのだ。しかし差し出し人のアドレスを見てびっくりした。びっくりしてもう一度見た。差出人の住所はイタリアのリミニとある。

　じっとリンダがその住所を見ているとジェイクはパスポートをめくった。「このスタンプから判断すると君が入国してから事故まで二日しか経っていない。それで、君をさがす人がいないわけはわかったよ。君の行方を知りたがっているただひとりの男は、どこをさがせばよいのか知らないわけだ。かわいそうなエミリオ。彼はたぶん自分は君にふられたと思ってるな」

　リンダはしばらくその手紙をながめていたが、とつぜん身をひるがえして二階にかけ上がり、ベッドにつっ伏した。

　ジェイクはすぐあとを追った。彼女のすぐそばに腰をおろすと、そっと指でリンダの髪を撫で始めた。

「そう深刻にならないでいいよ。彼には僕から説明するから。彼も人間なら、君を責めたりしない」

「あなたが彼の立場だったらそんな女を許す？」

　彼の手が頭の上でふと止まった。明らかにぎくっとしたようだ。「場合によるね」ゆっくり言いかけて急に声を落とした。「いや。やっぱり許せない！」

「わたしはあなたと結婚してはいけなかったんだわ……わたしはなんてばかだったの！」そうつぶやい

た。

　ジェイクはだまって部屋を出て行った。リンダは死にたいほどみじめな思いでベッドに伏せていた。

　しばらくしてジェイクが戻って来た。「今日ヨークへ行ってみるかい？」彼はとつぜんきいた。

　リンダは枕に顔を埋めたまま首を左右に振った。ジェイクは出て行き、しばらく間を置いて今度はミセス・フォレスターが軽い昼食のお盆を持って来て、お願いだから食べてちょうだいとささやいた。リンダは顔をこすり、無理に笑いを作って起き上がった。

「すみません。何もかも、みんなわたしがばかなんです。結局、何もわからなかったんですもの」

「いいのよ、少し食べて、いっぺんお休みなさい。誰が見たって睡眠不足の顔ですよ」

　リンダが少しお盆の食事に口をつけ、台所へ戻しにおりて行くと、ジェイクが食卓に肘をついて、怖い顔をしてウィスキーを飲んでいた。彼が酒を口にするのは初めて見た。なぜかリンダは恐ろしかった。

　血走った彼の目を避けるようにリンダは二階にかけ上がり、ベッドにもぐりこんだ。全身が疲れのかたまりのようで、頭が半眠りの状態になったとき体のほうは金縛りに遭ったかのように硬直していた。

　霧の渦巻く荒れ地にさまよい出ている夢の中でリンダはジェイクの姿をさがしていた。彼はもう少しで手が届くというところで消えてしまう。その果てしないくりかえしに絶望し、みじめな気持でリンダは霧の中をかけ回った。必死でジェイクの名を叫びながら。

　リンダは遠くに聞こえるジェイクの声で目が覚めた。覚めてみると彼女はベッドに腰かけた彼の腕にしっかりと抱かれていた。リンダは彼の裸の胸に顔を押しつけてすすり上げた。パジャマのズボンだけをつけた彼の胸は冷たかった。彼女の叫びを聞いたとき、ちょうど着替えをしていたのだろうか。

ジェイクは彼女を片手で支え、もう一方の手でやさしく髪を撫でている。リンダは両手であらためて彼にしがみついた。

「いやな夢を見ていたのよ。ああ、ジェイク、怖かったわ！」

「もう大丈夫だよ、もう大丈夫だよ、リンダ」彼はそっと身をかがめ、髪の毛にそっと口づけをした。

「怖かったわ、道に迷ってしまって……」

「わかったよ」慰めるようにささやいて頬を撫で、手を肩から背へとやさしくすべらせた。すすり泣きの間がだんだん長くなり、大きく息をしてやっとおさまった。彼はそっと彼女をはなして立ち上がろうとしたが、リンダはしがみついた手をはなそうとせず、すがるようにささやいた。「いや。行っちゃいや」

「もう大丈夫だよ、リンダ。もう悪い夢は逃げて行った」ジェイクはやさしくさとすように言う。

「わたしを置いて行かないで。暗がりが怖いの……。霧を思い出すのよ……ジェイク、行かないで！」彼の手を必死でつかみ、胸にいっそう強く頬を押しつけた。柔らかい頬に胸毛がちくちくした。

ジェイクは急に激しくリンダを抱きしめ、たまらなく愛しいというふうに耳もとにささやいた。「リンダ、僕がここにいられない理由を言わせたいのか？　それが僕にとってどんな思いか、君にわからないのか？　僕はもう自制心を失ってしまうよ」

リンダはふっと大きく息を吐いた。「ごめんなさい。これからわたしも気をつけるわ」

ジェイクはリンダの肩をつかんだ手をぐっと伸ばし、緑色の目にじっと見入った。彼の目は、あのスーツケースの鍵を打ち砕いたときと同じ、せっぱつまった表情をたたえている。

あまりにも男性的な猛々しさに圧倒されて、リンダはふるえた。「ごめんなさい、わるかったわ、ジエイク」

「わるかった？」その言葉を噛みしめるように、おうむがえしにジェイクはつぶやいた。「以前の僕は、君がわざと僕をかっとさせるためにそういう態度を見せるんだと思った。でもリンダ、それはほんとうの君なんだ。そうだね？」彼は灰色の目でしなやかなリンダの体をなめるようにながめた。「ああ、どうにかしてここにいたいよ。君のその姿を見ているだけで血圧が上がってくる。僕は男だ。ロボットじゃない。昨夜の思い出は新し過ぎるよ、僕には」

「やめて」リンダはうつむいて肩をふるわせた。新たな涙が頬を伝って落ちた。いらだたしげなジェイクの腕が彼女をまた胸に引き寄せた。

「泣くんじゃない」彼の声はかすれていた。「ああ、リンダ、何もかも、できることなら消してしまいたいよ。でも僕を信じてくれ」

「信じてるわ」リンダはみじめな気持だった。彼は間違って愛を交わしたことを後悔しているんだわ。そしてわたしを哀れんでいる。彼が欲しかったのはもうひとりのリネットのほうなのだ。顔がそっくりだから今リンダに惹かれているだけなのだ。

「君はほんとうに僕を許してくれるかい？　それとも、僕らはこのことをいつまでも根に持つことになるのか？　僕は実に君に対して横暴だった。昨夜のことも含めて、今までのことを許してもらえないだろうか？　君はその外観と全く同じように無垢で純真だった……。それなのに僕は勝手な思い違いをして目の前の真の君を無視してしまった。信じられなかったんだよ」リンダのぬれた頬を、ジェイクの指がそっと拭った。「ああ……僕があんなことをしなければ！」

「もう仕方ないわ」リンダは力を振りしぼってかよわい声を出した。「ジェイク、いつまでも自分を責めないで」

「お願いだ、そんなにあっさり言わないでくれ。僕が君をどんなに手荒に扱ったか、どんなにひどいことをしたか、僕がいちばんよく知っている」

リンダの頬が真っ赤になった。そして悲壮な、そして苦い覚悟をした。「いいわ、ジェイク。わたしに憎いと言ってほしいなら……言うわ。わたし、あなたが憎いわ！　とくに昨夜のことではあなたを心から恨んでいるわ！」

奇妙な笑みが彼の口もとに表れた。「そうか」そう言うとジェイクはからかうような調子でリンダの動悸をむき出しの肩に唇をそよがせ始めた。リンダの動悸は速まり、彼女は目を閉じて手は空をつかんだ。

「やめて、ジェイク」

ジェイクはすぐ口を封じにかかった。とつぜんの激情の波にさからえず、リンダもふるえながら彼の手の愛撫にまかせた。リンダは彼の鼓動も自分のそれに劣らず速く打つのを感じた。二人は互いをしっかりつかんだままベッドに倒れた。乱れた枕がリンダの背にあった。リンダは両手でジェイクの首をぐっとわが身に引き寄せた。激しいキスはリンダの頭の中からすべてを追い払った。彼を拒む理由などあるはずもなかった。

ジェイクの唇が白い彼女の首筋に埋もれ、うめきが洩れた。「ああ、いけない。やめなければ。リンダ、聞いてくれ。いいか、イタリアに君を待っている血の気の多い男がいるんだ……」最後の言葉に少しふざけが混じっている。「君の記憶が戻ったとき、君が彼を愛していると知ったらどうする気だ？」

リンダは目をみはった。そうだわ。リンダはまたみじめな思いに襲われた。そうだ。自分には、忘れているが実在する別の人生があるのだ。

「なんらかの気持を君も彼に対して持っていたはずだ。相手からある程度の反応を得てなければあんな書き方を男はしないものだ。とくに、君みたいに誰にでもやさしく明けっぴろげな娘の場合はね。君の顔はなんでもしゃべってしまうんだよ。それが、君をリンだと思っていたとき不思議に思ったことの一つだけど」

リンダはふと目をそらした。人は同時に二人の男を愛することができるものかしら？　もしわたしがそのエミリオを愛していたとしたら、そのわたしが同時にジェイクを愛したりできるかしら？

ジェイクは思いめぐらしているリンダの緑の目を射抜くようなまなざしでみつめた。「記憶が戻るまでは、君が誰をどう思っていたかを知る術はないんだ」ジェイクは立ち上がった。「少し眠ったほうがいいよ」

「ジェイク……」すがるようなリンダの声に、ジェイクはドアの前で立ち止まった。「あなたは記憶喪失になってはいないのよ」恥ずかしそうにリンダが言う。

「だから何？」ゆっくり振り向いてジェイクは問い返した。

「あなたは、ほんとうはどう思っているのか……」リンダは唇を噛んでいったん言葉を切った。「わたしの姉か妹か知らないけど……リネットのことを」実は自分をどう思っているかが知りたいのだ。しかし無意識に直接きくのを恐れていた。

リンダの思いをとうに見通したジェイクはまたベッドのそばに戻って来た。あごに指をかけて上を向かせ、彼は少し笑いながら言った。「どうして？」

「わたしはただ……」消え入りそうな声だ。

「リンは毒のある魔女だ。僕もその正体をつかむまでのほんのわずかの間とらえられていたけれど……僕は人間だからね。とらえられた人間は完璧に堕落させられてしまう。ほんとうに美しい女性というものは外観以上のものを内に秘めているものさ。これで答えになったかい？」

リンダは顔を上げられなかった。「たぶんね」

ジェイクは軽い笑い声をたてた。「ほんとかな？」

彼の指はあごから黒髪の中へもぐり、そして首筋を愛撫し始めた。そしておら立ち上がった。「さ、そろそろ君に答えにくいような質問を僕がしないうちに腰を上げるとしよう、それを始めると長くなるし、やめられなくなると困るからね」

彼がドアを閉めて出て行ったあと、彼の言葉の意味をあれこれ想像するうちに、なぜかリンダの動悸がいっそう激しくなった。

8

二人は翌日、車でヨークに向かった。そして町に入るとまっすぐ、いつかジェイクが窓から示したアートギャラリーに行った。ジェイクがおさえている開いたドアを入ったとたん、リンダはグリーンのジーンズに白いセーターという自分の装いがひどく場違いな印象を受けた。広い寄せ木の床に形式ばった豪華なしつらえの店なのだ。壁に掛けられた絵は主に抽象画でリンダはあまり興味をそそられない。店の奥の方に、細い黒のタイトスカートにレースのブラウスを着た品のよい若い女が立っている。まさにここの雰囲気にぴったりだ。彼女がゆっくりこちらへ歩きかけたところへ、その向こうの事務室から出て来た一人の男がリンダを見てぎょっとした。

「なんとまあ！」男は気取った物の言い方をする。「いったいどんな風の吹き回しだろうねえ、リン。ヨークで何をしているんだね？」

「彼女がどこにいると思っていた？」ジェイクがリンダの肘をしっかり支えてかわりに尋ねた。

店の男は間を置いて白髪をゆっくりかき上げた。「君はまさか彼のところに戻ったんじゃあるまいね？　リン、もう終わったんだろう？」

リンダは唇をなめてジェイクを見上げた。「あの……わたし、リンではありませんの。双子のリンダ・シェリダンと申します。わたしリンをさがしておりますの」

男はぽかんとしていた。それからあらためてリンの服装やまっすぐな髪やおだやかな緑色の目を次々と見た。「おふざけでしょう、リン。あなたには双子はおろか身寄りはないはずだ」

「まあまあ」ジェイクが割って入った。「ともかく知りたいのは……要するにリンの近況なんです。急を要するのでね」

「全く知りませんね。ところでお宅のほうは仕事、進んでますか、ミスター・フォレスター？　いつかそのうちお邪魔して作品を見せていただきたいと思っていますが、今も注文の肖像ばかりですか？」

「おかげさまでね」わざとらしくジェイクは答えた。

「また展覧会でもいかがですか」男はリンダをかえりみて同意を求めた。「ね、リン？」

二人の背後に別の客の気配がした。銀ねず色のコートを着た細身のその女性を見て店の男はあわてた。

「おや、失礼申し上げました……。レディ・シュロウリ。これは驚きました、こちらへお運びいただくとは」男は手をすり合わさんばかりにそちらへ走り寄った。

ジェイクはけばけばしい色のかたまりが描かれた絵の前をさもいやらしそうにながめながら歩き回っている。リンダはひとり、画廊の真ん中でぽつんと立って、また迷路に入りこんでしまった自分の過去を思っていた。

店の奥の背の高い女は、長いまつげの下からずっとジェイクを目で追っている。ジェイクがそちらを向いた。リンダはなぜか嫉妬の思いで、彼のハンサムな顔がその女をなんとなくながめるのを見ていた。ふっと彼の顔に、リンダが今までに見たことのない表情が浮かんだ。女が瞬時にそれをとらえ、リンダにも覚えのある体内からの感動に貫かれて身を硬くするのを見てとった。

ああしてジェイクはリンを惹きつけたのかしら？　あの魅力的な、物問いたげなほほ笑みで。ふとリンダは身ぶるいして後ろを向いた。ちょうど目の前の、鏡のように磨かれたショーケースのガラスにうつったボーイッシュなジーンズ姿が、お前は比べようもなく場違いだと語っている……。あの女性から見たら全く子供だ。リンは……覚えのない双子の姉か妹もあの人みたいじゃなかったのかしら、と苦い思いでジェイクの男性的な横顔をそっと盗み見た。ほんとうかどうか、彼はリンとベッドを共にしたことはないと言う。しかし男が、自分が愛した相手に指一本触れずにその裸体画を描いたりできるものかしら？　リンダは助けを求めるように周囲の絵画に目をやった。鮮やかな色彩や奇妙な形が、リンダの目の前で渦を巻く疑惑と嫉妬のように思えた。

ジェイクがぬっとそばに現れた。リンダはわけがわからず、ただ妬いているのを悟られたくない、ととっさに思った。「昼食は食べられそうかい？」彼はやさしく尋ねた。「君は新しいドレスや何かを少し買ってからレストランをさがして適当に食べておいで。三時ごろにまた教会の前で会おう」

リンダの頬がしぜんにこわばった。でも、表情をかくしておだやかに答えた。「それでいいなら」

ジェイクの開けてくれたドアから、リンダはあとをも振り向かず、しかし胃の中が煮えくり返るような思いをかくして外へ出た。ジェイクはあの女と昼食をとるつもりなんだわ！　顔にちゃんと書いてあったもの！　ああ、昨夜だって、どんなに彼に抱いてほしかったことだろう！

リンダがほかの男たちと出歩くことをあれほどきびしく禁じるのだから、彼自身はよほど潔癖なんだと思えば何だろう……あの店の奥の女に見せた誘うような目つき！

足はしぜんにショッピングアーケードに向いていた。リンダの目は左右に並ぶ品々やセールのドレスに注がれていたけれど、その目の前にはあの背の高い女性とジェイクの顔がちらついて実際は何も見ていないに等しかった。

ふと立ち止まってショーケースをのぞいたリンダ

は、さもいやらしそうな目をした自分の顔をそこに見た。ジェイクみたいな男がこんないやな顔をした女を好きになるわけがない。アトリエの肖像画が自分だと思っていた間は、それが自分の気に染まないながらも、そして芝居じみているとは思いながらもその自分と同一化しようと考えてもみた。あれはまるで悪魔のような日々だった。

今は自分が別の人間だとわかった。明らかに、はるかに野暮ったい、ジェイクの思っていた女性のような魅力をいっさい持ち合わせない別の女だということが。もう彼の愛をとり戻すことができないと思うと苦い思いでいっぱいだ。

今に記憶が戻れば、そのときは彼女のための人生に戻らなければならない。

ともかくリンダは一軒のレストランをみつけて入り、サラダを注文してのろのろと口に運びながら、昨日スーツケースの中からみつけた例の手紙のことなどを、また思い出していた。

リミニで何をしていたのかしら？　リンダはまずその場所を思い出そうとした。イタリアの海沿いにあるリゾートであることはたしかだ。ふと稲妻のようにジグザグながら、ちかっと彼女の心にひらめくものがある。壁紙の貼り替えをしていたときに、どこか波の音のひびきの中で同じような仕事をしていたような気がしたっけ……リンダは目を閉じて必死で神経を集中させようとした。浜辺に打ち寄せる波の音……黄色い部屋、輝く陽光、黒い頭のかもめの羽のカーブが青い空に舞う。刷毛を片手にその部屋の向こう側にいる……誰かを見ている。その間のもやもやがどうしても晴れてこないのだ。

どうして海辺の部屋の中をわたしがいじっているのだろう？　いきなり顔に血がのぼってきた。もしかしたらエミリオと結婚することになっていたのでは？　やがて共に住むことになる部屋の内装をしていた？　はっとしてリンダは自分の左手を見た。ジェイクがはめてくれた金のシンプルなリングがはまっている。そこには以前、婚約指輪があったのかしら？　でもわたしはどうして外したのかしら？　手紙の言葉づかいは親しげで、身内っぽい……エミリオはわたしの帰るのを当然のように待っているのかしら……彼はわたしのことを〝僕の〟と書いていた。

ああ、どうすればいいの……ほかの人の妻になったなんて簡単に言えるような状況ではなさそうだ。でもこのもやの中から首一つ出てこないのでは……エミリオという名自体、なんの覚えもないのでは……どうしようもない。

エミリオをこう完全に忘れるようでは、将来ジェイクのことも同じようにまるっきり忘れてしまうこともあるのかしら？

そう思ったとたんリンダは食欲を失い、顔色も一気に青ざめた。半分も食べてないサラダの鉢を押しやると、気付けのつもりでコーヒーを飲み干した。

そこへとつぜん、向かいの椅子を引いて勝手に男が座った。目を上げてそれがデビッド・レーンだとわかると今度は怒りで赤くなった。

「いったいどうなってるんだよ、リン。なんだってジェイクと結婚なんかしたんだ？　もうあいつには飽き飽きしたって言ったくせに」

リンダはじっと彼を軽蔑の目で見た。「わたしはリンではないんです。双子の姉妹でリンダですわ」

デビッドは雷で打たれたようにすっかり驚いたらしい。しばらくまじまじと彼女をみつめていたが、不信の面持ちでにやりと笑った。「じゃあもうひとりを出してごらんよ、リン、ベルでも鳴らして」

リンダは仕方ない、といった仕草を見せた。「信じないのはあなたの勝手ですけどね……その証拠にはちゃんとわたし、パスポートも持ってますもの。ここへ来る前、わたしはイタリアに住んでいました。

何年もね。その間にジェイクはリンに会ってたんですわ」

デビッドはいっそう目を丸くした。「まさか!」

その声の調子から彼の気持が落ち着いたと見てリンダはジーンズのポケットからパスポートをひっぱり出してデビッドに見せた。

彼はそそくさとページを繰って、たくさんのスタンプの日付や記載事項をあらため、二年前にイタリアに行き、この秋まで一度もイギリスに帰っていないことをたしかめた。

眉をひそめて彼はパスポートを返してよこした。

「どうして前に会ったときにそれを言わなかったんだ？　知らないから僕はばかなことをしたりして……」

「わたし、記憶をなくしたの。わたしもこれ以上のことはわからないのよ。会う人はみんなわたしをリンと間違えるし、わたしもどうしていいかわからないし」

デビッドの白い顔に赤みがさした。「ああ、そうだとすると、ごめん……僕もリンだとばかり思いこんでいたもので……誘いをかけたり……僕はリンとは……」

悪い人ではない、としきりと詫びるデビッドを見ながらリンダは思った。ただ思慮の足りない人というだけなんだわ、きっと。今リンダが別人とわかってから変わった態度から察すると、リンが彼に対してとっていた態度もわかるような気がする。リンダは壁の時計を見上げた。

「そろそろ出なくちゃ。わたし、三時までに教会に行くので……」

「道はわかる？　よかったら送りましょうか？」

リンダはためらったが、この町はまだよく知らないことに思い至ると、この親切な申し出を受ける気になった。二人は並んで歩き始めた。

「ヨークの市内見物はしたの？　そのうち時間があったら歩いてみるといいですよ。この道路だって昔のローマ人の作った都市計画のとおりなんですよ。事実、敷石の道はローマ時代の二本の道に通じている。ローマ人が歩いた同じ道の上を今自分も歩いている、なんて、すばらしいと思わない？」デビッドは歩いている道の脇を指さした。「ここがストーン・ゲートです。ローマ時代の近衛兵たちはこれに沿って行進したし、教会堂を建てるための石も、この道を運ばれていったんです」

リンダは道に沿った風変わりな家々を見上げた。不規則な形をし、何世紀もの間に、それぞれの時代の様式でつぎ足しつぎ足しされながら、それらが渾然一体、言うに言われぬ調和を見せている。「ヨークってきれいな町ですね。今度時間をかけてゆっくり歩きたいわ」

二人は教会堂の前に出た。デビッドは恥じらいを見せてうつむきながら言った。「案内が必要なときは、言っていただければよろこんでつとめます」

「ご親切にありがとう。でもきっとジェイクが案内してくれると思います」

デビッドは真っ赤になった。「ああ」そして辺りをびくびく見回した。「じゃ、ここで失礼します」

「ありがとう」リンダは挨拶すると教会堂の方へ歩きかけた。そしてリンダは、ゆっくりこちらへ歩いて来るジェイクの硬い表情に気がついた。何を考えているのかしら！　いそいで振り返ったが、デビッドの姿はもう人ごみの中に消えて見当たらない。もう一度教会堂の方に向き直るとジェイクがもう目の前にいた。その姿にリンダはちぢみ上がりそうになった。

「なんでまたデビッド・レーンなんかとぶらついていた？」きびしい声が注がれた。

リンダの頬が熱くなった。「偶然会ったのよ。教会堂まで道案内してくれただけだわ」

「ほかにどんな案内をした？」

「礼儀正しい人だわ」

「どんな礼儀かは覚えているだろうな」

リンダはジェイクをにらみつけた。「わたしはちゃんとリンではないことを説明したのよ、ジェイク。パスポートも見せて。彼はあやまったわ、そして……」そこで急に画廊の女性のことを思い出した。「あなたこそどういうこと？　わたしたちの結婚は便宜上のものでしょう？　あなたにあれこれ指示されることはないんだわ」

ジェイクは手をズボンのポケットにぎゅっとつっこんで怒りをおさえていた。「いや、ある。先日の夜まではそうだったかもしれないが、今はもう、どの面からも完全に君は僕の妻なんだ。覚えとけ」

怒りと嫉妬で体がふるえてきた。「できることなら忘れたいものだわ」

ジェイクの手がリンダの腕を強くとらえた。耳のすぐ後ろに熱い息がかかった。「リンダ、僕は絶対に忘れさせないよ」彼がささやいた。

「もし幸いにも記憶が戻ったら、わたしはエミリオの妻なのかもしれないのに……そうしたらわたしたちの結婚は意味がないのよ」とっさの言葉は、リンダの期待した以上の効果をジェイクに与えたようだった。

ジェイクは顔を赤くしてリンダの手をはなした。「君は思っていたよりずっと君の妹に似ているらしいな！」彼は背を向けて大股に立ち去ろうとした。

リンダはとまどって、彼のあとを追った。どうしてわたしはあんなひどいことを言ってしまったんだろう？　ジェイクは彼女を無視して猛烈な早足で車のところまで行くとドアを開けてリンダを待った。息せききって追いついた彼女を車に押しこんで、やおら運転席にどさりと腰を落とす。リンダはおそるおそる彼の顔を仰ぎ見た。「ど……どこへ行くの、これから?」

「スカーボロー」

リンダの目が丸くなった。「ス、スカーボロー? どうしてそんなところへ行くの?」

「そこへ行けば君の美しい双子の妹がたぶんみつかるからさ」

「どうしてわかるの? どうしてそれが、わかったの?」

「それは」不機嫌にいったん彼は口をつぐんだ。「あの画廊の女を、高いレストランへ誘い出して、やっとき出したのさ」

「まあ!」その声に気になるひびきがあったのか、ジェイクが妙な顔をしてリンダの顔をのぞきこんだ。かすれた声でリンダはつぶやいた。「それじゃ、あなたはそれで……」自分のばかばかしい嫉妬を思い出してリンダは口をつぐんだ。

落ち着きなくまつげをしばたたくリンダの赤く染まった頬をジェイクはじっと見つめていたが、ふとあごに指をかけてリンダの顔を仰向かせた。

「それで、なんだ、リンダ?」やさしい声だ。

リンダは困って、でもだまっていた。

「おかしな女だな」ジェイクはやさしくからかった。そしてすばやくかがんで強く唇を押しつけた。思わずため息と共にリンダは口を開いてしまった。熱いキスをすませるとジェイクは彼女をもとのシートに押し戻してエンジンをかけた。「さあ、君の妹をみつけるんだ」彼はせまい小道を慎重に車を進めた。

リンダはまだ胸にしこりを残したまま彼の横顔をそっと仰ぎ見た。わたしのこと、ほんとうはどう思っているのかしら? さっきのキスは冗談ではなさそうだけど。

そのうち、これから会いに行く自分の双子の妹と対面することになったら、どうすればよいのか考え始めると、また胃袋がきゅうっとちぢみ上がるようにうずいてきた。

曲がりくねっていた道が急にまっすぐに開けて正面に海が見えてきた。スカーボローの町の入口にさしかかったのだ。リンダは目に入る風景に、なぜか胸をしめつけられるような親しみを覚えた。リンダはジェイクを見上げたが彼は自分の思いに気をとられているらしく、リンダの視線も感じないらしい。妙に緊張して血走った目をしている。怖いようだ。形のよい鼻もあごも、かえってきびしさを感じさせる。何かいやな思いに心がみたされているようだ。

リンのことを考えているのかしら？　リンダは唇を噛んだ。もう少しすると、いまだに思い出すことのできない双子の姉妹と顔を合わせるのだ。愛するジェイクが愛した女と、と言ってもよいかもしれない。ジェイクが彼女に憎しみ以上の何かの感情を、まだ抱いているかどうかは、きっと出会ったときの彼の顔を、彼の動作をじっと見ていればわかるだろう……。

リンはリンダの心の中に、怪獣のように巨大なかげを落としている。美しく肉感的な小悪魔。

一軒の小さな文房具店の前で車を止め、ジェイクは一人で入って行き、やがてこの町の案内図を持って車に戻って来た。ダッシュボードの上にそれを大きく広げると、ジェイクは長い指で道路の線をたどる。

「あった、僕らは今ここだ……。それで、と。教えられた住所はこれだな」ジェイクは通りの名を指さした。地図をまたたたみ、ゆっくり車を発進させ、やがて真っ白な窓と真っ白なドアの、大きな四角い家の前に車を止めた。リンダはジェイクに腕を支えられてゆっくり車を降りた。興奮気味で足がふるえる。ジェイクも口もとをこわばらせていた。

「そんなに怖がらなくてもいいじゃないか。さ、行こう……これも通らなければならない道の一つだよ、リンダ」

ジェイクは強くドアをノックした。間もなくドアは開き、中から誰かがのぞいた。リンダはまるで自分にみつめられているような不安を覚えて全身にふるえが走るのを感じた。そっくりなのだが、どこか違う。しばらく沈黙の時が過ぎた。

「まあ、まあ、まあ」柔らかな気取った声が沈黙を破った。磨きガラスのような緑の目がきらきらと光ってジェイクからリンダへと視線を移した。「どうしてまたあなたたち、ごいっしょなの？　伺っては失礼だったかしら？　それはともかくリンダ、こんなところまでなんの用があって？　わたしはあなたに、わたしの目の前から消えてほしいと言ったつもりだけど」

「入っていいだろう？　僕たちは君にききたいことがあって来たんだよ、リン」ジェイクが進み出た。

リンダは目の前の自分にあまりにもよく似た、そしてあまりにも違う顔を飽かずながめていたが、ふとそのリンの表情の中に、ジェイクはどう思っているようがいまだにジェイクを求めている風情を読みとった。リンダはまた胸のうずきを覚えた。

リンは口をへの字に曲げてリンダを見た。「もしもあなたがあのコートをさがしに来たのなら、そのままどこかに置いてあるわよ。あなたがいけないのよ——あんなふうにいきなり、まるで子供みたいに車からとび出して行くんだから。わざわざ上着を渡しにあなたのあとを追いかけて行くわけにはいきませんからね。あなたのお金には手も触れてないわよ。ポケットに入ってるでしょ」

「入っていいのか、いけないのか？」ジェイクはリンダの手をひっぱり、前に立たせて家の中に押しこもうとした。リンが勢いに押されて、いやな顔をしながらも後ろへ下がったので、二人は天井の高い白壁のホールへ入って行った。

「まあ。じゃあコートをとって来るまでここで待っていらっしゃいな」リンは仕方なさそうに二人を快適な居間へ通してどこかへ消えた。頭の後ろがうずいた。リンダはゆっくりと部屋の中を見回した。リンダはやにわに窓辺のテーブルに走り寄って、三人の写真の入った革製の額を手にとった。

低いうめきが唇から洩れた。その顔色を見てジェイクはすぐリンダのそばに歩み寄る。リンダはだまってその額を差し出した。

彼が物問いたげな目を向けるとリンダの目に涙があふれ、頬を伝ってぽとぽととテーブルに落ちた。

戸口の物音に二人は振り返った。戸口に妹の姿を見たとき、リンダはすべてを思い出した……。

彼女はリンと共にこの家で育った。まさに瓜二つの双生児だった。両親は互いにそれぞれのお気に入りを作った。リンダはどちらかと言うと母親寄りで、母といっしょに家事を手伝うのが好きだった。そして物静かで恥ずかしがりやの少女時代を過ごした。それにひきかえリンはわがままでお転婆で、子供たち、とくに男の子たちの人気者であり、父の秘蔵っ子となった。遊び好きで社交的な父フィリップ・シェリダンは、二人の娘のうち、外向的なほうを連れて歩きたがった。そして幼いうちから男たちの注目を集めるのを見てよろこび、年を重ねるごとに美しさを増すリンに目を細めていた。リンダのほうは学校の成績もよく、とくに外国語に才能を見せた。父はリンダが十八歳になると、言葉を生かした仕事につくことをすすめた。

母との別れをしぶるリンダを、リンと父親はロンドンに向けてさっさと送り出してしまった。リンダはイタリア系の企業で翻訳の仕事を始めた。ロンドンで快適な部屋をみつけ、仕事にも慣れてくると、コンサートや芝居、公園のそぞろ歩きなど、毎日の生活を楽しむゆとりも出てきた。毎週一度は必ず母に手紙を書き、娘の様子を見にしばしばロンドンを訪れる母を案内してロンドンの名所を歩くのも、リンダの大きな楽しみの一つとなった。

やがて上司のファルセッティ氏が、リミニの本社勤務に戻ることになった。シニョール・ファルセッティは、自分の秘書兼通訳としてイタリアに来ないか、と提案した。たとえ一年でも、現地で過ごすことは言葉を勉強する者にとっては大きな収穫となる、というのだ。リンダは迷った。こんなことはまたとないチャンスなんだから是非行ってらっしゃい、と母親にもすすめられ、ついにリンダは申し出を受けた。

シニョール・ファルセッティは心温かい中年の紳士で、夫婦は口々にイタリアでは自分たちの家に住めばよいと言ってくれた。こうしてリンダは、騒がしく陽気なイタリア人一家との生活にとびこんだのだ。リンダはすぐに情熱的であけっぴろげの大家族の中にとけこんでいた。性に合っていたのだろうか。ファルセッティ家の六人の子供たちのお守りや食事の世話にも慣れた。近所の十家族以上とも仲良しになった。屋敷の庭から浜辺に続くアドリア海の波の音を聞きながら、ろうそくを灯してロマンチックな夕食をとり、時にはイタリアの青年たちから恋のささやきを聞かされたりもした。

去年の春には貯めたお金で母を呼び寄せ、二週間もの休暇を共に楽しんだ。ファルセッティ家は母にも同家で過ごすようにと招いてくれたので、リンダはまる二週間母と起居を共にして、毎日近くの遺跡や名所をたずね歩いた。ビザンチンの香りを残すラヴェンナの町、パオロとフランチェスカの、不幸な恋人たちにまつわる塔。そして下町の市場でイタリア製のセーターやシャツをひどく安い値で買ってみたり、気ままに楽しんだ。イギリスに帰る母を空港で見送るのはほんとうに寂しかった。

帰国の前夜、ミセス・シェリダンは家庭内に持ち上がっている不協和音について打ちあけた。リンが妻子ある富豪と問題を起こし、とうとうスキャンダルが洩れて父フィリップ・シェリダンを悩ませているという。最愛の娘が近所のうわさ話になっていることさえ彼には耐え難いことなのに、そのうえリンはさんざん言いたい放題言ったあげく、もう家へは戻らない、と宣言して出て行ってしまったのだ。

「じゃあわたしが家に帰りましょう」リンダは母を慰めた。「でもママ、どうして早く言わなかったの?」

「パパはね、まだリンのことで頭がいっぱいなの。そっとしておいたほうがいいと思うのよ。ね、リンダ。パパは酒びたりなの。あなたが帰ってくれても、不愉快な思いをするだけだわ」

母と娘は互いの姿が見えなくなるまで手を振り合った。でもそれが最後の別れになるとは、リンダは露ほども思わなかった。それからリンダはまたリミニでの仕事にいそしんだ。そしてある日、弁護士事務所からの電報を受けとった。両親の交通事故死を知らせる言葉だけが書かれていた。

傷心のリンダはすぐ飛行機にとび乗り、ようやく葬儀に間に合った。驚いたことにリンは参列していなかった。この部屋でたったひとり、もう永遠に帰らぬ人となった両親を思って悲しみに沈んでいた日のことを、リンダはまざまざと思い浮かべた。父の弁護士はヨークにいるリンに連絡したのだが返事がなかったとリンダに告げた。「あなたと同じように外国に出ておられたのかもしれません」そして彼は父の遺書を読んできかせた。それによるとすべての財産はリン宛になっていた。

弁護士は読みながら驚いておろおろしたが、リンダは少しも動揺を見せずに聞き終えた。母の死が悲しいこと以外、リンダには何も思いつかなかった。父は事故を起こしたときひどく酔っ払っていた、と誰かが話しているのをリンダは耳にした。リンが父の心をふみにじったことが、結果として母の死を招くことになったのだ……とリンダは思った。

リンダはヨークの画廊へリンに会いに出かけた。しかし画廊のはるか手前の路上でばったり出会った。二人はだまって見合っていた。

財産はすべてリンのものだと告げると、リンは苦笑してみせた。「パパに甘えてあげたお返しだわね」

リンダはまるで他人事のように平然としている妹を、あきれてみつめた。いっしょに育ち、こんなに顔はよく似ているのに……どうしてこうも、思うことが違うのかしら。

「スカーボローの家はどうするつもり？」胸を痛めてリンダはきいた。

「売っちゃうわよ、ちり一つ残さずみんな。あの家なら結構値はつくわ」

「どうしてお葬式に帰らなかったの？　電報は届いたんでしょう？」涙にくれてリンダはなじった。

リンはそれがどうした、というように肩をそびやかして薄笑いを浮かべた。「わたしはお葬式なんて大嫌い。気が滅入るわ。いずれにしてもわたしは追い出された身ですからね。どうしてお葬式にだけ帰れっていうの？　パパがなんで怒ったか知ってる？わたしが事件を起こしたからじゃないのよ。そうじゃなくて、それが世間にばれたからなの。人のことなら自分だっておもしろがっているくせに、わたしがへまをして人に知れたもので気に病んだのよ。わたしはパパの偽善が許せなかった」

リンダは横を向いた。「どうして今さらそんなこと言うの？　もうパパは死んでしまったのよ！」

リンは顔をしかめた。「人前でみっともないわ、わたしの車に乗ってよ。ホテルまで送るから」

二人は言い争いながら荒れ地の間を縫う山道をのぼって行った。リンはついに憎悪をあらわにしてリンダをにらみつけた。「わたしにとって、あなたなんて他人と同じよ、リンダ。わたしの前からとっとと消えてちょうだい。あなたのいい子ぶった小さな顔は、もう一生見たくもないの。子供のときからわたしはあなたが憎らしかった……ママのペットのいい子ちゃん！　いつもきちんとして、いつもよくお手伝いして、学校の成績も満点で……いいのよ、わたしは野心家だから。いつかは大金持の男をみつけるの。そしてわたしの夢の生活を実現させるのよ。しけたスカーボローなんかじゃなくて、ニューヨークかパリね。わたしはあなたみたいなぼんくらじゃないのよ！　今に成功してみせるわ！」

それから間もなく曲がり角にさしかかったところでたまたま出合った対向車をリンは避けきれずにぶつかった。車にたいした損傷はなかったが、ショックでリンダは前の風防ガラスに激しく頭をぶつけた。

リンは即座に車を降り、ぶつけた相手の男性ドライバーに嫣然とほほ笑みかけていた。顔に血を流しながらリンダは車の中ですすり泣いていた。やがて突如として、全く衝動的に、意地の悪い妹の二枚舌に我慢している自分に耐えられなくなった。身にも心にも傷を受けて、リンダは車からとび出していた。全財産がポケットに入ったスエードのコートを座席に置いたまま、リンダは西も東もわからない荒れ地を、ただひたすら走っていた。

すすり泣き、しゃくり上げ、そして走った。そのうち辺りに少しずつ霧が湧いてきた。それでもまだしばらくは行き先がなんとか見えていたが、そのうち霧はどんどん濃くなって、足もとさえ怪しくなり始めた。

そこへ野生の馬が猛然とかけて来て、リンダを横ざまに跳ねとばして去った。

青ざめて、まだ小刻みなふるえの止まらぬリンダの顔をじっとみつめ、ジェイクはそっと肩を抱いた。

「いったい何がどうなっているのか、どちらでもいいけど話してくれないかしら？」スエードのコートを手近の椅子に投げて、リンが言った。

リンダが切ないため息をついた。「何も言うことなんかないわ。さようなら、リン。あなたの大望が成就しますようにね」リンダは努めて平静に言葉をかけた。

リンはいぶかしげに目を細めてジェイクをながめ、赤い舌で唇をなめ回した。「リンダは何が欲しいのよ？　それとも欲しいものはもう手に入ったと言いたいの？」

リンダはさっと頬を染めたが、無視していそいでコートをつまみ上げようとした。すると何を思ったかリンがその手をおさえた。長くとがった爪がリンダの手首に食いこむ。リンは自分がおさえている相手の手に、輝く金色の指輪を見た。

リンダはその手をすり抜けて、大いそぎでコートに手を通した。

「お金を数えたら、リンダ」リンは不機嫌そうにジェイクを見た。「ひとのお金を盗む人だっているんだから」

ジェイクはひと言も口をきかない。リンダはこわごわ妹の前を通って居間を出た。二階も台所も静まり返っている。母の不在をその静けさが語っていた。そのままリンダは家を出た。後ろでドアがばたんと閉まる。急に悲しみがこみあげてきた。

両手をコートのポケットにつっこんで、母の顔を目の奥いっぱいに思い浮かべてリンダは道なりにどんどん歩いて行った。もうジェイクのことも心になかった。母の温かみ、やさしさ、母のすべては一瞬にして奪われてしまったのだ。

思い出に導かれるままに、いつしかリンダは幼いころにたどった海辺への道を歩いていた。

半ば夢見心地で海辺に出た。冷たい冬の海風はセーターもスエードのコートも通して身にしみる。リンダは灰色の海に向かってどんどん進んだ。

足もとに打ち寄せる北の海の水を見て初めてリンダはジェイクのことを思い出した。家に置いて来てしまったわ。軽い疲労感を覚えた。もうどうでもいいような気もする。あの人は夢の中で出会った一人の男性に過ぎない。もう夢はおしまいなんだ。

リミニに戻ればいいんだわ。そう思うと急にファルセッティ家のたたずまいが恋しくなった。何もかも包みこんでしまう温かさ。陽気な、騒々しい家族。今何よりもわたしに必要なものだわ。

リンダは幼な子のように、砂の上に座った。割れた貝がらで足の間にバリケードを作ってはこわす。意味のない幼時の遊びを、放心したようにくりかえした。黒髪が風になびいた。

いつだって明日があるんだわ。幼時の思いを砂のバリケードで断ち切ろうとしながら考えた。人生から逃げるのは卑怯(ひきょう)だわ。時をおいてはもたらされる悲しみに、人間なら正面から立ち向かわなくてはいけないんだ。そしてまた一から始めるんだ。作ってはこわし、打ちひしがれては立ち直るんだ……。

背後に足音が近づいた。リンダはジェイクの気配を見ないでも感じとった。彼の手でリンダの顔がジェイクの方へ向けられた。

「どうしてこんなところにかくれているんだ？　君をさがしてそこいら中走り回ったぞ。気が気じゃなかった……なんのつもりだ？」

おだやかにリンダは告白した。「わるかったわ。ちょっとの間、あなたのことを忘れてたの」

ジェイクはぎくっとした。「僕のことを忘れたって……」

「ほかに考えることが多過ぎて」

「記憶がよみがえったんだね」

リンダはうなずいた。正面に向き直った。彼も手をはなした。

リンダはまた砂遊びを始めた。だまってそっと砂を積み上げる。

「写真を見て君がいきなり泣き始めたろう？　あのときそうだろうと思った。ご両親だね？」

静かにリンダは、記憶を失うまでのことを語った。ジェイクはひと言もさしはさまずにじっと聞き入った。話しながらも絶えず砂を積み上げる彼女の手もとにじっと目を注ぎながら。ため息と共にリンダは話を終えた。「事故が二つ重なったからでしょうね……。まず車のガラスに頭をぶつけて、それから霧の中で……もっともその前に両親のことで心ここにあらず、だったし」

「頭部打撲のあとにショックが起こることは多い。筋は通っているね」

「ええ。でももう終わったわ。もうすべてわかったし。あなた、わたしをリンと間違えた話を彼女にしたの？」

「いや」

リンダはまた砂を上から掛けた。「リンはまだあなたに未練があるでしょう？」

ジェイクはいきなりこぶしで砂のバリケードをつき崩した。リンダはぼんやり崩れた砂の山を見ていたが、ジェイクの行動には腹が立った。

「どうしてそんなことするの？」

「僕たちの間にまで壁を作らないでくれ。そんなことしたってその度に僕は打ち砕くぞ、リンダ。どんなことをしても」

「わたし、イタリアに帰るわ、ジェイク」リンダは静かに言った。

ジェイクは一瞬茫然とし、やがて表情をこわばらせた。しかし冷静に口を開いた。「でも、リンダ、とりあえずウィンド・トアに帰ろう。それから君がどちらともきめればいい。今はなんといってもショックが大きいから、しばらく休まなければ」

「今も自分のしたいことは、わかっているのよ」

ジェイクはだまってリンダを立たせた。彼の腕に緊張感と怒りを感じた。海に背を向けて砂地に歩を進める間、リンダは意識してジェイクの目を避けた。

9

二人は車でウィンド・トアに向かった。車中リンダはひとり、もの思いに沈みこんでいた。思いつめた表情で、また両手をコートのポケットにつっこんで。ジェイクもけわしい横顔をリンダに向け、目は前方をじっとにらんでいる。手だけは目の前の道の状況に、自動的に反応してハンドルをさばいた。一度だけ、とつぜん横からとび出して来た車を避けて急ハンドルを切り、リンダはジェイクの横腹に激しく倒れかかった。あわてて姿勢を戻すリンダに、ジェイクは聞きとれないような小声であやまった。

でもその一事でリンダは彼の存在を思い出した。ほんの一瞬だが彼の固い筋肉質の体に触れて、リンダの体は芯からしびれた。でも彼女はすぐにその感覚をいまいましく思った。もうジェイクのことで心をわずらわせたくないのだ。彼はリンダの空白の時期に知り合った人であり、母親と共に心細いリンダを守った彼に対しては心から感謝してはいるけれども、それ以上の気持は断ち切ろうと考えていた。

リンが未練たっぷりにジェイクを流し目で見ていたのが思い出される。ジェイクはわたしひとりのものではない、とリンダはつらい認識をした。彼はリンとわたしを混同していただけ。だから結婚したのだ。ジェイクはリンが憎いと言っているけれども、やはり心はリンにとらえられている。

一度でも妹のものだった人なんか欲しくない。だって、たとえ彼がわたしを欲しいと言っても、実際には彼の持っているイメージがほんとうにわたしなのかリンなのか、いつまでも疑いが残ってしまう……。

中庭に入るとジェイクはブレーキをきしませて車を止めた。ミセス・フォレスターが戸口まで出て来て手を振っている。リンダは先に車を降り、目を輝かせて彼女のもとに走り寄った。「リンがみつかったの。わたしもすっかり記憶をとり戻しました」

ミセス・フォレスターは心配そうにリンダを見た。「あなた、疲れているようよ。入って夕食にしましょう。どこまで行ってしまったのか、心配してたのよ。ずいぶんおそいのに帰って来ないから」

「わたしたち、スカーボローまで行ったんです」リンダは背後にジェイクの気配を感じた。

「スカーボロー？　なんでまたそんなところへ？」

ミセス・フォレスターはあきれ顔を見せた。

「その話はながくなる。リンダ、君はすぐ床に入ったほうがいい。食事は持って行ってあげるから、食べたらすぐ寝られるようにしておきなさい」ジェイクが割って入った。

「わたしは病人なんかじゃないわ」癇にさわってリンダは反抗した。

「言うとおりにしなさい」ジェイクはくりかえした。

リンダは振り返ってにらみつけた。「えらそうに命令しないで！」

ジェイクも怒りだした。「わからないことを言うんじゃない。君は今、半病人どころか半分死人みたいだぞ。良識があるなら言うとおりにしたまえ」

「ありがたいけど、わたしはここでお食事するわ」

ジェイクは物も言わずすくうようにリンダをかかえ上げた。細い体でリンダはもがいた。「おろしてよ、ジェイク！　ああ、野蛮人！」

ジェイクは彼女をベッドに手荒におろすとつっ立ったまま自分の腰に手を当てて、じっとリンダを見おろしていた。「着替えなさい。それとも僕に手伝ってほしいのか？」

「まあ！　出て行ってよ！」彼の手に触れられたら

どんなことになるか、我と我が心が恐ろしく、胸のうちを悟られないように顔をそむけてどなった。

ジェイクはしばらく妙な顔でじっとリンダを見おろしていたが、ふと後ろを向いて出て行った。リンダも仕方なく起き上がって浴室に入った。ネグリジェに着替えてベッドに戻るとほとんど同時に、ジェイクがお盆を持って入って来た。

リンダはすっかりおだやかな表情で彼を迎えた。シャワーを浴びながら、自問自答をくりかえした結果であった。「ありがとう」リンダは食事の礼を言った。

ジェイクはリンダのひざの上にお盆をそっとおろした。「話は明日にしよう。今日はゆっくりおやすみ、リンダ」

「話すことはもうないわ」ミセス・フォレスターの心づくしのキャセロールをつついて言った。

「ああ、そうだろうな」そう言ってリンダを見たが、気を変えたのか、目にもとまらぬ速さで部屋から消えた。

リンダは努めてかなりの量を口に運んだあと、お盆をドアの外に出し、明かりを消してベッドにもぐりこんだ。暗がりに荒れ地を渡る風がこだまする。リンダはリミニでの日々を思い浮かべた。またあの海辺に戻れたらどんなに幸せだろう。でも短い滞在ではあったがこの家はいつのまにか自分の一部になってしまったようで離れ難いとも思う。恐ろしい風の音さえなつかしい。リンダはため息をついた。しかし今となってはそれは考えることではない。ここは彼女のいる場所ではないのだ。リミニに戻るしかない。

明け方になってやっとまどろんだ。目が覚めて部屋にさしこむ陽光のぐあいから、かなり寝過ごしたと思った。いつもならもうとっくに起き出してミセス・フォレスターの手伝いにせいを出しているころだ。

リンダは寝たまま広い部屋の中を見回した。いったんは家族の一員となったこの家で、リンダは再び客分に逆戻りしたのだ。今は二人共、わたしを客扱いする。

それからまた三十分ほど経ってから、リンダはいつものジーンズとセーターに着替えて下へおりて行った。台所に入ると、ジェイクが一人、新聞を読んでいた。

ジェイクは新聞のへり越しに、入って来たリンダを上目づかいに見た。「おはよう。ゆっくり眠れたようだね、だいぶ気分がよさそうだ」

「ええ、おかげさまで」リンダは彼の後ろを通ってトーストをとろうとしたが、ジェイクがよけようとしないので、レンジ台と彼の背の間をこするようにして通らなければならなかった。いやおうなしに彼の体に触れることになり、リンダは胸がどきどきした。

「お義母様は？」しばらくして、パンにバターを塗りつけながらリンダは尋ねた。ジェイクは身をのり出すようにして濃く出したお茶をリンダのカップに注ぎ、彼女がもごもごと口の中でことわるのも無視してどっさり砂糖も入れた。

「村までちょっと出かけた。食料品の買い出しに」

いつも買い出しはジェイクの役目なのに。リンダは疑いの目を向けた。午前中はアトリエで仕事をするはずのジェイクが、どうして今日に限ってこんなところに座りこんでいるのかしら？

リンダはできるだけテーブルの、彼から遠い席についてトーストをかじった。そしてお茶をすする。ジェイクは音をたてて新聞をたたみ、おもむろにテーブルに肘をついて、まじまじとリンダを見た。

射るような強い視線にリンダはたじろいだ。ふと目を伏せて、いつまでもスプーンでお茶をかき回していた。

「よし」ジェイクは自分に言いきかせるように口を切った。「今度はエミリオのことを聞かせてもらおう」

じわじわとリンダの頬に赤みがさしてきた。リンダは下唇を嚙んだ。「あなたに関係ないわ」

「君は僕の妻だ。何度同じことを言わせるんだ?」

「この結婚はいつだって簡単に破棄できるっておっしゃったわ」

「両者が合意した場合だ」

リンダはジェイクを見上げた。まつげが何度もまたたいた。「二人共、合意してるわ」

「そうかな?　くりかえすが、リンダ、エミリオのことを話してほしい」ジェイクはじっとリンダの目の奥までのぞくようにみつめて言った。

リンダはうつむいてちょっと考えた。「彼はリミニに住んでいるわ」慎重に言葉を選んで答えた。

「手紙のアドレスでそれはわかっている」

「わたしと同じ会社で働いていたわ。それで出会ったの」心をきめてリンダはゆっくりと、彼の顔を正面から見ながら話し始めた。「わたしより少し年上よ。典型的なイタリア人。色は浅黒く、ルックスがよくてチャーミングで……」

ジェイクは背もたれに背をあずけてじっとリンダを見守った。「僕のきいている意味はわかっているだろう、リンダ?　君とはどういう関係だ?」

リンダは一瞬答えにつまった。理性と感情が激しく胸の中で争っている。やがて口を開いた。「エミリオはわたしと結婚したいと言ってるの」

ジェイクもしばらく言葉を忘れていた。そしてしぼり出すような声で言った。「かわいそうに。君が僕と結婚したことを知ったら……」

リンダは赤くなった。「それはわたしたちが離婚するまでのことでしょ」

「彼はイタリア人だろう？　とすれば九十パーセント、カトリック信者だな。カトリック信者なら離婚は認めないはずだ」

そこまでリンダは考えていなかった。リンダは返す言葉もなく、茫然とジェイクを見ていた。

ジェイクはそれ以上何も言わず、ふらっと立ち上がると台所を出て行った。

リンダも、はじかれたように立ち上がり、追われるように台所の片付けを始めた。それから口笛を吹いてサムを呼んだ。散歩を口実にサムと一時間あまりも荒れ地を走り回った。リンダが頬を真っ赤に紅潮させ、髪も乱して帰って来ると、台所ではミセス・フォレスターが一人、昼食の支度にかかっていた。

「あら、わたしがするつもりでしたのに。こんなに早くお帰りになるとは思わなかったので……」

「じゃあテーブルのセットをしてちょうだい」ミセス・フォレスターはにっこりしてたのんだ。

皿やフォークを並べながら、リンダは夫人に、昨日記憶をとり戻したときの話をした。夫人は両親の死を知って驚き、同情を示した。

「それでわかったわ。あなたの妹さんがご両親がいないと言いつづけていたわけも。お父様とけんかして家を出てからは家族はないに等しかったのね」

「父にはよほどこたえたでしょうね。いつもリンを甘やかして、目に入れても痛くない娘だったから」

「それがいけなかったんですよ……それで自分中心で利己主義で……わがままになってしまったのね」

「ええ。かわいそうなパパ」

「リンとお父様は似てらしたんじゃないかしら。男性的な男の人ならそういうことにも耐えられると思うのよ。うちのジェイクが女の人を失って飲んだくれるとは思わないけど」

リンダはテーブルに目を落としてクロスの上に指

で丸を描いていた。「そうですね。わたしもそう思います」ジェイクは自分自身を知っているし、思いきりがいいもの。今だってリンに気があるのに、自分のプライドと立場を思ってその気持をおさえている。だけどわたしがこれから先もリンの代役としてここによろこんで滞在すると思ったら間違いよ。

　昼食の時間になるとジェイクも食堂に現れたが、だまって食べるだけ食べると、二人の女性に挨拶もせず、またアトリエへ戻って行った。

「あきれたわね」ミセス・フォレスターがおかしさをこらえて言った。「誰かさんのご機嫌のひどいこと！」

　リンダは答えず立ち上がった。「わたし、窓ガラスをふきましょうか」ガラスふきは重労働だ。リンダはなんでもいいから体を動かしていたかった。そしてリンダは夫人の方をためらいがちに見た。「あの……わたし、近いうちにおいとまします……。わたし……わたし、イタリアへ帰ることにしました」

　ミセス・フォレスターは口をぽかんと開けた。

「イタリア？」信じられない様子で夫人はあらためてリンダを見た。「ジェイクにはもう話したの？」

「ええ」

「そう」

　リンダは窓ふきの道具一式をかかえて台所を出た。梯子をしっかり立てかけて登り、家の正面からガラスをふき始めた。力を入れて一心にふいていると心の中は空っぽになった。

　日の暮れは早い。四時ごろにはもう夕闇のとばりがおり始めた。仕事を終えて家に入ると、体のあちこちが痛んだ。でもシャワーを浴びてすっきりすると下へおりて夫人を手伝い、夕食の支度にかかった。

　ジェイクも間もなくアトリエから戻ったが、だまってまっすぐ部屋に行き、十五分ほどすると白のシャツにブルージーンズといういでたちでおりて来て、テーブルの前にどっかりと座った。

「イタリアへ帰るお金はどうするの？」ミセス・フォレスターは背後にジェイクが戻って来ているのに全く気づかず、うっかりリンダに尋ねた。

「妹の車に置いてあったコートのポケットに少しですけどお金が入っていました。イギリスでの滞在費用の分と、帰りの航空券はありました」

「まだそれ、有効なの？」夫人はよく気がつく。

実際はもう期限切れだった。でもリンダはにっこりしてみせた。「大丈夫です。クリスマスに間に合うように帰りますから。イタリアのクリスマスはすてきなんですよ」

ジェイクが苦い顔をしてにらんだ。「ばかを言うんじゃない」

ミセス・フォレスターはだまって台所から出て行った。リンダはあわてて夫人を呼び止めようとした。恐ろしい顔をしたジェイクが椅子を引いて立ち上がり、テーブルを回ってリンダのそばに来た。リンダははっと身構えてつぶやいた。「ジェイク」

ジェイクは物も言わずリンダをかかえ上げた。そして硬い表情でじっとリンダの目をみつめ、リンダの寝室まで運び上げた。

リンダはかつての、彼との一夜の思い出をよみがえらせて小さな叫び声をあげた。彼女は彼の胸に手をつっぱってもがいた。「ほっといてちょうだい、ジェイク……おろして！」

ジェイクはリンダをベッドの上に投げおろした。びっくりして一瞬軽いめまいを覚えたが、治まってみるとマットレスの隣の辺りが低く沈み、ジェイクの体がすぐそばにあった。彼はリンダの顔を両手の間にはさんでじっと見た。

「僕は今日一日、十分苦しんだ」低い声でつぶやくと、気配を悟って避けようとする間もなく彼の唇がぴたりとリンダの口をふさいだ。飢えたように何度も何度も角度をあらためてジェイクはキスを重ねた。彼の手もじっとしてはいない。リンダの体の上をなつかしむように上下し、セーターの裾から中へすべりこんだ。ふるえるジェイクの指が胸をさぐると、リンダもたまらず声をあげた。

いったんはとまどい、さからったものの、手慣れたジェイクの指に触れられ、唇に押され、リンダの抵抗は一つ一つ力を失っていった。そして何歩もおくれながらもリンダの体は反応し始めた。

やがてゆっくりと二人は離れ、二人共、疲れて半ば口を開けたまま、ぼんやり見合っていた。リンダは救いのない思いで頬を染めた。「ジェイク、あなたはわたしを求めているんじゃないのよ。あなたが求めているのはリンのほうだわ」

「金の皿にのせて出されたってリンなんか欲しくないさ」ジェイクはまだ燃えさかる炎をその目にたたえて、リンダを悲しげにみつめた。「ああ、リンダ。君はどうしてそんなばかな考え方をするんだ？　君を自分のものにできる男が、なんで毒のとげを持った頭の空っぽな妹を欲しがる？　リンとの結婚なんて、仮定としてだって考えた僕自身には愛想がつきるよ。こんなに中身が違うのに外見はまるで瓜二つだなんてひどいぞ……」

リンダは顔をそむけて肩をふるわせた。「だめだわ、ジェイク、わるいけど、わたし、だめ」

少しとまどっていたが、ジェイクはやがてまた両手でリンダの顔を自分の方に向け、その目に見入った。「エミリオのせいでか？　リンダ、君がもし彼を愛していたなら、どうして僕に応じた？」

リンダは大きく息をした。「いいえ。エミリオのためじゃありません。リンの……あなたとリン……わからないのジェイク？　あなたがわたしの体を抱くときにわたしのことを思っているかリンのことを思っているかは、いくらあなたがどう否定しても、わたしには確認のしようはないのよ」

ジェイクはいくらかほっとしたように、口もとにかすかな笑みさえ浮かべた。「リンはアトリエの僕の前で、自分からさっさと着ているものを脱ぎ捨てたけれど、そのときでさえ僕は彼女を抱きたいとは、これっぽっちも感じなかった。僕が最終的に彼女との結婚にふみ切れなかった最大の理由はそこだと思う。僕は彼女の美しい体を見たけれど、それは外観だけの美しさで、抜け殻のようなものだった。セックスはね、リンダ、単に肉体的なものじゃないんだよ。その体に宿る人間性の魅力がその元にあるんだ。リンの中の何かが僕をへだてていた。僕も容姿はたしかにすばらしいと思ったが」

まだ心迷ってリンダは彼を見た。「でもわたしが初めてここに来たとき……」そこまで言ってリンダは唇を噛んだ。言ってよいものかどうか心をきめかねた。

ジェイクの目が躍った。「なんだい、リンダ？」

温かいやさしい声の調子にリンダは顔を赤くした。ふっと明るいまなざしで彼を見上げた。

「僕から言おうか？ 君が初めてここへ来たとき……君がこの場に登場したとき、君をリンだと思いながらもまるで別な気持を抱き始めた……。その始まりは病院へ運びこんだとき。それは心細そうに、君は僕にいっしょにいてくれとたのんだ……。とても寂しそうで弱々しく、子供っぽかった。僕はしぜんに君を守ってやりたい、という気持になった。しかしどうしてかまでは考えなかった。最後にリンと別れたときには、嫌悪以外の何も感じなかったのに。君をこの腕にかかえたときの気持は今でも覚えているよ。それからしばらくは君が芝居しているものと思いこんでいた。それで僕は、君に触れたい、君を抱きたい、と思う自分がたまらなくいやだった……」その気持を再現するように、ジェイクはリンダの体をそっと撫でた。そしてリンダの首にジェイクは顔を埋めた。リンダはぴくっと体をふるわせた。

「ああ、リンダ！　僕はおかしくなりそうだ！」

リンダはふかい感動に、心臓が強く重く打ち始めるのを感じていた。リンダは目を閉じた。そして早くこの興奮が治まってくれますようにと祈った。

「でも、あなたが欲しいのはわたしで、リンではないということが、どうしてわたしにわかるの？」

ジェイクはうなった。「リンダ、そういうことは簡単に説明できるようなものじゃない。家の内外でせっせと働く君を見ても、何をやってるんだ、と心では思おうとした。でもつい君にみとれてしまうんだ。君が近くにいると、そばに行って肩に、頬に、触れたい気持をおさえるのが苦しかった。リンには、君にはない鋭さというか、外見上のつやっぽさがある。君のしぜんなやさしさは、僕の嫌悪感をだんだん和らげていった。君が体に合わないだぶだぶの、母のねまきを着ていると、かよわい小さな少女といった感じがして、もう愛しくてたまらなかった。僕はそんなふうに思わないように自分をいましめていたのに……だめだった」

「ジェイク……わたしは……」

「なんだい？」ジェイクは長い指でそっと、リンの唇の輪郭をたどった。

「あなたの言葉にさからうようだけど、やっぱりわたしがリンに似ていたからこそ、そう思ったんでしょう？」

ジェイクはにっこりした。「僕自身は、リンが君に似ていたと言いたいね」

リンダはとまどいの表情を浮かべた。「どういうこと？」

ジェイクはリンダの黒髪をもてあそんだ。かわいい小さな耳をよく見るために、ぜんぶを持ち上げて後ろへまとめたり、長い毛を指で梳いたり。

「もし僕が君と先に出会っていたら、僕は真っ先に君に恋していただろう。それまで疑うんじゃないよ、リンダ。もし僕がそのあとでリンに会ったとしよう。僕はきっと、君はかわいそうに、なんてひどい妹を持ったんだろう、と思うだけで、あとは目もくれないね。リンはたしかに美しい。でもあの美しさは外見だけのものだ。君もリンとそっくりで美しい。でも君の美しさは内側からの光をもたたえている……」彼の指は耳の後ろを何度も往復した末、柔らかなくぼみをみつけた。

リンダは横になったまま、ゆっくりと愛撫をつづける彼の指の動きを無視しようと努めた。ジェイクの指は顔の上にのぼってきて、黒いネットのようなまつげにそっと触れた。

「さあ、リンダ、まだはっきりしないかい？」

唇を噛んでリンダは彼を見上げた。「ジェイク、わたしあなたの絵のモデルになりたいわ」

思いがけない言葉を聞いてジェイクはびっくりして、そして眉をひそめた。「それはまた……どうしてだ？」

リンダは用心深く口を開いた。「ジェイク、あなたはリンをとてもきれいに描いたわ。あの絵はリンがあなたにとってなんであるかを語っていると思うの。だからわたしもあなたに描いてほしい。その絵を見て、あなたがわたしをどう思っているかを判断するわ」

ジェイクはしばらくぽかんとしていた。やがて、ひゅうっと低く口笛を吹いて驚きを表した。「これは驚いた」灰色の目は、たしかめるように細くなってリンの目を射た。「それで、もしその結果、君の意にそわなかったら？」

「イタリアに行くわ」

ジェイクはとつぜんリンダの両肩をベッドに押しつけるように強くつかんでゆさぶった。「エミリオのところへか？」

「いいえ。エミリオなんて問題じゃないわ。ほんとうよ、彼はわたしと結婚したがったけれど、情熱的で飽きっぽいからすぐに気が変わると思って、わたしは初めからそんなつもりはなかったの」

ジェイクはちょっといやな顔をした。「じゃあ、牛の前でひらひらさせる赤い布みたいに、エミリオは僕の前にちらつかせただけなのか」

リンダは赤くなって抗議した。「そんな。わたしは初めて見たときからあなたのことで胸がいっぱいだったわ。わかっていたはずよ。あなたにわたしの手の届くところにいてほしかった」

ジェイクの顔が和らいだ。「そうか、リンダ」ささやいて彼はリンダの腕をつかもうとした。すると彼女は手をつっぱって離れた。

「だめよ、ジェイク。わたしを描き上げるまではもう、さわっちゃだめ」

「まさか本気でそんなことを言っているんじゃあるまいね！　何日もかかるんだよ……何週間かもしれないのに……」

「お互いに冷静になれるわ。わたしたち、実際にはお互いをぜんぜん知らないまま、結婚してしまったんだから」

「僕には君が必要なことはわかっていた。僕をだまして芝居していると思ってもなお、君を僕のものにしたかった」

「お願い、ジェイク。わたしたちには時間が必要よ」

ジェイクは深呼吸した。「君は僕に不可能な難題を持ちかけてるんだぞ。僕に絵を描かせる。その結果が僕の生涯の分かれ道になる。天国か地獄か」

「ごめんなさい。でも、それが唯一の方法なんですもの。わたしが将来に確信を持つためには」

「ああ、ひどいなあ……まあいいさ」ジェイクはのっそりと立ち上がり、上からリンダのほっそりした体を見おろした。セーターは胸もとまで白い肌を見せてたくし上げられたままだ。「ああ、リンダ、君は何をさせようとしているか、自分でわかっていないんだ。今夜も……ここに寝たいよ……リンダ」かすれた声でささやくジェイクの渇望はリンダにも伝染して、いいわと言いそうになったがふみとどまった。

「だめよ、ジェイク」

ジェイクはいまいましそうにもう一度リンダをながめ、戸を手荒く閉めて去った。

リンダはその後、着替えをして床についた。ミセス・フォレスターが自分の部屋へ行く足音が聞こえ、そして辺りは静かになった。眠りにはついたが、次々と夢を見た。どの夢もリンダをおびえさせるものばかりだった。自分をみつめる鏡……自分をみつめるジェイクの目……どのシーンも絶望と幻滅の終末を迎えるのだった。

次の朝リンダは早く目が覚めた。次から次へと襲う恐ろしい夢からのがれられてほっとして、いそいそと着替えると台所へおりて行った。途中まだうす暗い居間を通るときにリンダの足にぶつかった何かがころがって、向こうの椅子の足にあたった。なんだろう、と思ってリンダは厚い居間のカーテンを分けて開いた。振り向いて光の中に見たものは……リンダは仰天した。ジェイクだった。髪は乱れ、ひげも伸びたまま、夕食のときのままの服装で、ただ前をはだけて胸毛を見せ、長椅子の上にえびのように寝ている。片手をだらりと椅子から垂らし、その下には半分液体の入ったグラスがあった。

突如さしこんだ光に彼の目がまたたき、それからまぶしそうに薄く開いた。光の中に立っているリンダの姿に気づくと、目をこらして何かをたしかめようとした。

「ジェイク！」リンダは情けなさそうに声をかけた。

彼は大儀そうに長椅子の上で起き上がり、首をぶんと振ってから両手で頭をかかえた。部屋の空気はよどんで、ウィスキーのにおいが辺りに重くただよっている。

ドアが開いて、ミセス・フォレスターも入って来た。夫人はしばし立ち止まって息子の姿を見ていたが、その顔にはリンダと全く同じ表情が浮かんだ。

ジェイクは何度かよろめきながらやっと立ち上がった。そして二人の姿など眼中にないような顔で、足を引きずりながら居間を出て、後ろ手にばたんと戸を閉めた。あくびとも叫び声ともつかぬ声がひびき、それに階段を上がって行く重い足音がつづいた。

ミセス・フォレスターはかがんで空の酒びんを拾い上げながら、静かに、しかし鋭く、ジェイクをなじる言葉を洩らした。リンダは夫人にかける言葉をあれこれ胸のうちで考えながら、夫人のあとから台所へついて行った。夫人は泣き笑いの表情を見せた。

「あなたがジェイクの奴隷にされないといいけど、ってわたし、言ったわね。そうならなかったわ、あなたは。わたしはジェイクのあんな姿を見たのは初めてよ」

「すみません……。でも、彼がほんとうにわたしとリンを混同していないとわかるまでは、わたしにも自信が持てないんです……」

ミセス・フォレスターは舌を鳴らした。「それができなきゃ目が見えないも同然ですよ！　あなた方はどう見たって全然別の人だわ」

リンダはまだかたくなに主張をつづけた。「いいんです。わたしは、ジェイクに描いてもらうことにしたんです、はっきり知るために……彼は絵でわたしに示してくれるはずですわ。でもそれをこの目で見るまではだめなんです」

ミセス・フォレスターは興味を示した。「あなたを描くの？　そう、それもいい考えだわ……。彼は見たままを描くでしょう。わたしのジェイクはとてもいい目をしているんだから」そして夫人はレンジ台に向いて袖をまくり上げた。「でも、今日はあの調子だから描けないわね、一日寝たほうがいいわ」

　そのとおり、ジェイクはほとんど一日中眠っていた。そして夕食にやっと現れたが、しかめっつらをしたままでだまって食事をした。夫人は皿を渡すときにじっとみつめたが、ジェイクはリンダからも母からも、目をそむけていた。まるで、自分が先夜どんな夜を過ごしたかを知ってしまった二人を呪っているかのように。

　その夜は全員早寝した。リンダはこの数日来、初めてぐっすり眠った。翌朝いつものように台所へおりて行くと、すでにジェイクが食卓について朝のお茶を飲んでいた。

　ジェイクは、相変わらずジーンズとセーターに身を包んでいるリンダを射抜くような目で一瞥した。

「さあ、今日から仕事にかかろう」ぶすっと言う。

　とまどいがリンダの背筋をつき抜けた。なんとなくこの話題を避けたいような気になっていたから。リンダの目にためらいの色を見てジェイクは苦笑した。

「怖いのか？」

「まさか」リンダは反抗的にあごを上げた。

　リンダは何かと口実をつけて三十分ほどもおくれてアトリエに入った。ジェイクはもう、パレットに絵の具をといている。彼はだまって部屋の一角のヴィクトリア調の衝立の辺りを目で示した。「そのかげで脱いだらいい」

　リンダは乾いた唇をなめた。ふるえている。「ジェイク、わたし……」

　灰色の目が正面からリンダをみつめた。「なんだい？」きびしい声が返ってきた。ああ、彼は助けてはくれないわ。この計画はやめにしよう、と言い出してはくれそうにない。だいたい、言い出したのはわたしなんだもの。もうきめたことだから、と言い張るにちがいない。

のろのろとリンダは衝立のかげに入った。脱ごうとズボンにかけた自分の手が氷のように冷たい。素肌になってもリンダは両腕で我が身をかかえこんで衝立のかげに立ちつくしていた。

ジェイクの声がした。いっそう心もとなさが増す。

「ポーズはわかっているね。用意がよかったら出て来て形を作ってくれ」足音が聞こえた。ジェイクがアトリエから出て行ったらしい。

衝立のかげからのぞいてみた。気分を楽にしようと一人にしてくれたことをリンダは感謝した。素早くすき間からとび出し、薄紫色のソファに、絵の中のリンがしていたのと同じポーズで横になった。ドアの開く音がしたが、リンダは目を動かさないでいた。ジェイクが前に立ち、じっと見ている。彼の息づかいが静けさの中で大きく聞こえる。ジェイクはりんごをとって、リンダに手渡した。無表情だ。

ジェイクは一歩下がってじっと見ている。見られているという意識で全身の肌に血がめぐり、赤みを帯びてきた。「ちょっとポーズを修整するよ」ぶっきらぼうに言うとジェイクは近寄り、リンダの足を持ってひざのところで少し曲げ、髪を肩の後ろへ流し、肩を持って角度と向きを変えた。

やっとジェイクは離れてイーゼルのかげに消えた。リンダは手に持ったりんごに視線を固定した。

「こっちを見て、リンダ」きびしい声だ。

ゆっくりと顔を回して、彼のいる方向に目を向けた。恥ずかしさと気おくれで目の前が真っ暗になった。

「僕の存在を忘れるんだ」相変わらずきびしい声で

言う。「このポーズの意味は、君がイブになって、アダムにりんごを捧げているところだ。そうは思わなかったか？　君から描いてほしいと言ったんだから、その気持はしぜんに出せると思うけど」

「ごめんなさい」消え入るような声だ。「しばらくしたら、慣れると思うわ」

ジェイクは顔をしかめた。「わかった」仕事にかかったらしい。手が小刻みに、かなりの速さで動いている。時にはリンダに目をじっと注いだままでも手は動く。だんだん二人の間に張りつめた緊張もほぐれてきた。

リンダにもゆとりが出て、注がれる彼の視線の間から逆に彼の変化する表情を興味をもってながめられるようになった。眉をひそめる、目の中の灰色の円が動いたり止まったりする。でも彼はわたしを物のように見ているわ。まるで机か、果物かごか何か、ぽいとそこに置いて描いている、という感じ。リンもここでこうやって描かれているときにやはり同じように考えていたかしら？　知恵のりんごを手に、やはり愛情なんかとは関係なく……？

忙しく手を動かしながらジェイクは歯と歯の間から口笛に似た音を出した。リンダの足の先は眠ったように感覚がなくなってきた。リンダは足の指をこっそりと動かして、血液の流れをよくしようと試みた。「動かないで」素早くジェイクの命令がとんだ。

リンダは少しおかしくなって、うっすらほほ笑んでつぶやいた。「ごめんなさい」

ジェイクはふっといつもの目に戻ってリンダの口もとに目を注いだ。「そのほほ笑みを消さないで」

「無理だわ」言う間に口もとの笑みは消えた。

ジェイクは何か口の中でぶつぶつ言っていたが、それでもすぐに仕事に専念し始めた。

次にリンダは背中がつっぱって痛いと思い始めた。足もだるい。疲れて頭が重くなった。

「ひと休みできない、ジェイク?」リンダはたのんだ。

「もうすぐだ」無心に答える。

時は無情に過ぎるばかりだ。ついに痛みに耐えかねてリンダは声をあげた。「体中が痛いのよ、ジェイク」

ジェイクは舌打ちをして手を止めた。「よし。これで今日はおしまいだ」

リンダはわっとばかり長椅子の上で全身ぐったりと伸ばした。責め苦に遭わされていたように、全身の節々が痛む。薄紫のベルベットの布地に顔を伏せたままリンダはきいた。「描いたもの、見てもいい?」

「仕上がるまではだめだ」

リンダは床に足をおろして身を起こした。立ち上がる足がふらついた。ジェイクが走り寄って支えるとリンダは力なく体をあずけた。耳もとでジェイクの速い鼓動をじかに聞いた。彼の息も速い。

「リンダ、服を着なさい」低い声で言って、ジェイクはつれなくリンダをはなした。ジェイクはすたすたと歩いてアトリエを出て行ってしまった。仕方なくリンダは衝立のかげに入って服を着た。

リンダは夕食の間も、姿勢をまっすぐに保つのがやっとで、ぼんやりと食事をすませた。全身の筋肉が痛み、頭までがんがんとひびくように痛む。食事がすむとリンダは身を引きずるように寝室に向かった。難関は階段で、一段一段が全身にこたえた。

翌日のポーズはいっそうつらかった。それはもう気恥ずかしさのせいよりは、前日のポーズのために病んだ筋肉の痛さのせいだった。

ジェイクはまた昨日と同じ集中の状態に入り、リンダは見上げるまつげの間から、彼に対する愛をこめて、骨ばった力強い彼の顔、たくましいあごから首への曲線、胸の厚み、引きしまった腰の線、脚の線などを見守った。絵の具を補給するためにジェイクが一、二歩動いた。その動きはリンダの肉体的な感覚に訴え、彼女は身ぶるいした。ジェイクは振り向いて、すぐに彼女の表情をとらえた。半ば唇を開いて、目に光をたたえたリンダを見た。彼の顔にも何かが走った。二人はだまってじっとみつめ合った。牧場に走る稲妻のように、アトリエの中の二人の間に、欲望の電光が走った。リンダの体もその電光に貫かれた。

するとジェイクはまた無言でイーゼルのかげにかくれた。彼の肩もふるえていた。

毎日毎日リンダはポーズをとった。長時間の退屈をまぎらす術(すべ)も覚え、ジェイクの筆さばきの音以外何もないアトリエの静寂にもすっかり慣れた。ジェイクはほとんど口をきかない。わざと、口をきかないときめているようだ。リンダは横たわり、彼をみつめる。いつしか男らしくきびしい彼の顔の輪郭は、細かくリンダの心に刻みこまれた。時が過ぎるにつれて彼を思う心は深さを増してきた。二人の目が一瞬合い、そしてそれる。目が合うその一瞬が、とても貴重なものに思えてくるのだった。

そのうちリンダは、いったい絵を一枚描くのにどのくらいかかるものかをいぶかり始めた。ある日の午後、ジェイクは絵筆をほうり投げてため息をついた。そして、そっとイーゼルを回してリンダの顔を見た。

リンダは大きな期待をこめてキャンバスを見た。いきなり見せられたのでちょっと驚いたけれど。

そして、じっと見入った。そして新たな驚きにとらえられた。リンダはそこに横たわっている。リンと同じポーズで。りんごを包みこむようににぎった手を差し出して。やさしく、おだやかな表情でキャンバスからこちらを見ている。しかもその表情には降伏の意思と、静かな誘いが描かれている。それを見てとるとリンダの顔に血がのぼった。ジェイクは、リンダが彼を見ていたままのリンダを描いている。やさしく情熱をこめ、半ば開いた口もとに恋する女の胸の痛みを表して。

ジェイクがとつぜん歩き出した。彼はリンの絵をとり上げて持って来て、リンダの肖像の隣に置いた。リンダは二つを見比べた。二つは全く別の出来だった。目の描き方も、口もとも、体の表情も明らかに違う。

「どう?」ジェイクはぶっきらぼうにきいた。

すっかり参ってリンダは彼を見上げた。そこに見た、声とは裏腹の、情熱的な視線にリンダはまた参ってしまった。ジェイクはリンの絵をまるで薪(まき)の一片のようにぽいと外して脇に置き、リンダに歩み寄った。ふるえながらリンダは、ジェイクにさからわずその腕に抱き上げられていた。

「ああリンダ。何日も何日も、どんなに君を抱きたかったか」リンダの唇は彼の口に押し開かれた。リンダは骨までとけそうな思いで彼の首に両手を巻いてすがりついた。キスはいつ終わるとも知れなかった。二人共、離れるのが怖かった。やがてジェイクは彼女をそっとソファにおろした。「さあ……もういいね、リンダ」

「ここじゃいや。ジェイク」リンダは照れて笑った。「誰か入って来ると困るわ」

ジェイクはリンダののどに顔を埋めて激しくキスをした。彼の手はリンダの体をくまなく愛撫した。

「君は僕が描いている間中、僕をどんなにひどい目に遭わせていたか、わからないだろうな。君をひと目見るごとに、僕はめまいを起こしそうになるほど、君を抱き寄せたかった。それなのに僕はじっと絵を描きつづけなければならないんだ!」

リンダはいたずらっぽく笑って指で彼の唇の輪郭をなぞった。「うそつき……あなたは描くことしか心になかったわ。一心に専念してたわ」

「そうしなきゃ君を描けないさ。僕は地獄の思いをして、対象物への邪念を追い払おうとした。でも、リンダ、それは大変なことだったよ……。僕の腕はずっとふるえっぱなしだった。君と話をしなかったのも、君の声を聞くと自制心が失われるのがわかっていたからだよ。それなのに君は時々、おかしそうな笑いさえ浮かべていた」

「そういう気持のいくつかは絵の中に記録になって入っているわ。わたしはね、ジェイク、とても驚いているのよ。わたしはもう、あなたにいっさいかくしごとができないわ。あなたにはわたしの心の中で思うことが、みんな見えてしまうのね？」

「僕の気持は見えるかい、リンダ？」

じっとみつめられてリンダは赤くなった。「ジェイク、わたし、服を着なくちゃ。居間に戻らなくちゃいけないから」

「君は今夜まで僕を待たせる気かい？」ジェイクは指先でほとんど無意識にリンダの胸の先を軽く押しながらささやいた。

「ジェイク……」リンダは目を閉じて吐息を洩らした。

ジェイクはまた激しくキスをした。「わかったよ。いずれあと二、三時間後のことだからね。とにかく服を着ろよ。そこでそうやって、寝姿で誘惑するのはやめてくれ」

その日の夕食には、また違った緊張感があった。ミセス・フォレスターが、今度はどうしたのだろう、という顔で二人をかわるがわるながめていたけれど、いつものように口には出さなかった。夫人とリンダの二人で食事の後片付けをすませ、いっしょに居間に行った。ジェイクがひとり長椅子に寝そべって、暗がりの中で暖炉の火が天井の影を揺らすのをじっとみつめていた。リンダはその姿を見て、のどの奥がしめつけられるような気がした。

ミセス・フォレスターが電灯のスイッチを入れるとジェイクはまぶしそうに目を細めた。夫人はリンダのために編み始めた黒いセーターと毛糸をとり出して、せっせと針を動かし、ジェイクはのっそり立ち上がってラジオのスイッチを入れた。そして彼はまたぐったりと長椅子に伸びた。

リンダの視線を感じて、ジェイクは目をぱちぱちとまたたいた。その目にはおさえ難い情熱が読みとれる。ジェイクは起き上がり、つかつかとリンダに近づいて、リンダの手を持って椅子からぐいと立たせた。「おやすみなさい、お母さん」母に向かって声をかけるや、リンダと手をつないで、ひっぱるようにして居間を出た。

寝室に入るとリンダは怒りをこめて言った。「お母様の前で、あんまり露骨じゃないの！」

ジェイクはだまってシャツを脱いだ。胸の筋肉が盛り上がっている。ジェイクの口もとがおかしそうにゆがんだ。「もう十分に待たされたんだからね、リンダ。母なんかいいさ。もう何がどうなったってかまうもんか！　さあおいで。来ないとつかまえに行くぞ！」

ベッドに入り、リンダは彼の胸に顔を伏せた。ジェイクの力強い手のひらが、リンダの体をぴったり自分に引き寄せた。リンダは彼ののどを唇でこするように何度もキスした。それから彼の耳に唇を寄せてささやいた。「ジェイク、あなたはわたしに、あなたを愛しているなんて絶対言うなって命令したの、覚えてる？　僕たちの間には愛という言葉はふさわしくないんだ、って。それにわたしはまだ、あなたがわたしを愛しているかどうか、きいたことがないわ……」

ジェイクは灰色の目にすがるような光をたたえてリンダを見た。以前の冷たい光はどうさがしても見えない。「愛しているよ、リンダ！　ああ、たまらないくらい君を愛している、リンダ！」

彼の声にこめられたふかい愛情に心を打たれ、リンダはどうしようもなく胸がうずき、彼の体の下でもぞもぞと動き回った。その動きが彼に伝わって今度はジェイクを刺激した。ジェイクの唇はリンダの肩からのどのくぼみへ、絹の布に触れられているようなソフトなタッチですべった。そして唇は、早鐘を打つように激しい鼓動をくりかえすリンダの胸の谷間に埋もれた。

リンダの頭の中はもう空っぽだった。口は絶えず彼の名をつぶやきながら、両手で彼の肩、首、そして黒髪の中をまさぐった。二人の体内を、情熱の波が打ち寄せては引く。ジェイクはリンダの身心を奪い、リンダの心から彼以外のものを追い出した。リンダは心からジェイクに自分を捧げた。力ずくで従わせられた前回の苦い思い出も、心からみたされたこの夜の快感の中にとけて消え去るようだった。リンダは自分の体が、これほどのめくるめくよろこびを覚えることができるなんて、思ったこともなかった。やがて身を離したあとジェイクの目に出合うと、リンダは真っ赤になってうつむいた。

ジェイクは笑った。「かわいいリンダ」つぶやいて鼻の先に軽くキスをした。「ああ、リンダ！」

「そんなにわたしを見ないで」リンダも照れ笑いをして言った。「あなたは怖い目をしてわたしを見過ぎるわよ」

「君の肖像はこの目で見て描いたんだぞ」ジェイクはリンダの黒髪の下に手を入れて、首筋をやさしく撫でながら、目をそらさずにささやいた。「僕の描いていたやさしい、かわいい、おとなしい女の子の心の中には、僕といっしょにベッドに入って抱かれたいって書いてあったよ……」

リンダは赤くなって彼の笑顔を見て、怒ってその手を払いのけた。「あなたはほんとうの悪魔よ。そうでしょ、ジェイク？　前にもそう言ったと思うけど、今またたしかめたわ……あなたはわたしのことになると悪魔のようになるのよ……」

「うーん」ジェイクはリンダに近いほうの片脚をうーんと伸ばした。「それは言えるな。君は悪魔の手におちる運命だって言わなかったかな？　それに君は悪いことに、その手の中から逃げ出す気がないらしい」

リンダはひどく柔順に、彼の胸に顔を埋めた。

「残念だけど、そのようよ。どうもその運命に従う気らしいわ……」

ジェイクは大事なものを扱うように、両腕でそっとリンダを抱きしめた。「そうだと思っていたよ」

アンダルシアにて

Love in a Stranger's Arms

ヴァイオレット・ウィンズピア
斉藤雅子 訳

ヴァイオレット・ウィンズピア

ロマンスの草創期に活躍した英国人作家。第二次大戦中、14歳の頃から労働を強いられ、苦しい生活の中で“現実が厳しければ厳しいほど人は美しい夢を見る”という確信を得て、ロマンス小説を書き始める。32歳で作家デビューを果たし、30余年の作家人生で約70作を上梓。生涯独身を通し、1989年に永眠するも、ロマンスの王道を貫く作風が今も読者に支持されている。

主要登場人物

アラベル……………………………………………………スペインに住むアメリカ人。

コルテス・イルデフォンソ・デ・ラ・ドゥーラ……地主。元闘牛士。

ルース……………………………………………………コルテスのいとこ。

ホアン……………………………………………………コルテスのいとこ。ルースの兄。

アミータ…………………………………………………コルテスの叔母。ルースとホアンの母親。

リーバ・モンテレーダレ………………………………闘牛士だった夫を亡くした女性。

1

最初に届いたのは大きなクリーム色の椿の花束だった。病院のベッドに横になっていた若い女性は、その見事さにぼんやりと目をとめはしたが、それを届けてきたのがだれかということは、なぜかきこうともしなかった。

そのあくる日には、白い粉をふいた黒紫のみずみずしい葡萄（ぶどう）が皿に盛られて届き、次にはサテンの箱に入れて青いリボンを結んだお菓子がきた。少し元気を回復した彼女は、リボンについている小さな手刷りのラベルに手を伸ばしてみる。サン・デビリヤ。その言葉をそっとつぶやいてみたが、心には何一つ浮かんでこない。どこかのうちの名前かしら？　私のうちのある場所？　それともだれか友達の住所かしら？　こんなにお花だの果物だの上等なお菓子だのをくれるなんて、よっぽど親切な人なんだわ。

看護師が入ってきたので、彼女はお菓子をすすめた。

「まあ奥様（セニョーラ）ってほんとにご親切ですこと！」と若い看護師は言って目を輝かした。「あんまりすてきでいただくのがもったいないみたい。でものどから手が出てしまいますわ」

ベッドの病人は、看護師のラテン民族特有の目や黒い髪に見入っていた。「ここはどこなの？」それが最初の質問だった。「私はだれ？」

「ここはコルドバの病院ですわ」看護師はかわいらしい食いしん坊ぶりでピンクのキャンディーをほおばりながら、青い顔の病人にほほ笑んでみせた。

「コルドバ……？」

「スペインの南部のですよ。覚えてらっしゃいませんか、セニョーラ？」

「どうしてセニョーラなんて言うの？」若い女性は左手をかざしてみたが、指輪ははまっていない。

「私、結婚してるの？」

「もちろんですわ！　右手をごらんなさいまし」そう言うと看護師は、重病人でも扱うように毛布の下からそっとか細い手を出してやった。よろい戸ごしの日に黄金がきらめき、青い宝石がまぶしい光を放つ。二つの指輪をじっと見る若い女性の目に、急におびえたような色が浮かび、毛布の下の心臓が激しい動悸（どうき）を打ち始めた。頭に痛みが走り、宝石の輝きに目がちかちかする。大きなサファイアと同じような深い青さをたたえた目は、自分でも気づかずに恐怖の色に染まっていた。ずんなりした鼻、豊かな唇。その髪は三つ編みにしてベッドカバーの上に投げ出されている。太陽の下ではそれは軍旗についている花（フレール・ド・リ）の紋章のように黄金のきらめきを見せるのだろうが、今は落ち着いた色で顔を美しく縁どっていた。

彼女の目はその結婚指輪にくぎづけにされたようだったが、そのうちにいきなり苦痛で唇をゆがめた。もうろうとした頭に急に何かつらい記憶がよみがえったみたいだった。彼女は手のひらに爪が食い込むほどこぶしを握りしめた。

「どうして右手に指輪がはまってるのかしら？」彼女はちらりと看護師の方を見る。

「ご主人がスペインの方だからですよ、セニョーラ。スペインではそうしますもの」

「そう」彼女は唇をかんだ。「それじゃ……私は何人なの？」

「アメリカのボストンからいらっしゃったってうかがってますけど」

「アメリカ人なの！　あなた、もしかして私の名前、知ってらっしゃる？」

身も世もなく自分の名前を探り当てようとするそ

のきき方に、看護師は哀れを感じて答えた。「アラベルっておっしゃるんです。いいお名前ですね」

「アラベル」彼女はものうげに繰り返す。しかし、そのいっぷう変わった名前も、記憶の糸をほぐしはしなかった。「それで……スペインで何してるの？」

「あなたはイルデフォンソ・デ・ラ・ドゥーラさんの奥様でいらっしゃるんですよ」その声の中にははっきりした畏敬の響きがこもっていた。

アラベルはその名前に耳を傾けたが、やはり何一つ思い出すことはできなかった。指がベッドカバーを握りしめる。そんなのうそよ、そんな見も知らないスペイン人の奥さんなんかであるはずはないじゃないの、と叫びたいところを、やっとのことでこらえているのだった。まるで悪夢の中に落ち込んで目覚められないでいるみたいな気がする。自分についての記憶はすべて拭い去られ、そして間もなく、たぶん明日にも、その名のごとくおっかない男に顔を合わせなくちゃならない……そしてその見知らぬ男は、やってきて、私を自分の妻だと言うに決まっているのだ。

「私……私、迷子なのね」彼女はのろのろと病室を見回してつぶやいた。「どうしてこんなところに来たのかしら？　何があったの？　事故にでもあったの？」

「今はそんなことをあれこれお考えになっちゃいけませんわ、セニョーラ。さ、枕をお直ししましょう」

「いやよ！」アラベルはさしのべられた手を拒んだ。「そんなこと言ってごまかそうとして。私はどうしてこうなったか知らなくちゃいけないの。私、自分の名前さえ思い出せないのよ。自分の……自分の夫の顔を思い出すこともできないのよ。ねえ、私はどうなっちゃってるの？」

「どうぞ、そんなに興奮なさらないで」と看護師はおろおろし始めた。「お体にさわりますわ、せっかく、治りかけていらっしゃるのに……」

「何が治るの？」アラベルは必死になって言った。「ねえ教えて！」

「脳震盪による記憶喪失ですわ」看護師は唇をかんだ。「私はそれしか申しあげられません。お話ししてもいいときがきたら先生がすっかりお話しになりますわ。今は治ることだけをお考えにならなくちゃ」

上等の絹のナイトドレスの下で、アラベルの心臓は激しく打っていた。「もしちゃんと教えてくださりたくないのなら、先生のところへ私を連れていって。私は知らなくちゃならないの。教えてくれないと、正気を失うわ！」

「いいですよ」看護師も少し動揺したようだった。「グアルダーノ先生のご都合をうかがってきます。だからおとなしく寝てらして。先生がいらっしゃるまでに脈を調えるんですよ」

看護師が出ていくとアラベルは病室にひとりになった。まだシーツをつかんだままの手の指輪の石が、射し込んだ日光に輝いている。とすると、私の夫だというスペインの男は金持なんだわ。この病院の個室に私を入れることができるんだもの。果物や花やお菓子を届けてくれるところを見ると、気も遣ってくれてるようだし。

けれどもそう思っても心は安らぐどころかいら立つばかりだった。彼女の心の中には、彼の面影の片りんもないのに……この体は彼を知り、彼を恐れているもののようなのだ。

なぜ、アメリカ人の私がスペインの男と結婚したのかしら？　目を閉じて一心に考えてみたが、わからない。どうして、脳震盪なんかを起こしたのだろう？　脳震盪って頭を打ったときに起こるものじゃないのかしら？　全く、自分の身に起こったこと一つ、私に指輪をはめた男のこと一つ、はっきりしないなんて、もどかしいったらありゃしないわ。

とろとろとしたところにドアが開いて、つやつやした黒い髪の、白衣を着た男が入ってきた。彼はベッドに近づいて彼女の手首をとると脈を診た。目は彼女の顔に据えたままだ。そのまゆが、かすかに八の字に寄った。

「興奮したでしょう、え？」医者はむずかしい顔をしてみせた。「よくないですよ。疲れるだけだ」

「私の……事故について何がなんだかわからないでいるほうがよくありませんわ。おっしゃっても平気ですのよ。私、子供じゃありませんから。この指輪が境遇を物語るとしますとね」

「問題はですね」医者はベッドのかたわらにそっと腰を下ろすと、鋭い目を彼女の顔に走らせた。「あなたの場合は、事故だったとは言えないことです。交通事故とかそういうのじゃない。私の言うことがわかりますか？」

「つまり……だれかが私の頭をなぐったんですか？」

「これはこれは、頭の回転の早い方だ！　そうだろうとは思ってましたよ。アメリカのご婦人は学問があって頭がいいですからな。ま、不幸にしてあなたは頭をなぐられて、脳震盪を起こし、その結果、一時的にですが、記憶をなくされた。あんまり愉快なことじゃありませんが、これは時の力を借りるよりしようがない。まああんまり躍起になって無理しないことですな、セニョーラ。心というのはなかなかデリケートなしろものですから」

「だれがなぐったんですか？」その声は落ち着いてはいたが緊張していた。「それだけ言ってください」

「そういうことは、ご領主様（セニョール・イダルゴ）からご説明いただいたほうがいいな」

「だれですって？」アラベルの目が大きく開き、輪郭の美しいその顔に青い影がさしたように見えた。

「あなたのご主人ですよ。その記憶はまだ戻ってきませんかな?」同情の色を見せて、医者がきく。

「全然。今だって、知らない人のことをおっしゃってると思ったくらいですもの。こわいわ――空白の中を漂ってるみたいで」

「言い得て妙、ですな」グアルダーノ医師は彼女の手をやさしくたたいた。「命拾いしたのもご主人のおかげですよ。思い出せないかもしれませんがね」

「命拾い!」またしても体の奥で神経が縮まる思いがした。「その人、どんな英雄的なことをしましたの?」

夫のことならなんとかして思い出そうとしてもよさそうなものを、かすかに思い出すのもいや、といった風情の彼女を見て、医師はまゆを寄せた。

「あなたは学生二人をかくまったかどでベネズエラで逮捕されたんです。学生たちは石油精製所の放火事件にかかわりがあってね。ところがあなたのアパートの隣の人が、秘書のあなたが会社に出勤しているときにも部屋で変な音がするんで不審を抱いた。あなたのアパートは警察の手入れを受け、暴徒二人が見つかり、あなたも挙げられたんです。そこで乱闘が起こって、逃げようとしたあなたがなぐられたようですな。イルデフォンソ・デ・ラ・ドゥーラ氏へは、あなたの雇い主から知らせが入りました。釈放のためにいろんな手が打たれましたが、そうでなかったらあなたは自分がだれかもわからないまま今でも牢屋で苦しんでいたところです。政治問題に首を突っ込むのは危険なことなんですがね、セニョール・イダルゴはあなたのためにあえてそれをした――あなたと結婚して、自分の妻ということであなたをベネズエラから連れ出したのです」

医者の一語一語に彼女は一心に耳を傾けてみたが、何一つ思い当たることはなかった。中米の反政府活動家、暴力的な警官、スペイン人の救いの手……なんて言われたってどうしようもないわ。先生が作り話をしていないことだけは、このまじめな顔を見ればわかるけれど。

「でも私は……そんな人記憶してませんのよ。それに、放火犯人と面倒を起こすような人間にその人がかかり合わなきゃならないなんて、どう考えても変ですわね。そうじゃありません？」

「ちょっと見はそうですがね」彼はうなずいた。

「今はあなたもショックの後遺症で頭の中がほんとじゃない。そのうち細かいことまで思い出すようになれば……」

「でもどうしてその人の顔もまるで思い浮かばないんでしょう？　もしなぐられたあとでその人と結婚したのだったら、前のことは忘れちゃったとしてもその人のことは記憶にあるはずなのに」

「あなたが脳震盪を起こして倒れたのは、スペインに来る飛行機の中だったんです。あなたは空港から救急車でここへかつぎ込まれて、それからも数時間全く意識が戻らなかった。あなたが気がつかれてからも薬をあげてね、興奮されないようにしたんです。もうしばらくは静かにしていていただきたいところだが、どうやらあなたの好奇心はすっかり目覚めたらしいですな。まあ」彼はいかにもラテン系の人間らしいやり方で肩をすぼめてみせた。「記憶が戻ってくるにはまだ時間がかかるにしても」

「時間がかかる！」おうむ返しに彼女は言った。

「一週間、一月……一年ですか？　私、前に自分がしてたことなんにも思い出せないんです。ベネズエラのことも。どうしてそんなところで働いていたのかしら」

「給料のいい仕事だったんじゃないですか」医者はにこりとした。「アメリカの女性はどこにでもどんどん進出するんでしょ。あなたもその一人だった。

学生たちの巻き添えになったのはまずかったが、まあ考えようによっちゃ、それで今は名士の奥様なんですから」

「どんな……名士なんですか?」そう言いながらアラベルの心は重く沈んだ。「年寄りでがみがみ屋?」

医者は一瞬驚いて彼女を見つめ、それから愉快そうに笑い出した。「イルデフォンソ・デ・ラ・ドゥーラ氏は年輩の男なんぞではありませんよ、セニョーラ。ご主人があなたを牢屋から救い出したのは前々からあなたを知っておられたからじゃないのかな。もう一つ言わせてもらえば、あなたはその金髪を別にしても中米の国じゃ人目をひく存在だったでしょうからね」

「私、金髪?」問い返して、彼女は自分の三つ編みの髪に触れ、それを見た。「そうですわね……ああ、どうしましょう、自分のこともわからない、それからアメリカにいるはずの家族のこともわからないんですわ。その人たち、どうして私を助けてくれなかったのかしら? なぜ外国の人に助けられなきゃならなかったんでしょう?」

「そんなにご自分を苦しめないことです。そんなことをしたって記憶は逃げていくばかりですよ」医師は戸棚から手鏡をとって彼女に渡した。「ご自分の顔をよくごらんなさい。なかなかきれいでしょう」

アラベルは髪と顔を鏡に映してみた。数え切れない問いかけを宿した暗い青色の目、端がかすかに震えている唇。頬骨の下が少しくぼんでいる。人目をひく顔、これが私の顔なんだわ――異邦のスペイン人が魅惑された顔なんだわ。この先生の話によると、そのスペイン人を、私は、空の旅の途中で発作にやられる前には知っていたということだけれど……。

急に彼女は全身に深い疲労を感じ、医者はそれに気づいたかのように鏡をとりあげて彼女を寝かせた。

「看護師に鎮静剤を持ってこさせましょう」彼は言

った。「眠ることが何よりの薬ですからね」

「その眠りに、いかなる夢や現れん」

「なんですって？」

「何かに書いてあったことだと思いますわ。これいい兆候でしょう？　目が覚めたら頭の霧が晴れているかしら？」

「かもしれませんね、セニョーラ。しかし、一ぺんに何もかも思い出すなんてことを期待なさらんことです。記憶の部屋は一つずつ満たされていくのでないと、正気を失いますからな」

「私、正気を失ってないでしょうか？」

「全然！」

彼女はほのかに微笑した。「先生っておやさしいのね……彼は、どうかしら？」

「スペインの男は新妻に対して常にやさしいものですよ、セニョーラ」

ほんとにそうならいいけれど、医者だから安心させようと思って言うだけじゃないかしら？　でも、結婚式の記憶さえないこの私が人の妻だなんて。家族や友達の思い出もすっかり奪われて……。と思う間もなく頭の中がもうろうとしてきて彼女は夢のない眠りに引き込まれていった。その右手はひとりでに毛布の上を動き、日を浴びるたびにサファイアがきらきらと光を散らした。


あくる日、彼女は看護師の介添えで注意深く入浴をしてから、新しい絹のナイトドレスを着て、とかした髪を肩に垂らした。背中に枕を積み上げて、上半身を起こしてもらったので、だれかが見舞いにくるのだということは察しがついた。

看護師はそこに立ったままで微笑を浮かべた。

「とってもお若く見えましてよ。ききわけのいいお嬢ちゃんみたい。さあ、ごほうびあげましょうね」

「ごほうびって、お見舞いの方だわね？」

神経はぴりぴり、胃はしくしくしているというのにこんなにも平静な口がきけるのが、アラベルは自分でも不思議だった。本当は、私を妻だと主張するそんな知らない男と二人きりにしないでちょうだい、と叫びたいところなのだ。これは陰謀だわ。愛している夫と会うのなら、こんなふうに心が拒否反応を起こしたりするものですか。

視線をずらすと、一時間ばかり前に届けられたきれいなピンクのカーネーションが目に入った。その花びんのわきに、まだ開けてない包みが置いてある。

「これ開けてみましょうか？」看護師が言った。「旦那（だんな）様のプレゼントを早くごらんになりたいですよね」

「そうでもないわ」声音の冷たさは、わざとよそったものではなかった。その男に対しては、懸念以外のものは感じられなかった。この世でただ一つ確かなもの、それがこのいまいましい気持だった。その男は私の保護者づらをして、故国で私のことを心配しているはずの人たちに、私がスペインにいることも知らせてないのだわ――記憶喪失にかかって病院にいることも、わざと伏せているらしい。

花はみんな彼から贈られたものばかり。プレゼントもそう。私に電話がかかってこないかきいたときも、ノーって言われたわ。そうしてみんな、私の夫だと主張しているスペイン人が私の唯一の知り合いなのだと思い込んでいるみたいに見える。

「さあ、これを開けさせてくださいませな。でないと旦那様は、奥様が贈り物を喜んでいらっしゃらないんだとおとりになりますよ」

「喜んでなんかいないわよ。だって彼は私の家族にも友達にも私の居場所を全然教えてくれないんですもの。お花だってプレゼントだって自分が気が済むためにくれてるのよ」

看護師は驚いた表情を見せたがそれはやがて憤慨

に変わった。「旦那様はりっぱな方だとお思いにならなくちゃだめですよ。すごく偉い（ムイ・ディスティングイド）方ですから、ひどいことなんて何一つなさいませんとも」

「私だって彼がお辞儀とお世辞が上手だろうということは疑わないわ」アラベルは再び続けた。「だけど私にはアメリカに家族もいるはずなのに、私のことをその人たちに知らせてくれてないみたいじゃないの。スペインの男って、嫁に来た娘は実家のことなど考えるな、っていう横暴なのが普通なの？」

「いろいろ事情がおありかもしれませんもの、セニョーラ。アメリカにご家族がないのかもしれませんし。一方的に非難なさってはいけませんでしょ」

　看護師の言うとおりかもしれない、とアラベルは唇をかんだ。でも、だったら私はなおのこと孤独で、精神的にも肉体的にもまだ人並みまで回復せず病院のベッドに縛りつけられたまま、あの人を避けることができないということになる。

　そして私は、このスペインの人たちのなすがまま。この人たち、確かにとっても親切だけど、セニョール・イルデフォンソ・デ・ラ・ドゥーラにびくびくしているようなところがあるわ。

「いいわ」アラベルはつぶやいた。「それなら包みを開けてちょうだい」

　看護師はにっこりして包装を開け、感嘆の面持ちで息をのんだ。精巧なべっこうのケースの中に、スペインの女の子が髪に飾る、宝石をちりばめた櫛（くし）と、金で花模様を描いた白いレースの扇が入っている。二つとも信じられないほど美しい品だったが、アラベルは両のこぶしを握りしめて、手にとってみたい衝動を抑えた。

「うれしくありませんの？」そう言うと看護師はさらさらと広げた扇を慣れた手つきで揺らめかせ、それから顔の近くへ持ってきて情熱的なスペイン女の目だけをのぞかせた。

「それあげるわ、親切にしてくださったから」とアラベルは言った。

「とんでもない！」看護師はあわてて扇をたたむとケースの中にしまった。「せっかくの贈り物を私にくださったりしたら、旦那様はものすごくお怒りになりますよ。きっと先祖代々のお品ですから、大切になさらなくちゃいけません」

「だけどあなたはスペイン人だからよくお似合いよ。もらっていただきたいわ。それからよかったら櫛も」

「いけませんわ」看護師は、げせない表情をその黒い瞳に浮かべた。夫から贈られた高価な美しい品に見向きもしようとしないアラベルのような女には今まで会ったこともない、と言いたげだった。「そろそろ行かなくちゃなりませんけれど、ほかにご用はございませんか？」

「私の服やハンドバッグはどこにあるの？」アラベルはいたずらっぽく笑った。「一番したいのは今すぐここから逃げ出すことよ。彼が来て捕まえようとする前にね。私は、目がくらんだ蛾みたいなものよ――もがけばもがくほど、逃げられなくなってしまうの」

看護師は、アメリカ人はしようがない、という顔をして首を振った。「葡萄をおあがりなさいませ、セニョーラ。そのうちセニョール・イダルゴがおみえになれば何もかもうまくいきますですよ」

彼女が出ていくとアラベルは歯ぎしりをした。彼の名前を聞くと歯が浮いてくる、とでもいうようだった。扇と櫛に目を注ぐ。他のいろんなもの同様、美しくてスペイン風だ。でも、手のこんだスペイン・レースをあしらったこの絹のナイトドレスにしても、私のものだという証拠はなんにもないのだわ。ああ、わなにかけられたみたいな気がする。自称夫の見知らぬ男を待つしか手がないなんて。そりゃ、彼に会えばいろんな疑念は晴れるだろうけれど、この恐怖は、果たしてなくなるかしら？

でも、先生の話では私はあの人に感謝しなくちゃいけないはずなのに、心を捕らえて放さないこの恐怖はなんだろう？　彼は私を政治警察の魔の手から救い出したという……でもいったいどうして、私はそんなことに巻き込まれたのかしら？

みんな、そのスペイン男が仕組んだうそかしら？　だけどなぜそんなうそをつく必要がある？　でもこの二つの指輪は現実だわ。私の瞳の色によく合うサファイア。とすると、私はやっぱり、イルデフォンソ・デ・ラ・ドゥーラ夫人なのかしら……。

そうそう、先生はセニョールは私をベネズエラから連れ出すために私と結婚したのだ、と言ってたっけ。じゃあもしかしたら妻というのは名目上で、私、旅行ができるようになったらすぐアメリカに戻っていいのかもしれない。

そう思うと、少し緊張がほぐれたようだった。そうよ、セニョールはそれを言いにくるのに違いないわ――この結婚は便宜上のもの、目的のための手段だって。もう学生たちをかくまったかどで罰を受けることもない自由の身だって。彼女の唇はいったんは微笑でほころびかけたが、太陽の光がサファイアの切り子面をきらめかせたのが目に入ると、あっけなくしぼんでしまった。

宝石はまばゆく、きらきらと、これ見よがしに輝いていた。が、アラベルはそれほど心をかき乱されることはなかった。これだってどうせにせものだわ、と彼女は考えた。結婚の誓約と同じようににせものよ、その結婚式を、私は思い出すことさえできないのだけれど……。

2

ベッドサイドのキャビネットの上では小さな時計がかちかちと時を刻み、部屋の白い壁に射している太陽の光は外の世界は今日も暖かいことを物語っていた。スペインは暑い国なのだ。ここに寝ていると壁の送風孔から涼風が送られてくるけれども。

アラベルのベッドの裾の方の壁には、彫刻のキリスト像がかかっている。彼女は急に目を固く閉じると、祈りの言葉をささやいた。結婚に関しては古いしきたりに頑迷に固執しているカソリックのこの国では、それはふさわしくない言葉かもしれなかった。

目を開いたちょうどそのとき、部屋のドアが開いて、入口の枠の中に、まるで肖像画のように一人の男が現れた。アラベルの目は彼にくぎづけになった――この白い部屋の中ではこの人はなんて黒く見えるのだろう。やせた体にぴったりと合った、黒っぽい地味なスーツ。浅黒い顔を引き立てるしみ一つない真っ白なワイシャツ――彼はフロリンダの片目の復しゅう者、タリクさながらに、そこに立っていた。

アラベルが彼の左目に当てられた黒いビロードの眼帯を見つめると、彼はそれを手で押さえて微笑するように唇をゆがめた。「これ、気にしないようにね。覚えてないのかな?」

低い外国人の声だった。見えるほうの彼の目にぶつかると、アラベルは神経が痛むような気がした。真っ黒い瞳のまわりに、金色の奇妙な輪ができている。顔の作りはいかつく、まゆは黒くもじゃもじゃしている。眼帯を見て、彼女の心臓は早鐘のように鳴った。結婚した相手のこんなに目立つ特徴を、まさか忘れるはずもないのに。

　アラベルの目は彼の姿を大急ぎで眺め回した。威圧を感じさせるほど大きくはないが、しなやかな筋肉質の体で、体のすみずみにまで力がみなぎっているように見える……。そのとき不意に彼は扉を閉めた。こちらに近づいてくる様子に思わずアラベルは体を引いて背中の枕にもたれかかった。彼の身のこなしは猫のようで、骨も筋肉も彼の故国のリズムに乗って動いているようだった。彼はアラベルの上に体をかがめるとその右手に唇を当てた——手の上の温かく固い感じ——なまなましく風変わりな感触でもあった。

「牛乳みたいに真っ白な顔をしているね」声とスペイン人らしいアクセントのせいで、何やら意味ありげに聞こえる。「日に当たるといいんじゃないかな。クリームに蜂蜜を混ぜたみたいになる」

　とられている手をアラベルは引き抜きたい気分だった。こう近くにいられると、親愛の情がわくどころか、どうしようもないこわさが先に立つ。目と唇の両わきの浅黒い皮膚に刻まれた深いしわは、彼が太陽にさらされて生活した人間であること、責任感の強い男であることを思わせた。年ごろは三十代後半だろう。彼女が鏡の中に見た自分は、二十代前半、といった感じだった。

　もはや青二才ではないこの男は、アラベルの手を持った指で、自分が思ったことは必ず通すのだ、と教えていた。その口元もまた決断力にあふれ、下唇の線には男の強い意志が刻まれている。

「こわいものでも見るように僕を見るんだね」彼は言った。「僕の手ざわりや顔がそんなに変かい、アラベル？」

　名前を言われて戦慄が走った。何もかも、変どころじゃないわ。美しくないラテンの男がやってきて私を自分のものだと言う——この人はスペイン奥地の焼けつく太陽とごつごつした土地の申し子なんだわ。記憶はなかったがそれだけはわかった。

　彼は再び眼帯に指を触れた。「タラベラでの牛の角の突き傷だよ。きれいなものじゃないから隠しておくのが一番だ。僕が闘牛(コリーダ)の剣士(エスパーダ)だったことは結婚したときに君にも言ったね。僕はドン・コルテス、そして君はびっくりしてるようだが、君の夫だ。今日明日にも君をサン・デビリヤのわが家へ連れ帰ることを保証するよ」

　この見知らぬ片目の男、闘牛士だった男は、サン・デビリヤの主人で、私に椿だの高価な贈り物だのをよこした人なんだわ。それが、先祖ゆずりのいぶせきまなざしで私を見つめている……。

「あなたのお宅はずっと南の方ですか？」彼女はきいた。

「僕のうちは君のうちだ」彼はつぶやいた。「家(エスタンシア)はアンダルシアの真ん中にある。僕の奥さん同様、白くて見事な美しさを誇っている」

　彼の言葉に、アラベルの心臓はのど元までふくれ上がったようだった。そうだわ、この人の中には、中南米を征服したスペイン人(コンキスタドール)、ムーア人、異教徒の血が混ざり合っているんだわ。それは闘牛士としてはいいかもしれないけれど、過激派学生をかくまった事件がもとで彼の手に落ちたアメリカ娘の夫としては、いただけないわ。

「私たちは結婚を無効にすることができますわ」その声には必死の様子が、青い目には嘆願が、こめられていた。「目的は達したわけですし、そのことではほんとに感謝しておりますわ、ドン・コルテス」

「僕たちの結婚はカソリックの司祭がとり行ったものだよ、僕の命(ミ・ビーダ)」彼はアラベルを愛情のこもった目でじっと見た。いやな言い方をされても、自分についての記憶をすっかり失っていても、かわいくてたまらないのだ、というふうだった。「僕にとってはね、アラベル、神聖な儀式の一つ一つは拘束力を持つものなんだ」

「でも私たち夫婦じゃありません」彼女は声を高めた。「ほんとの意味でそうじゃないわ」

「どうしてそう言える？　僕のことさえ全く覚えていないのに。君は記憶を失っているんだから僕が手をとってうちへ連れ帰らなくぢゃならない」

「あなたが私と結婚した理由は先生から聞きました」と彼女は前に乗り出して言った。囚われ人の開き直りで、鷲の目と鉄のあごを持った裁判官に、釈放を迫っているのだった。「先生の話では、あなたは結婚を、私を牢獄から救い出すためにしてくださった――それはほんとに騎士的なことだと思いますわ。でも今お願いしたいのは、あなたを知らないという私の気持、何よりもアメリカの家族のところへ帰りたいんだ、って気持をわかっていただきたいってことなんです。その人たちに私の居場所を教えてくださらなくてはいけませんわ！」

「しかし知らせる人なんていないんだよ、アラベル」真っすぐにこちらを見た彼の目に、なぜかアラベルはおびえた。「君には僕しかいないんだ。僕は保護者で夫、その義務はちゃんと果たすつもりだ――君もするようにね」

「それは、私に、自分の意志に反してあなたの妻としてとどまれということですの？」

「君は僕の妻なんだよ」彼はにべもなく言い、闘牛士の服を着て牛を挑発する大きなマントでも振れば似合いそうな目つきをちらりと見せた。こちらは猛牛ではなく記憶を失った少女にすぎないというのに。

「喜んでだろうとそうでなかろうと、君は僕のものなのだ、アラベル。これは事実なんだから、ちゃんと認めなくてはいけない」

「私はあなたを愛していません……」

「どうしてそれがわかる？　われわれの間に何があったか、確信を持って言えないだろう？」

「私があなたを愛してたっておっしゃるんですか？　そんなことないわ、愛なんてことを忘れるはずはありませんもの！」

「医者が説明してくれると思うけれどね、記憶喪失症というのは幸福な記憶も悲しい記憶もより分けたりするものではないよ。町にかかる霧みたいなものでね。太陽がなくなると方向はわからなくなる。利口な女は友達のランプを頼りにするのさ」

「あなたがそれですの、セニョール？」急に子供のような率直さを見せて、アラベルは彼を見た。ほかにだれもいない以上、この人を頼りにせざるを得ないのだ、と気づいているような目だった。

「時がたてばわかるよ、僕の奥さん（ミ・エスポーサ）」彼は答えた。

「それじゃ私は運を天に任せてあなたに従わなくてはいけませんの？」

「そう。僕はラテン系の人間だから、法律が僕のあばら骨だと認めた女性に対しては頑固だよ」

「でも私は知らない人と結婚してるなんて考えもしなかったんですもの」

「アラベル、だれだって知らない相手と結婚するんだ。一緒に暮らして初めて、男と女はわかり合うんだよ」

「それで私を家に連れて帰るとおっしゃるわけね？　自分の名前まで他人に教えてもらわなければならなかった人間を？　将来について懸念しか抱いてない妻を持って本当にいいのかしら？」

「君がそう考えるのも無理はない」そう言いながら、彼は自分が贈った宝石つきの櫛（くし）をつまみ上げた。

「君の髪にさすときれいに見えるよ。気に入った？」

「とってもすてきですわ」抑揚のない声だった。

「あなたは私をラテン女になさるおつもり？　大変ですわよ。いくら記憶が怪しくったって、私は男性優位に屈服する気はありませんもの。私が困っていることを知らせる家族がないっていうのは本当なんですか?」

「君が困っている?」彼はきらきらした鷲のような目の上の、三日月みたいなもじゃもじゃの黒いまゆを、冷やかすように上げた。「君は僕の掌中で十分に安全だよ、お嬢ちゃん(ニーニャ)。それにもっと安心したいなら結婚証明書を見せてあげようか」

彼は櫛をべっこうのケースの中にしまうと、内ポケットから紙入れをとり出した。そしてたたんだ紙を引き抜いて彼女に渡した。

「記憶はだめでも結婚証明書は読めるんじゃないかな。スペイン語だけれどね。君はスペイン語が上手で、ベネズエラでは僕の同国人のところで働いていたんだよ」

アラベルは震える手で紙を広げた。言葉がよくわからなかったのはほんの短い間で、やがてたちまち、読めるようになった。何もかも、彼の言ったとおりだった——スペイン語が読める。そして彼女は、スペインのアンダルシア生まれであるドン・コルテス・イルデフォンソ・デ・ラ・ドゥーラの正式な妻であった。自分の正式な名前はアラベル・マーシャ・イルデフォンソ・デ・ラ・ドゥーラ・イ・レノックス、アメリカ合衆国の市民で二十二歳。結婚相手は三十九歳で、職業はサン・デビリヤの地主だった。

「ちゃんとそこに書いてある。ごらんのようにね、ミ・エスポーサ」

僕の奥さん! 彼は何度もそう言った。そして彼はあらゆる権利を持っている。しかし今日明日にもサン・デビリヤに連れていかれ、実際に彼の妻にさせられるんだと思うと、恐怖に駆られた。

二人の結婚を天下に公表したその紙を返すとき、アラベルは、自分の身を彼に引き渡したような気がした。この法律手続きと運命を阻止する手段は、何もないのだった。

「何一つ、私には実感がありませんわ」彼女は言って手を額に押しつけた。この背後に、この男についてのすべての記憶が手つかずでしまわれているのだ。私、アラベル・レノックスはドン・コルテスの知り合いのスペイン人のところで働いていたとすると……どうやってこの人に会ったのかしら？　たぶん……いや、そんなことあるわけないわ、こんな酷薄な顔の男と恋をするなんて。私が目にとめるような男じゃないもの。スペインの闘牛場で雄牛と闘い、たけり狂う獣の首に剣を突き立てて足元の砂を血で染める人なんて。なんて野蛮なんでしょう！

「私たちの出会いはどんなでしたの？」

「僕たちは出会った」彼はかがみ込んで彼女の唇に指を触れた。「この唇は僕の聖なる酒だな。何はともあれ二人はそれを飲み、誓いをなした。エスパーダの刃（やいば）であろうとこれを断ち切ることはできない」微笑が、彼の片目の中で戯れていた。それは威丈高で、自分が彼女の主人であることを教えるものであった。

「これは結婚じゃないわ。まるで誘拐じゃありませんか！」

「しかしながら」彼は気どった様子で言った。「男の意にさからう女は牛を挑発するマント、ということをご存じかな？」

「あなたは牛じゃなくて鷲だわ、ドン・コルテス」敵に後ろを見せないように、アラベルは気を張っていた。「あなたにとって、私と結婚することは、騎士道（ギャラントリィ）でしたの？　それとも闘牛場で身につけた挑戦でしたの？」

「ま、両方だね、ミ・ビーダ。しかし理由はなんであれ、君はスペイン人と結婚した。そして彼の国では彼の法律だけが、ものを言う。そのうえ結婚に関しては、スペイン人は君の国の人間よりよほど頭が固いよ。いとしい人（ケリーダ）、僕の言うことがわかるね？」

「あなたがわからせようとしているってことは、はっきりわかりましたとも。ご命令どおりに（ア・スス・オルデネス）、セニョール」

しゃべりながら彼女は、彼の鼻孔が得意そうに動くのを目にとめた。そして彼のいんぎんさの下にはどう猛さが宿っているらしいことも見てとった。この男は自分の欲望を正確にわきまえているんだわ――彼は私を欲している。そしてスペインの法律はそのための権利をすべて彼に与えたのだ。

「それであなたは地主様、セニョール？」

「ああ、純血種の競走馬を飼育して種つけをやっている。闘牛用の牛を育てないのか、と思うかもしれないが、若い雄牛はみんな農民に売ってしまった」

「それは、闘牛用の牛を飼育するほうが一貫性がありますわね」

「そういつも首尾一貫しているわけではないさ。たとえば僕は、闘牛場では〝片目のワル（エル・トウエルト）〟として知られているが、奥さんにはちゃんと名前をよばせるつもりだ」

「片目、ね」アラベルはつぶやいた。「私と結婚したときにはその片目を武器になさったのかしら。どんな意味合いにしろ私があなたを愛したことがあったとすれば、今だってそう感じるはずですわ。愛するのは記憶じゃなくてハートでですから」

「ああ、それから肉体のことも忘れないで」

挑みかかるようなまなざしだった。まるで、闘牛士でいた間は女なんぞには見向きもしなかった、っていうみたい。うそうそ、勇敢な闘牛士に女たちは争ってひれ伏し、愛情と肉体を投げ出して、彼は気の向くままにつまみ食いし、飽きたらぽいと捨てたに違いないのだわ。それが今度は結婚したい気になり、アンダルシアの黒髪美人じゃなくて、どれをとっても反対の女を選んだというわけね。

「スペインでは、嫁に行くなら善良な男より金持の男、と言うんだ」彼はそっけなく言った。「これも言っておいたほうがいいと思うが、僕はマントと剣で巨万の富を稼ぎ出した」

「残酷なスポーツですわね」彼の顔に残忍なものをまた認めて、アラベルは背筋が寒くなった。けなげに闘う牛にとどめの一撃を与えたような男にとって、女ってなんなのかしら？　巨万の富だなんて、どれだけの雄牛が血祭りに上がったことか！

「結婚したのちは、良きときも悪しきときも、夫婦は互いに学び合っていかねばならない」彼が言った。

「前世紀的だわ」

「もっとずっと古いさ。ムーア人の占領時代にさかのぼる。スペイン南部はムーア人に侵略され、生活のすみずみまでその風に染まった。だから今だってこの国も人間も極めて東洋的なんだ」

「それが私が住まなきゃならないところですの、他人と一緒に」聞きとれぬほどの声でアラベルがつぶやいたので、彼は体を寄せてきた。肌にしみた香油と葉巻の匂い、そのぬくもりと固く締まった体の力を感じて、アラベルはあわてて身を引いた。自分がどうなるか自信がなかったのだ。

　彼のまなざしはますます鋭く、アラベルを八つ裂きにしかねないほどだった。病室の白い壁の中では、彼の風貌は、アラビア馬を駆って焼けつく砂漠の中を走り回ったその先祖を思い起こさせた。

「君の神経がやられていることもわかるし、どこのだれともわからない人間がやってきて、君の主人だと名乗ることが君にとってつらいこともわかる。しかしね、戦の庭にポピーの花が開くように記憶は戻ってくるよ。時間と、太陽の恵みがあればね」

「ドン・コルテス、私の記憶が戻ってきたら、あなたを愛さないで嫌う理由だってはっきりするかもしれないとは心配なさらないんですか？」

　彼の左の目は黒いビロードの眼帯で完全に隠れて

いたが、その右目は獲物の上に舞い下りる鷲のように鋭い光を放っていた。「若い闘牛士だったときに、心配は砂の中に蹴り込むことを学んだよ。心配というのは牛にとってのマントみたいなもの、死の運命につけ込まれるものだからね。闘牛士をやっているとすぐにわかることだが、僕たちには双子の片割れ、死という名の分身がいる。だが利口なやつならそんな黙りこくった影なんぞは無視して真っすぐに目的に突っ込むのさ——牛の心臓にね」いかめしい唇に微笑が浮かんで南国人の熱狂を表していた。「女の人の心臓を仕とめることはもっとずっとむずかしいことかね？」

「私の心臓ならそんなことありませんわ。私はまな板の上の鯉ですもの。異郷にひとり病んでいるわけですから。私の家族はいないっておっしゃるけど、どうしてそれを信じなくちゃいけないんですの？　確かに、血も涙もない人間でなくては闘牛士なんてつとまらないんでしょうけれど」

「全くそのとおり」彼は言った。「警戒を怠らず牛と同様に巧妙に立ち回るんでなかったら、一瞬のうちに踏みつぶされて角で突き殺されるんだ。だがもしも君をだまそうというんだったら、前に闘牛場で活躍したなどという話をしただろうか？　ただの実業家だと君が判断したかもしれないのに」

アラベルは彼の顔をじっと見た。私の判断は、この人が激しくて、並はずれていて、警戒を要する人だということだわ。この人がただの平凡な男だなんて、一瞬だって思ったことがあるものですか。

「それじゃ、ドン・コルテス、私が泣きついていける人はアメリカには一人もいないってことは真実だってお誓いになりますね？」

「僕は絶対に誓ったりはしない。呪うことならやるがね」彼は答えた。「君は僕の妻だ、アラベル。僕の世話になってるんだぞ」

この人の妻。だけどどうやってみても、結婚式の記憶は一かけらも浮かび上がってこないのだ。たぶんそれは、投獄されていた刑務所で行われたのだろうけれど――カソリックの司祭が抑揚をつけて誓言を読み上げるスペイン風の儀式。制服を着たいかめしい男たちが見守る中で私はドン・コルテスの手に引き渡される――脈動が、アラベルののどの奥で小さなハンマーを振るっていた。こんな結婚は無効にできる、というひそかな望みを、それはこなごなにたたき壊した。

アラベルは彼の視線を痛いほど感じていた。それは、黒と金の爪で彼女の肌の上を這い回っていた。それから彼は、アラベルの心の中を見透かしたかのように、右手にはまっていた指輪を一つずつまさぐった。「これは黄金の結婚指輪だ。それからもう一つは銀のにするところだが、僕はプラチナにサファイアがついたものにした。サファイアの深い青色は君の瞳によく映るよ」

恋人のようになれなれしくしゃべりながら彼が身を寄せてくるので、アラベルはもう一度体を縮めながら、片方が覆われた彼の目を見た。それは、俺はお前の恋人なんだぞ、ということを、言葉以上に脅迫的に物語っているように思われた。この人は、力で生きてきた男なのだ。女風情よりはるかに危ない敵と渡り合ってきた男だ。その顔は、彼に泣き落としなどは通用しないことを示していた。何年もの間、情け無用のコリーダをやってきた男が、情に動かされたりするわけがないのだ。

どうして彼が私を哀れむはずがあるだろう？　彼のスペイン人としてのものの考え方、闘牛士的判断、深層に根ざした本能がものを言ったからこそ、私は運よくベネズエラ警察の魔の手を逃れ、金満家と結婚することになったのだ。

彼は踏み込んできて私を助けた。そして私はこの先、無期限に、私の肉体でその返済をしなくてはならないのだ。

彼の、光を帯びた片方の目の中には、アラベルに迫る色があった。牢獄の看守の手を脱したと思ったら、一難去ってまた一難、彼に運命を握られたことになる。だけどまたなんだって反政府活動をする学生たちなんかにかかわり合っちゃったのかしら！ その人たち、私のなんだったんだろう？ 友達？ それとも赤の他人なのに押し入ってきてかくまえって要求したのかしら？ 何もかもわからないことばかりで、アラベルの心は大風の中の木の葉のように舞った。

「いったいどうして私そんなことしたのかしら？」彼女はつぶやくように言った。

彼はちらりと硬い微笑を見せる。「女が自由であることは大いに結構なんだが、ラテン系の国ではそうとは限らない」

「女の居場所は家庭、というわけですね？ 料理と旦那(だんな)様の世話だけしていろって……」

「まあそうしていれば、少なくとも記憶喪失につながるような打撲傷は受けずに済むということさ。スペインの男はきびしい主人かもしれないが、女房をぶったりはしないからね」

「いやいやなった女房でも？」言いながらアラベルは、自分はこの男と非公式の果たし合いをやっているのだ、という奇妙な感じを味わっていた。彼にたてつきながら相手の存在を痛いほど感じ、彼が歯ぎしりをすると、彼を怒らせたことに喜びを覚えるのだった。

「牛どもをうまくさばいたこの僕だよ。君を操縦するのにそう苦労するとは思えないね、ミ・ビーダ」

「槍(バンデリラス)を、私に対してはどうお使いになるおつもり、片目(エル・トゥエルト)さん？」

「おや、コリーダのことを忘れてはいなかったんだね」近寄せた顔には、熱心な表情が見受けられた。

「僕のことは思い出さなくても、そのことは思い出すんだね？」

「ええ」アラベルは唇をかんだ。「変ね。でも一般的なことは思い出すんだわ。一番私が思い出したいことにはもどかしい霧がかかっているのに。私……きっと私はコリーダを見たことがあって、それが大嫌いになったんだわ！」

「ロマンティックなご婦人は、あれはお嫌いだ」彼はおごそかとも言えそうな声で言った。「ロマンティックというのはつまり、感じやすくて夢見がちのご婦人さ。ラテン系の女はもっと地に足がついていて背伸びをしない。君はそこへいくと騎士的行為だの聖杯だのに少々うつつを抜かしすぎている――もしかすると君が育った孤児院の書棚には古くさい本ばっかりあったんじゃないかな。君はそれを読みすぎたために、献身的で何も要求しない物語の主人公みたいな男を夢見るようになってしまったんだ」

「孤児院？」思わずアラベルは彼の袖をつかんだ。彼がこの部屋に来てから初めて手を触れたのである。「私がどこから来たかご存じなんですね？」

「ああ、ボストンの孤児院だ。君はそこで育ったが受け持ちの女性にかわいがられていたので養女には出されなかった。その女性はもう死んで、君は天涯孤独――僕以外にはね。僕以外にはだよ、アラベル！」

この人だけ――鉄棒みたいな曲がらない意志を持ったこの男のものになるなんて、まっぴらだわ。でも私をわしづかみにしたこの指の強さ。

「お願い……その方のことをもっと教えて」アラベルはつとめて平静な声を出そうとしたが、彼の言ったことに加えて彼の感触に心をかき乱されていた。ほとんど手加減を加えない力がこう近くに迫ってくると、保護されているとか愛されているとかいうことは感じられないのだ。だがもしも彼が孤児院について言ったことが真実なら、私はほんとにひとりぼっちで赤の他人のお情けにすがることになる……。

「いやあんまり知らんのだ」そう言って彼はまゆを寄せた。「が、なんでも君をかわいがって、ちゃんと食べていけるだけの教育をつけてくれたらしい。君が十六のとき彼女は病気になって転地しなければならなくなったので、君を連れてカリフォルニアへ行った。そこで君はスペイン語を学び、りっぱにしゃべれるようになったんだ。彼女が死んでから君はしばらくテキサスで働き、それから、ベネズエラへ行って、さる重役の秘書になった」

「それで必然的にベネズエラでの事件となるわけですね。でも私はなんにも思い出さない――私の記憶は真っ白な紙みたいなんです。どうしたらいいのかしら？」

「心配することはないよ」ドン・コルテスは声を落として言った。「サン・デビリヤへ来て、僕と生活すれば、新しい人生が開けるよ」

「あなたは他人だからそう言うのは楽ですわ」独断的で同情のない彼の言い方に、アラベルは反発した。「私の気持になんかおなりになれないでしょ？」

「それができるようになるためには君の目をのぞき込まなくちゃね」からかうような口調だった。「恐怖があるぞ。それから僕の動機に対する不信もだ。僕がうそを言っていると君が思うのは、君が真実を知りたくないからだが、君は真実を認めなきゃいけない。君は僕のもので、これから僕の世話になるんだということをね」

「あなたは……あなたは私の恋人でしたの？」顔を赤らめて彼女はきいた。「だったとしても思い出せない――そんなことまで！」

「君がほんとに僕を嫌ってるつもりなら絶対に拒否したいことかもしれないな」

「教えてください！」彼女はたけり狂うような目を彼に向けた。「知る必要があります！」

「それでは教えてあげよう」

彼はアラベルの手にしっかりと自分の手を重ねた。その手は彼女の手に比べて黒く、たくましく、アンダルシアの地所で自分が飼育した馬をさんざん乗り回したかのように固い手のひらをしていた。その手に触れられるとアラベルは、牛のように所有の烙印を押されるような気がした。

彼は、呪縛されたように震えをとめられないでいるアラベルの目に見入りながら言った。「結婚式の晩、われわれはすぐにベネズエラを発った。君の持ち物をまとめに君のアパートに立ち寄っただけでタクシーで空港へ駆けつけ、南スペインへ行くジェット機に乗った。その機上で君は後遺症の発作で倒れ、到着すると救急車で病院に運ばれなくてはならなかった。われわれは夫と妻なんだ、ケリーダ、だがまだ抱き合って寝てはいない——君が白か黒かを僕に言えというのがこのことならばね」

「そうですわ」ほとんど聞きとれないほどの声だった。「もしもこの結婚が単に書面上のものなのでしたら、解消もできるし、私アメリカへも帰れますわね。私にあなたの子供ができるようなことは何もなかったわけですから。私たちお互いに自由になれるわけでしょう？」彼女の青い目は彼の片方の目に必死に訴えた。「私を自由にするのはいやだなんてあなたはおっしゃれないわ。アメリカへ帰れば私は記憶をとり戻すかもしれないんですもの。知りもしないあなたと、ここにいろなんておっしゃれるはずないわ！」

「ケリーダ、時が万事を解決するのだ」その声は彼の表情と同じように断固としていた。そして黒い眼帯は、彼の冷酷さを心なしか強調しているように見えた。アラベルは手を引き抜くと顔を覆った。彼の顔を視界から締め出したかったのだ。

「恐ろしい方ですのね。私、あなたを見るのに堪えられません。もちろん一緒に暮らすなんて、考えるだけでも我慢できないわ！」

「子供みたいなことを言うんじゃない。君は一人前の女なんだから、責任を持って自分の将来にちゃんと立ち向かわなくてはいけないよ、アラベル。汚い監獄の中で泥を吐かせるためには拷問なんぞへとも思わない連中の手に君がもういないで済んでいるのは、僕のおかげなんだ。そいつらは君を過激派の一味だと思って君の体を痛めつけたり辱しめたりする責め具を使いかねなかったんだから。君はその学生らをかくまっただろう？　石油精製所を襲って焦熱地獄にしたような連中だからね」

ドン・コルテスは言葉を切った。彼女がその学生たちをなぜかくまったのか、彼も知りたがっているらしく、その顔に無慈悲な表情が一瞬浮かんだ。

「その人たちもアメリカ人だったんですの？」

「一人はアメリカに留学してからベネズエラへ戻って大学に行っていたらしい。もう一人の過激派は地元の青年だ。君、どっちのことも覚えてないの？」

「全然」アラベルは痛くなり始めていた頭を振った。このスペイン人は、結婚を解消してくれるつもりはないのだ。急に襲ってきた疲労が、彼女の反抗する気力をくじいた。今日のところは彼が主導権を握り、アラベルはそれに甘んじて、いずれ逃げ出す別の手段を見つけることに望みをつなぐほかはなかった。

「あなたを知りもしないし好いてもいない奥さんをあなたが我慢していこうとおっしゃるのは、あなたの問題ですわ。私は、病院を退院したらどこかへ行かなくてはならないと考えています。それはサン・デビリヤであるかもしれませんけれどね」

話しているうちに、アラベルは、この男が急に身じろぎをしたのを感じた。いけない、彼にキスなどさせてはいけないわ……だめ！　しかし彼は無造作に立ち上がって遠くで頭を下げただけだった。「それでは、さよなら（アディオス）」その打って変わった上品な態度に、アラベルはふと、肩にマントを羽織った騎士を見る思いがした。「よく休んでね、くよくよしないようにしなさい。記憶をとり戻す時間はたっぷりあるんだから。君が僕を嫌っているとしても……愛しているとしても」

　まさか！　その叫びは、ナイフのように素早く、無言で、彼女の神経を駆けめぐった。二人の間に愛のようなやさしいものなんて金輪際なかったのだ、と彼女ははっきりと感じていた。愛というのは肉体が温かく情熱的な愛着を覚えることだ。感覚の驚き、孤独というものが単なる言葉になってしまうような、ハートの安らぎではないか。

　彼女が感じているのはひえびえとした恐怖だった。それから、自分はかつてこの男をはねつけたのだが、のちに彼は刑務所に現れて、彼女の窮境を利用して愛のない関係を結ばせたのだ、という深く埋もれた確信だった。私のほうから喜んで言うことをきいたのでは、絶対にないわ。その恐ろしい場所で、彼の意志はあまりにも強く、私は打ちのめされてさからう力もなかったから、彼は思うとおりにできたのだわ。

「ではまた（アスタ・ルエゴ）、ケリーダ」そう言って彼は姿を消し、アラベルはひとりになった。あたりには、しま模様に射し込んでいる陽光と、時計が刻む音と、スペイン語で彼女を〝いとしい人〟とよんだ、彼の深い豊かな声のこだまが残っているだけだった。

3

それは息をのむばかりの光景だった。金色の太陽のもと、光り輝く葉の茂みと花々が燃え立ち、夜ともなれば何かの亡霊でも現れそうな古い城の崩れ落ちた城壁が、目もくらむ空にくっきりと輪郭を描いてうねうねと続いている。

　農夫たちが、小さなたくましいろばに乗ったり、尻に荷かごをつけたろばを引っ張ったりしながら、畑を横切っていく。これらのろばは青や金の飾り房でおめかしをされている。麦わら帽子をかぶった農夫たちの顔には、日焼けの跡がしみついて、年齢もわからない。

　道に沿って並んだ家々は、厚い外壁が太陽に白く輝き、突き出たバルコニーの唐草模様の鉄の手すりには、ゼラニウムやジャスミンや、さまざまなつるばらがからみついていた。

　大きな灰色の車は、こうしたいかにもスペイン風の情景の中をすいすいと走り抜け、アラベルはそれらに目をとめ、興味をひかれた。ドン・コルテスは広くて座り心地のよい後部座席に彼女からちょっと離れて腰かけている。ガラスで隔てられた前の席にいる制服姿の運転手は、やせたとびきり美男子の若いスペイン人で、さっきアラベルが病院から出てきて車に乗り込むときには、じっと目をこらしていたのだった。

　夫なる人が運転をしないのは片方の目が見えないからだな、と彼女は推測した。黒い眼帯を目にするたびに、いまだに胃に冷たいうずきを覚えるのだが、今彼は顔の右側を見せているので彼女はほっとした気持だった。彼の欠陥に対するこの嫌悪の気持は、彼女の心を動揺させる。私は気むずしい人間なのかしら？　他人の傷跡や体の欠陥が気になるのかしら？　自分をそんなタイプの人間とは思いたくなかったが、ドン・コルテスがまともに顔を向けてくるたびに、彼女は目をそらさなくてはならなかった。黒い眼帯の奥にあるものが恐ろしくて、夜寝るときもそれをとらないでくれるようにと真剣に望んだほどだった。

アラベルは車の窓から、白い石灰塗料を厚く塗った壁の家並みが続くのに目をこらしていた。横切って過ぎる小路にも、人影はほとんどない。きっと昼寝(シエスタ)どきのせいだ。病院でも、暑い太陽が君臨している午後の数時間は、ベッドのまわりに日よけの網が下ろされ、あたりがすっかり静かになったものだ。

暑熱の中のドライブとなったのは、アラベルを一刻も早くサン・デビリヤに連れて帰りたいという夫の指示によるものだったが、ありがたいことに彼の高級車には冷房がついていたので、アラベルはその朝渡されたばかりの、花模様の軽いシフォンのドレスに身を包んでいた。彼女は別に暑くはなかったが、ドンは上着を脱いでワイシャツ姿だった。

「たばこをおのみになりたければどうぞ」彼女がいきなり言った。彼女が退院したばかりなので遠慮しているのだ、と感じたからである。「葉巻の煙ぐらい、私平気ですから」

「どうして僕が葉巻を吸うのを知っているんだ？」

「あら、そうじゃありませんの？　あなたはいかにもスペイン人的だし、葉巻というのはお金持の感じですもの。あなたの車だって、あなたの運転手だって、あなたが買ってくださったこの高価なドレスだって……」

「ドレスの中身も僕のものだろう？」彼はズボンのポケットから薄い革のケースをとり出し、それを開くと葉巻を一本くわえた。ライターで火をつけると、芳香が車の中いっぱいに広がる。煙が漂ってくるとアラベルははっとなった。これは前によくかいだものかしら？　それともそういう気がするだけかしら？

　時代から忘れられたようなこの村の、単純で原始的な家々の上には、砂岩造りの教会がぼうっとかすんでそそり立っている。「こういうところで結婚すべきだったな。僕は、われわれの式を教会で祝福してもらってもいいと思っている」

「それはほんとに必要なんですの？」われながら、思いつめた声だった。そんなことになったら、彼が折れて私を結婚の絆（きずな）から解放してくれるかもしれない、というひそかな望みは絶たれてしまうだろう。

「私はアメリカ人だし、あなたの信仰とはほとんど関係ありませんわ」

「前にも言ったがね、アラベル、われわれは、僕の信仰によって結婚したのだ。思い違いをしないでほしい。君は僕に義理があるのだし、この先もあらゆる意味において僕と夫婦で暮らすんだからね。僕は、美人を家の飾りにして、それだけで満足しているような男、と思われるのはごめんこうむる。君はそういうのがいいかもしれないがね」彼はアラベルの顔をちらりと見て言った。「前に年寄りの女魔術師（ブルーハ）が僕の出ていた闘牛場をうろうろしていたことがあった。たいがいの闘牛士は縁起かつぎだから、彼女が僕の未来を予言しようと言ったとき僕は拒まなかった。彼女は僕の手相をつくづくと見て、妙なことを言ったよ。そのときは僕は笑って気にもとめなかったんだがね。彼女が言ったのは、僕は自分の大事なものをいくつか失うだろうが、生きているうちにたった一つの大事なものを手に入れる、ということだった。その後しばらくしてから、タラベラで、僕は牛の角に目を突かれ、闘牛士をやめた。僕は再起の旅に出た。まあ、それで、一人の女を見て、喜びをとり戻したと言ってもいい」

　葉巻の煙が、言葉を切って石像のように考え込んだ硬い彼の表情をやわらげた。

「君にはわからないだろうな、僕の命（ミ・ビーダ）、君を見ているだけでもどれほど僕がわくわくするか」

「あなただって、私があなたを見てどう思ってるかおわかりにはならないわよ！」その言葉は石つぶてのように彼の顔に投げつけられた。しかし彼は石のような表情を変えなかった。肩をすくめて、葉巻の灰が車のじゅうたんに落ちるままにしていただけだった。

「花嫁がヒステリックになるのは無理もないよ」彼は言った。「処女ならだれだってそうなることだ」

「私が処女だなんてどうして自信を持って言えるの、ドン・コルテス？」反抗の炎が目の中に燃え上がり、金色の髪に縁どられた顔は色をなした。「私がアパートに二人の青年をかくまっていたことを忘れないでいただきたいわ――その一人が、もしも私の恋人だったらどう？」

「それは君にとって気の毒千万」彼は葉巻を意味ありげに動かしながら言った。「『オセロ』を読んだことがあるかい？　記憶に小細工をして思い出してごらん。嫉妬（しっと）深いムーア人が妻のデスデモーナの首を絞めて殺したのは、彼女の貞節を信じたからこそじゃないか？　君は、細くてすべすべした首を、僕はスペインのこの地方の多くの人々同様ムーア人の血を持っている――はっきり言いすぎたかな？」

「はっきり以上ですわ、セニョール」彼女は詮索（せんさく）するような目で彼を見た。「あなたもそうなさりたいところでしょ。だけどあなたの妻になる前にしたことは姦通（かんつう）とは言えませんからね、あなた自身の戒律でもお作りになるならともかく」

「僕はそれを作るだろうな、アラベル」

「なんて傲慢（ごうまん）な人なの！　私が育ったのはアメリカ

の孤児院で、ものすごく厳格なスペインの修道院じゃありませんのよ。修道院から花嫁をもらったのなら、その女が純潔だと考えられますけど、あなたはかかりつけのお医者に私を診せたわけでもないのに、どうして新品だなんて言えます？　このぶんでは私、あなたの頑丈な手でほんとに絞め殺されるかもしれませんわ」

　彼はちらりと自分の手を見た。やせて、黒くて、まさに赤布(ムレータ)をつけた棒と剣がよく似合う手。一瞬、アラベルは、闘牛場で雄牛に最後の闘いを挑もうとする彼の孤高の姿を見たように思った。運命に直面した男に魅せられて、観衆は静まり返る。向こう見ずな猛牛を前にしての、殺すか、殺されるかの瞬間なのだ。アラベルののどは苦しくなった——彼はこの真っ白なシャツと格好のよいズボンの下に、古傷を抱えているのだ。酒と女に溺(おぼ)れ、名声をもてはやされた日々——彼女は自分の顔をなで回す鷲(わし)の視線を感じた。そのとき彼の手がアラベルの手の上に重ねられ、彼女の手はかっと熱くなった。

「聖者の生活をしてきたわけでもない僕がなぜ君が天使であったことを望むか？　それはね、僕の経験では、そういう女性だけが、闘牛士の英雄を作り出すからだ。僕が貞淑な妻を望むのはそんなに驚くべきことかい？」

「私にしてもあなたにしても、私が美徳の持ち主だとどうして確信できます？　私は自分がどんな人間だかも覚えていないのに」

「君が道徳的な人間だってことが判断できるぐらいは、僕は女性を知っているつもりだがね」

「たくさん知っておいでなの、セニョール？」少々皮肉っぽくアラベルは言った。

「十分ね」彼は肩をすぼめ、葉巻を深く吸い込んだ。

「君は修道僧みたいな夫を望んでいた？」

「夫なんて全然考えてもいませんでしたわ。それに三日にあげず命をかけている闘牛士が修道僧みたいに暮らしてきたとも思えませんしね」そう言って彼女はおののいた。「なんて恐ろしい生活の手段かしら！　ほかになさることはありませんでしたの？」

「僕は金持になりたかった。スペインでは、人気剣士（エスパーダ）になるのがそれには一番の近道だ。僕はそれになった。だが話したように、それはタラベラで終わった。そのパートは終わったんだから、僕がマントを血まみれにしてうちに帰ることももうないし、君が震える必要もない。僕は今や農場の主人だし、君は女主人になるわけだ。秘書嬢にとっては玉のこしだろう？」

「光栄の至りですわ」と返事をしたとき、彼が手をいやというほど握りしめたので、アラベルは縮み上がって悲鳴をあげた。

「僕は君が望んでいたのと正反対の人間だろうな」彼はゆっくりと指をゆるめながら続けた。「しかし人生は運命によってどうなるかわからない。君が僕を望もうと望むまいと、君が得たのは僕なんだからね」

穴のあくほど見つめられて、彼女は唇をかんだ。彼が殺しの金で得たこの荒涼とした巣に、彼と暮らすため、鷲にさらわれてきたような気分だった。彼は、とても貧しい少年で、金持になりたくてたまらなかったのだわ。だったらいかつい肩がうまくおさまっている上等なシルクのシャツも、それが浅黒い肌と対照的に白いことも、きざに思っても大目に見てあげなくては。彼女の目は、彼ののど元にきらめく華奢（きゃしゃ）な鎖にくぎづけになった。きっと彫刻したメダルが下がっているのだろう。この人は迷信家であるいっぽうで、自分を闘牛（コリーダ）に走らせた無慈悲な金の力というものを信じているのに違いない。闘牛士を廃業したことが、この人のただ一つの救いだわ。あんな殺生なことを今でもやっているんだったらとても我慢できたものじゃない、とアラベルは思うのだった。

「悩める天使、といった風情だな」彼が見とがめて言った。「おなかすいたかい？ どうせ朝食は鳥の餌ぐらいしか食べなかったんだろう」

「おなか？ 本当を言いますとね、セニョール、のどが渇いて死にそうなの」

「すぐに治る」彼は前に体を乗り出して運転手との仕切りのガラス戸を開けた。「マテオ、ちょっと車をとめて、トランクからランチ・バスケットを出してくれないか。何か飲みたいんだ」

「かしこまりました」車は静かにとまり、運転手は車の後ろへ回ってトランクからバスケットを持ってきた。車に乗ってそれを渡すときに彼がじっと見つめたのを、アラベルは再び意識した。やっぱりドンの召し使いたちは私のことをとり沙汰していたのだわ。スペイン人でないことに興味津々、主人の過去の女たちと比べていたのだ――今だってそういう女はいるかもしれない。この人ぐらいの年輩で名声を得た男だったら、愛人を囲うチャンスはいくらだってあるもの。

「ありがとう」ドン・コルテスはバスケットのひもをほどいてビールびんとサンドイッチの包みをとり出し、運転手に渡した。「お前のだ、マテオ。だがその前にもう少し日陰のところに車を止めよう」

しばらくして車は棕櫚の木がのびて木陰を作っている塀の陰にとまった。崩れた石塀の上にのびたつる草に、あざやかなオレンジ色のひょうたんがいくつかなっている。

「ソドムのりんごだよ」ドンは薄い金色のワインを満たしたチューリップ型のグラスを彼女に渡して言った。「風が吹くと風船のようにふわふわするんだ」

「ありがとう、セニョール」ワインは軽くてほのかな甘味があった。「棕櫚の木というと砂漠を連想しますわ」

「ここは砂漠の侵略者たちがイスラムの文化と棕櫚を持ち込んだ土地なんだよ。アンダルシア人には今でもムーア人的なところが残っている。音楽にも、家にも、中庭（パティオ）にも、それが見られる。考え方、とくに女についての考え方なんかもそうだな」彼はそう言って七面鳥の手羽肉を渡してくれた。

「あなたはご自分の家庭を、イスラムのハーレム方式でやっていくっておっしゃるわけ？」彼女は辛辣（しんらつ）に言った。「私は人里離れたところに住んで、顔にベールをかけてあなたのうちを歩き回るんですね？」

「そいつはいける絵になるんじゃない？」七面鳥の脚にかぶりついた彼はちょっとまゆをひそめ、肉にたっぷり黒こしょうを振りかけた。「これいる、アラベル？」

「いえ、結構です」自分の肉を上品にかじっていた彼女は、彼の旺盛（おうせい）な食欲に目をみはった。ビールをラッパ飲みにする彼には、気どって行儀よく構えたところは全くなかったが、なぜか反感は起きなかった。骨の髄まで男なんだわ、と彼女は思い、そのことが自分にどういう意味を持つかと考えて頬をほてらせた。この人に妥協や辛抱や遠慮を期待したって、それは無理というものなのだ。

「ワインもっとどう？」そう言われてアラベルはちょっとためらったあとで注いでもらった。

ワインでも飲めば、少しは不安がへるかもしれない。どうやらサン・デビリヤはもうそう遠くないようだし、一たび彼の所有地に足を踏み入れてしまえば、私にだって自分が、ムーア人のハーレムの女たちみたいに見えてくるかもしれないのだから。私の隣に座って、私のために二つに切ったミートパイの片方をぱくついているこの男の中には、確かにその先祖の血が流れているのだ。

「さあ、食べなさい」彼は言った。「うまいよ。それに試練のあとでは健康を増進しなくてはね」

「私の試練は今始まったばかりですわ」アラベルは挑むように言った。

「棕櫚の木陰でとるワインと七面鳥が試練の始まりかい？　うれしいお世辞を言ってくれるじゃないの。眼帯をしているだけのことで人食い鬼かならず者扱いとはね」

　グラスを持つ彼女の指がこわばった。「あなたはなんでも当たり前みたいな顔をなさるでしょうけれどね、私にとってはすべてが奇妙な夢で、目覚めることができないような感じなのよ。せめてあなたを信頼できさえしたら……」

「まだ僕のことを疑っているのかい？」彼はナプキンを口に押し当てて彼女をじっと見た。

「ええ。あなたは何かを隠してらっしゃる感じですわ。それがわかれば私の記憶の雲が一ぺんに晴れるようなものをね。でもあなたはそれを隠したいんでしょう、私を記憶喪失にしておくほうが、あなたには都合がいいんだわ！」

「ほう、それはなぜだね？」声はビロードみたいに滑らかだったが、まゆは寄せられて八の字になった。

「私の記憶が戻ってきたら、私があなたの妻になることを嫌う理由がわかるからよ」

「グラシアス、ミ・ビーダ。やさしくて感謝に満ちた少女から重ねて貴重なるお追従をいただきました」皮肉な調子だった。「僕もなんだって君なんぞとごたくさするのかね。あまりにも幸せすぎておそばでは暮らせません、と言いそうなチャーミングで情け深いアンダルシア女ぐらい手に入るのにな」

「同感ですわ、ドン・コルテス。私なんて冷たい小さな魚だってことは見え透いているのに」

「おお、金魚はさめの海に泳いでいき、食われちまわないうちに釣り上げられなければならなかった。

それだけでも感謝の必要ありだ。背骨沿いに電気の鞭(むち)を当てられたくはなかっただろうからな！」

「やめてよ！　そこから私を引き出してくださったことはありがたいわ。でも結婚までする必要があったのかしら？　それ以外の手段じゃ釈放してくれなかったんですか？　アメリカの領事館へ行って、私が逮捕されるっておっしゃることはできなかったんですの？」

「それは恐ろしく時間がかかっただろうな。僕はベネズエラではある程度顔が利くからそれを使ったんだ」

「二人の学生のことはどうしましたの、セニョール？　何もしてくださらなかったんですか？」

「彼らなんぞはどうでもいいさ。そんなことにまでちょっかいを出してた日には、看守の鼻先で君を連れ出すチャンスも失っただろうな」彼は指を鳴らして急に軽蔑(けいべつ)するような素振りを見せた。「あいつらは、大変な火事を引き起こして、石油精製所付近の人々の生命を危険に陥れたんだ。そんな大量焼死(ホロコースト)をやってみたって政治不安はどうにかなるもんじゃない。考えもなしにかっとなってやるのはあほうのすることだ」

「それで……私たちはこうしているわけね」アラベルはワインをすすった。食べるほうは気がすすまないのだ。「選べるものなら、私、闘牛士となんか絶対に結婚したくないわ！」

「言っただろう、アラベル、僕はもうエスパーダじゃない。土地を持ち家畜を飼っているんだ。僕がほかの仕事をしたことがあるなんてことは、そのうちに君の頭からなくなるよ」

「ほかのいろんなこともね」アラベルは嘆息をついた。「子供から出直せっていうわけね……だけどあなたは、私を子供として扱うつもりはおありじゃないのでしょ？　すべての意味において僕の妻だ、っておっしゃるんですから！」

「君は大人の女だよ」彼はぽつりと言ってオレンジを二つに割り、ほとばしるジュースのついた指をなめた。そのしぐさは身づくろいする猫を思わせた。「二つの家で共同生活しながらお互いに知らん顔というわけにいかないぐらいは君にもわかるだろう。君をサン・デビリヤの反対側の端に住まわせればいいのかもしれんが、僕はそうする気はない。なぜこの僕が、魅力的な若い女性の夫としての能力をうわさされるようなことをしなくちゃいかんのかね。君は知らないが、アンダルシアの人間は新米の花嫁に対してそれはもの見高いしね、うちにいる召し使いだけだってたいした数だ。僕はみんなから去勢牛みたいに見られるのはごめんだからな！」

アラベルはいきなりヒステリックに笑いだした。

「あなたがそんなふうに見られるなんてことは絶対にありませんでしょ」

「むろんそうだが、つけ込まれるようなことはやりたくないんだ。スペイン人の家庭というのはアメリカ人のに比べるとずっとオープンでね、われわれのベッドルームは続き部屋なんだが、君が僕の部屋にいたり、僕が君の部屋に自由に出入りするところをみんなは見たいわけさ。バスルームは君と僕の共用だ……ねえ、アラベル、君がくつろいでる魅力的な姿を見て僕が平気でいられると思うかい？　僕だって木石ではないし、君だって彫像ではないんだ」

「それ、どういう意味ですの？」体の奥深くに神経の動揺を覚えながら、アラベルは彼を見つめた。

「君の白い肌と熱い血潮、それを味わってみたいんだよ」そう言いながら彼は手を伸ばして、アラベルの二の腕の柔らかい内側に触れた。そのもの慣れた、ギタリストの指が妙なる音で楽器を奏でるような触り方に、彼女は小さくあえいだ。

「やめて！」彼女が腕を引くと、彼はそれをとめようとはしなかった。ただにやりとしただけだ。男のことなるとアラベルのほうは白紙なのに、彼は女を知っていた。もしも彼女のこのうぶな反応がバロメーターになるのだとしたら、彼女の男性経験は、最後のところは何も知らない――処女だということになる。アラベルは自分でそう感じ、彼の顔にもそれが表れているのを見た。私はこの男のものなのだ！　さんざん雄牛を相手にしてきた男、いやいやの妻を手なずけるなんて朝飯前なんだわ。

「あなたはいつも自分のやり方を押し通すの？」

「できるときにはいつでもね。そりゃ君は反抗するだろうが、そのくらいは計算済みだ」

「全然私を大目に見ようとはなさらないのね？」彼の目の中でアラベルの青い瞳が燃え上がった。「たとえ私があなたに頼んで――もっと慣れる時間を与えてほしいって言っても？　それこそ紳士ってものだし、あなただってやっぱりドンって言われたいでしょ！」

「なるほど、金で買えるものは山ほどあるからね。しかし僕は紳士の生まれじゃないんだよ、別嬪さん。だから僕の持ち合わせてない本能に訴えたってむださ。僕はセビリヤの裏小路で育って、学校っていえば闘牛場の裏木戸か、フラメンコのロマが踊る煙もうもうの酒場だった。おふくろは身持ちの悪い女だったし、僕は親父がだれだかも知らないんだ。母親も娘時代にはきれいだったらしいが、僕が覚えているのは、酒場に通いつめる男たちにまつわりついた自堕落な女の姿だけだ。彼女は僕が十二のときに死んだ。暗いパティオでナイフで刺されてね。それから僕は闘牛場をうろつくようになり、若い闘牛士になってコリーダの裏も表も知っちまうわけだ。良家のお坊ちゃんたちなら女きょうだいや家庭教師たちにちやほやされている年齢に、僕は、汚辱も飢えも痛みも、喜びも、みんな知ったよ。初めて角で突かれたのは十五の年で、地方の売春宿にいたいとこ（プリマ）が看病してくれたんだ」

彼は身を乗り出してアラベルの目に見入った。

「これが僕の生い立ちの記さ。だから僕のやさしい本能に訴えようなどとはしないことだ。ほとんど持っちゃいないんだから！」

アラベルはじっと彼を見たが、今の話でさして驚いたわけではなかった。そんなことは、彼の一筋縄ではいきそうもない顔を見ればわかることだった。危険に生き、危険に学び、危険によって富を築いた男。そんなことを非難しようとは思わない。愛してもいないのに一緒に住むのはいやだ、というだけなのだ。

「お母様の愛情をろくに知らないとすると、あなたは女の人をむごく扱ったんでしょうね？」

「おふくろが僕を構わなかったと思うのかい？」微笑が彼の唇に浮かんだ。「だらしないなりに構ってはくれたさ。それから僕はこれまで女性に暴力を振るったことはないと保証するよ。闘牛場の修羅場から出てくると、あったかく迎えてくれる女がいつだって一人や二人はあったからね」

「だけどまだ独身だったのは、なぜ？」

「甘いものがよりどり見どりであるとね、男はぴりっとくるやつを味わいたくなることがあるんだ」

「私のこと？」

「君はキスするととたんにかみつくだろう、え？」

「なごやかな関係をお約束したわけではありませんものね、セニョール？」

「なごやかさなんぞは年とってからでいい。さて、君が好きなだけ食べてしまったら、出かけることにしようか」彼はガラス戸をコツコツやって運転手に食事が済んだことを知らせた。車が動きだすとドンはバスケットを閉じ、シートにもたれて葉巻のケースをもてあそび始めた。

「もうすぐなの？　そこまで」アラベルは声の震えを隠すことができなかった。

「あと三十分もしたらうちだよ」そう言って彼は黒くて細いハバナ葉巻をくわえた。「それを君がどう思うかだな。僕が拷問を加える牢獄だとは思わないでほしい。僕はほかの男と同様に生きたいと思っているにすぎない。惚れた女と一緒になって、いつか一人か二人の子供を産んでもらう……」

アラベルは聞きとれるほどの音をたてて息をのんだ。なんて事もなげに言うのかしら。私の記憶喪失なんてものの数ではないみたいに。私の顔と体さえあればいいみたいに。

「無慈悲な方ね」あえぐように彼女は言った。

「そのとおり。僕は君の想像力の思い描くすべてのものだ。そして何より、僕は君の夫なんだ」

「病気の奥さんがどう思おうと平気な夫！」

「君の体は病気じゃない、アラベル、心もだ。自分の過去を忘れただけだ。自分は触ることもできないほどもろいんだ、なんて考えを持たせるほど僕は君を甘やかさないぞ。僕にはまだ知ってることがある」

「知ってるって、何を？」彼女は、きっとなって彼を見た。「あなたは匂わすだけで私の何を知ってるかは絶対に言ってくださらないのね。この事件が起こる前には私たち知り合いだったんですか？」

「そうさ」

「私たち、友達だったの？」

「いや」彼は葉巻の先にたまった灰をじっと見てから、開いた窓ごしにそれを払った。「とっても友達とよべるようなものじゃなかったな」

「じゃ、そのときも私はあなたを好きじゃなかったのね？」

「好かれていたとは申しがたいな」こちらをちらっと見た表情は仮面のようで何も読みとれなかった。

「どっちにしても好かれるなんぞは中途半端だな
――情熱はそういう状態からはわかないからね」

「憎まれていれば情熱はわくかしらね？」この男を嫌いだ、という気持をアラベルははっきりと意識した。こんな、血まみれの手をしたエスパーダなんて！

「愛されてるときと似たようなもんじゃないかな。先刻ご承知のように僕は中途半端なことが嫌いだ。だからアラベル、憎もうと、愛そうと、勝手だが、どっちつかずの感情で僕をわずらわせるのはやめてくれ。僕の人生は真っ暗な影と燃えるような太陽の光とで塗り分けられているんだ。その癖は今さらどうにも変えられないからね」

「それなのにあなたを愛していない奥さんと家までドライブするのは平気なの、ドン・コルテス？」

「平気じゃないように見えるかな？」彼はシフォンの花模様のドレスに包まれたアラベルのほっそりした体を眺め回した。「南部ではね、感じのいい女の子のことを、彼女はシナモンの味、レモンの香り、緑の葉からのぞく無花果(いちじく)だ、って言うのさ。君は僕のもの、であればそれで結構。それではいよいよ君が僕に返したものを君にまたあげよう」

彼は横に置いてある上着に手を伸ばして内ポケットから小箱をとり出した。ふたを開けると、青い宝石のきらめきが滝のように彼女のスカートにこぼれる。彼は葉巻をくわえたままアラベルの手首をつかみ、サファイアをつないだブレスレットをとめた。彼女の白い肌の上で、それは、すき間からのぞいためくるめく青空のように輝いていた。

彼はその手首を持ち上げて微笑した。「きれいだな。金の鎖に通したアラベルの目だ」

「やめて！」その言い方にも、品物にも、変な前置きがついたことにも、彼女はぞっとした。とすると、彼は初めて私に会ったときに、もちろんそれは私の上役を通じてだろうけれど、これを私にくれて私が突き返したのだわ。今はもう私は秘書をしているわけじゃなし、なんだって突き返せるような立場の人間じゃないというので、押しつけようとするのでしょう。手首の骨をつかんでいる彼の指の力は強く、彼の意向しだいではひとたまりもなく折られてしまうことを、アラベルは感じていた。

「別にありがとうは言ってもらわなくてもいいが、今度はこれを身につけて好きになることだよ。聞いているの？」

「ええ！　だけどどうしてこんなものをくださろうとしたんですか？　あなたはほかのたくさんの女を買ったように私を買いたかったわけ？」その宝石のように、彼女の目は青い炎を見せた。その目に彼のはっとした表情が映る。

「君は買われるような女じゃないし僕だってそんな気を起こしたことはない」のどにからまったような声で彼は言った。「僕はただ、青い目を見て、それに贈り物をしたいと思っただけだ。つけ加えれば、どんなに美しい宝石だろうと君の瞳にはかなわないけどね」そう言いながら彼は、アラベルの手を唇に引き寄せ、手の甲から指の関節へ、温かくしっかりと唇を滑らせていった。唇は指から手のひらへ回ってそこに埋まる……。

アラベルは頭がくらくらして膝が妙に浮いてしまうような感じを味わった。手のひらへの接吻は、言葉には尽くせないある秘密な親しさを語りかけてくる——君の体のほかの部分にもこんなふうにキスしたいんだよ、というように。

アラベルは手を引き抜こうともせず、彼のなすがままにしていた。彼の唇は、自分がスペインの男であること、彼女は自分の所有物であること、そのブレスレットは彼の所有権を示す象徴的な鎖であることをほのめかしていた。

車は午後の暑熱の中を走り続け、一つ角を曲がるごとに彼の所有地が近づいてくるのだった。それは、持ち物といったら頑丈な肉体と、貧乏や空腹は二度と味わうものかという強烈な野心だけだった少年時代の彼が、夢見たものであった。土地と家を手に入れたとき、彼は、ともに暮らす妻を物色したのだ。向こうからとび込んでくる女たちに食傷していた彼は、お高くとまっている娘に手練手管を弄する気になった――悪魔的な楽しみを味わいたいだけのために――引退した闘牛士の、それが生きがいだった。

アラベルに、その白羽の矢が立てられたのだ。そういえば一つ一つ合点のいくことばかり。彼はこの新手のコリーダを楽しんでいたのだ――女に忍び寄り、攻め立て、決定的瞬間に至ろうとする、この隠微なる闘技――。

4

アラベルはドン・コルテスのかたわらに腰を下ろしたまま、かたくなに押し黙っていた。彼のくゆらす葉巻の煙がよび起こすぼんやりした記憶が、急に恐ろしく思われてくる。この記憶喪失の霞のかなたに、今私がここに彼といる理由が存在するのだ――ぞっとして、悲鳴をかみ殺したとき、車の前方に、そそり立つ円柱とがっしりした鉄の門が見えてきた。

車が近づくと門はひとりでに音もなく開き、通過した車からアラベルは振り返って、自分の自由が向こうの手の届かないところに行ってしまうかのようにじっと門を見つめた。見ると門の上には、ちょっとした細工がほどこしてある――鉄のこぶしに握られた剣の切っ先に、雄牛の頭が刺さっているのだ。

「なんともうってつけだこと！」押しつぶしたような声で、思わず彼女は言った。

「全くね」彼が唇に皮肉な笑いを浮かべたのを、アラベルは見ないでも感じていた。「イルデフォンソ・デ・ラ・ドゥーラの紋章さ」

「そのご大層な名前もあなたのご発明？」

「一部はね」彼は肩をすくめた。「僕の母親はイルデフォンソ族のロマだった。それで、まあそう名乗ったようなわけだ」

車が疾走する広い道の両側には原っぱが広がっている。そこには彼が飼っている牛が三々五々群れていた。神話に出てくる獣のように力強く見えるが、日を浴びているところはいかにも平和であった。闘牛場に送られて血祭りに上げられることはないと、安心しているのだろうか？

ドン・コルテスが自分の雄牛たちを修羅場に送り込まないようにしているのは、奇妙なことだった。彼のいかつい骨の中にそんな哀れみややさしさがひそんでいるとは思われなかったのだ。それとも、彼は長い間に、人間の歴史の中でもおそらくは一番高貴なこの動物の勇気を尊敬するようになったのだろうか？

アラベルは祈るように両手をきつく握り合わせた。太陽が指輪とブレスレットのサファイアに戯れる。彼はアラベルの腕に指を食い込ませて彼女をおののかせた。「さあ、うちだよ。ここの石一つ、梁一つまで僕のものなんだ！」

大きな半月形のアーチはタイルで張られていて、それを通っていくとひろびろとした中庭に出た。そこには無数の植木鉢がつり下げられて、厚ぼったい白壁にからみつく緑のつるに、たわわな花が咲きこぼれている。その壁は、外敵を防ぐために、女たちを隠すために、ムーア人の手で築かれたものだ……。

パティオの中央には睡蓮（すいれん）と金魚の尾のきらめきをたたえた黄褐色の石の大きな泉がある。車はそれをぐるりと回った。

　泉の上には大きな樹木が陰を作っていた。広がった枝にはベルフラワーが無数に花開き、あたり一面も金色の花で覆われている。

　アラベルは美しさに息をのんだ。ドンの息遣いが耳元で聞こえる。「これがわれわれの金の鈴の庭だよ。月夜に耳を澄ませばかすかな音楽が聞こえて、君も人生の不思議さに少しは驚くかもしれない」

「ここで聞こえる音楽っていうのは、ムーア人の奴隷の少女の足につけられた金の鎖のチャラチャラいう音かもしれませんわね。これはムーア風のうちなんでしょう、セニョール？」

「何から何までね。ベールみたいなしっぽの魚に至るまでだ。そいつは奴隷の少女の幽霊みたいにくねくね泳ぐんだがね」

　彼が笑ったとき、車は半月形の入口の前でとまった。運転手がドンの側の扉を開け、彼は闘牛（コリーダ）で身についた軽さでひらりと車から降りた。彼はやせた手をこちらにさしのべ、アラベルはちょっとためらってから、その手に助けられて美しい古びたパティオの、太陽にきらめく敷石の上に降りた。

　何一つ現実だとは思えないままで、彼女はそこにぼんやり立っていた。夢の中をさまよっているみたいで、自分がこの土地の女主人だということが本当とは考えられない……。アラベルはぼんやりとあたりを見回し、さまざまな花の香りを吸い込み、家の中心部に目を移した。それは、たくさんの小さな窓のある白い石造りの一種の塔で、東洋寺院（パゴダ）の塔のような屋根を頂いていた。

「僕たちはあそこを望楼（ミラドール）とよんでいる」彼女の視線をたどって、ドン・コルテスは言った。

「女性の目にはきれいな鳥かごみたいに見えるだろう？」

「あそこに私を幽閉なさるおつもり？」冗談ではなしに、彼女は言った。

「いいや、僕の手の届くところに置いておく。ミラドールはあんまり使わないよ。階段がいかれちまってるし、建物の飾りみたいなもんだからね。みんなは昼寝（シエスタ）だろうから、君は家の勝手を知っておくといいよ。四時には家族がみんなおやつみたいな午後食（メリエンダ）をとるから顔を合わせなくちゃならないがね」

「はい」家族と聞いてアラベルはどきんとした。

「ここにご親戚は大勢いらっしゃるの、セニョール？」

「叔母とその子供たち、それから僕を手伝ってくれてるいとこ。牛や馬といるのが好きな昔の仲間もいる。すぐ知り合いになるよ。では君の家の中を案内しようか」

君の家！　その言葉はアラベルの体の中でがんがん鳴った。確かにそのとおりだし、この分厚い壁をめぐらした住居は重々しく優雅な独特の雰囲気をたたえてはいるが、アラベルにはどうもなじめない場所だった。今かたわらを歩いているこの男と生涯むつまじく暮らしていかねばならない〝わが家〟だなんて、とても考えられそうにもない。冷んやりしたアーケードの中に彼と足を踏み入れると、アラベルは思わず息をとめた。花の香りが満ち、見ると大きな灌木（かんぼく）の真っ赤な花弁が、白い壁の上にとび散った血のように見えたからだ。ここにも、無数のせみが鳴きかわす金属的な声が、絶えず聞こえてきた。

二人は、家の幅いっぱいに渡っている一種の広間に入った。そこには鎖でつり下げられたランプが透かし模様の影を作り、大きな木をくり抜いて作った頑丈そうな巨大なキャビネットや、ワイン色の皮革を張った背の高い椅子などが置かれている。装飾的な縁どりのある鏡が部屋と家具を映し、キャビネットの上にはいくつかの彫像が置かれていた。

アラベルはおびえたような目を大きくしてあたりを見回した。なんとなく恐怖を覚えるのは、このうちの空気が、あらあらしい愛情や、変な声や、悲しみの涙を、喜びの叫びと同様に連想させるからだろう。古い古いこのうちには、過去の亡霊がまつわりついている。どの壁にも、遠い昔の日のしきたりが塗り込められているのだ。私の国アメリカは、百万キロも向こうに行ってしまったのだわ。現代女性の自由なんて、白熱した陽光と暗黒の影のこの国では、イスラム的な文化と情熱を血管の中に脈打たせている男たちがいるこの国では、たわごとにすぎないのかもしれない……。

ドン・コルテスは彼女を導いてらせん階段を上った。階段の上は回廊に続き、曲線を描くその壁はムーア風の宮殿を思わせるモザイクで覆われていた。彼は複雑な彫刻で飾られた重い杉材の両開きの扉を開く。その部屋に踏み込んだとたんに、アラベルはまたはっとした。鉄格子と大きな銀の背板で世界を締め出そうとする東洋的願望と美しさとの結びつきに心を打たれたのである。

アラベルの背後で、牢獄の門のように、扉が閉まった。振り向くとドンは彫刻した杉板に寄りかかっていた。肉のそげた闘牛士の顔は、黒い眼帯のためにひどく威嚇的に見える。浅黒い顔にたけだけしく光る一つの目は、得意気な色を浮かべてアラベルにじっと注がれている。まるで、異国の美女をベッドルームに連れ込むのが長い間の夢だったとでもいうように。

「十分わかっているさ」彼は口を開いた。「そりゃ気に染まない結婚というのは女にとっては一番いやなものかもしれない。だがまあ、我慢するんですな。君が金の鳥かごに入った小鳥だとするならだ、いとしい人、それが大きい鳥かごだということでもって目をつぶらなくちゃな」

　彼は美しい鉄のドアを示して言った。

「ここが主寝室の扉でね、その向こうが君の居間と化粧室と浴室だ。ここだけで完全に用が足りる――完全に二人きりになれる」

　アラベルには薄物のドレスが急に寒く思われた。彼の唇に、急にくつろいだ、みだらとも言えそうな表情が浮かんだのだ。彼が考えていることに気づくとアラベルの体は熱くなった。自分は囚われの女なのだという考えが頭をかすめた。欲望を覚えたときにはいつでも私を抱く権利があると思っているこの頑丈な腕から逃れる方法はないものかと逃げ道を探している女。

　彼女の視線は、好色な森の神々を彫った大きなヘッドボードのついたベッドへ、落ちるべくして落ちた。あわてた彼女は目をそらして美しい寄せ木細工の戸棚や黒いしまめのうの台のスタンドを見る。家具を磨くワックスの、かすかな匂いがした。

「どう？　なんにも言うことないの？」

「博物館で眠るような気がするでしょうね」彼女はやり返した。レースのベッドカバーや毛足の長い東洋のカーペットや、亜熱帯の夜に備えてベッドの四隅の支柱にとめつけた、花嫁のベールを思わせる薄い紗の蚊屋などの、なまめかしい美しさに、どぎまぎしたのだ。

「博物館は死んだ場所だ」彼は歩いていって、隅の戸棚に置かれている青と金のマドンナの座像に見入った。「僕は大いに張り切ってこの部屋で君と過ごしたいと思ってるんだよ。実を言うと僕はここがとっても好きなんだ、とくに子供のころのことを考えるとね。馬屋のわらの山の中で寝たこともあったからな。その反動で、柔らかいシーツの感触が好きなんだ」

アラベルの血管の中で脈がそっと打ち始めた。あからさまにそうとは言わなかったが、彼は自分が裸で眠るのだと教えたのだった。よく鍛えられた筋肉と、角にやられた傷跡とを持ち、男性としての精力にあふれた精悍な裸で。これまで何者にも打ち負かされたことのない男。薄いシフォンのドレス姿でだだっ広いスペイン風のベッドルームにたたずむアラベルは、今や地の利を得た剣士の前に、無防備でさらされていることを感じていた。

「抵抗をしても効き目はあるかな？」ドン・コルテスの声はやさしく下心ありげだった。「女の人が闘う相手は男かな？　それとも自分自身ってわけ？」

「私は自分自身を知ろうとしてもがいているんですわ。あなたは私が本心ではあなたに征服されたがっているんだと想像なさりたいんでしょ？　こういうもの全部をあなたがどうやって手に入れたか考えると私はぞっとするわ。闘牛なんて野蛮な……要するにあなたは文明人じゃないってことじゃありませんか」

「とんでもない！」彼は、面白がっているようだった。シャツの前をはだけて、ぴっちりしたズボンのポケットに両手を入れようとしている姿は、やさしそうに見えても、中身は野蛮そのもの——アラベルはそう思った。「スペイン人の闘牛はアメリカ人にとっての拳闘だよ」

「こっちは人間と人間だわ」

「それならば文明的とおっしゃるわけか。僕に言わせればそのほうがはるかに原始的ですな、美しい方。革のグラブなんぞはめて、相手の人間の鼻っ柱を砕いて血まみれにするなんぞはね。そこへいくと本当の闘牛は、力と技と勇気とのすばらしい産物だよ」

「対等に渡り合ったらかなわないから殺す、っていうようなのが男の中の男だっておっしゃるの？」アラベルは顔を紅潮させて昂然と言い返した。

「それじゃ君も男の中の男と認めるわけか、え？　マント扱いの見事さと、人と動物との敏捷さを認めるんだね？」

「異教徒の男が雄牛に襲いかかるのが、美しいかしらね？」さげすむように彼女は言い、不意に、左目がえぐられる前にはドン・コルテスはきっと人を魅了するような東洋的とも言えるまなざしを持っていたに違いない、と考えて、あわててその邪念を押しのけた。彼女の上に熱く注がれる右の目は、かすかに金のかかったしまめのうの彫刻のようだった。そこには、熱した砂地の闘牛場でいつも彼につきまとった苛酷な運命が影を落としていた。

「闘牛士と雄牛との組み合わせには、レスリングやボクシングの選手たちがうなって汗まみれでへとへとになるのとは違った、ある種の美しさがあるよ」

「刺された牛には到底美しさなんて……残酷だわ！　あなたもその片棒をかついでたけだものだわ……その角があなたの顔を突き刺して片目を見えなくしたときも、闘牛士様、面白うございましたか？」

彼は露ほども動じなかった。その片目は探るように彼女の顔を見た。「やけに実感をこめて言うじゃないか、アラベル、とすると君はその場にいたのかもしれないな」

「想像はつくわ」身震いして目をそらしながら彼女は言った。「あなたは何も感じないの？　人間らしい感情も、一緒にえぐりとられてしまったわけ？」

「君を哀れませたいか？」そう言うと彼はゆっくりと、猫のような身のこなしで近づいてきた。このベッドルームが彼にとっての闘牛場となったのだ。そして今やアラベルは、群衆ではなく、彼自身を喜ばせるために残忍な苦しみを与えられる獲物であった。

あえぎながら後ずさりしたとき、彼女のすねの後ろにベッドの縁が当たった。彼女はにわかに身の危険を覚えた。女どころか雄牛だって恐れなかったこの男から逃れるすべはないのだ。身を防ぐために片手を上げると、ブレスレットのサファイアがきらめいた。

「何をなさるの？」

彼は頭をそらして耳ざわりな笑い声をあげただけだった。そしてアラベルをぐいと引き寄せ、彼女に彼の体の線も筋肉の動きもわからせるほど強く抱きしめると、片手を彼女の髪にさし込んだ。

「僕の宝（エル・ドラド）、君は僕のものだ。この瞬間をどれほど僕が待ち望んでいたか君にわかるか？ 僕自身の家でこの手に僕の女を抱くこのときを。人生の物にひそんでいる汚いものや不安にわずらわされない、もぎたてのとうもろこしみたいに美しくて甘いこのときを。君が外国の牢屋で汚されてくのを僕がどうしてほうっておけた？ そのためには僕はあらゆるものを犠牲にする覚悟だった――君の恨みを買うことさえいとわなかったんだ、ケリーダ。それさえもだよ。君が僕にくれるもののことを考えたら、なんだって惜しくはないよね？」

彼の腕は鉄の帯のようにアラベルを締めつけた。やろうと思えば、彼は、私を砕くこともつぶすこともできるのだ。そのやせた体の筋肉のすみずみにまでみなぎっているすごい力と熱。

「体で支払えというの？」彼女は見下すように言った。「あなたって、そんなことは要求しないで女性を救い出す男らしい男ではないわけ？」

「僕がもっと男らしくなければ、君を妹のように扱うことで満足したかもしれないさ」彼は頭をかしげると、彼女のすべすべした首に、熱い唇を押し当てた。それは、砂漠で焼けついた男の唇のように燃えていた。この人は渇いた男みたいに私を求めている、と思うと彼女は全身に悪寒を覚えた。彼の唇はアラベルの魂を吸いとろうとするかのようにうなじをさまよい、ついに柔らかいシフォンの襟を開いて鎖骨をくすぐっていた。胸が早鐘をつき始める。彼はこの味はこたえられないというようにアラベルの肌をかむ。それはあらあらしく野性的で、早く逃げないと頭がおかしくなりそうだった。

　アラベルは彼の胸をたたき、その腕の中で身もだえしたが、彼は笑ってその様子を見ているだけで歯牙(しが)にもかけない。そして彼女の耳元に熱い息とともにささやきかけた。「僕のキスを欲しがるようにしてやるよ、ケリーダ、それから僕を欲しがらせてやる」

「けだもの……人殺し……恥知らず！」激しく彼をたたいたが、それはまるで石の壁を打つようなものだった。彼はのどの奥で笑って彼女の体をベッドの上に投げ出した。その上に覆いかぶさった彼の顔で片目が燃え上がる……やみくもに爪を立てるうち、彼女の指は何かに引っかかってそれをむしりとった。

　ビロードの眼帯が彼の顔からとれ、アラベルは悲鳴をあげた。そこはぽっかりと眼窩(がんか)がくぼんで、そのまわりの皮膚が引きつれたようになっている。

「いや……いやよ！」

「やめろ！」彼はアラベルを揺さぶった。「しっ、そんなにわめくんじゃない、さあ、いい子(ペケーニャ)だから」

「あっちへ行って！　あなたなんか見るのもいや！　こんな恐ろしい……」

　彼は急に立ち上がると、彼女がむしりとった黒い眼帯をとり上げ、背を向けた。もうろうとした頭で、アラベルは、彼がそれを傷跡の空っぽの眼窩につけているのだとわかった。彼女はうつ伏せになるとそこに横たわったまま震えていた。気が遠くなりそうで、ひどい吐き気を覚えた。

「ひとりにしてよ」哀願する声だった。

「いいようにしろ」短い沈黙のあとで、ドアが閉まる音が聞こえた。

　彼が行ってしまってから初めて、アラベルは、自分が愚かで、意地悪で、残酷でさえあったことに気がついた。彼女は座って、目にかかった髪をかき上げた。顔は涙でぬれているのに、泣いた覚えはなかった。ああ、なんてひどいことになってしまったのかしら——とても愛することなんてできないような男と夫婦でいるなんて。でも——彼女は唇をかんで頬の涙を拭(ぬぐ)った——あの人が目をなくしたときだってショックだったに違いないわ、あんな見るに堪えない顔になるなんてわからなかったのだろうから。

　ベッドを下りると化粧台へ行き、アラベルは大きな鏡に映る自分の打ちひしがれた顔をまじまじと見つめた。私はそんな女なのだろうか？　怒りっぽくて意地悪で、どんな男に触れられるのも我慢できないほど冷たいピューリタンなのだろうか？

　彼女はレースのベッドカバーの上に落ちていたべっこうの櫛(くし)を拾って髪にさした。そして金色にきらめく髪と、シフォンのドレスに包まれたきれいな体の線を鏡の中に見た。襟元はまだ乱れており、触ると滑らかな肌が感じられた。さっき彼が触れ、唇を押しつけたところだ。

　アラベルはわれとわが目に見入って自己催眠にかかりそうになった。違う。私は他人の体の欠陥にむごい気持が持てるような冷たい女じゃないはずだわ。ドン・コルテスに触られるのが我慢できないのには何かほかにわけがあるのよ。大きなベッドルームの静まり返った豊かさの中に立っているうちに、急にはっきり彼女はその理由に思い当たった。私は恋をしていたんだわ！　だれかと——記憶にかかった雲に隔てられてしまって定かではないが深く愛しただれかと。私にはもう一人の男がいて、そのためにドン・コルテスに反発するのだと、彼女の良心は考えていた。

　でも、そんな人がいるなら、なぜ助けにきてくれないのかしら？　なぜ、私に手をさしのべてくれるのがこのスペイン人でなくちゃいけないのだろう？

　目を閉じて、懸命にもう一つの顔を思い浮かべようとしてみるが、やはり真っ黒いカーテンがかかったままだ。せっかくほかに恋人がいると確信できたばかりなのに。思い当たる唯一の説明は、例の学生たちの一人かもしれないということ。彼は逮捕されているのだから助けには来られないのだ。そして今彼は、遠いところで、私にも忘れられて――だって、私には、その人の名前も何も思い出すことができないんだもの。そして今や見も知らぬ外国人のれっきとした妻になってしまったのだもの。

　いいえ、見も知らぬというほどではないかもしれない。ドン・コルテスは前に私に会い、サファイアのブレスレットを贈ってくれたのだから。彼女はその青い宝石をまさぐった。そのときも私は、彼の親切は受けたくないと言って返したのだ。

　それが今では、何から何まで彼のおかげをこうむらないものはない。牢獄から出られたのも彼のおかげ――何一つとっても、あの人に権利があるのだ……。

　私自身まで！

　この指輪もブレスレットも、体を包むドレスも、今頭の上にある、雨露を防ぎあらゆる外敵から私を守ってくれるサン・デビリヤの広い屋根も。アラベルは鏡から目を離して、彼と暮らすことになる部屋を見回した。さっきは彼の目を見て私がとり乱したために思いを遂げられなかったけれど、それで引き下がる男ではあるまい。ああいう人生を送ってきた人間に、デリケートな感受性があるわけはない。私は彼と結婚し、彼はこの結婚を、朝食の席で行儀よく顔を合わせるだけの禁欲的なものではなくてちゃんとしたものにすると言っているのだ。

　彼女は緊張した面持ちで天井まで届きそうな大きな衣裳だんすに近づいた。たっぷり百年以上はたっていると思われる家具なのに、彫刻した扉はちょうつがいも軽く開き、中には、アラベルが半分予想したように、あらゆる場合に合わせた女の衣裳が、たくさんかかっていた。

彼女はちょっとためらってから柔らかい金色のドレスをとり出して体に当ててみた——まぎれもなくそれは、今彼女が着ているものと同じサイズで、しかし、とても一秘書の月給で買えるような安物ではなかった。あのドン、私の夫が、これを私のために買っておいたのだ——ドレス、マント、コート、靴。金に糸目をつけずに調えられたそれらは、美しい外国の女、それも闘牛士時代に知ったようなたぐいのではない女をめとることを夢見た男の贈り物だった。

彼は初めてアラベルに会ったときに、これこそ夢見た女、と思い、運命がその陰謀に手を貸したのだ——アラベルが記憶喪失の霧の中に自分の意志を失ったことこそ、彼の思う壺だった。

この衣裳だんすの中には、私の昔の生活と関係のあるもの、昔を思い出すよすがになりそうなものはないのかしら？　血まなこになってかき分けながら、アラベルは、ふと、ドンが言った言葉を思い出した。飛行機に乗る前に私のアパートまで持ち物をとりに行ったと言ったわ。ああ——ベージュ色のパンタロンスーツをとり出すと、彼女はそれを子細に見た。布は上質だったが、明らかにほかの衣裳ほど高価ではない。彼女は震える手で上着のポケットを探った。が、出てきたのは、隅に小さな金色の花を刺繍した白いハンカチだけであった。

花の紋章。白麻のハンカチは鼻に当てるとかすかに香ばしい匂いがする。会社の昼休みにぶらぶらしたマーケットで買ったものだろうか。頭にかかっている膜を破ろうとその香りを深くかいでみたが、何もはっきりつかめるものはなかった。ただ、どこかで自分は劇的な、そしておそらくは生まれて初めての恋に落ち、それがもとで現在の苦境に立ち至ったのだという、痛ましい思いがあるばかりだった。

アラベル・イルデフォンソ・デ・ラ・ドゥーラ夫人。女の欲しがるようなものはなんでも持っている女。一番大事なもの――心から愛せる男だけを除いて。

このパンタロンスーツを着る気になったのはそのときだった。自分のお金で買ったもの、ドン・コルテスに関係のないものを着るのだ。脱いだ花模様のシフォンのドレスは手に重さを感じられないくらい軽かった。彼女を特別に女らしくよそおわせることが彼のお気に召すのだ。アラベルはそのドレスを無造作に捨ててしまいたい欲望を感じた。もしかすると、高いものや浪費は悪徳とされた施設の少女時代の名残だったかもしれない。彼女はやっとその気持を抑えて、パンタロンスーツをとったハンガーにそのドレスをかけ、胸を高鳴らせながら、以前の生活に関係のある服に身を包んだ。

彼が機嫌を悪くすることは予想がついたが、アラベルはこの服で彼の家族に会うつもりだった。彼の顔にも、やり方にも、その情熱にもなじむ暇を与えてくれなかった彼への、それは反抗の気持の表れだった。

腰のあたりで上着をなでつけると、彼女は鏡に向き直ってうなじのところの髪の毛のカールを調え、ピンでしっかりとまとめた。さあ、これで活動的なスタイルになった。前ほど無防備じゃない。それに、よく見ると、この昔のスタイルだと、頬骨の下や青い瞳の中の影が目立つようだ。

たとえ頭では真実を認めることを拒んでいようと、アラベルの心は、ベネズエラの逮捕がつらい体験だったことを感じていた。だからこそ、ドン・コルテスが彼女を、本当に愛していた男から無理やり引き離して連れ去る、ということもできたのだ。絶対にそうだ。彼は私を手に入れる方法を見つけ、エスパーダ一流の血も涙もない大胆なやり方で計画を実行に移し、花嫁として、私をサン・デビリヤに連れてきてしまったのだ。

彼女は立ったまま、鏡の中の自分のおびえた目にじっと見入った。それはまるで、悪魔に嫁ぐ娘の目のように見えた。

5

優美なスペイン語で〝メリエンダ〟とよばれる午後のお茶は、夫の話では四時に出されるということだったが、アラベルにとって階下に下りていくことは、彼が再び寝室に現れるかもしれないという不安よりもさらに、気の重いものだった。

モザイクの壁に沿った回廊から、らせん階段を下り、長いホールにためらいがちに立っていると、どこかの部屋で奏でられている音楽が耳に入った。アラベルはその音をたずねて、とある部屋の前まで来た。きれいな鉄格子をはめたアーチ型のドアから、部屋の中が見えた。

中には一人の若い娘が、音楽の激しいリズムに合わせてスペイン舞踊を踊っていた。若々しい両腕が、輝く黒髪のまわりにあでやかな動きを見せている。

アラベルはすぐに、この娘はドンの若いいとこの一人だと考えた。あまりかわいらしいので、アラベルは案じていた敵意を抱かずに済んだ。そして鉄格子の扉ごしに踊る姿を見続ける——夫の話では父親は知らないということだったから、農場で彼が一緒に住んでいる親戚というのは母方のに違いない。叔母とその子供たちは、彼に扶養能力があるということでここでは歓迎されたのだ。根っからのスペイン人である彼は、血縁の者たちが莫大な富のおこぼれにあずかるのを排除して評判を落とすようなことは、望まなかったのである。

その人々は、彼の新妻に対してどんな反応を示すだろう？　彼が親族の中から同じような素養を持った女を選ばずに外国の女と結婚したことを、侮辱と受けとるだろうか？

ウエストのところでぴったりした少女の服は、彼女のまわりに渦巻いて、深紅の水玉模様の花びらのようだった。指が鳴り、目が火花を散らす。同時にイベリア南部の人間のもつ生まれついてのしとやかさがある。部屋の鉄のドアの向こうにアラベルがいるのに気がついたときも、動揺したふうはなかったが、それでもだんだん動きを抑えて、女奴隷のごとく静かになった。

東洋人のような形の目がじっとアラベルに注がれて、少女はささやくような声で言った。「そう！　あなたが例の人なのね！」

アラベルが出鼻をくじかれていると、少女はとんできて二人の間のドアを開け、いかにももの珍しそうに、ドンの花嫁を頭のてっぺんから足の先まで見回した。少女の肌は滑らかな金色で、顔は完全な卵形、両頬に小さなえくぼがある。どこからどこまで若々しく、甘ったれた感じで、唇の曲線が将来、美しい女に成長することを物語っていた。

「若者（ホベンシート）みたいな服着てるんだね」少女はちょっと気どったような、しかし悪意のない笑い声をたてた。「あたしはズボンはいて自分の脚を隠したことはないよ。だけど外国の女は違うもんね――それともあなた、みっともない脚してコルテスに見られたくないの？」

「彼はもう見てるわよ！」アラベルは自分でも思ってもみなかった言葉を口に出した。そしてすぐに、自分はドンの親族に対して、そのごく自然な好奇心に対して身構えているのだ、と思った。アラベルの答えに少女は笑い、手を伸ばして彼女を部屋の中へと引き入れた。

「それじゃただのファッション？　あたしは、そんなの嫌いよ。女でよかったと思ってるんだもの。男は稼がなきゃなんないし、コルテスみたいに何かやろうと思ったら命がけのこともあるしさ」

アラベルは部屋の中央に引っ張られ、このしゃくにさわるほど自信たっぷりなスペインの少女からじろじろ見られる羽目になった。

「コルテスはね、自分の腕で成功しなくちゃいけなかったんだよ。先祖を当てにするわけにいかなかったんだもの。あら、あなた縮こまってるね。あの人が有名な闘牛士なのが気に入らないの？」

「彼がもうそんなことして暮らしてないことだけでもありがたいと思うわ」アラベルは緊張して答え、室内をちらりと見回した。天井は貝殻のような扇形をしており、そこから金細工のシャンデリアが二基下がっている。真珠色の壁面には二つのモザイク画があしらわれ、一つはマドンナ、もう一つは鷲（わし）の騎士の絵だった。

「なぜ？　彼が命をかけるから？　それとも雄牛を剣で刺すから？」

アラベルは少女を見て、率直に言おうと考えた。

「私、闘牛(コリーダ)好きみたいな顔はできないのよ。あれはあらゆる点で私の主義に反するし、身の毛のよだつほど残酷なものだと思うわ」

「勇気のある男でなくちゃできないよ」

「野蛮な男かもしれないわね」

つり上がった目が細くなり、少女は両手を腰に当ててちょっと横柄なポーズになった。「そうよ、残酷さと敬けんさの両方がこの国にはあるのよ。だけどあたしたちはざんげだけはするし、地獄がないとも思わないわよ。アメリカ人なんて楽しむばっかりで先のことなんか考えないんじゃない？」

「それはちょっと違うわ。どんな国にだって敬けんな人もいれば享楽主義者もいるんじゃない？　スペインだって聖人の国じゃないわよ！」

「だけどこの国では男が主人だからね」少女はちょっとなじるような調子で言った。この人々は初めから、ドン・コルテスのアメリカ人の妻は亭主関白に反旗をひるがえすものだと決めてかかっているみたいだった。下を見ると磨かれた床にピューマの毛皮が敷かれている。左手には、豪華な彫刻をほどこしたキャビネットの中に、十字形のつかがついた何本かの鋼の剣が箱のふたを開いて置かれてあり、ところどころ破れたり赤黒いしみがついたりした闘牛士の派手なマントがそのわきにかけてある。開けっ放しの窓からは、水をまいたあとの石の匂いが漂ってきていた。

宗教的な火の踊りの音楽はすでに終わっていた。アラベルは、殺しの剣やドンの血で染まったマントをあがめ奉っているこの家の中ではよそ者の自分の立場がどんなに弱いかをひしひしと感じるのだった。

少女はラテン民族のあざ笑うしぐさで指を鳴らした。「それじゃあんた旦那(だんな)が女っぽかったらいいと思うの？」

「なんですって？」

「姉さんみたいに、あなたの髪の毛とかしたりしてくれるじゃない」

「それはちょっと極端すぎるわ」人一倍情熱的で男っぽいドンのことを思い出して、アラベルはいらいらしながらもほほ笑まないではいられなかった。

「なぜそうぴりぴりするのよ？」少女は詮索するまなざしでアラベルを見た。「コルテスは有名な人だから、この辺の女の子はあの人が嫁にもらうって言ったらばかみたいに喜んだと思うよ。男らしいし、偉いし、面白い人だしね。あなたは何が気に食わなくてそんな青い顔してるの？　あたしたちのことをこわがってるの？」

「たぶん……そうだと思うわ」私が病院から退院したばかりだということ、記憶喪失に陥っていることを、ドンはこの人たちに言ったのかしら、とアラベルは考えた。まさかどこも悪くないように言ってあるはずもない。新妻に対してもの見高いこの連中はあらゆることを質問するに決まっているのだから！

「あたしたちがあなたを好かないと思う？」ふっくらとみずみずしい口元が曲がって微笑になった。

「あたしのお母さんはそうかもしれないよ。あの人は骨の髄までアンダルシア女だから絶対に似た者夫婦がいいと思ってるものね。あなたと南部の女じゃ百合とカーネーションぐらい違うもの。あたしとってもはっきりものを言うでしょ？」

アラベルはうなずいて、自分も率直でありたいと願った。自分が結婚したのは全く見も知らぬ男のようなのだ、と言いたかった。結婚式のことも思い出せず、将来のことが何から何まで不安なのだ、と言いたかった。だがその不安が、彼女に本当のことを言わせなかった。何よりもまず、なぜ彼が、二人の間が万事うまくいっているようなふりをするのか、きかなくてはならない。私が記憶喪失の状態でサン・デビリヤに来たということが知れたら、私に対するみんなの不信が増すからだろうか？

「スペインの人間はね、家族の中の隠しごとはいざこざのもと、って思ってるのよ」少女が顔を突き出すと、小さなリングが耳元できらりと光った。それから彼女は猫のようにとびかかってアラベルの手首を捕まえた。「それ婚約のブレスレットね？　あなたの目みたいに青くてなんてきれい。あなたはコルテスに何をあげたの？」

「私……私たち、買い物する暇がなかったのよ。結婚式が終わるとすぐベネズエラを発（た）たなくちゃいけなかったから」いたたまれない気分だった。どこまで話してどこまで隠せばいいか、彼女は知らないのだ。「彼は期待してなかったと思うけど」

「花嫁を手に入れれば十分満足だって？」少女は目を細めて、サファイアが肌に食い込むほど手首を握る指を締めた。「新婚旅行（ルーナ・デ・ミエロ）は行かなかったの？　だけどコルドバに一週間いたのは知ってるよ」

「私……とっても具合が悪かったの、何かの病気を拾ったらしくて」うそをつくのは死ぬ思いだったし、うっかりしたことを言うと今まで以上にドン・コルテスと自分の間が険悪になるのではないかということも心配だった。なぜ彼はみんなにほんとのことを言えないのかしら？　みんなが私をおかしな女だと思うことが心配なのかしら？

「そう。あなたがコルテスのことになるとまだとってもはにかんでるってことは明らか（マニフェスタード）ね。何か理由があるんだね。おびえた雌牛みたいだもの。雌牛は勇ましい雄牛を産めるかどうかテストされるんだけどさ、コルテスはそういうテストをあなたにやった？」少女は笑ってアラベルの手首を振り回した。青い宝石がきらきらする。「あの人はあなたを大事に思ってるんだね？　このブレスレットはかなりするよ。金のために命がけで働いた男は浪費はしないものなのに、よっぽどあなたに惚（ほ）れたのね？」

「その話はしたくないの」アラベルは少女につかまれた手首を引っ込めると窓際に行ってかぐわしい空気を深く吸い込み、夫が来てこのつるしあげに終止符を打ってくれないかと念じた。こんな相手はうんざりだ。今の精神状態ではちょっと堪えられなかった。

「あたしたちの国ではね、無花果の実をこじ開けて種を数えようというのは本当の恋じゃない、って言うのよ」少女はさっきよりまじめな顔になっていた。「あたしルース、あたしね、あたしが自分のあばら骨の中に戻ってくるのを待ってる男がどっかにいるといいと思うわ」

その言葉にアラベルは振り向いた。女は結婚する男の肋骨なのだという聖書の話を、この人々は本当に信じているのだ。

「あなたはコルテスのあばら骨じゃないの？」

「そんなの……ちょっと古風ね」

「あたしたちには古風なところもあるよ。スペイン女らしくしなさい、ってことは体とおんなじように魂もあったかくってことだもの」

「それはとってもりっぱな生き方だと思うわ」アラベルの沈んだ目はまた、飾られている剣とマントに引き寄せられた。この人たちって思っていたよりも奥深いんだわ。ムーア人に占領されても、その根まですっかり破壊されることはなかった。女のつとめは男を喜ばせることであり、男はその女と一緒に生きたいと思う、そして男の身内の人たちが彼女のことを肋骨じゃなくて剣じゃないかって疑ったりするときには神様が彼女を守ってくださるんだわ。

「あなたはすずめ蜂の中にまぎれ込んだ蜜蜂ってとこね」ルースが気どって言った。「あなたが金目当てでコルテスと結婚したのかどうかはそのうちわかるわ、そうじゃないだろうけどね」

「そうじゃないわ」アラベルは穏やかに言った。

「だといいけど。コルテスはあたしたちによくしてくれてるんだもの。あなたもあの人によくしといたほうが身のためよ」

「おどかされてるみたいね」アラベルは強いて微笑を浮かべた。「ルース、私たちお友達になれるといいけど」

ルースは肩をすぼめた。「赤ん坊が生まれて洗礼のときには盛大なお祝いするでしょ、それさえできれば、あたしあの人が結婚したことを喜ぶよ……あ、赤くなったよ！　アメリカ人のうちではこういう話はしないの？」

「そういけばいいけど、私たちまだ結婚したばかりだし、そういうお祝いはまだ先じゃないかしら？」

「大丈夫だよ」ルースは確信ありげだった。「コルテスは男の子を欲しがってるし、あなたは魅力があるもん。闘牛士ってのはね、普通の男と違うのよ。命かけたことしてるから女を抱くのが慰めなの。でもそういうのはちゃんとした女じゃない、わかるでしょ？　男が結婚したがるような女じゃないのよ。スペインの男は花嫁に純潔を求めるもの。そうじゃないとわかったら怒って寝室の窓からお嫁さんをほうり出しちゃうかもしれないんだから」

「スペイン人の気性って極端に走るんだわね」アラベルはこの少女のプライドや感情にドン・コルテスとの血のつながりを見た思いで微笑を抑えられなかった。「それじゃ女の人は結婚するまでは尼さん並みなのね。だのに男は悪いことしていいの？」

「スペインの男は気性が荒くて所有欲が強いけどさ、でも男はおとなしくって退屈なのよりそのほうがずっといいよ。それに女の子だってグラーシアを磨くぶんには邪魔は入らないもの」

「それは何？」

「美しさよりもすばらしいものよ」ルースの目がアラベルの顔をかすめた。「年に関係なく男心をひきつける魅力ね。若いときの魅力がなくならないでますます重みを増すのよ。あなた方、北アメリカの女ってのは中年になってもやせてるの？　それとも太っちゃう？」

「だれだって時がたてば若いときの花はなくなるわ。だけどあなたみたいな若い人がそんな先のことを考えることないでしょ？」

「あたしは十八よ。あなたは、いくつ？」

「二十二」アラベルは答えたが、自分でそう感じているだけで、確かなことは何一つ思い出せないのだった。まるで、あのコルドバの病院で生まれ、魔法の呪文でなんの痛みも覚えずに一人前の姿かたちになったみたいだった。そして見知らぬ人の妻として見知らぬ世界に連れてこられ、一片の紙と二つの指輪で誇り高く閉鎖的な人々と関係を持つことになったのだ。表面はラテン風に愛想がよくても、一皮むけばこの人たちは私を信用していないに違いない。それに嫉妬もあるだろう。ドンの叔母もいとこも、彼の生活の中で大きな顔をしていたのが、これからは彼の気持も新妻本位になっていくだろうから。

「この国の男たちは子供を持つのを当たり前と思ってるからね」ルースの黒い瞳に挑発するような光が浮かんだ。「あなたも、古い芸を教えるために闘牛士に息子の一人や二人は産んでやるんでしょ？」

「そうなるでしょうね」顔に出さないように注意はしたが、アラベルはこういう話になるとひどく動転してしまうのだった。それは、あの婚礼の部屋での光景、黒い眼帯をむしりとってそこに眼球のないうつろな顔を見たときの恐怖の衝撃と救いのない思いを、いやおうなく思い起こさせた。私がイルデフォンソの妻であることはどう逃れようもない事実なのだ。そして私は、この邸にいる人たちみんなから押しつけられた役割に、自分をはめて生きていくことになるのだろう。第一に彼はこれまでこの人々によくしてきたのであり、次に私は、スペイン人の花嫁よりもだめだというので、うの目たかの目であらさがしされることになるだろう。

「そんな心配そうな顔しないでよ」ルースはちょっと笑って指を鳴らした。「女はみんな三つのことのために生まれてるの、愛と、苦しみと、喜び」

そう言い捨てると、彼女は持ち前の優美さで中庭に出ていった。まるで彼女ひとりのためにだれかが目に見えないギターを奏でているのに合わせて動いているようだった。アラベルは後について出て、パティオのテーブルの上に張り出している、かわいい花をつけた木の匂いを吸い込んだ。ナツメグとレモンを混ぜたような匂いで、それに桃の香りも重なっていた。一方の壁に果樹が這い上がって、緑の葉の間には食べられる金色の丸い実が下がっていた。また金色のつたや、淡い水色のるりまつりもあった。ピンクと赤のてんにんか、アマリリス、おだまき、それに奇妙なことにキリスト受難の槌と釘にとてもよく似たマラクーハという植物も見られた。

アラベルは、この珍しい花をすでに知っていた。彼女は本能的に、前にいた中米の国でこの種のものを見たのだと感じていたのだ。こういう知識の断片は、頭の中の空白のまわりに非常にうっとうしい茂みを作っていくようだった。それがまるでいばらのように、彼女が自分の姿を求めて進む行く手を邪魔しているのである。

「むずかしい顔して」ルースが言った。「サン・デビリヤって気持いいとこだと思わない？　コルテスが初めにここを手に入れたときはね、つまんないとこだったんだけど、彼がお金と想像力を使ってこういうふうにしたの。だから闘牛士たちは見物人の歓呼に迎えられて闘牛場に入ってくとき、みんなこのうちのことを思うんだよ。見物人は闘牛士がずるい手を使わないで牛の角に突かれるのを胸をわくわくさせて待ってるの」

「だから、あの人はあのとき卑怯なやり方をしなかったんだわね」そう言いながらアラベルはまたも胸の中がひりひり痛むのを覚えた。再び、ドン・コルテスの三角形の黒いビロードの後ろにあったものが目に浮かぶ。

「そんなときでさえ」ルースは頭をそらして、アンダルシアに侵入してきた北国の乙女をきつい目で見た。「コルテスは牛をやっつけたんだよ！　そこにいた人から聞いたんだけど――真っ赤なお面をかぶったみたいに顔を血だらけにしながら、コルテスは角に剣を突き刺したんだって。見物人の中のだれかが悲鳴をあげて、それからものすごいかっさいなの、牛があたしのいとこの足元に倒れたもんだから。あんな男にはめったに会えるもんじゃない……めったに結婚だってできるもんじゃないわ！」

ルースは軽蔑をこめてアラベルを上から下まで見た。

「あの人があなたを嫁にしようとしたのは、その青い目にいかれたんだろうけど、そのうち後悔するわよ。スペインの人間の間にはあなたみたいなよそ者にはわかんない結びつきがあるんだもの。そんな白い肌して、おまけに金髪に染めちゃってさ。何回ぐらい染めたの？　金髪の根元が赤い色してる髪の毛ぐらい、つや消しのものはないんだよ！」

「私は染めてなんかいないわ」アラベルの目が怒りで燃えた。「あなたって性悪の猫だわね、できるだけ私にいやな感じを与えようとするんだから。いいわよ、私がドンの妻だってことを忘れないことね。それからドンは、私がやきもちやきの若い人たちから侮辱されるのを快く思わないだろうってこともね」

「やきもちをやく？　あなたに？」

「そうよ」ここへ来て初めて、アラベルは何かを確かに感じたのだった。「あなたは私の夫をすごく英雄視しちゃってるから、彼が妻を連れて戻ったことが我慢できないんだわ。だけどそれに慣れるほかないのよ、ルース、彼は私にここにいるように言ってるんですから」

「だとしたってあなたのほうでほんとはいたくないんでしょ？」図星だった。言ったルースも予期しなかったほど、アラベルの顔は瞬間苦悩にゆがんだ。赤の他人ばかりの中にいて味わう恐怖を、彼女は隠すことができなかった。足の力が抜けてパティオの椅子に座り込んだアラベルは、うつろな目で、花に覆われた壁や、ここを外界から隔てている優美な鉄細工の格子などを見つめた。「あの人があなたに結婚を強要したって言うの？」ルースはどん欲な好奇心を見せてアラベルに体を寄せた。「男の力に負けていやいや奥さんになったってわけ？　変じゃない？　あたしの知ってる女の子たちはみんな、男が来て情熱の炎を目に燃え上がらせる日を待ってるよ。それじゃ、北国の女は冷たくて威張ってて、男を主人と思わないってのは本当なのね？　だからあなたはジャスミンの花みたいな白い顔してそこに座ってるんだわ」ルースは手を伸ばしてアラベルの金髪に触った。「よその国のお嬢さん、あんたはこの髪からちっちゃなかかとまで彼のものになるよ」

アラベルは少女の手から身を引いた。

ドン・コルテスと同じ血を引く人間の口から出た言葉の真実と威嚇が、たくさんの小さなとげのように突き刺さって彼女の体をうずかせた。このパティオが闘牛場のように彼女をとり囲み、ルースが闘牛に熱狂するスペイン女の目で見ているのでなければ、逃げ出したいところだった。

「震えてるのね、あなた。コルテスみたいな男じゃなく同類と結婚すればよかったのに！　それとも男から尼さんみたいに扱われたいんなら、結婚なんかしなきゃよかったのよ」

「僕から言ってやるがね、ルース、僕の奥さんはちっともそんなことは考えてないよ」

低い男の声に一瞬アラベルの心臓はとまったかと思われた。彼を見ないように、アラベルは必死になって自分を制していたが、大股で近づいてきた彼がルースと自分の間に立つと、思わずその顔を見上げてしまった。

今その一つの目は、傲然とアラベルを見下ろして、親族の前ではちゃんと妻らしく振る舞うことを強要していた。

「知り合いになったのかい？」そう言うと彼はアラベルの椅子の背に片手をかけた。アンダルシアの男の体と肌にぴったり合わせて作られたグアヤベラというシャツとズボンに着替えた彼は、いっそうスペイン人らしく見える。パティオの中を見回すと、彼は鼻をうごめかして立ち込めているさまざまな香りを吸い込んだ。「故郷はいいねえ。しばらくは旅行する気もしないよ。どうしてた、ルース？　僕がいない間万事うまくいっていたかね？」

いとこの少女は彼に近づきながらぴたりと彼の顔を見据えた。そして表情豊かな手を伸ばして彼の両肩をつかみ、指先を白いシャツの下の相手の肉に食い込ませた。

「どうして外国の女なんかと結婚しちゃったのよ？」ルースはつめ寄った。「この人はあの池の金魚みたいよ。この人がぼんやりしてたら、あたしたちあなたが池からつまみ出した鯉みたいに飲んでやるからね。ねえ、あたしたちの待遇は今までどおり？　あなたの血つながりのあたしたち、この女の下に立つことになるの？」

「何を大げさな想像してるんだ、ルース！」彼は笑ったがすぐ真顔になった。「さっきはアラベルに尼さんみたいに扱ってほしいかどうかきき、今度は僕がスマートな若夫人を入れるために家族を追い出すんじゃないかと言う。脅迫しているのかい？」

ルースは探るように彼の顔を見つめた。「男は結婚すると変わるっていうけど、あなたもちょっと変わったわね、コルテス。よそよそしくってさ、あたしたちには教えられない秘密ができたみたいじゃないの」

「君も結婚したい相手ができりゃわかるさ、ルース、夫婦ってものは特別な絆（きずな）で結ばれてるんだよ。どっちみち僕は結婚しなくちゃならなかったんだからね。それは君たちみんなもわかってた。今さら、ショックってこともないはずだし、不愉快ってこともないだろう？」

「この人がスペインの女の子だったらね……」

「ああ、そうじゃない。しかし、僕は気に入った女を妻にするんだ。もし君が注意しないんなら、ルース、僕は権利を発動して君に言うことをきかせるような亭主を見つけてくるからな。かわいい顔をいいことに生意気な真似するんじゃない。僕はこのうちの主人だしアラベルはその奥様だ。この人には指一本触れさせないぞ。まだすっかり治ってはいないし、精神が不安定なんだから」

「そうなの？」ルースは彼の肩をつかんだまま、赤い唇で彼の頬をこすった。「イルデフォンソに神経質な奥方か――だれがそんなこと考えたかしらね」

「だれがどう思おうと関係ない」彼は少女を引き離した。「君のお母さんはどこだ？　メリエンダに下りてくるね？　お母さんは僕がアメリカ人を嫁にもらったことがとんでもないことだとでも言うような態度はとらないだろうな？」

「わたしはここよ、コルテス。あなたの有名なかんしゃくを早々に爆発させることもないじゃないの」

声の主は、ルースに生き写しのすらりとした青年の腕にすがって、パティオを横切ってきた。銀の百合の花模様がついた灰色の絹の服を着て、白髪まじりの髪には四角い黒いレースをかぶり、きらきらするブローチでとめている。小柄な婦人だったが、一目置かれていることがわかった。ドン・コルテスの態度が急に変わって、叔母の手にうやうやしく接吻したからだ。彼は叔母を背もたれの高いとう椅子に腰かけさせ、その息子はかたわらに立ってアラベルをじっと見た。

腰を下ろすと彼女は甥の妻をしげしげと眺めた。アラベルは黙ってそのきびしい視線を受けるほかはなかった。椅子からとび上がってこれらの外国人たちから逃げ去りたい衝動を、彼女は必死になって抑えた。この人たちは彼女を疑ってかかる権利を持っているのだった――アラベルはドンの妻ではあってもこの人々の生活に侵入してきた人間だったから。

6

「これでいいよ、あなたも一人前ね、コルテス」彼の叔母はアラベルに視線を注いだままで言い、手首を器用にひねってはらりと黒い扇を開いた。スペインの女たちは扇を使って気持を表すのが上手と聞いたことがあるアラベルは、これにも何かの意味があるのかしら、と考えた。かたわらにいる夫のやせた体が、彼が使った剣のようにこちこちになっていくのがわかる。黒いまゆも、寄って一文字になっているに違いなかった。

「ええ、叔母さん。僕は幸運な男ですよ」

「ほんとにそう？」アラベルを見る目に疑惑が沈んでいる。「あなたの中のアラブの血が白い肌を求めるんでしょうが？」

「決して否定はしませんがね」言いながら彼は、飲み物のお盆をかかげて中庭に現れた召し使いを振り返った。「ああ、このピスコ・サワーが飲みたかったよ！　ホアン、君もこれだろう、ご婦人方はジュースだろうが」

「あたしは息子には飲んべえになってほしくないんだよ」叔母が言った。「強い酒もその代わりのものもその子にはあんまり教えないでおくれ。ホアンは建築家になるんで闘牛士になるんじゃないからね。牛の角で顔をやられたりするのはごめんですよ！」

「慎重なお母さんぶりに乾杯しよう」目にちらりと意地の悪い微笑を浮かべて、ドンは太陽の光にかすかにきらめく緑色の酒のグラスを唇へ運んだ。

アラベルは震える手でタンジールみかんのジュースを受けとり、夫がほとんど一息でピスコ・サワーを飲み干すのを苦しい思いで見ていた。彼が私と同じように神経質になるなんてことがあるのかしら？

まさか。彼女は目をそらして、とうのテーブルに置かれたさまざまな料理を見た。アンチョビーをあしらったオリーブ、かに、えび、ケーキ。ルースはさっきのことも忘れたように旺盛な食欲を見せて食べ始める。きっと、フラメンコを楽しむようにあのいざこざを楽しんだのだろう。

ホアンもテーブルに来て腰を下ろし、アラベルにはにかんだ笑顔を見せた。「召しあがりますか、セニョーラ？」彼は皿に料理をとりながら言った。「かにがおいしいですよ。それからこの大きなえび、見てください。何かおとりしましょうか？」

「あの、ほんとにおなかがすいてませんので」アラベルもそっとほほ笑んだ。「どうぞご遠慮なく」

「あの人は気むずかしいのかい？」叔母がコルテスにきいた。「このうちではスペイン料理を食べてアメリカ式の冷凍のものなんか食べないってこと、わかってるのかしら?」

「来る途中で昼を食べたもんですから」彼が釈明した。「晩にはちゃんと食べますよ。だけど叔母さん、この人を次のお祭り（フィエスタ）に食べる小羊みたいに扱って、腹につめ込ませたりしないでいただきたいですな。僕はこのとおりの彼女が好きなんですから」

「こういう外国の女はね、すぐ頭痛だなんだって言って大騒ぎしてお金を使ってさ、自然のものの代わりにびんづめのものを食べるんですよ」

「かなわないな」コルテスはちょっと笑った。「叔母さんがそういうことばっかりおっしゃると、アラベルは家畜の集まりに顔を出したかと思うじゃありませんか! このいい叔母さんのことは気にするなよ、僕の奥さん（ミ・エスポーサ）。僕があんまり長く独身だったもんで、彼女はちょっと今、面食らってるんだよ」言いながら彼はアラベルの肩に手をかけた。チュニックを通して、その指のぬくもりが伝わってくる。アラベルは身を引かないようにこらえていた。それは、アラベルが自分のものであること、そして花嫁がスペイン女でないからといってあまりあからさまにがっかりした顔を見せないほうがよいこと、を家族みんなに宣言する姿だった。「これは言っといたほうがいいと思いますがね、叔母さん、アラベルが雌牛みたいな大きなお尻や長い緑の黒髪を持っていないことは僕は全く気にしていない。僕にはこの人の美しさが大切なんだから。僕の言う意味はわかりますね? この人は僕のものです。だから、一日も早く跡継ぎを作れみたいなことを言ってこの人をおどかさないでいただきたいもんです」

「それはそう、コルテス。きれいな花をつけてるからって必ず甘い実がなるとは限りませんからね」

「僕の口には十分甘いです」そう言うと彼はポケットからとび出しナイフを出して桃の棚に近づき、甘そうな熟れた果実をいくつか切りとった。そしてテーブルへ持ってくると二つをアラベルの前へ置いた。

「食べてごらん、甘いよ」

ルースは意地汚く桃に手を伸ばし、歯を立てた。黄金色の肌によく映る腕輪がじゃらじゃらと音をたてる。やりたい放題にするというのはどういう感じのものかしら、とアラベルはルースを見ていぶかしく思った。この人は男が自分に惚れることしか関心がないんだから。

「失礼」ホアンが言って、アラベルのために桃の皮をむき、種をとってくれた。ちらりとコルテスを見る目にかすかな対抗意識がかすめる。「いいでしょうか、コルテス？　とても内気な奥さんだから」

「そうなんだ」コルテスはひなたに立っていた。小麦色の肌の中で、二杯目のグラスを持つ指の関節のところだけが白い。邸の固い石の壁を覆っている愛らしいてんにんかと淡青色のるりまつりを背景にして立った夫を見て、アラベルは、アラブの血——あらあらしく、野性そのままのような心臓と、底知れぬ力と、熱情——をはっきりと感じた。「あらゆる点で僕と反対なんだ。それがどうした？」彼はそこにいるみんなに挑んでいた。彼に立ち向かえるのは、年の功でずけずけ言える叔母だけだった。

「水と油はね、絶対に混ざりはしないんだよ。でもあなたは傲慢だから、化学の法則なんか踏みにじるだろう。それにあんまり長く剣士をやりすぎて、マントや剣から離れることができなくなったんだね」

「どういう意味？」コルテスはせせら笑うようにまゆを上げて叔母を見た。

「危険を味わった男はね、蜜をむさぼりたがるんだよ。この人には目を楽しませる以上のものがあるんだろう——言ってごらん、お嬢さん、あなたはどこでこの男と会ったの？」

アラベルは緊張して、どう答えたらいいかとコルテスを見た。この人は私の記憶が病院から始まっていることをみんなに話してないのだわ。だったらどう言ったらいいのかしら？　その前のことはなんにも覚えていない。だけどそれ以前にこの人を知っていたとしたら、愛していたんじゃなくて嫌っていた、もしかしたら憎んでいたのだという気がする。それをこの人は一笑に付して強引に私と結婚したんだわ。

　コルテスは酒を飲み干してグラスをとうのテーブルに置くと、鉄の仮面のような顔で体を真っすぐにした。再び決定的瞬間に立ち向かうかのようなきびしい表情だった。彼の手は、剣の十字架形のつかを探すかのようにズボンの横で握りしめられていた。

　アラベルは彼が何か作り話をするのだろうと思った。しかし彼は、刑務所のことも、結婚のことも、彼女に話したとおりをみんなに語ったのである……。

「いろいろあったもんで、アラベルはまだちょっとまごついているんです。だから、その……うわの空みたいでも大目に見てくださらなくては」

「なんて恐ろしいの！」ルースがいとことその妻にじっと目を据えて言った。「あたし、刑務所で強姦（ごうかん）された女の人の話聞いたことあるよ！」

「ルース！」母親はぎょっとしたような顔をした。「口をつつしみなさい！」

「それでその人たちは……」ルースはアラベルをじっと見た。「あなたは死ぬほどこわかったの？」

「そうだ」彼が無愛想に言った。「みんな、そんなことは忘れて、アラベルが元気になるのを見守ってほしい。彼女はずっと苦労してきたんだ。だがここにいれば、回復して、幸せになるだろう」

　この楽天的な言い方は、私への当てつけかしら、とアラベルは彼の顔を見て思った。私が彼をどう思っているかは百も承知のくせに。承知だけど私を欲しがる気持が勝って、あらゆるためらいを捨ててしまったのだわ。雄牛の心臓に見事な手さばきで剣を突き立てるドン・コルテスに慈悲を請うたって無理な話だけど。

彼はアラベルの上にかがみ込み、彼女のあごに指を触れた。「さあ、何か食べなくちゃいけないよ。アラビア人と同じでわれわれも食事を共にすることは信頼の表れと考えるんだからね――君もわれわれを信用するようにならなけりゃ」

「その時間をくださるべきだわ」アラベルは言った。その目には、失われた記憶に何かのつながりを作るために、異質なこの環境になじむ時間をほんのしばらくでいいから貸してちょうだい、という必死の願いがこめられていた。

けれども、記憶が戻ってきたら、昔彼を嫌っていたこともよみがえってくるだろうと知りながら、彼がそんなことをしてくれるだろうか？　一たび本当に彼が私を手に入れたら、この策略的な結婚から逃げ出すのは今まで以上にむずかしくなるだろう。

「君はすべての時間を持っているよ。スペインでは、時間は主人ではないからね」

「男の人が主人なんでしょ？」アラベルはまともに彼の顔をのぞき込み、投げ槍のような彼の体に力がみなぎるのを身近に感じてはっとした。頭の中を、黒い胸毛の生えた温かい胸に押しつけられた自分の姿がかすめ、体を這い回る彼の唇まで感じそうになった。体中を戦慄が走り抜け、次の瞬間アラベルは立ち上がって彼から逃げ出し、パティオを横切った。ムーア風の泉水のほとりのジャスミンの棚の陰ではまごついたが、そのうち小さな鉄の扉を見つけ、押すと扉は開いて、アラベルはうねうねと続くこの館の別のパティオに出た。

彼が追いかけてくるのを知りながら、アラベルは走ったが、じきにあきらめて、棕櫚のざらざらの幹に倒れかかり、根元に生えていたブーゲンビリアの花を押しつぶした。

コルテスの両手がウエストに回ってアラベルを振り向かせ、アラベルの頬は彼の肩に引き寄せられた。「君にはここしか――僕と一緒のここしか、ないんだ」宣告のような言い方だった。「その現実を直視するんだ。いとしい人、君は一文無しで、一人で生きていく力はなくて、自分自身を知る手立てもない。君は僕に、自分のことを考えてもらわなきゃならないんだ。僕が妻にとって何が最善かを知るのを、認めなくちゃならないんだ」

「こんな事情じゃなかったら、私はあなたの妻になったかしら？　私がトラブルに巻き込まれてあなたがそれを利用するということがなかったら？」

「いや」彼は言下に答えた。「君が……喜んでは決して僕と結婚しなかっただろう、と考えられるはっきりした理由があるんだ」

「それはつまり……私にあなたを理解する時間がなかったというのは、本当じゃないの？」

「たぶんね」彼は肩をすぼめた。午後の日射しが、その精悍な顔立ちの彫りを深くしている。「しかしそれは過ぎたことだ。君がサン・デビリヤにいて、スペインの法律が僕にその完全な所有権を認めているという事実は、どうしたって変わりゃしない。そのためには僕はなんだってやるからね。ルースがさっき言って母親を驚かしたことだがね、もし僕が君のために乗り出さなかったら、そういうことだって十分起こっていたんだぞ。さあ言え」彼はアラベルの顔を自分の方に仰向かせ、片手でそののどを押さえた。「僕よりそいつらにやられるほうがよかったか？」

アラベルは震えながら、まるで鉄のように頑丈な彼のあごの骨を見た。それと全く対照的に、下唇の曲線には肉感的な表情が漂っている。そのとき不意に、彼の顔の固い輪郭の中で、その肉感的な表情が微妙に変わり、彼はいきなり息を吸い込むと首を曲げてアラベルののどに唇を押し当てた。

「かわいい」彼はささやいた。「なんてかわいい……あいつらの魔の手の中に僕が君を残しておけたと思うのか？　君が僕を憎んでいたことは知っていたよ！　地獄同様はっきりわかっていた、が地獄がなんだ！　僕は君を持っている！　抱いている！　たとえ君が僕を愛するのはいやだと言っても、僕を欲しがらせてやるからな！」

「絶対に……絶対にあなたを欲しがったりしないわ」アラベルの両手は彼をたたいたが、それにお構いなく彼はアラベルの体を痛いほど引きつけ、口で彼女の口を黙らせた。彼の接吻は深く、拷問のようにその体をたわませ、アラベルは膝の力が抜けて後ろの木にもたれかかった。

彼がようやく唇を離したあとも、アラベルはそこに寄りかかったままだった。彼の接吻と強い花の香りにもうろうとしてはいたが、目だけは青くきらきらと輝いていた。

「あなたなんか嫌いよ！」アラベルはあえぎながら言った。「傲慢で、残忍で、何がなんでも自分の思いどおりにしようとして。勝てばいいと思っているんだわ。だからたけり狂った動物につかまで剣を突き立てることもできるのよ。叔母様の言うとおりよ。あなたはそのために生きてるんだわ。地主なんてとってもあなたの性に合わなくて、だからいじめようと思って私をここへ連れてきたのよ！」

「本当にそう思っているのか？　君がおびえて泣くのを見たり君を足蹴にしたりしたがってるけだもののような誘惑者のように僕を考えているのか？　スペインの夫とはそういうものだと思うのか？　もしそうなら、僕の魂、君はたくさん学ばなきゃいけない。早く授業を始めればそれだけわれわれにとっていいわけだ！」

「あなたにとってはもちろんいいでしょう。それから私を魂なんて言うのはやめて——コンドルと同じくらいの魂しか持ち合わせていないくせに！　あなたは私が正常な精神状態だったら拒否したことを知っていながら、彼らが私を拘引したらとたんに襲いかかってきたんじゃないの。親戚の前では悩める乙女を救いにきた英雄みたいな顔をしてるけど、ほんとはただ、逮捕される前私が冷たかったことの仕返しをしたいのよ。あなたがさっそうとした闘牛士だったことをなんとも思わないで、そんな生き方には吐き気を催すだけ、って女に会ったことが、皮膚に刺さったとげみたいに感じられたからよ。言えるなら違うって言ってごらんなさい、ドン・コルテス！　私は吐き気を催していたでしょ？」

「身の毛をよだたせていた。砂の上の血が嫌いだということをはっきりとわからせてくれていたよ」

「ほら！」奇妙に勝ち誇った気分だった。二人の関係についての直感は正しかったのだ。とすると記憶がすっかり戻るのもそう遠くないかもしれない。「病院で初めて会ったときからわかっていたわ、ちゃんとしてたら、この人と結婚なんかしてなかったって！　あなたはそれを無理強いして——私が記憶喪失になったのは、あなたにされたことの記憶を消すためだわ。そうでしょ？　私はいやいや結婚の誓いを口にしてたんでしょ？」

彼はアラベルの腕を跡のつくほど握って彼女を棕櫚の幹に押しつけながら、詰問する彼女をじっと見つめていた。その異国的な葉の影は、常よりもいっそう彼の顔を先祖返りさせている。片目のタリク——その手に情け無用の剣を握った、日焼けした肌の復しゅう者。

「僕は誓いの言葉を君ののどからひねり出しはしない。僕たちは刑務所のチャペルでろうそくに照らされて立っていた。君の顔は司祭の衣みたいに真っ白だったよ。看守たちが審問者のように見ていた。僕のほうがあいつらより冷酷だったと言うつもりか？」アラベルの心の中に、その風変わりな儀式の光景が、白と黒の版画のように浮かび上がる。「その晩、君は、そこから逃げ出すために悪魔そのものと結婚したかもしれなかったんだぞ」

「たぶんほんとにしたのよ。そういう人たちに対抗できるほど厚かましいのは悪魔ぐらいのものでしょ」

「たぶんね」口の端に、皮肉な微笑が浮かんだ。「ラテン民族の血に深く根を下ろした闘牛(コリーダ)の儀式には悪魔がかかわっているかもしれないな。僕はそれを何百回となくやった。だから、その犬どもから骨をかっさらえたわけさ。とすると君もまんざらコリーダに恩がないわけではないし、暗い牢屋(ろうや)よりはサン・デビリヤのほうがましでないとは言わせないよ」

「あら、もちろん、彼らよりはあなたに感謝すべきだと思っているわ。あなたの牢獄のほうが魅力的だということも確かよ。でも、やっぱり、あなたは私にとっては第二の看守なんだわ」

「看守だとしても君を太陽に当たらせたり君の体にきれいな服を着せたりはしてるさ」と言って彼は目を光らせた。「たんすの中にはもっといい服がいっぱいあるのに、どうしてそんなのを着てるんだ？　僕の好みから言えば、女のズボン姿はいただけないな」

「きっとそうだろうと思っていたわ。だけど、あなた方のムーア人のご先祖のハーレムでは、女たちがズボンをはいていたはずでしょ？」

「それは、そんな男仕立てのものじゃなく、すけすけの誘惑的なやつだよ。これからはね、ケリーダ、僕が君のために、君の髪や肌の色に合うように、セビリヤで特別に作らせた服を着て目を楽しませてくれ。君はもうオフィス勤めの秘書じゃないんだ。イルデフォンソの夫人として昼も夜もその役をつとめなくちゃいけない——意味がわかるか？」

「水晶のようにはっきりと、セニョール」アラベルは軽蔑のまなざしで彼を見た。「私はサン・デビリヤでもやっぱり囚人なのね。あなたの選んだ服は私の囚人服、そして私はあなたの気まぐれにはいはいと従って、その残忍な顔に惚れ込まなかった罪をつぐなうことになるんだわ！」

「ありがとうよ、ミ・エスポーサ」彼の手はわざと痛めつけでもするかのようにアラベルの体を締めつけた。彼の固い骨と筋肉、腰と脚が感じられる。彼女を見下ろしたその顔は、中世のスペインの画家が描いた、インカの略奪者を思わせた。こうしていれば彼女の心臓の激しい搏動がそのまま感じられたに違いない。彼の微笑にはみだらな快楽がほの見えていた。

アラベルの声には恐怖と憤激が混じっていた。

「あなたが妻としての私から手に入れるものは、なんでも、私があげようと思ってあげるものじゃありませんからね！」

「憎しみもかい？　どうも君は、自分のために自由を危険にさらしてくれた男に対して、たんまり憎しみをお持ちのようだね」

「あなたは何一つ危険にさらしたりはしなかったわ」アラベルはさげすむように言った。「闘牛士の英雄が歓迎されることをあなたは知っていて利用したのよ。私をチャペルに連れ出すには、二つ三つの闘牛場での血みどろの手柄話とコニャック二、三本で事足りたでしょ。結局、女なんて、男の慰みものにすぎないのね！　男が第一で女の気持はいつも二の次なんだわ！　あなただって、ドン・コルテス、その連中とコニャックを回し飲みしながら私をいい肴にした……」

「やめろ！」牛をどなるような雷を落とされて、アラベルは言葉の途中で縮み上がった。「よくもそんなことが言えるな！　心にもないことを！」

「今のところは私はほとんど何も知らないわ、直感的に思うこと以外はね。刑務所の中へ私をよこせと踏み込んだとき、あなたは闘牛場へ踏み込むみたいだった。牛の心臓を仕とめるつもりだったのよ」

「僕は君を、物みたいに扱われることから救ったんだ。ほんとにわかってるのか？　ほんの子供のルースが口に出して言わなかったか？　あいつらの汚らわしい手をまぬがれたのは、自分がアメリカの市民だったためと考えているのか？　君は僕の手がそいつらの手と同様に汚らわしいと思うのか？　気をつけて答えることだな、アラベル、僕の堪忍袋は世界一強くないぞ。もしそれが破れたら……」

「それは脅迫？　それとも約束？」アラベルのほうも、怒りで見さかいがなくなっていた。「そう、それではあなたは、私が、身の危険を冒してまでその学生たちを助けた理由も思いつかないほど頭が弱っているとお思いなの？　私は知っているのよ、感じるのよ――そのだれかを私は思っていたのよ！　その中の一人を。あなたはそれがどっちだかを知ってるでしょ！　なのに私はその人のことを我慢してあなたと暮らさなくちゃならないんだわ――その人を愛しているのに！」

アラベルの言葉はパティオに響き、その瞬間、木々の中の鳥たちも鳴きやんだかと思われるほどだった。ドン・コルテスは興奮している彼女の顔を見下ろした。あごの筋肉が激しく引きつっている。パティオを横切る陽光に容赦なく照らし出されたその顔には、ものすごい怒りがほとばしっていた。その片目にも、体全体にも、怒りが煮えたぎり、手はアラベルを押しつぶすようだった。彼は押し殺した声で、しかし、じかにアラベルの背骨に響いて彼女を縮み上がらせるような勢いで言った。

「そう考えたら君を殺していたところだ！　君は僕のものだ、僕のものなんだぞ！　考えや言葉だけじゃなく、行為でもそうなんだ！　僕は君以外のどんな女も妻にしたいと思ったことはない。君は僕の妻だ。君が、ほかの男も君に権利を持つなんて考えるのは許さない。僕が君の人生の唯一の男であることを、今ここで、はっきり言っておくからな！」

「何をおっしゃっても結構よ。何を私にさせようと、それもご自由だわ。だけど、私の頭の中にまで踏み込んで、そこまで私を支配することは、できませんからね。私の息の根をとめない限り、本当に好きな男をベネズエラへ残してきてしまったんだと私が考えるのをやめさせることはできないわよ。その事実は、ドン・コルテス、私たち三人の一生の首かせになるわ！」

彼がアラベルを激しく揺さぶったので、彼女のまげはほどけて、金色の髪が額や肩にこぼれ落ちた。

それを見ていた彼は、不意にうめき声をあげると彼女の頰に自分の頰を寄せた。

「僕はすべきことをしたんだ、アラベル。もし僕を憎まなけりゃならんのなら憎んでもいい、だが君を手放すことはできない――僕は手放しはしない。言っておくが、それが二人にとってどのようなことになろうと、内輪ではどう喧嘩しようと、結婚は解消しないぞ。それから、叔母やいとこたちの前では、ちゃんとした態度をとってほしい。彼らは僕の唯一の肉親だし、僕を尊敬してくれているのだからね」

「あの人たちはあなたに義理を感じてるのよ」あえぐように言いながら、アラベルは、彼が顔をごりごりと押しつけてくるのを感じていた。彼の肌は熱く、やめて、とにかく今だけでも放して、という悲鳴がのどまで出かかっていた。

「ケリーダ、言葉で苦しめるすべをいつ覚えたんだ？」彼の熱い息がアラベルの顔にかかった。「ああ、だけど、なんてきれいな髪なんだ、豊かで、ピューマみたいな金色で。君がどんなことを言おうと、僕は君が欲しい！」

「あなたは私を手に入れてるわ、そうでしょ？」アラベルは冷たく言った。「それが良くても悪くてもね」

「火の中、水の底までもか？」その声には皮肉な調子が戻っていた。彼は髪の毛をつかんでまるで絞めようとするかのように彼女の首に巻きつけた。「君を縛り首にする金の縄。君の目の憎悪を隠す金のベール。僕は何よりもこの髪を愛していたんだ」

「あなたは、私を愛してはいないわ！」

「落ち着きなさい。君がどう考えようと、君は僕に保護され、所有されてるんだ。僕たちの結婚は聖ローマ教会で認められたものであり、君は地獄までも――もしかすると天国にまでだって、僕のものなんだ」

「天国？」彼の目の中のアラベルの瞳が、青い火花を放った。「その日こそ、ですね、ご領主様（セニョール・イダルゴ）」

「その夜こそ、かもしれないよ」彼は、意味ありげに、気どってそう言った。

7

感情の波はしだいにおさまり、激しかった鼓動も落ち着いてきた。アラベルはぐったりして棕櫚の木に寄りかかっていた。ドン・コルテスが嘲笑するように頭をかしげてゆっくり去っていったのが信じられないような気がする。ほんとに体のすみずみまで南スペインの男だ。近衛兵みたいにしなやかで姿勢が良くて、その肩にひるがえるマントが目に浮かぶほどだ。

アラベルはため息をついて、額にかかった髪を乱暴にかき上げた。二人きりでいるといつでもこういう調子になるのかしら？　意志と意志とのぶつかり合いでかっかとしたあげくにほうり出されてしまう。

何かがアラベルののど元で震え、上唇に彼を逆上させずにはおかないような不敵な微笑が浮かんだ。それは彼女の意志を踏みにじって彼がしたことの返報に、アラベルができるせめてものことだった。だいたい、結婚なんてする必要なかったじゃないの！　アメリカ領事館へ行ってやいやい言うことだってできたじゃないの。コルテスがちょっかいを出さなくても、領事が、私がそんな扱いを受けないようにうまく処置してくれたはずだわ。

なんて人！

アラベルは向き直って、ざらざらした棕櫚の幹を手が痛くなるまで打ち続けた。もたれると、熱い涙がこみ上げてきた。彼はただ私が欲しかっただけ。いろんな出来事やささやかな喜びや思いがけない災難が集まってモザイクになっていた私の記憶が粉みじんになることなど、気にもとめなかったんだわ。

それを元どおりにするには、時間と辛抱しか方法はないのでしょう。

彼には何を言っても通じない、となるとあの叔母さんにすがるほかないかしら。だけど叔母さんだって甥（おい）同様のスペインかたぎだから、来たばかりの嫁が彼と別れたいなどと言ったら醜聞（エスカンダローソ）と思うかもしれないわ。ジャムパンをもらった子供が何もついてないパンを欲しがるのと同じだと、さげすむでしょう。彼女の甥は、土地と家畜を持ったお金持、女にも不自由はしないということで、私の頼みなんか聞く耳を持たず、ばかな真似しないで女らしくしたらどう！　とか言われるのがおちかもしれない。

そりゃ、ルースもホアンもいるけど、二人とも年上の人たちに頭が上がらないし、コルテスをとってもこわがってるから、その機嫌を損じるようなことはたぶんしてくれないわ。

神様が助けてくれるにしても、私は囚（とら）われの身！　この白い石の壁に、私は住まなくてはならないのだわ、逃げ出す方法が見つかるまで。

細い肩を張って、アラベルはさっき午後食（メリエンダ）をとった中庭（パティオ）へと戻っていった。人影はなく、テーブルの上はきれいになっていた。小鳥たちがパンくずやケーキから落ちた砂糖をついばんでいるだけだった。

「私にはこれしかないんだわ」とアラベルはぼんやり考えた。「みんな、私がジャムつきパンを持っていると思ってるけど、私は知っている――いつか、どこかで、私はある男に会い、死にもの狂いで愛したのだわ。その人はもう死んでるかもしれない！　でももし死んでいなくて、また会ったとしても、私はもう自由な身ではなくて憎むべき夫に縛られてしまっているんだわ！」

アラベルは家の中に入った。目にする一つ一つのものが、いまわしく思われる。東洋風のタイル壁に寄せられた黒っぽい木の家具、渦巻き形のランプ、南アメリカのジャングルからのジャガーの毛皮の敷物。

　彼が、中南米のすべての国に行ったのは間違いないところだ。そして群衆を熱狂に巻き込み、かずかずの戦利品を家へ持ち帰ったのだ。修道院にあるような背の高い椅子もある。部屋から部屋へは、透かし彫りの鉄の扉を通っていくようになっている。金の縁どりをした鏡、目のさめるような青い革の屏風(びょうぶ)。ゆりのき材とべっこうでできた、きらきらする本棚もあった。

　あの人は悲惨な少年期を過ごしたのだわ……だから、自力で名声を獲得し、剣に貫かれた雄牛の頭部を紋章として、私の力を借りてみずからの王朝を築く気でいるのだわ。

　いやよ！　どうあってもそうはさせないわ！　まるで悪魔そのものにつかみかかられたかのように、アラベルは階段をとび上がり、回廊を走って部屋へとび込んだ。そこは、少なくとも、さしあたって自分ひとりになれる場所だった。

　アラベルはまわりを見回し、ところどころにはでな色の毛の敷物を置いた薄い金色に光る床に、スペイン風のこの家に来て初めて、ある喜びのようなものを覚えた。あざやかな花模様の寝椅子が置かれ、格子天井では扇風機が音をたてている。鉄細工の植木鉢からは花がこぼれ、小さな東洋風のテーブルにはスペインの宝石箱が置いてあり、そこここに下がっている匂い玉からは美女ざくろの匂いが漂っていた。

　一対の鉄細工のドアを開けていけるバルコニーつきのすてきな居間には、扇の形をした背もたれのある椅子が配されて、上からはたくさんの植木鉢がぶら下がっている。それはパティオに向かっても下げられているようだった。

　気がつくと太陽はかげって、空には透明な光のベールがかかったように見えた。大気はまだ熱の名残をとどめていたが、壁に映る木々の影は濃くなっていた。藤の花房がさらさらと鳴り、小鳥たちが葉の陰に身をひそめたユーカリの木が急に匂い立つ。

アラベルはバルコニーの鉄の手すりを握っていた。すべてが夢だと思い込むのにはその鉄はあまりに固く、薄れゆく太陽はあまりにも赤かった。これは現実なのだ。サファイアの指輪などはめていないただの秘書としてどこかの殺風景なベッドで長い夢から覚める、などという希望にしがみつくのは、いくらなんでももう無理なのだ。

斜陽がその宝石を美しくきらめかせたが、アラベルは美しいというよりは恐ろしいと思った。これは愛の所有の象徴。コルテスはこれを所有しているように私を所有しているのだ。彼は何不自由ないところに生まれたわけではないが、今は裕福であり、それにものを言わそうとしている……そして私も、その餌食の一つなのだ！

太陽は沈んで、薄闇の中に小さな緑色のほたるの明かりが飛びかい始めた。庭の香りはしだいに濃密になり、アラベルは不意に体を震わせた。

今日は婚礼の夜。アラベルは彼が買ってくれた美しい衣裳に身を包んで、彼の親族の前で夢見る瞳の花嫁を演じなければならないのだ。

そんなことできるもんですか！

アラベルの手は鉄の手すりを握りしめた。彼は私に、スペイン人の妻らしく振る舞えと言うだろう。私がそんなのはごめんだとでも言ったら、そのマントと剣に熟達した手で私の体に触れ、お気に召さないパンタロンスーツを脱がせて自分で私に衣裳を着せるかもしれない。

あのいまわしい目！　足を震わせながら手すりから離れて内側を向いたアラベルは、悲鳴をあげた。やせた長身の人影が、ものも言わず、まるで石像のように動かずに、居間の入口に立っていたからだ。

「まあ……あなたなの！」

アラベルは片手をぱっと口に当てた。あふれ出た呪（のろ）いの言葉を抑えるようなしぐさだった。「猫みたいに忍んできたのね。聞こえなかったわ……」と彼女はなじった。

「君が心ここにあらずだったんだよ。鋲（びょう）を打った靴をはいてきたって聞こえやしないさ。どうぞサン・デビリヤから私を連れ去ってくださいって夜の神々に祈っていたのか？」

「私……私は、ディナーに何を着たらいいか考えていたんだわ」戦慄（せんりつ）が、そう答えるアラベルの全身を這（は）い上っていく。「あなたは私を純白に塗りたいんでしょ？　あなたの叔母様だとかいとこだとか、それから外国人のお嫁さんにうの目たかの目になってる人たちに見せるために」

「夕食にその男の格好で行かないでくれるだけでうれしいよ」両切りの葉巻にライターで火をつけるとき浮かび上がった彼の顔には、悪魔のような微笑が浮かんでいた。「南スペインではね、社交界というのもまだ形をとどめているし、昔風の価値もまだいくらか通用しているんだ。われわれイルデフォンソの人間は、貴族づらはしないにしても一応上品な生活はしているからね。それに、君の夫が片目にしろ、君がスマートな体にチャーミングな服をあれこれ着るところを見たいと思っているのに、それをみんなたんすのこやしにしちゃうのは情けない話じゃないか」そう言うと彼の目は、アラベルの足先から、さっきの棕櫚の庭での争いでまだもつれたままの髪までを、眺め回した。「僕が君の魅力にまいって君の中にいろんな女性を見たいと思うことは、君にもうれしいだろうな」

「そんなのあなたのエゴイズムだわ。人形におめかしさせて親戚一同に見せびらかして、そのうえぺこぺこしてもらいたいんでしょ。それならなぜ、自分の国の女性をおもらいにならなかったの？」

「僕がそんな――亭主関白にしたいなどということを、ちょっとでも言ったことがあるか？　それにアンダルシアの女がそんなに素直だと本気で思えるかい？　この地方じゃ女たちは一家の大黒柱で、その反対に男たちはカフェやフラメンコの穴蔵にたむろして色男ぶるのが好きなのさ。僕も身に覚えがあるよ。しかし僕が望んでいるのは何エーカーかの雄牛の土地とわが家を楽しむことだ――妻と一緒にね」

「そして私はあなたのやり方を覚えなくちゃいけないわけね。私が昔の自分の生活を忘れちゃったことは、あなたにとってはものすごく都合がいいんでしょ。私がこのまま、過去を抹殺されているようにって、あなたは望んでいるんじゃないの？」

彼はいかにも南ヨーロッパの人間らしく肩をすぼめてみせた。「それでどうだというんだ？　昨日は過ぎたことだし、明日にはいつも希望があるじゃないか。前を見るんだ、アラベル。後ろを振り向くな。われわれの言い草だが、闘牛場でちらりとでも後ろを見れば牛の角に見舞われる、ということさ。痛い目にあった僕が言うんだぞ！」

「私は自分の後ろに何があってもこわくはないのよ！　こわがってるのはあなただわ！」

「僕がこわがってる？」彼はもう一度肩をすくめると、バルコニーのタイルに灰を落とした。「僕の中にはムーア人の血があるし、いくらかはロマの血が混じっている。だから人生の神秘を僕は疑わないよ。つまり、たいがいのことはなるようにしかならないが、同時にね、生きていくうえで自分がやったことに対して後悔にさいなまれるような立場に身を置くことはよくないんだ。われわれはたかが人間だし、だれしも何かの基本的欠陥を持っている。君のように非の打ちどころなく見える女の子でもそうだ。実を言うとムーア人はね、あんまり完全無欠だと悪魔が目をつけて悪さをする、と信じてるんだぜ」

「悪魔が目をつける」黒い三角の眼帯に目を据えてアラベルはおうむ返しに言った。「悪魔は私に目をつけたわけ？」

「これはどうも」いや味たっぷりに彼は頭を下げた。「悪魔に格上げしていただいたことは忘れずにおこう。いつかそのつけを返済してもらうことになるが」

「またまた脅迫をするの？」頭を上げて立ち向かう気概は見せたものの、彼のかんしゃくがいつ爆発するかもしれないという恐怖がアラベルにはあった。後ろは鉄の手すりのずっと下がパティオの硬い石畳——ここは南スペイン、血の気の多い男たちが何をやっても許される土地なのだ。しかも相手は、神様のごとくあがめられている無敵の剣士（エスパーダ）……。

「君は何をごねてるんだ？」のどの奥からしぼり出すような声だった。「叔母なら僕に、君をとっ捕まえて尻をぴしゃぴしゃぶってやれ、って言うかもしれないぞ……」

彼が一歩踏み出すとアラベルは一歩身を引いた。

「やめてよ！　私は子供じゃないのよ！　あなたをどう思うかは私の勝手だし、あなたはそれをまともに受けとることもできないの！」

彼は再び動き、アラベルは再び退いた。「尻をたたけば少しは言うことをきかせられるかもしれないが、強情な女をものにするほうがかえって面白いとも言えるな」

アラベルには彼の言う意味がすぐにわかった。そして背中が固い鉄の手すりにぶつかると、痛みと恐怖であえいだ。前には、彼がラテン的激情のはけ口を求めて迫ってきたら、石像のように断固たる冷たさで迎えようと考えていたのだが、今、宵闇（よいやみ）の中でこんな脅迫にあうと、アラベルは体中がかっかとしてくるのを覚えるのだった。私は死力を尽くして彼にあらがい――彼はそれを楽しむだろう。今だって彼は、根はエスパーダなのだ。手ごわくてこそ闘いは面白くなる、と思っているのだ……。

彼がすぐ近くまで寄ってきたので、アラベルは思わず鉄柵の上に体をそらした。その目は戦いを挑み、手はすきがあれば彼の顔に爪を立てようとして握りしめられている。

「言いなりの女房なぞは面白くないよ。だからこそ僕は君が欲しいんだ。浮浪児時代から、人生は僕にとって一か八かの勝負だった。神様のおはからいで、君にとって僕と結婚することは悪魔を選ぶか犬を選ぶかだったんだ。君が言ったように、それは悪魔に嫁に行くようなものだった。それで、どんな花嫁も見せたことのないような青い顔をしているんだ。だがわれわれは夫婦で、僕には修道僧みたいな不自然な暮らし方をする気も、君にかき立てられた欲情を妾(めかけ)で満足させるつもりもないからね」

「それじゃどうするの？　私を強姦(ごうかん)するの？　そんな強姦魔みたいなことをするつもり！」

「かわいい口からまた猛烈なことを言うんだね。君は僕がほかの女と楽しんだほうがいいのか？　夜になると家を出ていって、ほかの女の匂いをぷんぷんさせながら朝帰り、ということがお望みなのか？」

「私……私が望むのは、わなをはずして、あなたから自由にしてもらうことだわ」アラベルは急に、どうしようもなく自分が哀れに思われて、目にきらりと涙を浮かべた。「あなたに少しでも真心がおありになるなら、私たちの間がとり返しがつかなくなる前に、私を放してくださるはずだわ。私……スペインの男性って名誉を重んじるんだと思っていたのよ！」

「そのとおりさ、いとしい人(ケリーダ)。そうしてそういったわが国の男性の大多数は、反逆した外国人として裁かれそうになっていた女性を僕が妻にめとったと聞いたら、りっぱな行為だと思うだろうな。ああ、なんて大きな涙なんだ、ワインに入れた大きな真珠みたいだよ」彼はアラベルの頬を拭いた。「ちっちゃな子供みたいに僕の膝で泣かせてあげようか？　君がしてほしいのはそれかな？　一度も味を知らないパパに甘える子供になりたいか？」

「とっとと消えてよ！　あなたの同情なんかまっぴらごめんだわ！」

「それじゃ勝手にしろ」突然声の調子が変わり、彼の目は剣の切っ先のようにアラベルに突き刺さった。「僕は君に対して、やさしくもなれればむごくもなれる。だが女房のお情けを請う男にだけは、絶対にならないからな。僕がほかの女の寝室に行くようなことは、僕にとっても君にとっても愉快なことじゃないのは、お互いにわかってるんじゃないか？　男は猫なんか買わずに自分でねずみをとるものなんだ。君なんだぞ——僕が欲しいのは君なんだ！」

アラベルが手を出すよりも早く、彼の手が鞭のように動いて、彼女は抱き寄せられていた。抱き上げられながら、くらくらする頭で、アラベルは、彼の情け容赦のない力を感じた。彼はアラベルをらくらくと抱いたまま、居間へ入り、さらに主寝室へと入っていく。そこではランプが、ほのかに、親しげに、あたりを照らしていた。その大きなベッドの方へ連れていかれる……と思うとベッドを通り過ぎ、彼がアラベルを下ろしたのは、衣裳だんすの前だった。驚いてアラベルははっと息をのんだ。

見上げた彼女の目に、起こることを予想して恐れおののいていた色を見てとると、彼は笑い、たんすの扉を開いて言った。「さあ、イルデフォンソの花嫁がウエディング・サパーに着ていくドレスを選ぼう。もう時間がないよ。今晩階下では一番いい銀の食器を使うだろうし、酒蔵からはワインがとり寄せられてフラメンコの一座が余興をやってくれるだろう。まあ、それだけは期待してくれていいんじゃないかな?」話しながら彼は、広いたんすの中にずらりと下がった衣裳に沿って手を動かし、サテンのやビロードのがあると指をとめていた。「君が選ぶ?それとも僕に、その特権を与えてくれるかい?」

「どうぞ」まだ、アラベルの胸はどきどきしていた。そしてまだ、レースをかけた大きなベッドとさっき考えたことが頭から離れないのだ。「ほとんどあなたが買ったものなんですから、どれをお好きかはご自分でおわかりでしょ」

「ああ、これも男が人生で学ぶことだが、実際に好きなものを持ってる男は幸運だな。そう、花嫁には、これが似合うんじゃないかな」言いながら彼は、かすかに光るサファイア色のビロードの長いドレスを引っ張り出した。その布地が実に豪華で深い色合いなので、デザインはごくシンプルにしてある。その服を、彼は、官能的とも言えそうな手つきでなで回した——まるでアラベルの体をなでているかのように。アラベルはそれを見て思わず頬を染めた。

「お好きにどうぞ、セニョール」いんぎんで冷たい声をアラベルは出した。何ごとについても彼にさからうまい、恐ろしい反応を挑発するようなことはするまい、と心に決めたことを、一生懸命守ろうとしているのだった。「あなたが選んだものはなんでも着ますわ」

「ねえ、この色はすごくきれいだと思わないかい?」彼はきいた。「このきれでこのスタイルっていうのはすごくチャーミングじゃないか。この服を着たら、君、どんなにきれいに見えると思う?」

アラベルは投げやりに肩をすぼめた。「私はスカートとブラウスのほうがいいけど、あなたはご主人なんでしょう?　あなたの希望は私には命令ですから」

「どこまでもそんなふうにひねくれるつもりなの

か？」彼は青いドレスをベッドの上に投げた。さっきは危うく、アラベル自身がそうやって投げられるところだったのだ。

「私と結婚なさったからには、不幸な女がひねくれるぐらいは計算済みでしょ？」

「というのは、この先もひねくれて、僕が君に対してどんなことをしても無反応でいようっていうことなんだな？」のしかかるようにして、彼は怒りの表情でアラベルを見下ろした。「君を揺さぶって目を覚まさせてやりたいよ、アラベル！」

「どうぞそうなさいよ。揺すられたら記憶がほぐれるかもしれないわ。そしたら、なぜ……なぜあなたが、私が悲鳴をあげたいほどいら立たせるのかだって、ちゃんとわかるでしょう。あなたといると、何か恐ろしいことが起こるのを待ってるみたいよ。窓の高い桟（さん）に危なっかしく置かれて、何かに押されたら真っ逆様に墜落しちゃうような感じ。あなたは私をこわがらせるわ。それがおわかりにならない？　それとも、気になる？」

　アラベルはそこに立ったまま震えていた。するといきなり、彼はスペイン語で呪いの言葉を吐いて、身をひるがえすと自分の部屋に行ってしまった。大きくてぜいたくな主寝室に続く部屋である。アラベルの震えはとまりそうにもなかった。今日一日緊張が続いたためだ。そしてアラベルは、コルテスが戻ってきて自分をベッドの裾（すそ）の長椅子に座らせ、こはく色の液体を丸いグラスに注ぐのに、さからおうともしなかった。

「さあ飲みなさい」彼はグラスを、震えるアラベルの手のひらにのせた。「こぼしちゃいけないよ、いい子だから……僕が助けてあげるからね！　君は神経がへとへとになってるんだ。ああ、神様（ディオス・ミオ）！」

　隣に彼が腰かけてグラスに手を添えて口に運ばせてくれるのがわかった。液体はコニャックで、彼が無理に飲ませるたびにのどの奥が焼けつくようだった。彼はまゆを寄せて、コニャックがアラベルの神経を落ち着かせ、震えがとまるのを見守った。

「君の最大の敵は、君だ、僕じゃない」空になったグラスをにらんで彼が言った。「君は僕をどう思ってるんだ？　僕が君に恐怖を与えたがっていると思うのか？　その原因はすべて、牛の角が顔に刺さって片目がなくなったことにあるのか？　君は気絶しないでは僕の顔も見られないような、そんな意気地なしなのか？」

「それは……それはあなたの目だけの問題じゃないわ。それだけじゃないわ。あなたは顔全体に、仮面をかぶっていて――それである日私はその仮面の後ろを見て、忘れていたことを何もかも一ぺんに思い出す――だけどもう私にとっては手遅れ――そりゃあなたはなんでも自分の思いどおりにやってるんだからいいわ、でも私はもうアラベル・マーシャ・レノックスではなくなって、帰る生活もないのよ。あなたにみんな持ち去られちゃってるのよ！」

「賊のようにか？　恋人のようにではなく、暗闇で君を襲って暴力を使うやつのようにか！　けだもの、ムイ・ブルート、コルテスはそれか？　君が震えるのは、君を好きになった男が牛を殺したやつだから、君を触る手に血がついていると思うからなんだな。ちぇっ、いい加減にしろ！」

彼は足をぐっと踏ん張ると、ブランデーグラスの脚を握りしめた。するとたちまち脚は折れてグラスは床に散乱した。

コルテスは破片を見下ろして、「動くんじゃない」と言うとかがんでガラスを集めにかかった。アラベルはその黒い頭を見下ろした。ランプの明かりが髪をつやつやと光らせている。突然、彼がうめいた。彼の手の褐色の皮膚から、赤いものが糸を引いていた。

「今度は僕の血だよ！」親指をしゃぶると彼は皮肉な目でアラベルを見た。「男と自称するほどの男は感情に振り回されてはいかんな。とくに闘牛士ともあろう者は、心の動き一つ、体の動き一つ自分で制御できなくても、やられて場外にかつぎ出されてしまうんだからな。牛でも、女でも、同じことじゃないか！」

「あなたはかつぎ出されなかったの？」アラベルの声は消え入りそうだった。「あの……目をやられたときに？」

「あれは最後の勝負だった。僕のそれまでの人生における決定的瞬間（エル・モメント・デ・ラ・ベルダード）だった。僕は意気揚々と歩いていったよ。僕の顔は仮面をかぶっていた。真っ赤なやつをね」

「恐ろしい！」アラベルは手で顔を覆った。意気揚々と。王様のように。群衆の歓呼は、これを最後と彼の耳をつんざく。目に浮かぶようだ。その精悍（せいかん）な体のまわりに真紅と金のマントをはためかせ、観衆が傷の痛みをではなくその英雄的行為だけを見てくれたことを感じながら口元に苦痛の微笑を浮かべる彼。アラベルはそのなまなましいイメージを心から追い払うかのように、指で目を覆った。「そんなのを喜んで見るなんて、残酷な人でなくちゃできないわよ。剣闘士の殺し合いにかっさいした異教徒のローマ人と同じだわ。ラテン民族ってみんなそんなに、他人の苦痛を見たがるもの？　だからあなたは、セニョール、私を必要とするの？　私が身もだえして苦しむのが見たいのね？」

「かわいいおばかさん……」

「違うわ！」目にかかった髪を振り払うとアラベルは真っすぐに彼を見た。「そりゃ私が、そんな人生を送ってきたあなたでもまだ同情の心をいくらか残しているとか、あなたが殺して切りとった牛の耳に対して一抹の後悔を覚える人だとか思うんだったら、ばかでしょうけれどね。あなたは傲慢（ごうまん）な人間だわ。だから、顔から血を流しながらも立って観客にお辞儀なんかできたんだし、かっさいする人たちをなんとか見ることだってできたのよ。それはあなたにとって、まさに凱旋（がいせん）のときだったんでしょうね、ドン・コルテス。あなたは人生の絶頂にいた。砂の上を引きずられる死んだ雄牛を従えて、あなたは闘牛場を引き揚げていった……片方の目をえぐり出されて！」

「君の話しぶりを聞いてると、まるで君がその場にいたみたいだな」彼はアラベルをじっと見つめて言った。その手から流れる血は、下の毛皮の敷物に滴っていた。「僕が砂の上でおじけづくとか、だれか女性のところへ泣きついていくとかすれば、君のお気に召したのかな？」

「手術のために病院に運び込まれたあなたを見舞った女の人は、わんさといたでしょうよ。そんな、いかがわしい商売女たち、その女たちがあなたの美しさを堕落させたんだわ！」

「女たちがちやほやしたのは僕の顔の魅力ではないさ」

「まあ、それじゃ、あなたの性的魅力と闘牛場の門外での厚かましさでもてたっていうの？」

「ほう、すると君も僕が同性愛（マリコン）ではないということは認めるわけか？」

「どんなばかな世間知らずだって、あなたをそんな……同性愛だとは思やしないわ」さっきの庭での、彼の体の感触を思い出して、アラベルの頬は紅潮した。「闘牛士っていうのは自分の傷跡まで見せびらかしたがるのね。それも一種の虚栄心でしょ？　あなたはそれを勲章みたいに体にぶら下げてるんだわ！」

「だれだって何かを誇る気持はあるのさ、嬢ちゃん（チーカ）。君はその金髪が誇りじゃないかい？　ほかの女はそういう髪になりたくて一生懸命染めたりしてるのに、君は生まれながらに実に豊かに恵まれてるんだ。鏡の前に立って肩や胸まで覆っているその髪をとかすときにうれしくないとは言わせないよ」

そこに座ったままアラベルは体をこわばらせた。そこに彼が立って、アラベルを見つめ、その肉体を意識することで、彼女自身も自分の肉体を意識してしまい、部屋の空気はしだいに張りつめたものになっていった。今まで彼に言われたどんな言葉も、今彼が口にしたことほどエロティックではなかったのだ。彼の声はそれらの言葉を愛撫していた——まるで、アラベルの体を愛撫するかのように。

彼が見えない目のほうにゆっくりと手を上げると、血がシャツのカフスに垂れた。「エスパーダに向かってくる牛の角への恐怖は、愛人が自分のところへやってくるときの花嫁の恐れの気持と似ていなくもないよ。君は〝エスパーダ〟という言葉の意味を知ってる？」

「剣でしょ」アラベルは消え入るように言った。彼は自分自身が剣の刃でもあるかのようにやせてしなやかな姿で、麻のズボンにシャツの胸をはだけて立っているのだが、それを見つめるアラベルは、まぶたの上に奇妙な重みを感じた。

「その……手の切り傷、手当てをしなくちゃ」彼女は素早く立ち上がると、彼が動くより前に呼び鈴の引き綱のところへ行ってそれを引っ張った。「メイドにヨードチンキとばんそうこうを持ってこさせますわ、セニョール。そんなことしてばい菌が入ったりしたら……」

彼は頭をそらして笑いだした。「君はとんでもない臆病者なんだな、アラベル！　やれやれ、僕は刑務所からではなく修道院から君をもらったのかもしれないな！」

「あなたって人は……人を受けつけないのね！　心

配しがいがない人だわ。でも敷物を血だらけにするのはやめていただきたいわ。そのしみは洗っても落ちないかもしれないのよ」

「遺恨に満ちた思い出のごとくかい、チーカ？」

　答えるのも腹が立って、アラベルは浴室に入っていった。豪華なアラビアタイルを見事に敷きつめた中に丸いバスタブが沈み、たつのおとしごの形をしたクリスタルの蛇口がついている。アラベルはそこでスポンジをしめし、ベッドルームに戻って、膝をついて血痕（けっこん）をこすった。頭からほんの数センチ先には夫の足があり、それは今にも彼女をまたぎそうに見えた――征服者のように。

「相当な家政自慢の女性だな」彼はわざとらしく言った。「しかしメイドは雇ってある。床を磨かせるために君を連れてきたんじゃない」

「そんなこと知ってるわよ、あなたが……」アラベルは言いかけてやめ、別のことをあわてて言い足した。「いいものはいたみやすいんです、セニョール。あなたは砂の床の家に住むべきだわ、そのほうが落ち着くでしょ！」

「僕が紳士でないと言うんだな？」

「そう言ってもよろしいわよ」

「君だって法律違反のレディーじゃないか？」

「そうかもしれないわ」

　控え目なせき払いが聞こえて、メイドの一人が部屋へ入ってきた。「ご用でございますか、セニョール？」

「奥様（セニョーラ）がご用だ、エスペランサ。僕がガラスで切ったので消毒をしてばんそうこうを張ると言って」

「あら、浴室に薬がございますのに。とってまいりましょうか？」

「いや、もう行っていい」彼が目くばせしたのでアラベルはちょっとばつの悪い気持で立ち上がった。

「われわれの祝いの晩さんを用意するんで台所は大

忙しだろうからな」

「はい、セニョール」エスペランサは手の傷から床の壊れたグラスに目を移した。「私が始末いたしましょうか？」

「ああ、しかし僕みたいに切らんように注意してな。セニョーラは敷物を心配してらっしゃるんだ」

「シ、セニョール」彼の皮肉は若いメイドには通じなかった。メイドは部屋の隅にある戸棚からほうきとちりとりを出して手早く片づけ、神妙な顔で姿を消した。台所に下りれば、ブランデーグラスの破片には、ちょっとした尾ひれがつくに決まっている。

　モウケンカシテタワヨ。あの娘が鬼の首でもとったように言う様をアラベルは想像した。アッタリマエジャナイノ。別の者が合の手を入れるだろう。そしてみんながうなずくのだ。ダンナサマミタイナカタニ、アンナオンナ、イイワケナイジャナイ？

「君がベルを鳴らした張本人だ」アラベルについてバスルームに入ってきながらドンは言った。「召し使いたちはわれわれの仲をうわさしてるぞ」

　アラベルはうわさを軽蔑している表情を見せて、三面鏡の扉を開け、造りつけのキャビネットから、消毒薬のびんとこう薬、はさみなどを出した。

「手を上げて」アラベルがそう言うと、彼は辛辣な微笑を口元に浮かべたまま、そのとおりにする。

「実に手際がいいね」アラベルの手当ての結果を見て彼は言った。「僕の顔の手術をしたとき君はその辺にいたに違いない」

「その話はやめましょうよ」そう言うと彼女は背を向けてキャビネットに薬をしまった。

　彼は鏡の中の彼女を見ていたが、突然微笑を消した。そして奇妙な目つきでアラベルの顔に目を据えた。

「食事に行く用意をしたほうがいいわね。先にバスルーム使っていい？」

「ここは君だけで使っていいよ、ケリーダ」彼は離れて戸口の方へ行った。「僕は、向こうで、僕のドレッシングルームについてるサウナを使うから。スティームの中でしばらくじっとしていることが、僕のよこしまなる魂に奇跡をもたらすかもしれないからね。それじゃ、あとで」

8

カーブを描いた長い階段を伝ってホールに下りたときに、アラベルの心臓は重く鼓動していた。薄いブルーの絹のハンカチが手の中で握りしめられ、脚ががくがくするような気がする。

彼女が着ているちかちかするサファイア色のビロードの上には、宝石をちりばめた十字架が輝いて、シンプルな服を引き立てていた。鏡台の上にあったのを、今日一日さんざんいやなことがあっただけに、胸にかける気になったのである。それに、彼の家族は、この結婚の祝宴を楽しみにしているに違いない。たとえ、心中では、熱血漢の南ヨーロッパ人が冷たい北国の女性と幸せにやっていけるかどうか疑っているにしても。

階段を下りたところでアラベルはちょっと休んで呼吸を調えた。いよいよこれから、彼の親族や知人が待ち受ける客間(サラ)へ入っていかなくてはならない。私にこんな思いをさせないことだってできたのに、とアラベルは内心彼に腹を立てた。猛獣に私を投げ与える前に、このうちそのものになじませてくれたってよかったのに！

そのときアラベルは、ランプの下がった、ムーア人の伝説を思わせるこのホールの中で、電流にでも打たれたように、体をこわばらせた。だれかが、しっくいを塗ったアーチの一つから現れて、ランプの光の輪の中に立ったからだ。アラベルの上にひたと注がれたこはく色の目、青みがかった金色の肌に浮かび上がる真紅の唇は、どこかに鋭敏さと残忍さを漂わせている。彼女の頰骨は高くて、長いうなじの片側にとかしつけて結った複雑なまげには、一輪の花がとめてあった。着ているのは黒いギピュール・レースの服で、光の中に進んできたとき、唇と同じように赤いハイヒールの靴が見えた。

その女性はベラスケスの絵から抜け出てきたみたいだった。時代不明でこの家の雰囲気によく合っている。

しかししだいに現実を帯びてきて、しゃべりだすと幻想は消えうせた。その声は口元に浮かぶ残忍な官能性そのままだった。「なるほどイルデフォンソはこの金髪に首ったけになったわけね。まあこの人ったら、私を、黒いくもが寄ってきた、みたいな目で見ちゃってさ」

アラベルの中にめらめらと敵意が燃え上がった。前に立っているこの女が、コルテスに気があったことは、きくまでもないことだった。それなのに、ずっと若い外国の女にさらわれた、というわけだ。

その女のこはく色の目は、アラベルを頭のてっぺんから足の先まで眺め回し、胸元の、宝石をちりばめた十字架にとまった。その目が、宝石の値ぶみをし、いったいなんの報酬かといぶかるように細くなる。

アラベルは負けるものかと胸を張った。コルテスと私の間にどんな秘密があろうと、彼の昔の愛人だったかもしれない女に胸の中を打ち明けてやったりするもんですか。この高価な宝石が、燃える思いを遂げた夫からの贈り物だと思うんなら、勝手に思えばいいわ。それこそ彼がみんなに思わせたがってることだし、そうなれば私たちの間が現状のまま続くというかすかな望みだってまだ持てるわけだもの。

アラベルの指がそろそろと動いて十字架をまさぐった。あたりの空気がぴりぴりと緊張しているのがわかる。そう、このスペイン女が私のことを猛烈に嫉妬しているのは疑う余地もない。とっておきの骨を横からさらわれた雌虎が、山猫のようにしなやかに、その辺をうろついていたのだ。

「私はリーバ・モンテレーグレ」その女は言った。「私の主人ロジェロとコルテスとはライバルの闘牛士でね、私もここのうちとは長いつき合いなの。私たちだれも、コルテスがミルクとビスケットのブロンド娘を好きになろうなんて考えもしませんでしたからね、あなたも、私たちの歓迎が温かいものじゃないことは知っといたほうが身のためよ」

「家族でもない知り合いの方から私へご忠告いただくには及びませんわ、セニョーラ・モンテレーグレ」相手には冷静にしゃべりながらも、アラベルは内心はかっかとしていた——こんなところへ私を引っ張ってくるなんて、コルテスはひどいじゃないの。彼の親戚が私を嫌うのは私がよそ者だからなんだけど、この女はまた別の理由で、邪悪な猫みたいに、赤く染めた爪を構えて暗闇で私を襲おうっていうんですもの。「それからね、教えてくださいませんか、セニョーラ、あなたのご主人は、あなたがコルテス・イルデフォンソの結婚をどれほど悲しんでいるかをご存じ？」

　相手は聞きとれるほど音をたてて息を吸い込んだ。そしてアラベルは、その長い爪でのどをかきむしられそうな気がしてどきりとした。

「知らないの――コルテスは彼のライバルにして最良の友が一年前にリングで死んだこと言ってないの？　なんでもかでもあなたに言うんだ、というふれこみじゃなかったかしらね？」

「ご主人がお亡くなりになったこと、お悔やみ申しあげます」この婦人が黒いレースを着ていたわけが、ようやくアラベルにのみ込めた。ラテン諸国の喪の期間というのは長くて、非常に愛していた夫を失ったような場合にはその女性の生涯に渡ることもある。でもこの女はそれだけじゃなく、黒が自分の金色の肌にはなまめかしく映ることを知っているからだろう。それに燃え上がった嫉妬が新しく火をつけたのだ。長い間コルテスを恋い慕って、自分の夫が死んでからはこれで大きな障害もなくなったと希望に胸をふくらましただろうに。

　でもおあいにくさま。彼のほうはベネズエラでもっと若い女に会い、雄牛がマントに魅せられるようにその金髪に夢中になったってわけよ。

「サラへ行ったほうがよろしいわね」そう言ってアラベルが歩きだしたとき、爪をとがらせた手が伸びて彼女の腕をつかんだ。

「あなたは彼をつなぎとめておくことはできないわよ」リーバのじゃ香の香りとその憎悪が、あらし雲のようにアラベルのまわりにざわめいた。「あなたには南ヨーロッパの女みたいに情熱を受け入れる能力なんてなんにもないじゃないの。彼は冷たい男じゃありませんからね。だけどあなたには何かしら冷たいところがあるわ」

「手を放してください！」アラベルはリーバの手を振りほどこうとしたが、長い爪が肉に食い込んでいる。無理に振り払ったら長い引っかき傷ができそうだった。「さもないと声をあげて主人をよびますわよ」

「おや、でもね、かわいらしいレディーがそこらのおかみさんみたいにわめいて男をよんだりできるもんですか。お上品ぶった青い目して尼さんみたいな様子してるくせにさ。あなた、半分、夢遊病みたいじゃないの！　女の子の夢に夢中になって、スペイン男のほんとの性格についちゃ、虎についての知識ぐらいしかないんだから。あなたたちはみんな似たりよったりよ。あたしたちの男を追いかけはするけどすっかり自分のものにはできない。そしてスペインの男が女の仮面をかぶったプラスティックのお人形に飽きたら、いつでも後釜には不自由しないってわけよ」

「あなたが中身まで女なら、なぜ彼に結婚するように仕向けなかったのよ？　どうして彼がラテン女の魅力にさからって私を選んだのかしらね？」

「彼が罪の意識にさいなまれたからよ。それが理由だわ！　彼はロジェロの死に自分なりの責任を感じていたのよ。彼とロジェロはライバルだった。ロジェロはコルテスみたいにこわいものなしのところをみんなに見せたかったのよ。タラベラのあとではコルテスが手にとろうともしなかったマントを拾い上げたいと思ったのよ。だから次のときに、コルテスをけがさせたみたいなすごい雄牛を相手に選んだ。私は主人のほうがかなわないことを知ってたわ。コルテスも知ってた。だけどロジェロにやめろって言わなかったのよ――牛が私の主人を殺したら、私と晴れて一緒になれる、って思ってたからよ。彼はたくさんの人を心服させてたようにロジェロにも影響を与えたわ。だけど主人が突き殺されたあとは急に良心に責められたみたいに外国へ行っちゃった。自分本位よね、だけどそれが彼のやり方なのよ。残った私はどうしたらいいかわからなかった。彼はずっと外国にいて、そしてやっとアンダルシアに帰ってきたけど……あなたと結婚するためだったのよ！」

　リーバの、次から次へとあふれる言葉にアラベルは激しく突き動かされた。そして相手のスペイン的な目を、ミニチュアのレースの扇のようなまつげがそり返っている目を、呪縛されたようにじっと見つめた。

「あなたは、彼の良心のとめ具なわけよ」リーバは見下すように声をあげた。「そんな気分はね、すぐに消えちゃうわよ。あなたがほんのねんねで、きびしい人生で鍛えた彼の大人の感情には到底匹敵できるもんじゃないってことを彼が悟ればね。言ってごらんなさい、闘牛ってあなたにとって何？　その意味が少しでもあなたにわかる？　わからないでしょう！　あんたがコリーダをどう考えてるかぐらい、ちゃんと顔に書いてありますよ。おばかさん、あんたは自分がスペイン第一の剣士の一人と結婚したことがわかってるの？　それとも莫大な財産さえあればそんなことどうでもいい？」

「私が財産目当てでコルテスと結婚したみたいに言わないで！」アラベルは皮膚にみみずばれを作りながら手を振りほどいた。「彼がお金持か貧乏かなんて、一度だって考えたことなんかないわ——私……私が彼と結婚した理由は一つきりよ！」

　アラベルは唐突に口をつぐんだ。リーバの唇がゆがむ。「愛？　闘牛士を愛することについて何をあなた知ってるつもり？　彼らはほかの男と違うのよ。猛獣使いとか登山家とか、そういうたぐいの人間なのよ。あなたコルテスが活躍してるとこ見たことある？　見たことあるの？」

「私……ないわ。私たちが会ったの……彼がコリーダをやめてからですもの」

「それでどうして彼を愛するなんて言えるのよ？　彼にそなわってるあらあらしさが好きなの？　だけど彼がコリーダをやってるところを一度でも見たら、あんたはその青い目を覆って震えだすわよ」

リーバの瞳は暗く燃え、彼女はラテンの運命の女神の化身のように見えた。サテンのように黒々と光るその髪には、熱帯の花や薬草園の持つ官能的なものがうかがえる。きっと、コルテスの琴線に触れたに違いない。この女の持つたいまつは彼を焦がしただろう——そうだわ、罪の意識で彼が親友の未亡人に手を出さなかったというのは本当じゃないかしら？　彼は骨の髄まで、名誉を重んじるスペイン男なのだから、お互いの胸の炎を消すことによって、死んだ友人へある種のつぐないをしたのかもしれないわ。

その胸の炎が、リーバの目にくすぶっているのを、アラベルは見た。そしてリーバが、今コルテスを独占できる妻という立場にあるアラベルに、激しく嫉妬していることを感じた。

「私はコルテスがコリーダをやめる前から知ってたわ——アメリカ人のまずいワインなんかが突然好きになったりする前からね。彼がセビリヤやマドリッドや、スペインの至るところや南アメリカやメキシコの町を歩くと、みんなは彼の足元にばらを投げたわ。彼はファンにとっては神様だったわ。その大きなマントをひるがえすだけでいつでも群衆を熱狂させることができたのよ！」リーバはばかにしたように笑った。「あなた、彼がすぐに飽きちゃわないようなものを何か彼にあげることができて？　あなたなんて、チリペッパーと葡萄酒（マンサニリア）が好きな男に出されたお米とシロップみたいなものよ。彼がエスパーダらしく見事に、ロジェロの記憶をその未亡人と結婚することによって汚してはいけないと考えた、その反動で彼はあなたに捕まったんだわ。彼は私たちの間に垣根を設けた、だけどよりにもよってね！　青い服を着た小娘、それが尼さんみたいな不感症の信心を抱いて彼の十字架を身につける！　いつまでも邪魔立てはさせないからね。すぐに片づけてやるわよ！」

そう言うとリーバは、急に打って変わったしとやかさで振り向いた。

やせた男の姿が、いきなりホールを横切ってこちらに来たのである。

「あら、ホアン、私たちを連れてこいって言われてきたんでしょ？」リーバは色気のある笑い方をした。「あなたってなんてハンサムなんでしょう、坊や。用心してなさいよ。でないとあなたのいとこのお嫁さんがあなたに首ったけ、ってことになっちゃうからね！」

なおも笑いながら、彼女はこうこうと明かりがついているサラの方へ歩いていった。サラからはにぎやかなスペイン語の声がもれてくる。親戚や友人や近所の人々が、コルテスに挨拶しているのだ。

「コルテスがあなたを連れてこいと言って……」

「だめだわ、ホアン！」アラベルは急に恐怖を覚えて彼の腕にすがりついた。リーバに毒づかれ、サラで自分を待ち受けているみんなの声を聞いて、すっかり元気をなくしてしまったのだった。

「なんです？」ホアンは彼女の青ざめた顔を見た。

「私……行けないの、ホアン！　何か口実を作ってくださらない？——気分が悪いとかなんとか。コルテスはわかってくれるかしらね？」

「コルテスが怒るだろう、って言うんですね」彼はサラの方をちらりと見てまゆを寄せた。「モンテレーグレの女は何を言ったんです？　それでパーティーに出たくないんですか？」

リーバとの一幕を思い出して、アラベルはぞっとした。二人とも、自分の不幸は一人の男のせいだと思っているのだが、しかしアラベルは、二度とコルテスの顔を見ないで済むなら、魂でも売り渡しただろう。しかし当面それはできそうもなかった。ホアンのような好青年でも、サラへ入るこの瞬間を逃れる計画の片棒はかついでくれそうもなかった。

「いらっしゃい、あなたはとってもきれい（ムイ・リンダ）だから、何も悪いこととされやしませんよ」

「私がうさぎみたいにパーティーから逃げ出したら、彼がすごく怒るだろう、ってあなた言ったわ」

「あなたは臆病者（コバルデ）じゃないでしょう？」

「臆病者？　私はね、リーバ・モンテレーグレが匂わしたことを知りたいの——彼女と私の夫が前に恋人だったってあなた知ってる？」

ホアンはどぎまぎした顔をした。「だったとしたら、以前のことでしょう。闘牛士みたいな命がけの人たちは、あらゆる種類の女性にもてますからね」

「結婚してる女にまでね。彼女は、私に言ったのよ。彼女の夫がコリーダで死んだときコルテスは事前にやめさせることができたのにって——コルテスはロジェロが死ぬのを望んでた、ってことを彼女は匂わせたかったんじゃないかと思うけど。そしてあとになって彼は良心に責められて、彼女を思い切るために、私と結婚した、って。ホアン、そんなことあり得るかしら？　彼はそういうことできる人？　彼はむしろ……いえ、彼は冷酷な人、だわね？」

「そう……思います」ホアンは肩をすくめた。「あの職業の人に、何を期待できますか？　だけどあなたは彼が妻にした人だし、夫と妻の結びつきはスペインでは鉄の輪同様、壊すことができないものなんです。リーバ・モンテレーグレが彼にどういう気を起こそうと、われわれも知っていましたがタラベラにコルテスのうわさの女がいようと、なんでもないじゃありませんか？　彼は外国に行った、あなたを見つけた、そして今やみんなにあなたを見せびらかしたいと思っているんですから」

「剣やマントやメダルのコレクションの追加として？　私、脚が震えてるの。助けていただきたいのよ」

「でも理由がわかりません、アラベル。青い顔をしているけれど、万事休す、ってとこにいるわけじゃないでしょう？」声の調子が変わって、何かひどく男っぽい感じになった。「あなたはとても美しい。みんなから賞賛されますよ。女の人はみんな喜びをもって眺められるのが好きじゃないんですか？」

「南スペインの男の目ってそれしかしないの？　あなたも、女は男の快楽のために、男から支配されるために、作られたんだ、っていうムーア人の考え方に染まっているの？」

「それがあなたにはそんなにショックですか、かわいいヤンキーさん？」笑っている彼の目を見ながら、アラベルは一瞬、コルテスが成人したころにはこんなふうだったかもしれない、という気がした。たくましさも、傲慢さも、その後の年月で大きく育ったものだろう。ホアンだって、コルテスのような男が女を抱くときにどれほど威圧的なものか、想像はつかないに違いない。コルテスはすべてを求め、私の完全な服従と反応を要求し、あらゆる手管を用いて私を奴隷にしようとするだろう。

ホアンにとっては彼は年上のいとこで土地の領主、親族一同は彼を英雄としてばかりでなく自分たちの生活の面倒をみてくれる人としても見ているわけだから、彼のすることは絶対なのだ。だめだわ、いっそのこと私はコルテスの所有物で、それを私はありがたくて名誉なことだと考えなくちゃいけない、という事実をはっきり見たほうがいいんだわ。アラベルはうつむいて十字架をいじった。死にもの狂いで求めている勇気を、これが与えてくれるかもしれない。「いいわ」彼女はホアンに言った。「行ってライオンたちに顔を合わせましょう」

ドン・コルテスは、金細工のシャンデリアに照らし出された美しい長いサラに集まった人々の真ん中に立っていた。横顔を向けているのでアラベルの方からは左目の黒い眼帯は見えない。右半面の彫りの深い顔の線が見えるだけだった。黒い髪はきれいにとかしつけられ、黒いディナージャケットの下にはブロケードのチョッキと麻のシャツ、それに先の細くなったズボンをはいている。彼がワイングラスを唇に運ぶときに手に幅広の金色の布が巻きつけてあるのが見え、アラベルはどきりとした。

ヘンリー八世の死刑宣告を受けた王妃たちが断頭台に歩を進めたときにはこうもあっただろうか、と思いながら、アラベルはビロードのドレスでしずしずと、長い広間を歩いていった。人々がこちらを向いたが、彼はそのままで待っていた。闘牛場でも、きっと彼はそうやって、悪魔のごときずぶとさと忍耐力を見せながら、対決の瞬間を控えて、敵が近づくのを待っていたのだろう。

ヒドイヒトネ……ヒドイヒトネ、とアラベルは胸の中で叫んでいた。コウヤッテ、ミンナノマエニ、アタシヲコサセテ、ソレデナニヲスルノ？　アタシニキスシロトイウノ？

アラベルがそばまで来たちょうどそのときに、彼はくるりとこちらを向いた。挑みかかるようにまゆが動き、口元にかすかな冷笑が見られる。闘牛士の本能と訓練で、彼はすばやくこちらの動揺を読みとり、アラベルの上に身をかがめながら、家族や客人の前でどういうキスをしたものかと迷っているふうだった。それから、アラベルが今にも自分のそばから逃げていきそうなのを感じて、彼女の手を捕まえると、激しく脈打つその手首に、唇を押し当てた。

「君は来ないことにしたんじゃないかとみんな思い

始めていたんだよ。君はちょっと内気だから、初めての人や環境に慣れるのに時間がかかるんだって、みんなに説明してたんだ。さて、みなさん」彼はアラベルを並ばせ、そのウエストに手を回して言った。「こちらが、私がサン・デビリヤに連れ帰らずにはいられなかった女の子です。みなさんは私を非難おできになりますか？」

　笑い声が起こり、何人かは近づいてきてアラベルに挨拶した。が、その目に心の隔てがあるのに、アラベルは気づかないではいられなかった。そして向こうの革の屏風(びょうぶ)のところには黒いレースに包まれた姿があった。彼女は目にほとばしる憎悪を強調するために同じレースの扇で半ば顔を隠しながら、自分のものだと思っている男と並んで立っている青と金の女、アラベルを、じっと見ていた。

「ワインを飲みなさい。そしたら食事にするから」固い指がビロードに包まれたアラベルの体に食い込む。アラベルはちらと目を上げて、彼がリーバに気づいているかどうか見た。彼女の指はグラスの脚を握りしめた。彼が真っすぐに、部屋の向こう端にいるもう一人の女を凝視していたからだ。しかしその顔は、あらゆる感情を押し殺すかのように、彫像さながらの線を崩さなかった。「飲むんだ！」もう一度彼が言い、アラベルは、グラスの中身を残らず彼の情婦の顔に引っかけてやりたい気持だったが、その命令に従った。

　肘を押さえられて、アラベルは食堂へと導かれた。長いだ円形のテーブルの上には銀器やクリスタルがきらめき、カーネーションやサルサパリラが匂っている。彼女は夫の右隣に座らされ、左隣には叔母が腰を下ろした。ナプキンを広げながらアラベルはふと、これは私が彼の黒い眼帯を見るのをいやがっているのを彼が気にしているからかしら、と思い当たった。

料理はとびきり上等だった。やまうずらほどの大きさの白い美味なうずら肉。すばらしいソースを添えたかくれがにと大きなえび。卵、米、玉ねぎ、トマト、こしょうをつけ合わせた柔らかいフィレ肉。ネクタリンクリーム。そして最後には背の高いデコレーションケーキが運ばれてきた。本物の金で作られた小さなベルがいっぱい下がっていて、客はそれを一つずつ、ドンの婚礼の宴の記念に、持ち帰るのだった。

長い食事の間中、アラベルは、テーブルの向こう端で左右の婦人と話しているリーバを意識し続けていた。片ときも緊張はほぐれず、胃に何かがつかえて料理をつつくぐらいのことしかできない。そして切り分けられたウエディングケーキを食べていると き、アラベルは突然吐き気に襲われた。顔が、雪のように白くなった。ドン・コルテスは鋭い一べつを彼女に投げた。そして、相変わらず、人々が二つの目で見る以上のものを片方の目で見てとったのだった。彼はいきなり立ち上がって言った。

「みなさん、ご一緒に中庭(パティオ)に出てフラメンコを楽しんではいかがかと存じます。暖かい晩ですので、ご婦人方は風を入れたいとお思いのことでしょう。さあ、大変すばらしい楽団もよんでございますので」

椅子が引かれ、人々はアーチから、もうギターの音がしているパティオへと向かって動いていった。アラベルは夫の顔は見なかったが、食事を終わらせてくれたことはありがたかった。ちょうちんと星の明かりの下では、人の視線を集めることもなくて済んだのだ。もしかしたらこっそり姿を隠すことだってできたかもしれない。それほど、みんなは、パティオの敷石を打つ男のリズミカルな靴の音を覆ってむせび泣くような、モロッコの砂漠を渡るこだまを思わせる歌声に、心を奪われていた。

その光景の上の方では、棕櫚(しゅろ)の葉がざわめき、ばらや壁に這う花々から濃厚な香りが立ち込めていた。ムーア人がここアンダルシアにハーレムとパーム・ガーデンを営んだのも、なるほどとうなずける。この土地の温和で感覚に快い風土は、人々が楽しい褐色の肌を持っている点でも、音楽が情熱的なリズムを打つ点でも、ムーア人自身の故郷であるオリエントの、延長とも言えたのであろう。

余興が一休みになると、召し使いたちがアンダルシア産のマンサニリヤをついで回り、強い葉巻の煙が流れて、西洋ねずや夾竹桃や、芳しいゴムの木の香りと混じり合った。夾竹桃はばら色の花をつけ、ユダの木はすみれ色の花をつけ、その下には熱帯産の百合の花が群がっている。

この光景を見回していたアラベルは、急に身震いをした。何か、過去が幻のようにさっと通り過ぎた感じだったのだ。この花々の匂いには覚えがある。それからあのギターのリズムにも、また赤い衣裳のジプシー娘が指先で打ち鳴らす小さなべっこうのカスタネットのカチカチいう音も、珍しいというよりはなじみ深いような気がする。

スペインの庭の花々に囲まれて立ち、夜の中で、激しくて魂のこもった音楽に耳を傾け、ノスタルジアと愛されたいという切ない気持でいっぱいになったのは、これが初めてではないのだ。

私はだれにあこがれたのかしら？　私に触れ、私の中に自分以外の人間と肌を合わせて一つになりたいという気持をかき立てたのはだれかしら？　愛し愛されることが人生をたちまちのうちにすばらしいものに変えてしまうことをわからせてくれたのは、だれだったのかしら？

幸福……それを私は、奪われるために知ったのかしら？　そしてあそこの、ユダの木の枝からつるされたちょうちんのほのかに揺れる明かりの向こうに立っているスペイン人の専有物となるために？

ドン・コルテスは葉巻を吸いながら、彼に話しかけているスペイン人の男にうなずいていた。何を話しているのだろう——一番最近の闘牛か、家畜の値段か、それとも自分の血つながりの息子に土地を相続できる地主であることの喜びか……？

いやよ——アラベルは逃げ出す方法はないものかと血まなこであたりを見回した。するとそこへ、アーチをくぐってきた黒いレースの人影が見えた。彼女は右手に何かを持ち、お祭り騒ぎが一瞬静まったときに口を切った。「みなさん、これからちょっとした式をいたします」その声と言い方が注意をひき、ほとんどの人が話をやめた。「私が若い新婦に結婚のお祝いをさしあげます。アラベル」リーバは持っていたものをゆっくりと上げた。「あなたの気に入るといいと思います。ドン・コルテスはあなたの望みはなんでもかなえられる人ですから、何を買ったらいいかわからなかったんですが、たぶんあなたも外国人だから動物が好きだろうと思いついて、これにしました」

彼女がアラベルにさし出したのは、きれいな鳥かごだった。中では、小さな美しい小鳥たちがさえずっている。ちょうちんの光に目を覚まされて、とまり木にとび上がり、華奢な羽をばたばた打ちつけていた。アラベルが胸も凍る驚きで鳥かごを見つめていると、それをいきなり手に押しつけられた。リーバのきつい視線が感じられる。

「お礼を言ってくださらないの？」気どった言い方だった。

鳥かごの中の小鳥たち。捕らえられて、こわがっていて、小さな胸いっぱいに自由を渇望している小鳥たち！

「どうしてこんなことをなさるの！」アラベルの口をついて、激しい叫びがほとばしり出た。「私がこういう——こんなふうに囚われた小鳥なんて嫌いなことを知ってるくせに！　見てよ、羽をぶつけて自分で自分を傷つけてるじゃありませんか！」

アラベルは、この小鳥たちを自由にしてやらなければならない、ということしか考えなかった。鳥かごを持ったまま、群がる客をかき分け、それから急に、パティオにそびえる望楼に向かって走りだした。あそこの上から放してあげるわ。そしたら木に飛んでって葉の陰に隠れることができるわ。

「アラベル！」

背後で雷のような声がしたが、アラベルはそのまま走り続け、ムーア風の搭のアーチを入り、かごを持っていないほうの手で長いスカートをつまんで、らせん階段を小走りに上っていった。鳥たちはこわがってさえずり、アラベルの心臓は、復しゅう心の強いあの女に対する憎しみで激しく脈打っていた。あの女は、この邸の鉄柵に閉じ込められた私が小鳥たちに似ている、と思ったのだわ。

上へ上へと行くと、足元を照らすものは小さな窓から射し入る星明かりだけになった。後ろからドン・コルテスの足音が上ってくる。そして再び、彼の声がらせん階段の縦穴の中にこだました。「そこにいるんだ、アラベル！　一歩でも踏み出したらいかんぞ！……この搭のバルコニーは危険なんだ！」

その声は聞こえたがアラベルは気にもとめなかった。バルコニーへ出るアラビア風の開口部の向こうには、星をちりばめた夜空が広がっている。かごの中の小鳥たちは狂乱状態になっていた。この鳥たちを放してやらなくては――アラベルは石のかけらにつまずき、鳥かごの錠を手探りしながら、青いビロードをひるがえして狭いバルコニーに出た。「飛んで！　飛んでいきなさい！」鳥かごを開いて彼女は鳥たちを促した。が鳥たちは今や動こうともせず、一固まりになって震えている。アラベルが手すりのところまで行こうとすると、足元がゆらゆらしたが、彼女は後へは引かなかった。

「正気を失ったのか！」

　暗がりの中に彼が伸ばした手をすり抜けて、アラベルは鳥かごを、鳥たちが自由な夜気のいざないを感じられるように手すりの上に置いた。

「このバルコニーはいつ崩れ落ちるかわからないんだぞ」まるで鞭でアラベルを打ち据えるような声だった。彼女が親類知人一同の前で、おしとやかな花嫁として振る舞う代わりにいい恥さらしをしたということで、彼がどれほど激怒した表情をしているか、アラベルには想像がついた。

「だからなんなの？」ものともせずに彼女は言った。

「私が落ちたら、あなたの執念深い情婦のせいよ。彼女がここで抱かれたがっていたのに、あなたはどうして私と結婚なんかしたのよ？」

「アラベル、ききわけなさい。さあこっちへ来て、足元に気をつけて戻るんだ、僕の手をとって……」

「そうやってみんなの前では助けて、二人になると私をなぐるのね？」と彼女がたずねたとき、まず一羽がぴょんと手すりにとび移り、小さく鳴いてから木立の方へ飛んでいった。続いて他の小鳥たちもつぎつぎにとび出していき、しまいにかごが空になると、アラベルはそれを鉄の手すりの向こうにほうり出して、パティオに落ちていくのを目で追った。下では、パーティーの客たちがちょうちんの明かりの中でたむろして、明るい南国の星空に浮かび上がったミラドールと、アラベルのほっそりした姿の輪郭を、かたずをのんで見上げている。

「君が言われたとおりにすれば、責任のなすり合いをすることもないわけだ。だからバルコニーから入るんだ、アラベル！」彼の声はますますけわしくなった。「僕が出てって、バルコニーが崩れ落ちて二人とも石の上にたたきつけられることを証明してやろうか？　どっちか決めろ。六十秒数えたらそっちへ行くからな……」

「あなたは英雄的行為となるとやらずにいられないんでしょ、セニョール？」アラベルは引きつったような笑い声をあげた。「私は英雄の墜落の責任は負いたくありませんからね、中へ入るわ——もしあなたが、約束をして、それを守ってくださるなら」

「どんな約束だ？」

アラベルは、彼がそこに立ったまま、闘牛場で決定的瞬間に直面したときのように緊張しているのを見分けることができた。彼女は静かに言った。「私の夫だということを主張しないこと」

「そのことは言ったはずだ！　われわれの結婚は宗教上破棄できないんだぞ！」

「私の言う意味はようくおわかりのくせに、セニョール」少しでも動いたら足元が危ないことを感じながら、アラベルはまだそこに立っていた。「あなたが私を離婚してくださらないのは知っているわ。だけどどうしてもサン・デビリヤにとどまれとおっしゃるなら、せめて私だけの……寝室をくださるべきだわ。それがいやならここへ来て、この死のバルコニーからあなたの夫の権利を主張なさいよ」

「君はかけ引きをやるのか、アラベル。せっかく投げられた手袋なら拾おうじゃないか」

「それじゃ拾いなさいよ、ドン・コルテス！」そうやり返しながらも、彼女はバルコニーが揺れているのを感じた。もし彼が、私をバルコニーから引きずり込もうと出てきたら、バルコニーは二人の重みを支え切れずに崩れ落ち、二人ともパティオの敷石にたたきつけられるだろう……そしてアラベルは本能的に確信を持っていた。十数えないうちに、彼は必ずやとび出してきて私を両腕に抱え込み、一か八かの運だめしをするだろう。

でもそんな必要はないわ……私はあの鳥たちみたいに飛んでいけるわけじゃなし、コルテス・イルデフォンソの新たなる神話に名前を貸すのもまっぴら。宿命的な恋人同士みたいに、二人はしっかりと抱き合って死んでいました、なんていやですもの。アラベルはからからになった唇を舌でしめすと、彼の方へ足を踏み出した。バルコニーの揺れは今や目まいを起こすほどで、彼女は立ちどまった。心臓がのどまでふくれ上がっている。

「もう一歩、そこでもう一歩」彼は、声の震動でバルコニーの危険が増すのを恐れるかのように、低い声になっていた。彼がこちらへ手を伸ばしている。結婚指輪がかすかに光っているのが見える。もう一方の手は、アラベルを捕まえたときに無事に引っ張り寄せることができるように、戸口の枠(わく)をしっかりとつかんでいた。

「私……私、動けない」アラベルは震えながら言った。「あなたの言ったとおりよ、私はばか……」

「あいつの首を絞めてやる！　さあ、いい子だ、あと二歩だよ、今までやったとおりに、さあ！」

「私……」アラベルは息を吸って目を閉じた。残りは無心で行ったほうがいいかもしれない。

「そんなことしてなんの役に立つんだ、君は約束したじゃないか。さもないと二人とも死ぬんだぞ！」

「そこにいて」彼女は言った。「私が行くわ……」

　ようやく、再び足の下が動かないと感じたとき、アラベルは体中の力が抜けて、ドンの腕が自分を抱えたのも、彼がそうしたまま、らせん階段を下りて地上まで行ったのも、わからなかった。彼女の頭は彼の肩にぐったりともたれかかり、花の紋章(フレール・ド・リ)のような金髪は彼の黒いスーツに乱れかかっていた。彼はアラベルを連れてぞっとするような形相でミラドールから現れた。

「帰ってくれ、みんな」その声はかれていた。「ウエディング・サパーはお開きだ！」

9

今度はなんだろう？　何日かが、そして何週間かがおもむろに過ぎていく間、アラベルはたびたび、こう自分に問いかけた。その質問に対する答えはさまざまだったが、どちらにしてもこの記憶の空白は、彼女がここの家に慣れ、ここを面白いところだと思うためには、プラスになっているのだった……と言っても、ここが本当のわが家、自分が本当の女主人、と感じられたことは一度もない。だが、真の自分を発見する日を待つ中泊まりとしては、なかなかかっこうな場所だった。

早い朝の日の光は、いつもアラベルを驚かす。ベッドにきらきらした日が射すので、すぐに彼女はせきたてられるように起き上がり、シャワーを浴びて外へ出る。彼女は輝く大気が好きだった。それは、あらゆるものを、銅版画に刻みつけていた――広い平原にいる大きな雄牛たちも、赤と金色と透明な緑が混じっている空も。そして夕暮れどきになると、かぐわしい静寂が訪れ、大きな邸の中のあちこちにある中庭の、石と鉄のレース模様の上に、花びらがはらはらと落ちかかる。

ドンの叔母やルースを連れて、一番近い町をドライブしたことも、何度かあった。そこもムーア的な雰囲気だった。石を敷いた小路を行くと、白壁にオレンジの木がさしかかるカラフルな広場に出る。その真ん中には泉があって、今でもまだそこでかめに水をくんで頭にのせて帰る女たちもあった。厚い壁の中の穴蔵のような店々は香ばしい匂いがして、ヨーロッパのスーパーマーケットでは見られないような、想像力をかき立てる食物や品物を並べていた。

ドンはお小遣いをふんだんにくれたので、彼女たちは東洋風のお菓子を買うこともできたし、菓子屋で腰を下ろしてマデイラ酒を使ったカスタードケーキを食べることもあった。

もう一度学生時代に戻ったような感じだったが、といってもアラベルは自分の青春を思い出せたわけではなかった。孤児院で育ったと彼女は聞かされていた。しかしなぜか、不幸だったような気もしない。心理的な衝撃（トローマ）を受けたのはもっとあと、ベネズエラでなのだ。ときおり、ある匂い、ある音楽の切れっ端、ある食物などに覚えがあるという感じがひらめくのは、ベネズエラもラテン系の国だからなのだろう。

その奇妙なひらめきが、まだ、今の生活を堪えられるものにしているのだった。そこには、いつか近いうちには自分自身についてすべての記憶がよみがえり、結婚したこの相手についてもわかるだろう、という望みがあったのである。

そのうちに、アラベルにも、アンダルシアの風習や、親切で礼儀正しくて迷信的な人々のことがわかるようになった。ルースの説明によると、ラテン民族の心の中には、原始的な感情の深い井戸から引き上げられたおばけ（ドウエンデ）が住んでいる、ということだった。情熱家であるこの人々が節度を保っているのは、そのおかげなのだ。それがいなかったら、女の子はばか短いスカートをはいて脚を見せびらかさずにはいられなくなるだろうし、男たちも礼儀をかなぐり捨ててたちまち官能の世界に溺（おぼ）れてしまうことになるのだ。

アラベルは南国の魅力のとりこになり、恐ろしく広い邸の内外もだんだんと歩き回るようになった。雄牛や、長いたてがみのつやつやした馬の世話をする牧童を眺めるのも楽しかったが、台所へ行って、コックがトルティリヤをぱたぱたいわせて作る様子を見るのも好きだった。この大きなパンケーキは、焼き板の上で焼かれ、肉と野菜か果物をつめて長いソーセージのように巻かれるのだ。アラベルは大きな磨き込まれたテーブルについて、干ぶどうやアプリコットが入ったそれを、おなかいっぱい食べるのだった。

彼女は、この家の召し使いたちが自分のことを、非常に若い(ムイ・ホベン)、旦那様(ドン)のかわい子ちゃんだと思っていることを知っていた。しかしみんなは、彼女に寛大だった。彼女が毎日の家事に干渉がましいことを言わなかったからである。それは、主人の妻というより、ルースやホアンの友達が来て住んでいる、といった感じだった。

彼らは、ドンが質素な寝室で一人で寝ていることも、アラベルが寝ている天蓋(てんがい)つきの寝台(カーマ)に一度も来たことがないことも、知っていた。二人のような立場にある者の関係が家族や召し使いの目に触れないようにはできないことを、コルテスが苦にしていることは、アラベルにもよくわかった。彼は自尊心が強く、またどこまでもラテン的だったので、アラベルのせいでうわさの種になるのが不愉快だったのだ。

食事のときに彼はよく苦虫をかみつぶしたような顔をしていたし、アラベルが彼のいとこたちと歓談をしていたり彼の闘牛場友達で今は牛の飼育の協力者であるイラリオ・ロペスからギターのレッスンを受けていたりするところへたまたま入ってきたようなときにも、やはり不機嫌だった。

アラベルは、コルテスの内部で抑圧された怒りがめらめらと燃えているのを知っていた。いつまで彼は約束を守って、私を名目だけの妻としてここに置いておくかしら？　夜になると彼は、堪忍袋の緒が切れかかった男みたいにパティオを歩き回る。アラベルが自分の部屋のバルコニーにそっと立って見ていると、規則正しい音で石畳を踏むブーツの音が聞こえ、葉巻がときどき赤く光るのがわかる。髪の毛はさっきまで大草原(サバーナ)で馬を乗り回していたためにくしゃくしゃだ。その草原では、たくましい雄牛たちが征服者の本能にさからうような約束をおめおめとやせっぽちの女の子にさせられた彼を、嘲(あざけ)り笑ったに違いない。

彼、コルテス・イルデフォンソ、第一流の無敗の闘牛士、青い目に捕らわる——こんなことは、これまでの彼の生涯に一度たりとも起こらなかったのだ！　彼は困難をものともせぬ男、牛の角に貫かれても地上に立っていた男だった。それがあの危険な望楼(ミラドール)の上では、どういうわけかアラベルのほうに歩があったのだ。しかしその結果、傷つけられた彼のプライドはもんもんとしてはけ口を求めている。そのうち、いつの夜か、それは爆発し、アラベルは怒りの煮え湯をまともに浴びることになるだろう、ここで、この部屋で。

アラベルは夜をこわがるようになった。部屋には鍵(かぎ)がないのだ。ルビー色の明かりは、壁にかかっているアラベスク模様を彫り込んだ握りのついたトレド剣の刃(やいば)を、ほのかに光らせていた。アラベルは片肘をついて体を起こし、その剣を見た。その剣は、それを振るった男を連想させる。アラベルは彼を恐れるように、剣に対して不思議な恐怖を覚えた。それから急に、恐怖のうずきは開き直りに変わった。物をこわがるなんてばかげてるわ、まるでこれが生命を帯びて私を傷つけるみたいに。ドン・コルテスの手に握られて初めて、これは生命を帯びるのよ。

アラベルは、なぜか理由はわからないが、自分の手にその剣を握りたくなって、ベッドから下りて部屋を横切った。つかの、黒と銀の浮き彫りを指でなぞってみる。それからやはり黒と銀の衣裳を着た道化師の、脅迫的な姿の彫像に駆り立てられて、釘(くぎ)から剣をはずした。にわかに手首に重みがかかり、アラベルの想像の中ではその浮き彫りの像がこちらへ近づいてくるようだった――考えて、さあ、考えて――アラベルは自分をせき立てた。もうちょっとで何かが思い出せるのだ。この、ランプの明かりにかすかに光る刃。これで、あのもやもやしたベールを引きはがしたい。私が夫であるあの男を避ける理由を隠しているベールを。

彼がいるだけでこんなに不安を覚えるなんて、いったい彼は私に何をしたのかしら？　私が何か恐ろしい理由で彼を憎悪しているのを知りながら、なぜ彼は私と結婚したのだろう？　アメリカ当局に私がベネズエラの警察に捕まっていると通報してくれればよかったのに、私と結婚したのは、私をこらしめるため？　アラベルは剣を握りしめて、これが記憶喪失のいらいらから自分を切り離してくれたらどんなにいいだろう、とやけ気味に考えるのだった。

「それには注意しないと、足の指の一本や二本は落とすことになるぞ」と後ろから声がした。「そいつは有名なトレドの刃だ。炎みたいに鋭い……君はそれを持って何をしてるんだ、僕を殺す計画か？」

一、二秒神経を張りつめていたあとで、剣を握ったアラベルの手は突然ゆるみ、剣は、彼女の素足のそばの床の上に滑り落ちた。彼はそれを拾い上げた。

「こういうものはちゃんと扱わないと危険なんだ。君が興味があるって言っていたら扱い方を教えてやったのに」武器を上げて、彼は指でさっきアラベルが触った浮き彫りをなぞった。「きれいだろう？」

「この剣で、何回ぐらい殺したの？」冷たい声でアラベルはきいた。

「これは特別な剣で、闘牛場で使ったことはない。僕が非常にあこがれていた人から贈られたものなんだ。その人はセビリヤの骨とう屋でこれを見つけて、磨いて新しいものみたいにしてくれた。僕の秘蔵の品だ。君がこれを壁から下ろしたときによからぬ心を持っていなかったことを望むよ」

「眠っている勇士を殺害したハエルのように？」

ドンの口元に薄笑いが浮かんだ。「君ならそのぐらいできると思うよ」彼はそう言うとアラベルの透き通るようなナイトドレスにちらりと目を走らせた。

「実験してみようか？」

アラベルは自分がしどけない姿をしていることに気がつき、とっさにベッドにとび込もうと考えた――しかし彼はそれを、アラベルもその気になったととるかもしれない。彼女は目でローブを探し、それがベッドのわきに落ちているのを見つけた。あわててそれを着たところへ剣を壁にかけた彼が振り向いた。

「君に持ってきたものがあるんだ――その絹のアームチェアーの上の箱の中だよ。君が何か大事なものでも見るみたいに僕の剣に見入っている様子にびっくりして、プレゼントを持ってきたことをころっと忘れてしまった。そのローブを脱いで！」

「そういうたぐいのことはしないわよ！」彼女は頬を真っ赤にしてローブの帯を固く締めた。「私を買えるなんて思わないで！」

「そんなことは一度だって思いはしないさ」彼は箱を開け、薄紙をさらさらと鳴らして中からアーミンのしっぽでトリミングした毛皮のベッドジャケットを引き出した。「店で見て気に入ってね、買わずにはいられなかったんだ。さあ、それを脱いで、これを着て見せてくれ」

「私……自分のローブのほうがいいの」それは、彼が買ったのではない衣裳の一つだった。実用的なよろいでもあった。もう一度脱いで桃色の無防備な寝巻き姿を彼の目にさらすなんてまっぴらだわ。

「なんだってそんな子供みたいに振る舞ったりしなきゃならないんだ？」彼はそのベッドジャケットを抱えたままこちらに近寄ってきた。「君が気に入るだろうと思ってわざわざ持ってくると、君は蛇でももらったみたいに振る舞うわけか。僕の贈り物には下心があると思うのか？　それでそんなに非難がましい目で僕を見るのか？」

「私は十分わかってますわ、セニョール、あなたがみんなに私たちの間のことを知らせたくないって思ってることはね。だけどあなたは約束したじゃないの。それを破るんなら……」

「そしたら僕をどうするっていうんだ？」彼はさらに近寄って、ぼけたような色のローブに垂れている金髪をなめるように眺め回した。「君の僕に対する評価が今より悪くなるのかね？　何をやったって僕は君から怒られる、このジャケットを着たら君がどんなになるか見てみたいと思うだけでもいけないんだからな。毛皮は嫌いかい？　さあ、試しに打ち解けて、僕もホアンみたいに無害な男の子だと思ってくれないかな」

「あなたが無害だったことがあって？　セニョール、あなたはあの剣みたいなものだわ。ずっと昔には、ホアンみたいに見えたかもしれませんけど、似てたのはそこまでよ。ホアンはいい人だけどあなたは、謎（なぞ）の人だわ。本当にあなた、私と結婚したときに二人が普通の夫婦みたいにやっていけると思ったの？あなたの使用人たちはやさしくしてくれるけど、彼らは私の神経に障害があることを知ってるし、ルースは勘がいいから、私が病院にいたときより以前のあなたについてはなんにも知らないことに気づいてるわ。叔母さんは……私の頭がおかしいと思ってる。そうあなたにも言ったでしょ？　あなたなんてどうかなっちゃいなさいよ、コルテス！　私をこんなところへ連れてきて！　あなたにとっても私にとっても、面白いことじゃなかったでしょ？」

「面白がろうと思ったわけじゃない、いとしい人（ケリーダ）。君には家が必要だったから、僕がそれを提供した。

君には保護が必要……」

「あなたからのね。私は、あなたの手に落ちないように保護してもらう必要があるわ。あなたの下心のある贈り物なんて着ませんから、持ってってちょうだい！　あなたの情婦にでもやるといいわ！　彼女ならきっと、アーミンがお好きでしょ！」

「君がセニョーラ・モンテレーグレのことを言ってるんなら、教えてやるけどね」彼は急にアラベルの方にかがむと、ベッドジャケットをわきへほうり出し、アラベルの両腕を怒りにまかせてわしづかみにした。「リーバは友達の奥さんだった。僕はそういう女性には手は出さん。ロジェロ同様いい友達としてつき合った、それだけだ」

「あの人はそんなことは言わなかったわ。そしてどっちかを信じなくちゃならないとなったら私は彼女のほうを信じるわ。彼女はね、あなたが彼女の夫を除きたがってた、そうすれば二人が結婚できるから、って言ったのよ。どうして結婚をやめたの、コルテス？　良心の呵責？　彼が人殺しの雄牛と闘うのをとめなかったから？」

「くだらんことを言うな」彼はアラベルを揺すぶった。「ものすごい牛と闘いたいかどうかは、ロジェロ自身の問題だ。そして僕は、僕自身の問題を抱えている。僕はだれの番人でもないんだ、アラベル、君の番人である以外はね」

「私の番人？　それで鞭を鳴らして私を仕込みたくてうずうずしてるわけね。あなたは約束したじゃありませんか……」

「悪魔の名においてその約束のことはこれ以上言うな！」彼は白い歯を見せてぎりぎりと歯ぎしりをした。「いいか、僕は、今までに知ったどんな女にも、君にするほどやさしくしたことはないんだ。本当の女は男の力と支配が好きだ。だが君は、僕を、残忍な迫害者だと思い込んでいる。ちょっと見てもちょっと触れても、君はそれを、暴君がする強姦(ごうかん)的行為ととる。僕の堪忍袋の緒は切れかかってるからな。君のために買ったものを情婦にやれなどと、もう一度言ってみろ、それが爆発するぞ。さあ、そのみっともないローブを脱いで、あの毛皮を着るんだ！」

せっかちに手荒く彼はアラベルのローブをはぎとり、床に投げた。すると彼の手は、桃色の絹のナイトドレスを通して、アラベルの温かい体に触った。そして突然彼は動かなくなり、緊張し、怒りの色は驚きに変わった。アラベルは自分がジャケットを着ないと争い続けなかったことの愚を悟った。

彼の手が背骨に沿って動くのにアラベルはおののいた。手は背骨の下まで来てとまる。頼りない絹を通して、彼の手の熱が伝わってくる。もう一方の腕でウエストを押さえられて、彼女は身動きもできなかった。彼が着ている黒い絹のキモノに、ぴったりと押しつけられる。彼が身につけているのはそれだけだった。黒い絹の下には、裸の、固い彼の体があることが、アラベルにはすぐにわかった。

彼女は恐怖に捕らわれたが、逃れようともがけばもがくほど、彼の中の欲望が強くなるのが感じられる。彼はアラベルをベッドの上に押し倒した。すぐ上に迫る彼の顔は、浅黒く、たけだけしく、今にもはじけそうな激情におおわれていた。彼の体を押しつけられて柔らかいベッドの中に沈みながら、アラベルは唇を求められて息を荒らげた。

彼女は震え、今起こっていることから逃げ出そうと体を弓なりにし、足をばたつかせた。しかし、圧倒的な力だった。熱い、どん欲な唇と手は、薄い絹など問題にしない。砂漠の民族の情熱と、アンダルシアの詩が、支離滅裂に、彼女の耳の中にささやきかけられる。そしてアラベルは苦痛と覚えるほどの興奮に、巻き込まれた。だめよ、とアラベルはあえぐ。しかし彼がミラドールでした約束は、今やこなごなに吹きとんでしまう……。

「あなたなんか嫌い……」あえぎながら、アラベルは言った。「いいって言わないのに……」

「嫌えよ」彼女の髪に顔を埋めたままコルテスはささやいた。「もうそんなことはどうでもいいよ。かわいい聖女(サンティーナ)、ケリーダ……」

かわいい聖女……いとしい人、ですって。だめなばかよ！　抵抗したのはほんのちょっぴりで失ったものはものすごく大きいんだもの！

「あんたなんか地獄へ行って、コルテス……」

「そうだね」と彼は忍び笑いをした。「だけど今は天国にいるよ」


　朝の光が部屋に射し込んでいた。小さくうめいて、金色の洪水から逃れるようにアラベルは顔をそむけた。熱が、今度はその裸の肩に当たる。彼女がちょっと顔を動かすと、ベッドわきの床に落ちていた桃色の絹の光沢が目に入った。するとたちまちのうちに、しつような彼の唇の感触や、手綱で固くなった手の愛撫(あいぶ)や、情熱的なスペイン男が彼女に対してやりたがっていたことをしたときの手練手管などの焼けつくような記憶が潮のように押し寄せてきた。あのとき、彼をとめる手立てなど、ありはしなかった。そして、恥ずかしいことに私は、自分自身の体の興奮を抑えることができなかったのだわ……彼女はくしゃくしゃになったシーツの上で身もだえし、後悔の苦しみに堪えかねて身をよじった。彼の腕の中で氷か木片みたいにしていればよかった、そうすれば少なくとも彼の顔に、一番いやな言葉を投げつけてやることもできたんだわ――強姦魔、って。

　しかし、公平に見れば、事態はそうではなかったのだった。アラベルは頬をほてらせて、思い出した。彼が私を圧倒的な力で抱いたときに、私は彼を受け入れたのだわ。彼はすばらしい腕で私を弾きこなし、信じられないほど楽しい婚姻をなし遂げたのだ。

アラベルは、レースのカバーがくしゃくしゃになった枕をこぶしでたたき続けた。アイツヲコロシテヤルンダッタ、コロシテヤルンダッタ、アイツニハソンナケンリナンテナイジャナイカ……。それは確かに、彼は夫だし、法律は彼のあらゆる権利を認めてはいるけれども……。

ああ、あの人なんて悪魔に食われてしまえばいいんだわ。あの人はその望みを達しないうちは絶対に私を放してくれないに決まっている。それが何よりの念願なんだもの。灼熱の闘牛場で生死をかけた闘いをすることによって彼が一代で手に入れたこの広大な土地と邸、サン・デビリヤをいつか受け継ぐ息子を持つことが、セビリヤの浮浪児が、今は大地主に出世して、その土地の一木一草に至るまで残らずわが手におさめた——ちょうど私を、スペインの夜の荒れた美しさの中でわがものにしたように。

昨夜のあらしはアラベルの白い肌のあちこちにかすかな跡をとどめ、髪は乱れ、唇は痛んでいた。そして、女の子たちが恐れることが、とても……とても自然な場合もあるのだというのは、やはり驚きだった。

どうしてああいうふうにいったのかしら？　もしかして、私が処女でなかった、前に別の男を知っていたなんてことが考えられるかしら？

胸に手を当てて考えてみても、しかし、断じてそうとは思われない。ベネズエラで勤めていたときだって、そんな安っぽい自堕落な女だったとは思われない。だけどそれは失われた記憶なんだわ……それを知っている人がいるとすれば、それはコルテスその人だけど……ああ、このままあの人と顔を合わせたくはないわ。その口元に得意気な微笑が浮かんでいるか、あるいは自分の妻がすでにほかの男のものだったと知って目に冷たい光を宿しているか、を知るのはこわいわ。もし、そうだったら、彼のスペイン人のプライドはどれほど私を罰しようとするかしら？

　夢中になって考えていると、背後で彼の声がしたのでアラベルははっと体をこわばらせた。「コーヒーかい？　のどが渇いただろう。スペインでは花嫁に恥ずかしい思いをさせないために翌朝は花婿が給仕をする風習なんだよ」

　アラベルの心臓は激しく打ち始めた。「サイドテーブルに置いといてくださらない？　今はまだ、起きたくないの」

「そうかい？」彼が低く笑ってカップを置く音がした。が、彼はアラベルが期待したように部屋を出ていってはくれない。彼女の視界に入ってきて床から何かを拾い上げた。「これを用立ててくれるときが来たよ」

　裸の肌を毛皮で触られてアラベルは震え上がり、彼に背を向けて起き上がって、ベッドジャケットを着せかけられるままにしていた。

　彼はアラベルの体の線をなぞってゆっくりとそれを羽織らせながら、ささやいた。「畜生、君はなんてきれいなんだ。僕は骨抜きになったみたいだよ」

「ああ、コルテス、そんなこと言わないで！」振り向くといきなり、厚いテリー織の膝までのローブを着た浅黒くたくましい彼の姿が目にとび込んできた。一つはサウナのせい、一つはゆうべの出来事のせいで、輝くばかりの男ぶりである。アラベルはコーヒーカップに手を伸ばしながら、彼の顔を探った。私をおののかせるようなものがあるかしら？　乾いた唇に、彼女は熱いコーヒーを流し込んだ。

「どうだい？」彼はにっこりとしてたずねた。「どこからどこまで、きれいに見えるよ……その髪も、その肌も！　僕は君に跡をつけたかな？　君を傷つけた？」

アラベルの胃がきゅっと縮んだ。「そんなこと……あなた知ってるでしょ。あなたは私より……経験があるんですもの」

「そりゃそうさ」彼はベッドのわきに腰を下ろしてじっと目を据えた。「僕が強引だから嫌いかい？　僕はただの男なんだよ。法王様でも修道僧でもない。それに、僕の女を見る目に狂いがなければ、君もまんざらでもなかった、と思うけどな」

「あなたの女を見る目は牛を見る目と同じぐらい達者だと思うわ」

「大した闘牛(コリーダ)だった」と彼は唇をほころばせた。「ゲームとして見れば、ゆうべ腕に抱きしめたやつはすばらしかったよ。だから僕は、その心も体も、傷つけなかったはずだよ」

「あなたは私を……征服したのよ。だけど……教えてほしいことがあるの」

「なんだい？」

「私……どうだったの？　私これまでに……？」こんな質問をするのは恐ろしいことだったが、アラベルはどうしても知りたかった。「どうなの、セニョール？　私、何があったか覚えていない、だけど、あなたの前にだれかがいて、その人を私は愛していたのだ、という確かな感じはあるの。あなたもそう思ってる、だから、無理やり……」

一分というもの完全に彼は黙ったままだった。黒いまつげの、暗いまなざしで見つめられて、アラベルは身震いして毛皮の前をき合わせた。

すると急に、彼がこちらへ体をかがめた。「僕の言葉をそのとおりに受けとっていいよ、嬢ちゃん(チーカ)、君はスペインで言う新品(イマクラータ)だ。どんな修道院の少女だって君ほど純潔じゃないし、どんな僧院の葡萄酒だって君ほど美味じゃない。心配の種はそれかい？」

「どうしてそう、断定できるの？」

「初めてという感じじゃなかった？」彼はごく自然に言った。しかしアラベルは、首を振りながら、彼の顔をよぎった奇妙なやさしい影を、自分は見なかったのだ、と思い込もうとした。

「どうして……そんなことがあり得るのかしら……？」

「男がある女に対して欲望と同時に尊敬を抱いているときにはね、そうむちゃはしないものだよ。そういうものは青二才や田舎者がやることだ。君にはどう思われてるか知らんが、僕には僕の規範があってね、僕は自分の大事にしてるものは傷つけない主義なんだ」

　彼が髪に指をさし込んで、その金髪を巻きつけているのを感じながら、アラベルは魅せられたように彼の言葉に聞き入った。

「一生に一度くらいのものだが、男にとって女の子が、まだ鼻づらの柔らかい元気な子馬みたいに思えるときがあるんだ。男が自信があれば、拍車も口笛もいらない。初夜の愛の行為で女を傷つけるのは自信のない男なんだよ。君がそれを口にしようとしまいと、ゆうべはよかったんだ、別嬪さん、君の目の奥に発見の喜びが燃えていたよ……うん、女というのは女にくわしい男と自分を楽しむこともできるんだ」

「それがほんとはあなたを刺激したんじゃないの？　カサノバの手管であなたは私をとりこにしたのね！」

「僕が君を、傷つけ暴行した形でベッドにほうり出しといたら、君はそのほうがうれしかったのか？　そのほうが僕への憎しみが正当化できると思うのか？」

「あなたは……私を愛してなんかいないわ。私を所有してる——自分でそう言ったじゃないの。私はこの部屋で、それからあとでは子供を産む家畜として、あなたの使用に供されることになるんだわ！」

　コルテスは静かに笑った。「ぞくぞくするよ、とびきり美人の奥さん（ベリッシマ・エスポーサ）、われわれの間に子供が生まれるなんて話はね。顔がかわいいだけじゃなくて大したことも言って男を喜ばしてくれるじゃないか。髪の毛の黒い坊や（ニーニョ）を君とこしらえられたらいいだろうなあ。熱い南国の血に氷がちょいと混じってると手をやくかもしれないなあ。どう、それにとりかからない？」

「いやよ」髪を押さえられているので思うように身を引けない。「あなたは楽しくなかったの？」

「楽しみはね、今始まったばかりさ」彼はアラベルの髪から指を引き抜いて彼女を抱いた。彼の強引な唇に捕まると、もうだめだという心細さが再び戦慄（せんりつ）となって体を走り抜けた。体をよじって彼の口をよけようとしても、彼は笑うだけでアラベルに接吻の雨を降らせた。

「人が来るかもしれないわ！」アラベルはあえいだ。

「なぜ戸に鍵をかけなかったの？」

「かわいいお体裁屋さん、君は今、南ヨーロッパの国にいるんだよ。こんなことだれも恥ずかしがりゃしないさ」

「コルテス……お願い……」

「君にお願いされるのはいいもんだよ、ありがたがらせるのは楽しいからね」ほのかな笑いが、アラベルののどのくぼみに伝わる。太陽の光はたくましい彼の背に落ち、角の当たった傷跡の白く浮き出した褐色の肌を照らし出していた。その皮膚の下にはいささかのぜい肉もついていない。胸毛は黒く、アラベルの白い肌には少し痛かった——いいえ、文明人は真っ昼間の光の中でこんなことしないわ、そんなことが起こるわけないわ——がそれは起こったのだった。力強い手がアラベルを、傷跡のついたたくましい体に押しつけ、無理やり天国へと引きずり込んでいく。そこでは、アラベルは、自分が過去の中に見失ったもう一人の男のことはどうでもよくなってしまう……。今はこれこそ現実なのだ。これからは二人の運命は一緒なのだと、彼は念を押しているのだ。

アラベルは彼の肩をつかんだまま大きな目で彼を見た。言葉が唇まで出かかっている。

「なんだ？　言ってごらん、隠さないで。また地獄へ行けというんじゃ困るけどね」

「あなたは……あなたって海賊みたいな気がするの。全く有無を言わせないんですもの」

「どうしてさ、かわいい天使さん、君がくれないから僕は奪わなくちゃならないのさ。それにね、神様もご存じのように僕がとってるのは僕のものなんだよ」

僕のものなんだよ――その言葉を彼はアラベルの柔らかなのど元に埋めた。

彼はささやき続ける。「もうじき復活祭(ラ・パッショナリア)だから、そしたら山へ行ってチャペルで聖者の祝福をもらおうね。そういうの好きかい？」

「私が好きになるようなもの？」アラベルの指先が彼の背中の固い傷跡に当たって、彼女は息をのんだ。その傷の恐ろしい痛み、彼を駆り立てていた向こう見ずの闘志、そして最後の、タラベラでの死闘……。

「あなたが好きなものが私も好きだとは限らないでしょ！」

「口ではそんなこと言うがほんとはそう思ってやしないだろ？　僕の生活を楽しむことも、いつかは君に教えてあげることになるだろうな」

「あなたは運命のほうもそうやって丸め込んでるんじゃないの？」

「運命？」彼はアラベルの金髪をすくって自分の顔に当てた。「僕が丸め込みたいと思ってるのは君だけだよ、僕のかわいい子ちゃん、君だけだよ！」

略奪者は、アラベルを、激情の翼に乗せて連れ去っていくのだった。

「あなたは自分の楽しみにかまけて、私が記憶をとり戻さなくちゃいけないってことは心配してくれてないんでしょ、コルテス？　まるで、私がこのまんまでいるほうが、あなたの腕の中で前の記憶を思い出そうともしなくなったもうろうとした頭のお人形でいるほうが、あなたにはいいみたいに見えるわ！」

「それは僕の中のムーア人のなせるわざだよ。僕が望んでいることはそれじゃないと言ったってどうせ君は信じやしないからね。だからごちゃごちゃ言うな、そしておとなしくキスさせるんだ」

彼の顔が迫り、日の光はアラベルの重くなったまぶたの向こうに隠れた。何を考えることも、彼の言ったことが本当かどうかと思うことも、できなかった。混乱のない明晰(めいせき)な頭脳にアラベルが立ち帰ることを彼が望んでいるという確信も持てなかった。

その疑惑の霧に正体を隠したまま、この色浅黒い

10

どういう態度でいたらいいかしら、とアラベルは考えた。昼食には家族と顔を合わせる。彼が辛抱をかなぐり捨ててこれで私を名実ともに妻とした、ということは明らかなのだから。彼は私自身よりももっと多くを私から盗んだのだ。プライバシーのマントも、あの人は夫ではあっても愛人じゃないという私のひそかなプライドも。今や全く、事態は変わってしまったのだ。

アラベルはシャワーを出て、鏡台の前のスツールに腰を下ろした。そんなばかなことが、とは思うけれども、鏡に映るわが顔には確かに言い表しがたい変化が見られる。目は度はずれなほど青く深く、頬には赤みがさしている。髪に手を伸ばして触れると弾力があって絹糸のようだ。サン・デビリヤに来て以来、自分の容貌(ようぼう)など気にかけたことがなかったアラベルも、今では十人並み以上と自認するほかはなかった。肌も髪も美しく、目もめったにアンダルシアでは見られないものであることが、ドンの情熱をかき立てた原因なのだ。彼の中に悪魔を目覚めさせた犯人なのだ。

アラベルは青い部屋着を着て、髪にゆっくりと櫛(くし)を当てた。髪が磁力を帯びてかすかな音をたてる。彼の磁気もこのように私をひきつけ、しばらくすると私はいや応なくここの習慣に染まって、サン・デビリヤの住人になり切ってしまうのだろう。

それこそ彼のつけ目なのだわ！　私は彼の親族や財産に併合されてしまうのだ。私が、失った記憶を再びとり戻すことがなければ、彼の思う壺(つぼ)なのだ。もう一人の男、その顔かたち、声や感触などを私が思い出さなければ。その人のぼんやりした幻影がちらちらするたびに、ドンのしなやかな容姿が現れてそれを覆い隠してしまうのだ。

彼が部屋に入ってくると、その圧倒的な存在感でぼんやりした記憶を蹴散らしてしまうのだ。もう一人の男のぼんやりした面影はついに捕らえることはできず、アラベルの心には夫に対するもやもやした恨みがましさが残ることになる。

彼女は櫛を投げ捨て、指を髪の中にさし込んで頭皮を強く押した。そうすれば記憶のつまっているダムの鉄門が押し開かれるとでもいうように。

「どうしたの、アラベル？　頭が痛いの？」

ぼんやりした目で見上げると鏡の奥にはルースが映っていた。アラベルは腰かけたまま彼女の方を向いて無理に微笑を浮かべた。「いいえ、いつもみたいに前の自分を思い出そうとしてるの。あなたのいとこと、結婚する前の自分がどんなだったか」

「それがそんなに大事なこと？」ルースは鏡台にもたれて好奇心にあふれた目をアラベルに注いだ。「ドン・コルテスの奥さんになっただけじゃ足りないの？　あの人は見渡す限りの地所を持ってるんだよ。それに昔のことなんかで頭を使わなくたって、あの人といればもの思いの種には事欠かなくなるってば。若いうちは未来が全部じゃないの」

「あなたはそうよ、ルース。いろんな大事なことが全然なかったみたいに欠落しちゃうことがどんなに恐ろしいことか知らないんですもの。私にはそれが大事なのよ！　そこにはある人が……」アラベルは言いかけて唇をかんだ。「あなたがコルテスを世界の中心みたいに考えてるのはわかるけど、私にはそれ以前の生活があるのよ。その人が、まだ生きていて私を必要としていることをもし思い出したら、私はその人のところへ行くわ。コルテスがどうなろうと構うもんですか！　私、彼には夢中だなんて顔をする気も、あなたたちを喜ばせてあげる気もありませんからね。どうしてそんなことしなくちゃいけない？」

「そりゃいろんな理由があるでしょうね」ルースは大きなベッドの方をちらりと見た。ベッドはゆうべのままで、二人がそこで寝たことは隠しようもなかった。枕には両方とも跡があり、シーツもレースもくしゃくしゃになっている。ルースはにたりとしてアラベルに目を戻した。「彼はこれからあんまり、ひとり寝しなくてもいいようね。それなのにあなたはまだほかの男のこと話してるの？　あなたどうかしてるんじゃない？」

「人生にはベッドルームで起こることよりもっと大事なことがありますからね」とアラベルは喧嘩ごしになった。「あなたのいとこは腕力があるし、叫ぶわけにもいかないし、私の部屋に押し入ってくるのをとめることはできないじゃないの。せめて紳士らしく振る舞ってくれたらと思ったんだけど、彼はそんな人じゃないでしょ。下町のどぶねずみはね、大きな家に移り住んで絹のクッションに座ってステーキを食べるようになったってやり口は同じなのよ」

「なんて言い方するの！」ルースはまるで感嘆しているように言った。「あなたなかなかの毒舌ね。コルテスは甘っちょろいお世辞なんかより、こしょうやスパイスを利かしたほうが好きだろうからね」ルースは笑って、アラベルをじろじろ見回した。「あなたほんとに女らしくなったわよ、目の隈がとれて皮膚なんかつやつやしちゃって。初めてあなたを見たときにはね、コルテスはもう一つのほうの目もやられちゃったかと思ったよ。だってあなたげっそりしてぼけっとして、彼が夢中になるような、とくに女房にしたがるような女とは見えなかったもの。だけど急にいきいきして……男ってそんなにいいの？　あたしも待ってられないわ！」

「待たなきゃだめ。でないとコルテスに首の骨を折られるわよ」アラベルは、牛飼いの青年たちと、よくひとりで遠乗りに行くこの少女に警告した。彼らはドンのいとことして少女を尊敬してはいるが、彼女のほうにその気があるとなったら話は別だろう。

「彼はあなたの首だって折るよ、アラベル、そんなほかの男の話を彼にしたら。あなたは身も心もコルテスのものだってことを考えなきゃいけないでしょ？　あなたは外国人だから自立っていうのが好きかもしれないけど、スペインは男の国なのよ。女は控え目で魅力的でなくちゃいけないんだ」

「ハーレム方式だわね」アラベルは見下したように言った。「男の欲望の奴隷になるわけ」

「男の欲望に従うのってそんなにつらかった？」ルースはベッドカバーの間からアーミンのベッドジャケットを引っ張り出した。「あの人がくれたものを見てごらんよ。あなた自分がひどいことされてるなんて思ったらばかよ。女ってのはあたしに言わせりゃ猫みたいなものよ！」

「私はそれを私自身って言いたいのよ」アラベルはそう言って衣裳だんすに行きドアを開いた。パンタロンスーツを着たいところだが、ローブの一件でこりているので、またそれを繰り返すのはやめにした。昼や夜の衣裳がずらりと並んでいる。こういうきれいなものを着たらきっと快適なことだろう。たいていのオフィスガールなら、感謝感激するところだが、彼がもの惜しみしないだけならいいけれど、私の記憶喪失に親身になってくれないというおまけもついている。彼が求めたのは私の体なのだ。そして今や彼はそれを手に入れた。とするとこれらの趣味のいい衣裳は、彼の所有欲をいっそうくすぐるものになるだろう。

　アラベルは渋い顔をしてプリーツのついたブラウスとふくらはぎ丈のひすい色の絹のスカートをとり

出した。部屋着を脱いでそれに着替える間、ルースは南ヨーロッパ人特有のもの見高さを見せて、アラベルの一つ一つの動作にじっと目を注いでいた。

　アラベルは、キッドで柔らかく裏打ちをした、青の濃淡のTストラップの靴に足を入れた。サイドの開きとほっそりしたヒールが、きれいな足を引き立たせる。鏡台に戻ると、彼女は、髪の毛をカールさせてそれを貝殻形にまとめた。

「あなたの髪、べっこうの櫛でとめて黒いレースのスペインのスカーフ（マンティーリャ）かぶったら、すごくきれいに見えるわよ」とルースが言った。「自然にその色なんだものね。よく海岸にいる女の観光客の髪の根元が赤いのと違うもの」

「私がこんなふうじゃなかったら……」アラベルは口紅を塗りながら自分の目に見入って言った。

「あなた、コルテスはあなたの見かけにしか興味がないと思ってるの？」ルースは化粧台の上にあった革のケースを何げなく開け、思わず息をとめた。

「うわあ！　見てごらんなさいよ！　これ、ゆうべの贈り物？」

　ケースの黒いビロードを張った内側には、ダイアモンドにサファイアをあしらった、ハートを重ねた形の精巧なブローチ、それに分けたハートのきらきらしたイヤリングが入っている。心をとろかすばかりの美しい品物だが、アラベルにとっては浜辺の小石にもひとしい。いっそのことそのケースをルースからとりあげて窓ごしに投げ捨てたいくらいだった。

「あの人は快楽のために支払いをするのに慣れてるから、私が自由を望んでるなんて念頭にないんだわ」とアラベルは言って歯ぎしりをした。二つのハートは小さなダイアモンドで結ばれている――彼はだれを手玉にとっているつもりなのだろう？

「あなたほんとに変わってるわ」食いつきそうな目で宝石に見入りながらルースは言った。「スペインの男が商売女にこういうふうにお金を使うと思ってんなら、あなたうぶじゃなくてあほうよ。スペイン男が宝石を贈るのはね、投資なの。奥さんは彼の銀行よ。それで商売がたきの度肝を抜くわけ」

「なんてロマンティックなこと！」アラベルはルースから宝石箱をとりあげてぱちんとふたを閉めた。そして軽蔑したように鏡台の上にそれを投げた。

「スペインの人間は現実主義よ。だからあなたも、現実を受け入れて、思い出さないかもしれないことは忘れたほうがいいよ」

「私は……思い出さなくちゃならないのよ」アラベルは両手を固く握り合わせた。またしても、スペインの結婚のほどきようもない絆の中に捕らわれてしまった感じがする。そしてサン・デビリヤでの生活を耐え忍ばなくてはならないのだ。忘れ去り、二度と会うこともないだろうもう一人の男に、愛されたかもしれない過去を永久に知ることなく。その男について思い出すことのほうが、まがいものの愛がこめられたハートのダイアモンドのブローチなんかより、私にとってははるかに大事なことなのに。

「コルテスは似た者同士で結婚をすればよかったのよ」アラベルは言った。「リーバ・モンテレーグレなんかのほうがずっとお似合いだったのに」

「あなたってほんとにわかんない人ね。そのブローチをつけてみようとも、見てみようともしないんだもの。普通の人間だったらね、まずそうする……」

「だけど私は普通の頭じゃないのよ」アラベルはぴしゃりと言った。「私は記憶をなくして、知ってた人や愛してた人の思い出からも締め出されてるのよ。そういうものが人間を作ってるわけでしょう。私の半分が影の中に見えなくてもそんなのたいしたことありませんとか、コルテスが厚かましく刑務所に入ってきて司祭を連れてきたときに私の人生は存在し始めたんですとか、そんなふうには私にはできないのよ。彼は、私が防ぐことができない状態だったのにつけ込んだんだし、私はそれを許すつもりも、こんないまいましい宝石をありがたく思うつもりも、ありませんからね。もしこれが商売がたきに見せびらかす財産にすぎないっていうんなら、彼はうちの金庫にしまっとけばいいのよ！」

　アラベルはしゃべりながら行ったり来たりしていた。ブラウスの青い絹のひだがほっそりした体を優美に覆っている。カットのいいツーピースを着て、美しい頭を誇らしくそらし、目にいら立ちの色を浮かべている自分がどんなにすばらしく見えるか、彼女は気づいていない。頭の中はさし迫った家族との昼食、それと気づいている人々の注視をどう耐えるか、で緊張しきっていた――ドン・コルテスは外国人の花嫁に手ほどきをした、だからもうこれからはわびしいひとり寝をすることはないよ、というニュースを、召し使いたちがささやきかわしているのに、どうやって衆目を避けることができるだろう？

「ここは全く封建的なところね」アラベルは声をあげた。「お城みたいなところに殿様(ドン)の血縁も従者もいっぱいいて、まるで、彼のご機嫌しだいで生き死にが決定するみたいにみんな彼にぺこぺこしてる。ご領主様ってわけよ！　まぎれもないご自分の土地で、お手製の専制君主になって、私がおなかが大きい雌牛みたいによたよたするまでは満足なさらないっていうんだから！」

「君は決してよたよたなんかしないよ。そういう興味深い状態になってもチャーミングだと思うよ」入口の方から低い声がした。振り向くと赤紫色のシャツにダークグレイのズボンをはいた夫が立っている。

「彼女がどんなに赤くなったか見てごらん、ルース。彼女はみずから科した苦しみの火にあぶられているのさ。僕が彼女の頭のてっぺんから爪先までほめちぎっているのを知りながら、苦しむというのは、大いなる謎だがね」

「これのこと？」いとこの面前で嘲られたことに激しい怒りを覚えながらアラベルは軽蔑したような手つきで絹の服をなで下ろした。「骨と皮と一握りのブロンドの髪の毛がいいの？」

「金色だよ」と彼がさえぎった。「金色の炎だ。君を手に入れてどうして僕が喜ばないでいられる？　聖者にかけて、一つではなく二つの目で君を見て楽しめたらと思うよ！　ほんとに美しい女性というのは片目をえぐり出されていない男にはどれほど衝撃的に見えるかの記憶は僕にはあるけれどね」

「それはあなたが悪いんじゃないの……全部、あなたのせいだわ」とアラベルは叫んだ。「それ以上闘う必要はなかったのに、あなたは挑戦を無視することができなかったんでしょ？　あなたは自分の農場を持ち、もう再び貧乏になる心配もなかったんだけど、タラベラはホセリートにとっては最後の舞台だったのよ、そうでしょ？」アラベルは突然口をつぐんでひどく驚いた顔で彼をまじまじと見た。「どうして……なんでこんなこと言ったのかしら？　ホセリートってだれ？」

「スペインの生んだ最も偉大な、そしてたぶん最も美しい闘牛士だ」ドン・コルテスは非常に落ち着いて口をきいた。その精悍な体は絹のシャツとグレイのズボンの中で仕込み杖のように緊張している。「君もむろんその名前がここで語られるのを聞いたんだろう。彼はタラベラで死んだ。僕が片目を失った場所だ。そして君の言うように、それは僕の過失だ。女性の同情を買うわけはないな」

「私は同情しないわ」アラベルは言った。しかし胸の中のどこかに、わけのわからない痛みがあった。まるで、黒と銀との闘牛士の服を血に染めて彼の片目がえぐり出されたことが、アラベルを傷つけたことだったかのように。「そんな危険には値しないごほうびなのにね。一本のしっぽと二つの耳のために生涯片目しか見えなくなるなんて」

「手きびしいな、彼女は、ねえルース？　われわれはもうふさわしい女主人を仕立てあげたかもしれないな」彼はいきなりアラベルに近づくと、とめる間もなく彼女の左手を唇に持っていった。体の中に鋭い感覚が走り、彼女はその温かい唇から無理に手をもぎ離した。「恥ずかしいかい？」彼は嘲るように言ったが、その手はきつく握りしめられている。その目は青い二つの瞳を見透かすようにしてから胸のふくらみの上でとまった。「君にプレゼントを置いといたんだ。君につけてもらいたいと思って……」

「これでしょ？」ルースがいたずらっぽい色を目に浮かべて、アラベルが化粧品の間にほうり出した革の宝石箱をとり上げた。渡されたコルテスはそれを開けて、ブローチを見つめ、それをビロードの台からはずした。彼の指の間で白い炎と青い炎がきらめ
く。彼はそれをアラベルの絹のブラウスに、ことさらにゆっくりととめつけた。彼の指に触れられて、アラベルはまだもや、体の奥深くで反応が起こるのを覚え、恨みがましい目で彼を見上げた。

「とてもきれいだ。意味深長だな。わが妻のハートの上で二つのハートが一つに結ばれているとはね」

「疑いもなくあなたのふざけた思いつきね」アラベルは冷ややかに言った。「あなたのハートと私のじゃ、うさぎとがらがら蛇ぐらい似てますものね」

「なんて女だ！　僕がとくに君のために作らせたチャーミングなアクセサリーにお礼も言わないで」

「私が何をしたらお気に召すの？　深々と会釈をしてあなたの恵み深いお手に私のおでこをつければよろしいの？」言葉に合わせてアラベルはばかにした様子で動作をやってみせた。その間にも、彼のたくましい体の中で神経がぴりぴりし、血管の中を怒りが脈打っているのを、感じていた。そのとき彼の手

がいきなりアラベルの肘をつかんだ。まるで骨が砕けそうな指の力である。

「階下へ行って何か食べよう。おなかが空っぽだと君の想像力は妙な働きをするようだからな」

　彼はアラベルを連れてドアの方に行き、ルースも後ろから来た。ルースは甘ったるい声で言う。「もしもこれが結婚の幸福なら、ねえ、あたし修道院に入っちゃおうかな」

「ルース、君みたいな根っからのラテン女が清純な暮らしなんぞで満足していられるものか。僕の考えじゃ、この僕の奥さんのほうが修道院に入るといいんだよ」

「私に関する限り一刻も早いほうがいいわ」アラベルは言った。「どんなことだってあなたの傲慢さを我慢するよりはましよ！　あなたは私のハートを自分のに結びつけることはできないわ、私を……ほかの方法で征服することはできてもね。私のハートは私のもの、あなたがいくらやってみてもむだよ、ドン・コルテス、私をあなた一辺倒の奴隷にすることはできませんからね！　私は前の生活をよく思い出さないけれど、私がいわゆる一人の男を守る女だってことだけは確かよ。私はそれを骨の髄から感じてるし、だからどんな男だって、どんなほかの男だって、セニョール、私が意識をとり戻してあなたと結婚していることを知った、あのときより前に知っていた男の代わりには、絶対になれないのよ！」

　三人は鉄の手すりのついたらせん階段の上まで来ていた。アラベルを見下ろす彼の金色の目には、激しい炎が燃え上がって、それはあらあらしい、原始的な、詰問するような光でアラベルを貫いた。金色の熱風が吹き上げる砂漠の熱い砂に包まれたようで、アラベルは、彼と目を見合わせているこの息苦しさに、もうこれ以上堪えられなかった。

「私を……行か……せて！」アラベルがあげた叫び

は、苦悶(くもん)の悲鳴となってホールのモザイクタイルにこだました。しっかりと押さえ込まれた肘を無理やりにもぎ離すと、激しい痛みが体に走る。アラベルは、靴の細いヒールが、階段の上のすぐ端のところでぐらぐらしながらくるりと後ろ向きになるのを感じた。痛くないほうの手がとんだのは、彼の顔だろうか、それとも肩だろうか？　アラベルにはわからなかった。わかったのは急に体のバランスが失われたこと、それが長く下へ続く階段の端だったことである。彼の手が伸びてアラベルを後ろへ突きとばし、彼女は手すりを握ってよろめいて膝をついた。

　すべては数秒の間に起こったのだった——アラベルは、彼が、断末魔の形相で自分の上にそそり立つのを見、次の瞬間に彼は後ろ向きに落ちて、その体が長いらせん階段を下へ下へと転がっていく音が聞こえた。とっさに彼女を押して危険から救ったときに、彼は自分のバランスを崩したのだった。

　すすり泣くような悲鳴をあげながらも、アラベルは、だれかがどなる声を耳にした。「あんたがあの人を殺したんだ、このばか女！　あんた……あんたを殺してやりたい！」立て続けに二度、平手がアラベルの顔を強く打ち、恐怖と怒りに引きつったルースの若い顔が見えた。が、そうと気づくより早く、アラベルは階段を走り下り、コルテスがじっと横たわっている階段の曲がり角に駆けつけた。

　まるで悪夢を見ているような感じだった。頬はまだ平手打ちでしびれているのに、信じられなかった。アラベルはそこに膝をつき、動くこともできなかった。その間にも、家中のあらゆるところから、アラベルが今まで見たこともなかったような不吉な押し黙った表情で、人々が走って集まってきた。

　人々の姿で彼は隠れた。彼を愛している人々なのだ。彼らのスペイン語がアラベルの耳には聞き慣れない波音のように感じられる——ちょうど夢の中にいるように、彼女は、起こっていることを茫然と眺めるだけで、だれかに引き立てられて自分の部屋に連れ戻されたときにも抗議の泣き言一つ言うことができなかった。

そのだれかは、アラベルに何か言い、彼女は、自分はとんでもないことをしでかした子供みたいにここにいなければいけないこと、自分をほったらかしてほかの人々は自分の、けがをした夫の面倒をみているのだ、ということをぼんやりと悟った。

「けがなの？」アラベルは夫の友達の顔をぼうっとした目で見ながらその腕をつかんだ。ギターの手ほどきをしてくれたときにはこんなにこわい表情は見せずほほ笑んでいた顔である。「あの……どんなに悪いの？」

「まだわかりません」そう言って彼は向こうへ行こうとした。

「私……あの人のところへ行かなくちゃ」廊下へ出ようとしたアラベルを彼は押しとどめた。

「いけません。コルテスは意識不明で、あなたができることはありません。医者はよびにやりましたし、あなたは興奮している」

「でも、私は彼の妻よ、それは私の権利……」

「そうでしょうか？」彼はまじまじと彼女を見た。

「ここは、闘牛場とは違うわ。彼を連れてっちゃって看護師しか立ち入らせないなんてわけにはいかない。ここはサン・デビリヤで、彼は私の夫なんですよ！」

「よくぞ思い出してくださいました」と彼は言ったが、その目はきびしかった。まるでこの転落事故について何か恐ろしいことを知っているみたいだった。

「陰謀だわ、みんなで私を彼に会わせまいとして。私は彼が大丈夫かどうか知らなきゃならないのよ。なんてひどいことをなさるの！」

「おわかりいただきたい。損傷がどのくらいか、われわれにわかったらすぐお知らせしますから……」

「損傷？　背骨をやられたのね？　後ろからこの階段を半分も落ちて……私のせいだわ！　私の！」

「そうです」手きびしい答えが返ってきた。「ルースはあなたが彼を押したんだと言いました」

アラベルはひとりで残された。彼女はしびれたような目で、昨夜も今朝もコルテスが生命と力にあふれて自分を抱いた部屋の壁を見回した。

「でも私は彼を押したりはしなかったわ」とアラベルは自分にささやいた。

「だがあなたは彼と言い争った」自分の中から答える声があった。「あなたは彼を傲慢だと言い、どんなことでも彼と一緒に暮らすよりはましだと言った……」

もし下半身が不自由にでもなったら、彼は牛飼いのように自分の土地で馬を乗り回すことも、女に対して、今までどおりに振る舞うことも、もはやできないだろう。

アラベルはベッドを滑り下りてカバーに頭を埋めた。そこにはまだ彼のたばこの匂いと体臭が残っていた。そこに彼は横になって、私がはかない抵抗を試みる間、やさしくからかうように笑ったのだ。私を征服したのは彼の力だけではない。最後の屈服の段階では、私も、彼の原始的な儀式に参加したのだ。白い手足は日焼けした手足とからみ合って、私は自分自身から抜け出し、もう一人の人間の熱い血潮の中へ、甘美であらあらしい旅をしたのだ。

私は、それで十分だと思うべきだった。でも、男である彼にはそれで十分でも、私にはやっぱり、彼が私から切り捨ててしまったものをどうしても思い切ることができなかった。記憶が戻ってきたらよみがえるはずの面影を、私は求めていた。

その男を、どうしようもないほどの激しさで愛していたのだ、という確信に比べれば、肉体的な快楽などはものの数ではなかった……けれどももしコルテスがこれで歩けなくなったりすれば、私は彼のもとを去ることはできなくなるだろう、たとえいつの日にかもう一人の男を思い出したとしても。

ルースの言ったことはうそだ。私は彼を押しはしなかったし、そんなことをしようなんて考えたことだってありはしない。けれども階段の上で口論し、それがもとで彼は転落した。それがなかったら、致命的傷害はこうむらなかったに違いない。この先二度と、強さとやさしさで女をひざまずかせることができなくなる、という事態にはならなかったに違いないのだ。

11

メイドが食べ物とコーヒーを盆にのせて運んできたのは一時間か二時間たってからだったろうか。アラベルは時間の観念をなくしていた。気がついてみると大きな寝室についたバルコニーの、とうの椅子に、かんかんに怒っている大人たちに見つからないように隠れている少女といった格好で、うずくまっていたのだった。

メイドはアラベルの顔を見もしなければ言葉をかけもしなかった。何も言うな、と言われてきたのは明らかだった。外国の少女は罰せられなければならないのだ。ここは南ヨーロッパの田舎、若い嫁は女家長の言いなりになる地方だった。ドンの叔母もそうした女家長の一人であり、彼女は甥(おい)が自分たちとは何から何まで違った女を嫁にしたことを、一瞬たりとも快く思ったことはなかったのである。

「主人はどうなの？」アラベルはきいてみたが、メイドは肩をすくめてみせただけだった。その目はアラベルはこの家では見捨てられた者なのだとあからさまに語っている。「お医者様は来たの？」苦悩に打ちひしがれた顔で、目に哀願の色を浮かべて、アラベルはメイドを見た。「お願い、言ってくれないとどうにかなりそうよ！」

「お医者様と看護師さんはいらっしゃいました、セニョーラ」ひえびえとした声だった。「どうぞ温かいうちに召しあがってください。お盆を階下(した)に持ってらっしゃいませんように。私がとりにまいりますから」

「みんなは旦那様(セニョール)を病院に連れていくの？　言ってよ！」

「言えません。セニョールは一階の部屋においでです。私が申しあげられるのはそれだけですから」

「みんなが私を非難するんだわ。私だって自分を非難はしてる。でもこんな扱いを受けるいわれはないわ。コルテス本人がこんなことを望まないはずよ。彼は私にそばにいてほしいはずよ！　私にはわかってるのよ！」

「私たちスペイン人の考え方を外国人も信じるとは限りませんけどね。私たちはそう簡単に許したり忘れたりする民族じゃありませんよ。それにここでは、みんながドン・コルテスのご恩になってるんです。雨露がしのげて、いいものが食べられて、男たちには仕事もくださるし、困ったことでもあればちゃんと聞いてくださってうまくおさめてくださる。あなたのほうは私たちが持つような愛情さえ持たない、高慢ちきな外国娘にすぎないじゃありませんか。あなたはかわいらしい女学生で、ここのご主人様(ドゥエノ)みたいなほんとうの殿方と結婚するには向かないんですよ」

ここまでずけずけ言うと、メイドはバルコニーから姿を消し、アラベルは苦しみとともに、ひとりとり残された。階下で起こっていることからも、医者の診断結果からも、締め出されたままで。医者が診た体は、ほんの数時間前までは、力と喜びにあふれていたのに。

戦慄(せんりつ)が体を貫き、バルコニーには熱い日が射(さ)していたのに、アラベルはだれかに氷の槍(やり)で刺されたような気がした。彼女は両手を自分の体に押しつけて苦しいうめきをもらした。彼と一緒にいたかった。意識不明の顔にかかった髪をやさしく後ろへなでつけ、彼が目覚めるときに居合わせたかった。そうすれば、彼が奈落(ならく)の底へ落ちるように彼が階段をどこまでも落ちていくのを見ようなんて、私は絶対に思いもしなかったのだと信じてほしい、と彼に請うこともできるだろう。

太陽がコーヒーポットをきらりと光らせていた。アラベルは、自分が何も食べないで弱ってしまってはコルテスにとっても役に立たなくなる、ということに気がついた。意識をとり戻したら彼は私を求めるに違いない。ゆうべみたいに。彼には私が必要なのだ。私を彼のところへ行かせまいとしている家族と闘うには、力をつけなくては。

アラベルは震える手でコーヒーを注ぎ、クリームを加えないで飲んだ。強いブラックコーヒーはいくらもたたぬうちに彼女の神経をしずめ、彼女は無理して野菜のオムレツとプディングを口に押し込んだ。どんな味かもわからず、ただ一口一口を力をつけるためと思って飲み下し、バルコニーの静寂と孤独を痛いほど感じていた。スペイン人てなんて残酷なのかしら、と彼女は思った。闘牛(コリーダ)が好きで、拷問をやって、鉄の絞首台で人を罰するのだわ。

そう思うと、のどのあたりできつく締まるような感じがして、アラベルの目には涙が浮かんだ。彼女はナプキンで口を拭くと、よろめくようにバルコニーの手すりまで行った。涙を通して、下の中庭が見える。このパティオで、夜、ブーツが行ったり来たりする足音を、何度耳にしたことだろう。

彼の背骨がひどく損なわれていたら、どうしたらいいだろう？　彼の革のブーツは使われないままになり、彼の二頭のアラビア馬は運動不足になって馬小屋でぶくぶく太ってしまうだろう。コルテスが赤い鞍にとび乗るところも、栗毛や黒毛の馬の滑らかなわき腹をたたいてやるところも、もう見られなくなってしまうだろう。

嗚咽をこらえようとしてアラベルはナプキンをかんだ。階下へ駆け出していきたかった。そして彼のベッドに私を近づかせまいとしている人たちをかき分けて、この目で見るのだ。彼は本当にこの先、今まで楽しんできたあらゆるもの――彼の土地や、彼の牛や、彼の女を断念しなくてはならないのかどうかを。

アラベルは、彼が自分の髪に顔をこすりつけたしぐさや、髪の匂いに鼻孔を動かしていた様子を思い浮かべて、身を震わせた。そうした振る舞いには、遠い過去の、異国の砂漠の祖先たちの風俗や欲望が反映していた。彼の中のそうしたものを、アラベルは恐れていた。しかし同時にそれは、心を鋭くときめかせるものでもあった。

もしも私が原因でコルテスが車椅子で生活することになったとしたら……なんというむごたらしいことだろう。私はこんなことを求めたことは一度もないし、彼が倒れたりだめになったりしたらいいと思ったこともない。絶対に！　決して！　けれどもこうなったら、みんなはそう言って私を責めるだろう。私を遠ざけて自分たちだけが彼の病床につき添い、黒いスペインのスカーフ(マンティーリャ)に身を包んで彼の回復を祈りに教会に出かけるのだ。

サン・デビリヤの大地の上にはたそがれが忍び寄っていた。アラベルは草原を駆けてくる男たちの馬の音を聞いた。しかし耳を澄ましても、病人を運ぶ車が来る音はしない。とするとコルテスはこの邸(やしき)から動かないでいるのだ。それは、今とても動かすことなどできないほど重症なのか、または、打撲はひどかったが遠からず元気になるということなのか、どちらの証拠とも考えられる。

後のほうでありますように！　そうでなくちゃならないわ、でないと私は判決を待つ罪人のようにここに幽閉されて静かに正気を失っていくに違いない。

夜がきてメイドがまた夕食を運んできた。今度は年輩の、いっそう口数の少ない女である。彼の意識は戻った？　彼の気分はどう？　というアラベルの質問にも知らん顔をして、むっつりと銀のお皿のふたをとった。

「頼むから教えてよ！」立ち上がったアラベルがあまりにもみじめな顔をしているので、メイドは一瞬目を向けたが、まるでこのやけ気味の女に何をされるかわからないとこわがるかのように、そそくさと引き下がった。アラベルはもう一秒もこらえることができなかった。バルコニーを横切り続き部屋を走り抜けて回廊に出た。階段の上まで来て彼女は急に立ち止まり、下を見た。さっきの情景がまざまざと目に浮かぶ。言葉のやりとり、突然、突きとばされた感触、彼がバランスを崩して階段を後ろ向きに落ちていく身の毛もよだつ光景。

だれかが階段の下に立ってこっちを見つめている――男のやせた浅黒い顔かたち、ホールの明かりにほのかに光る白いシャツ……。

「コルテス！」スカートの端をぐいとつかむと、そのやせた姿目ざしてアラベルは走り下りた。相手は、アラベルが近くに来ると、もう少し光の方に体を向けた。その顔を見て、浮き立っていた胸が再び沈み込んだ。

「僕です、ホアンですよ」と彼は言った。「あなたは部屋にいなければいけません。母はあなたのことですごく怒っているから……」

アラベルは彼の腕をつかみ、爪を食い込ませた。

「コルテスについて知らなくちゃならないの！　私には知る権利があるのよ、せめて、彼がどんな具合なのか教えて、ホアン」

「二時間ばかり前に意識を回復しました」母親が聞きつけてとめにくるのをはばかるかのように、彼は低い声で言った。「相当な打撲傷です……なぜ彼を押したんですか、アラベル？　どういうつもりだったんです？」

「私押してないわ……。ルースが勘違いしたか、でなければわざと――私をみんなに憎ませようと思って、そう言ったんだわ。どうして私が彼を押したりできる？　私がよろめいたので彼が私を安全な方に押してそのはずみで自分のバランスを失ったらしいのよ。それはほんとなの、ホアン。そして私は彼の具合がいいかどうか知らなくちゃならないの。片目を失ったうえにまた障害ができたら……彼は歩けるようになる？　背骨は……相当な打撲だけ？」

「恐ろしい打撲です。レントゲンをとるまでは安心できないって医者は言ってます。今晩はそのまま安静にしてて、明日病院へ行くことになるでしょうが……」

「私、彼に会える、ホアン？」ムーア風のランプの謎めいた光の中で、アラベルの白い顔に青い目が哀願するように大きく開かれていた。蛾が壁をふわふわと動き、庭のどこかで鳥がむせび泣いている。

「会わせてくださらない？　私おとなしくしてるから……お願い」

「それは無理だな」彼も情けない顔をした。「上で何を言い争ったにしろ、よっぽど怒って逆上しなければコルテスのような闘牛士がバランスを失うわけがない。僕の言うことだけで満足しなくては、アラベル。彼は絶望的なけがをしたとは思えません、絶対にそうとは言い切れませんが……」

「あの人何か言った？　何か――私のこと？」

「母がひとりで彼についてるんです。母には何か言ったかもしれないけど」

「お母さまは私を憎んでいるのよ」急に目まいを覚えて、アラベルはホールの柱に寄りかかった。絹のブラウスを通して、タイルの冷たさが身にしみた。朝にはしみ一つなかった服も、今ではしわだらけになり、震える手からこぼれたコーヒーのしみもついている。髪はほどけ、顔は涙で汚れていた。

彼女はホアンの視線を感じた。私の心配が自分のためなのか夫のためなのか、どっちだろうと思っているのだわ。この人たちって、率直でもあるけど複雑でもあるんだ。私がコルテスを欲しいと思わず逆にこの結婚という名の束縛からの解放を望んでいることも、彼らはみんな承知のうえ。南ヨーロッパのうちなんてゴシップの巣で、主人と花嫁の間柄にはみんなは好奇心を抑え切れないんだわ。ゆうべ彼が私を正真正銘の妻にしたことも筒抜けだし、今はまたみんなで、これ以上床を共にするのはいやだと思う気持から私が彼を突き落として恨みを晴らしたのだ、と言っているのだわ。情を解さない冷たい女だ、とうわさしているに決まっている。

「コルテスと私の仲がどんなに険悪に見えたかは知っているわ」彼女はかすれた声で言った。「私は彼にね、私の記憶喪失に構わず、いろんなことを思い出させてほしかったのよ――ええ、何もかもめちゃくちゃだったわ、私たちの結婚生活って。結婚なんかしなくたって私を牢屋から連れ出すことはできたのに、彼は無理やり結婚して――私の人生には別の人間がいるんだっていう私が忘れちゃったこと、彼は知りながらよ。こんな高飛車なことされたら、私だって我慢できないわ」

「ほんとのところは僕にはわかりません。ただわれわれにはね、彼はあなたに対してその状況の中では最善を尽くしたと思われたんです。やつらはあなたをしゃばに出してスパイということで撃ったかもしれないんだから」

「だけど私はアメリカの市民よ。そんなことは彼らにはできないわ！」

「ほかの人間にはそれをしましたからね」

「ほかの人？　だれを撃ったの？」

「学生二人です。知らなかったんですか、アラベル？　コルテスは言わなかった？」

「ええ。言わなかったわ。十中八九、それはそのうちの一人が、私にとって大事な人だと、彼が知っていたからだと思うわ」ジグソーパズルのばらばらの断片がぴたりと絵におさまった、と彼女はへとへとになって考えた。その一人なのだわ、だけど顔も空白だし声も思い出せない――行ってしまった……心の中から行ってしまったのだ。血しぶきのかかった壁にその姿は倒れ、そしてそれっきりだったのだわ。

「すごくくたびれたの」アラベルは額に手を当て、立ったままぐらりと揺れた。ホアンはすぐに手を添えて彼女を抱きかかえるようにすると、急いで客間に連れていった。そして大きな寝椅子に彼女を寝かせ、頭の下にクッションをあてがった。頭はくるくると回り、闇の広がりの中に漂い出していくかと思われた。

「静かに寝てらっしゃい、コニャックをとってきますから」やさしい声だった。「かわいそうなアラベル、ずいぶん誤解されて、小さな迷子みたいになって。じっとしてるんですよ、それから気を失わないようにね！」

ホアンは急いで酒をとりにいき、戻ってくると片手で彼女を抱え起こして大きなグラスに入れた強いコニャックをすすらせた。みじめな長い一日のあとでやさしくされると胸が痛み、アラベルはのどがつまって思わず嗚咽をもらしながら、ブランデーグラスを唇から押しやった。

「だめ……私……」

「飲まなくちゃいけません、美しい方（グァーパ）」アラベルの口の端についたコニャックの滴を拭いてくれた彼の目はビロードのように黒くやさしかった。「かわいい小さな迷子さん、コルテスはなんてけしからんやつなんだ……さあ、静かに飲んで、そうすれば元気が出ますからね」

おとなしくコニャックをすすりながら、アラベルは彼が髪をなでてくれるのを感じていた。やさしくしてもらうのはいい気持だった。今まで何時間もの間、お仕置きのように口もきいてもらえず、コルテスの背中のけがを想像し、しかもその彼には会わせてもらえなかったのだから。

「あなたっていい人ね、ホアン」彼女はつぶやいた。「コルテスは全然あなたみたいじゃなかったわ。それでもあなたの年ごろには少しはそうだったのかしら？　殺すか殺されるかの生活じゃ、やさしさなんて持てなかったのかしらね？　あなたが闘牛をやるのをお母様がおとめになったって話、当たり前だと思うわ。とっても残酷なゲームですものね」

「スペインの人間にとっては闘牛はいろんな意味を持ってますからね。それに闘牛士として成功すれば収入も多いし」

「あなたはそういう成功には関心ないんでしょ、ホアン？　あなたは普通の人間であることを望み、野心やお世辞を嫌った。そういうものは男を挑戦に抵抗できない悪魔にしてしまうもの。女が恐れなければならない男、それゆえに最後には女は逃げ出すんだわ」

ホアンは目に当惑の色を浮かべて言った。「まるでそういう男と恋をしたらどんな感じがするか知ってるみたいな言い方だ……たいがいの闘牛士は悪魔につかれた男で、何か起こって初めて正気に戻るんです」

「灼熱の午後の冷たい死」アラベルは夢遊病者のように語った。「ちょうどタラベラでのコルテスのように。日光の中に悪魔の戦慄は流れ、群衆は野蛮人のように熱狂して彼に拍手かっさいしたのよ、まるでそれこそ本当の勝負だというように。彼がだれにも見せようとしなかった、正真正銘の目のくらむ苦悶にじゃないのよ。そして彼は、私が彼を見ているのを知っていたの！　そこには行かないと言っていたのに私が行ったのを、知っていたの！　私がそんなこと嫌いで、もう闘牛なんてしないでって頼んでいたことも知っていたのよ。私、泣いて頼んだのよ、今までにないひどい喧嘩をして……」

そこまできたときに、アラベルは、自分のしゃべっていることに仰天して、ホアンの驚いた目を見つめた。心臓の鼓動のように刻む音が聞こえそうな長い長い時が過ぎていった。するとそのとき、部屋の向こう端で、怒気を含んだ声がした。

「お前はその女をすぐにあっちへ行かせなさい、聞こえたかい、ホアン？　その女は悪い恩知らずの女なんだ。隣の部屋に寝てる血迷ったあほうみたいにお前までがその金髪と白い肌にたぶらかされるのはごめんだよ」

「お母さん！」ホアンはアラベルの体が炎となって彼の指を焦がしたかのようにあわてて手を離して、ばつの悪そうな顔をした。「アラベルが気分が悪くなって……変なことを言いだしたんです」

「そりゃそうだろうよ」コルテスの叔母は怒りに燃

える目でつかつかと部屋に入ってきた。アラベルは胸がつぶれる思いだった。この人は何時間もコルテスの看病をしていたのだ。うらやましい……。だけどもうこれ以上罰を受けてなんかいられないわ。

「私はあの人のところへ行きます！」アラベルは体の具合の悪いのも忘れて立ち上がった。「これ以上私をあの部屋から遠ざけておくことはできませんからね、セニョーラ。あの人には私が必要なんです！」

「ああ、あんたを欲しがってるさ」叔母は皮肉っぽく言った。「あんたのやり方はわたしたちになじまないから、あんたを追い出せって一生懸命あの子に言ったんだがね、いやだとさ。あれほど女に目がくらむ男なんてあるもんじゃない！　ためを思って言ったってまるで耳を持ってないみたいだ。コルテスはあんたのために何から何までしてやったのに、あんたは恩を仇で返したんだからね、追い出されて当然なんだ、わたしなら……」

「怒ってつまみ出しますか？　それが当然かもしれませんわね。でも、私、知らなかった、考えもしなかったんです、どれほど彼が私にとって大切か！」

何が、サラからアラベルを運んだのだろうか？　まるで翼でも生えたかのように、もはや何ものにもさえぎられることなく、彼女はコルテス・イルデフォンソのそばへと近づいていった。彼が転落したショックが奇跡を起こし、アラベルは彼が横たわっているベッドのそばへ行きながら、今は、気が狂わんばかりに相手を恋している新妻のとまどいだけを感じていた。

すすり泣きながら駆け寄ったアラベルは、ひざまずくと、彼が伸ばした手を涙と接吻で埋め尽くした。

「あなた……あなたったら……ひどいわ、なぜ言ってくれなかったの？　なぜあなた以外にだれかいるって私に考えさせておいたの？　みんなは私をあなたから遠ざけたのよ。苦しかったわ。愛するあなた（ケリード・ミオ）、具合はどう？　ひどくけがしたの？」

「君のかわいいばかな顔を見たらよくなったよ」彼は涙にぬれたアラベルの頬に触った。「みんなが君を遠ざけていたなんて思いもしなかった。叔母は君が僕に会いたがらないと言って……」

「そんなのうそよ！　最初はルースが、私があなたを突き落としたってみんなに言ったのよ。そして今度は叔母様がそんな話でっちあげて。みんなそんなに私が憎らしいのかしら？」

「みんなは君が僕を、憎んでると思ってるのさ！　何が起こったんだ？　いくらか思い出したの？」

　アラベルはうなずいて、うずうずしている両手を伸ばして彼をやさしく揺すった。「私あなたに痛い思いさせてる？」

「いいや、大丈夫だよ。君もときにはちくりとやったかもしれないが、僕の腹ん中では、君が僕を好きだってことがわかってた。そうだろ？」

「コルテス、なぜ私にそのことを思い出させてくれなかったの？　それにあなたの辛抱――何週間も私を隣の部屋に寝かせて！　昔、あなたは……」アラベルは口をつぐんで顔を赤らめた。「ゆうべまであなたを引きとめていたのはなんなの？」

「全くの恐れさ。少なくとも君は僕の手元にいた。だから、僕は、君の頭を永久に損なうような恐れのあることはやる勇気がなかった。ところがゆうべはだ、あの桃色のナイトドレスを着た君に触ったときに、たまらなくなって、何が起ころうといい、という気になったんだよ。全く天にも昇る心地だったな。だけどそのつけが今日きたわけだ。畜生！　あの段々は俺の背中を鞭（むち）で引っぱたきやがって……」

「ああやめてよ！」アラベルは彼の口をふさいだ。「思い出すのもいや――あなたが死んじゃったか歩けなくなっちゃったと思ったのよ。大丈夫なの、あなた？　お医者様はなんて言ったの？」

「生命は大丈夫——すべて大丈夫だろうってさ」そう言って彼はアラベルののどを唇でそっとなぞり、アラベルは混じりけのない喜びで体を震わせた。

「片ときたりとも、僕は、君を愛する気持を忘れたことはなかった。君が僕から去り、僕の目にこのいまいましい眼帯が当てられたあとは、セビリヤのマドリッドのバーを軒並みに回って荒れたものだよ。僕は君を求めていた！　それでもしばらくは虚勢を張っていたけど、そのうちにもはや一瞬も我慢できなくなってね、エマヌエルの店の仕事に君が戻っていたベネズエラへ行ったんだ。そうしたら君は放火犯人を二人アパートにかくまったっていうんで警察と恐ろしいごたごたを起こしていた——一体全体、なんだってあんなことをしたんだ？」

「二人のうちの一人が、私がスペイン人のとこで働いてるアメリカ人だって知ってたのよ。夜遅くドアをノックしてね、二人ともまだ十代で、恐怖で頭がどうにかなっていたの。私、帰れって言えなかった——ホアンの話じゃ、二人とも撃たれたんですってね」


これまで霧に閉ざされていたことがいよいよ明らかになる気分は妙なものだった。事故を目撃したショックが、記憶の扉の鍵（かぎ）を返してくれたのだ。しかしまだいくつかは小さな空白があり、そのうちの一つはどう考えてもわからなかった。

「コルテス、私たちはどういうふうに出会ったの？」

「君はベネズエラの僕の知人のところで働いていた。彼はコリーダが好きでね、仕事でスペインに来たとき、非常に冷静で有能なアメリカ人の秘書を伴ってきた。彼は僕らを引き合わせたんだが、君が僕に笑いかけたときに冷たさは消えてなんとも言えない温かさに変わったんだ。ああ、僕のアラベル、僕たちが一目惚れだったことをまだ思い出さないかい？　一瞬のうちにお互いがかけがえのない存在だとわかったんだよ。目は口ほどにものを言い、僕たちは言葉を交わす必要なんてなかった。そのときには僕にもまだ目が二つあってね、僕はそれで君を、金色の頭のてっぺんから足の先までむさぼったんだよ」彼は少し体を引いて二人は顔を見合わせた。「僕が君を抱いたときも、君の心は思い出さなかったみたいだけどね、大切なアラベル、君の体は、蜜蜂に花が答えるように答えてくれた。僕のために、永久に僕のために作られたみたいにね。だから僕は君をここにつなぎとめておきたいと思ったんだ。僕が片目を失った夏、僕たちが出会い、激しく恋し合ったことを君が思い出そうと思い出すまいとね」

「それから私はあなたを捨てたんだわ。あなたに手紙を書いて、もう再び会うことはあるまいと思いながら去ったんだわ」

「まだあの手紙を持っているよ」あごの線がちょっとけわしくなった。「暗唱することもできる。『コリーダはあなたが命をかけた愛なのです。群衆の人気とあなたが殺した牛の耳と尾。私だけではあなたは満足なさらない。私を追いかけないでください！　私はあなたの闘牛士としてのきらびやかさと競わなくてもいい生活に戻りたいのです。競えば競えるかもしれないけれど私はいやです。あんなふうにあなたが角で刺されるのを見るなんてとても堪えられない。あなたを愛しあなたに抱かれたいとは思いますがその恐ろしさに堪えることはできません。私が必要としているのは夫であって英雄ではありません。あなたの全部を自分のものにするのでなければいや。闘牛場であなたが倒れるのではないかと心配するのなどはまっぴらです。あまりにもあなたを愛しているがために、闘牛士の肩にいつもちらついている暗い運命の中で生きることはできないのです。さようなら、神様があなたを守ってくださいますように』――これが君のくれた手紙だ、アラベル、僕が片目を失い、君が去っていった直後だった。つらかった。がだんだん、君の言ってることが本当だとわかってきたんだ」彼はそっとアラベルの顔を起こして、ほんのりと開いたその唇に口づけした。「アラベル、今まではお互いに大変だったけれど、これからは――畜生、このけがなんぞくそくらえだ！　どうやったら君を抱けるかな？」

　アラベルは笑って彼の首に腕を巻きつけた。「明日レントゲンをとってみればすぐよくなるのがわかるわ。ああ、だけど私はあなたに対してなんていやな女だったのかしら！　どうして首を絞めなかったの？」

「それはね、僕の辛辣(しんらつ)な花嫁さん、君がだれかほかの男を愛していて僕の腕に抱かれるのはその男への裏切りだ、っていうつもりになっていたからだよ。君はそうやって、全く逆説的ではあるがこの僕に対する貞節を守ってたわけだからね。だからなんにも言わなかったんだ。僕は君が自分の力で再び自分を発見するようにしてやらなくてはならなかった。おかげでそれができたじゃないか。ね？　君には僕がぴったり、そして僕には、天地神明に誓って、君が最高だよ！」

　二人がどれほどお互いにしっくりいっているかを余すところなく見せつけたのは、それから何週間かあとの、復活祭(ラ・パッショナリア)のときだった。人々はサン・デビリヤの地主が、若い妻とぴったり腕を組んで縁日をぶらつくのを、熱のこもった好意的な目で見守った。スペインの民族衣裳をつけたアラベルは、金髪にクリーム色のカーネーションをさし、優雅でこのうえなく満ち足りて見えた。彼女の夫はつば広のコルドバ・ハットにフリルのいっぱいついたシャツ、ぴったりしたズボンと短いチョッキを着ていた。彼女は花のような輝かしい瞳で、まるで太陽でも仰ぐようにこの夫を見上げていた。主人の手にとまったはやぶさのように、彼女の足はほとんど地についていないかと思われた。すべてはうまくいっていて、叔母までが今では味方になっていることも、だれもが知っていた。

とくに、イルデフォンソの片目の輝きは間違いなく子供が生まれるせいだ、といううわさが広まると、空にはお祝いののろしが揚がり、ギターは情熱的にラブソングをかき鳴らしたのだった。

二人はがらくたを売っている露店に足をとめた。

「いい日の記念にこれをさしあげてもよろしいでしょうか、セニョール？」とアラベルは手を伸ばして牛の頭を彫ったバックルをつまみ上げた。「これ、あなたのベルトをとっても引き立てると思うわ、磨けば」

「あの剣のようにかい？」まだほっそりしたままのアラベルのウエストに手を回して彼は言った。「君がセビリヤで見つけてくれたやつ。僕はあのとき、これは決して殺しには使わないって誓ったっけね」

「そうよ」彼を見上げるアラベルの目は愛情でいっぱいになった。「あれをかけておいてくださってうれしいわ。だけどあんな……あんな恐ろしいことになるって、せめて知っていれば……」

「僕自身わからなかったんだ。そして君がいなくなって、僕は目が覚めた。君をこの腕に抱いていたかもしれないときに、長い間、ひとりで、むなしい夜を過ごしていたんだからね」

「今は私はあなたのものですわ、ご主人様」アラベルは自分のドレスのおなかにバックルを当ててほほ笑んだ。「いくらでもあなたの好きなだけけね」

「見知らぬ男の腕の中じゃないね」

「大好きな人の腕の中よ、あなた」

彼はにっこり笑い、アラベルは何ペセタかを支払った。そして二人は、少年が栗毛のアラビア馬を引いて待っているところへ行った。山の中の小さなチャペルへ行く時刻だった。そこで、結婚の祝福を受けるのだ。

コルテスはアラベルを鞍に乗せ、自分もその後ろに上って、片腕を曲げて彼女をしっかりと抱いた。髪に、彼の唇が触れているのがわかる。そして彼のがっしりした手は、南国の心地よい熱い太陽の下で、またスペインの夜の魅惑に包まれて、二人が愛し合ったことのあかしが宿っているアラベルの体を、温かく包んでいた。

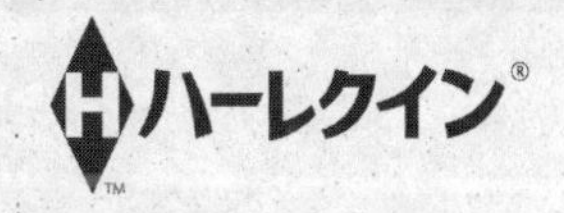

ハーレクイン・ロマンス　1982年4月刊（R-167）
ハーレクイン・イマージュ　1982年5月刊（I-8）

スター作家傑作選
～あなたを思い出せなくても～

2024年10月20日発行

著　　者　シャーロット・ラム　他
訳　　者　馬渕早苗（まぶち　さなえ）他

発 行 人　鈴木幸辰
発 行 所　株式会社ハーパーコリンズ・ジャパン
東京都千代田区大手町 1-5-1
電話 04-2951-2000（注文）
0570-008091（読者ｻｰﾋﾞｽ係）

印刷・製本　大日本印刷株式会社
東京都新宿区市谷加賀町 1-1-1

装 丁 者　中尾　悠

表紙写真　© Nastia1983, Siriporn Kaenseeya | Dreamstime.com

ISBN978-4-596-71399-5 C0297

今月のハーレクイン文庫

10月刊 好評発売中！

Harlequin 45th Anniversary

帯は1年間"決め台詞"！

珠玉の名作本棚

「離れないでいて」
アン・メイジャー

シャイアンは大富豪カッターに純潔を捧げたが弄ばれて絶望。彼の弟と白い結婚をしたが、寡婦となった今、最愛の息子が――7年前に授かったカッターの子が誘拐され…。

（初版：D-773）

「二人のティータイム」
ベティ・ニールズ

小さな喫茶店を営むメリー・ジェーンは、客の高名な医師サー・トマスに片想い。美しい姉を紹介してからというもの、姉にのめり込んでいく彼を見るのがつらくて…。

（初版：R-1282）

「結婚コンプレックス」
キャロル・モーティマー

パートタイムの仕事で亡夫の多額の借金返済に追われるジェシカ。折しも、亡夫が会社の金を使い込んでいたと判明し、償いに亡夫の元上司で社長マシューにわが身を差し出す。

（初版：R-450）

「危険な同居人」
ジェシカ・スティール

姉に泣きつかれ、アレシアは会社の金を着服した義兄を告訴しないよう社長トレントに頼んだ。だが交換条件は、彼の屋敷に移り住み、ベッドを共にすることだった！

（初版：R-1398）